Charlotte Jacobi
Heldin der Gezeiten – Eine Schwimmerin.
Ein Ziel. Ein weltweiter Erfolg.

PIPER

Charlotte Jacobi

HELDIN DER GEZEITEN

Eine Schwimmerin. Ein Ziel.
Ein weltweiter Erfolg.

Roman

PIPER

Mehr über unsere Autorinnen, Autoren und Bücher:
www.piper.de

Wenn Ihnen dieser Roman gefallen hat, schreiben Sie uns unter Nennung des Titels »Heldin der Gezeiten« an *empfehlungen@piper.de*, und wir empfehlen Ihnen gerne vergleichbare Bücher.

Alle Titel, die von Charlotte Jacobi im Piper Verlag vorliegen, finden Sie auf Seite 367.

FSC www.fsc.org MIX Papier | Fördert gute Waldnutzung FSC® C083411

PRODUZIERT MIT VERANTWORTUNG

Originalausgabe
ISBN 978-3-492-32032-0
August 2025

Für direkten Kontakt und Fragen zum Produkt
wenden Sie sich an: *info@piper.de*
Redaktion: Kerstin von Dobschütz
Satz: Uhl + Massopust, Aalen
Gesetzt aus der Adobe Garamond
Druck und Bindung: CPI books GmbH, Leck
Printed in the EU

PROLOG

Mercedes

Diesmal gewinnen die Elemente, dachte die Langstreckenschwimmerin, als sie mit einem weiteren Schlag ihre schmerzenden Arme in die kalten Fluten tauchte. Ihre Finger fühlten sich steif an, der Wind peitschte ihr gnadenlos ins Gesicht und trieb das Wasser in ihren nach Luft schnappenden Mund. Immer neue Wellenberge türmten sich auf, der Regen war so dicht, dass er wie undurchdringlicher Nebel über der Fünfundzwanzigjährigen lag. Mercedes Gleitze wusste, dass ihr die Kräfte für das verzweifelte Ringen gegen den unbarmherzigen Sturm bald ausgehen würden. Schon mehrfach hatte man ihr von den Begleitfahrzeugen aus zugerufen, sie solle aufgeben. Weder das Ruder- noch das Fischerboot waren im Augenblick in Sichtweite, der Sturm schien einen Keil zwischen sie treiben zu wollen.

Ihre Bewegungen wurden langsamer, jeder Armzug schien schwerer als der vorherige. Jeder Muskel in ihrem Körper schrie nach Ruhe, nach einem Ende. Mercedes' Blick ging über die Wellen, die sich mit unaufhörlicher Gewalt um sie schlossen.

Ein gigantischer rollender Wasserberg packte sie nun – anders als die bisherigen, bekam er die Schwimmerin völlig in seine Gewalt, riss sie mit sich, machte sie zu seinem Spielball – und presste sie dann in die Tiefe, fort von Luft und Tageslicht. Das salzige Nass brannte ihr in Mund und Rachen. Mercedes konnte nicht mehr, dachte, es sei vorbei mit ihr. Doch dann gab ihr der Ruf des Trainers vom Ruderboot aus neue Hoffnung. Ihre Freunde waren wieder in der Nähe!

»Der Sturm lässt nach. Sollen wir dich rausziehen?«

»Nein!«, schrie Mercedes, von neuer Kraft erfüllt.

Diesmal durfte sie niemanden enttäuschen. Es war bereits ihr sechster Versuch, den Ärmelkanal zu durchqueren. Ein erneutes Scheitern kam nicht infrage. Am heutigen 26. August 1926 war sie vor etwa sieben Stunden im englischen Folkestone losgeschwommen, das hieß, sie hatte wohl etwa die Hälfte der Strecke bis zur französischen Küste hinter sich. Obwohl der Sturm tatsächlich nachließ und der Regen komplett aufhörte, kam ihr die Strömung der Gezeiten auch jetzt noch unerträglich stark vor.

Nach einer Weile spürte sie, wie irgendetwas unter Wasser ihre Beine und Arme streifte. Beim Blick ins Wasser erkannte sie, worum es sich handelte: Quallen! Unzählige von ihnen trieben im Meer, klatschten gegen den Körper der Schwimmerin. Sie hoffte, dass keine Feuerquallen darunter waren, bei früheren Versuchen war sie schon öfter gebrannt worden.

Als wäre dies nicht genug, tauchte vor ihr plötzlich eine summende schwarze Wolke über der Wasseroberfläche auf. Als sie hineinschwamm, bemerkte Mercedes, dass es sich um einen Schwarm aus zahllosen Fliegen handelte. Es schüttelte sie vor Ekel, als die kleinen Tiere überall in ihrem Gesicht landeten.

»Wo kommen die her?«, schrie sie in Richtung des Ruderbootes.

Da sah sie, dass auch dieses schwarz von Fliegen war. Sie musste an die Plagen in der Bibel denken. Wie sehr hatte sie bei dieser Geschichte schon als Kind Ekel empfunden! Immer mehr der Fluginsekten landeten auch auf dem Körper der Langstreckenschwimmerin, sodass sie mit dem Kopf unter Wasser ging. Sie fühlte sich wie in einem Albtraum! Sie versuchte, sich zu beruhigen, an etwas Schönes zu denken. Jener Tag vor zwei Jahrzehnten kam ihr in den Sinn, als im zarten Alter von fünf Jahren der Wunsch in ihr erwacht war, Langstreckenschwimmerin zu werden. Ein Tag, den sie nie vergessen hatte.

* * *

Die Großmutter hatte die Gardinen am Abend nicht richtig geschlossen. Als an diesem Junitag des Jahres 1906 nun die Sonne über dem kleinen Dorf im Fränkischen aufging, fiel das Morgenlicht durch den Spalt – und der fünfjährigen Mercedes Gleitze direkt auf die geschlossenen Augenlider. Mit einem verärgerten Murren drehte sich das Mädchen um und zog sich die Decke über den Kopf. Doch es half nichts: Nun war sie wach und nahm auch die Geräusche wahr. Die Töne des Tages waren zwar verlockend: Vogelgezwitscher und klapperndes Geschirr in der Küche, das ein leckeres Frühstück verhieß. Doch sie wollte trotzdem noch nicht aufstehen. Ihr Traum war so schön gewesen! Ihre Mutter war darin aufgetaucht – und das Meer. Beides hatte ihr ein wundervolles Gefühl der Wärme gegeben.

Sie erinnerte sich nicht an die Eltern oder ihre beiden größeren Schwestern Estella und Doloranda. Mercedes war zwar im englischen Brighton geboren worden, doch nach nur anderthalb Jahren war ihre Mutter krank geworden und zu schwach gewesen, mit drei Töchtern zurechtzukommen. Deshalb hatte Anna Kurr, Mercedes' Oma mütterlicherseits, das achtzehnmonatige Nesthäkchen nach ihrem Besuch in Brighton zu sich ins deutsche Herzogenaurach geholt. Auch an ihren Geburtsort hatte Mercedes natürlich keine wirkliche Erinnerung, aber dank Fotografien und den von der Oma vorgelesenen Briefen ihrer Familie war die Küstenstadt Brighton ein Sehnsuchtsort für das Mädchen, von dem es oft träumte. Der lange Steg ins Meer, die Strandhäuschen – all das würde sie gerne sehen, denn dort waren ihre Eltern und die beiden Schwestern.

In diesem Augenblick war die Stimme der Großmutter zu vernehmen: »Aufstehen, Mercedes! Das Frühstück ist fertig!«

Mit einem letzten leisen Seufzen verabschiedete sich das Mädchen endgültig von seinem Traum, öffnete blinzelnd die Augen. Und dann fiel es ihr wieder ein: Sie wollten heute zum Fluss! Aufgeregt schob sie die Decke zur Seite und sprang aus dem Bett. Mercedes' zerzaustes Haar fiel ihr ins Gesicht, und sie strich es rasch zurück. Barfuß, wie sie war, lief sie, noch im Nachtkleidchen, die knarrenden Holztreppen hinunter.

In der Küche roch es nach frischem Brot. Ihr Opa Friedrich Kurr, ein stiller Mann mit Stirnglatze und wettergegerbtem Gesicht, der Fritz genannt wurde, saß bereits am Tisch und hielt schon zu dieser frühen Morgenstunde seine Pfeife in der Hand. Manchmal fehlte ihm das Geld für neuen Tabak, Mercedes wusste, dass die Großeltern arm waren. Doch gestern war Oma putzen gewesen, wohl deshalb gab es heute Brot, und der Pfeifenrauch verströmte einen feinen Vanilleduft, der sich so anfühlte wie der Traum, aus dem Mercedes gerade gerissen worden war: heimelig.

»Da ist ja unsere kleine Langschläferin«, sagte der Alte und zwinkerte ihr zu.

»Guten Morgen, Opa!«, sagte Mercedes und setzte sich auf ihren Stuhl.

Oma Anna schob ihr eine dampfende Tasse mit warmer Milch hinüber. »Hier, mein Schatz. Iss gut, danach ziehen wir dich an und gehen an die Aurach.«

Mercedes' Augen leuchteten auf. Der Fluss war ihr Lieblingsort. Dort konnte sie Steine sammeln, den Fischen zusehen und die Sonnenstrahlen beobachten, die immer so wunderschön auf der Wasseroberfläche tanzten.

Während sie brav ihr Brot kaute, wanderten ihre Gedanken wieder zu dem Traum zurück. Sie dachte an Mutter und dann auch an Vater und die Geschwister, die alle in Brighton lebten. Weit fort, hinter dem Meer, in einem anderen Land.

»Großmama, wann kann ich Mama und Papa besuchen?«, platzte Mercedes heraus.

Anna Kurr legte nach einem kurzen Blick zu ihrem Ehemann das Brotmesser zur Seite und nahm die Hand ihrer Enkeltochter. »Bald, mein Schatz. Deine Mama und dein Papa lieben dich sehr, das weißt du doch. Und sie arbeiten hart, damit ihr eines Tages alle wieder zusammen seid.«

Mercedes nickte langsam. Ihre Großeltern zeigten ihr jeden Tag, wie lieb sie sie hatten, dennoch war die Sehnsucht nach ihrer restlichen Familie ihr ständiger Begleiter. Der Gedanke an das ferne Brighton verband sich in ihrem Kopf immer mit der Sehnsucht nach dem Meer, das sie auf den Postkarten Hunderte Male bewundert hatte und das sie sich von Fritz und Anna Kurr immer wieder ganz genau beschreiben ließ. Es schien ein Bindeglied zwischen ihr und ihrer Familie zu sein. Vielleicht mochte sie den Fluss auch deshalb so sehr. Sie stellte sich dann vor, dass die Aurach zu dem Meer floss, durch das sie mit ihrer Familie verbunden war.

»Und jetzt nimm noch einen kräftigen Schluck von deiner Milch, mein Schatz!«, drang da die Stimme der Großmutter in ihre Gedanken. »Du willst doch nachher am Fluss bei Kräften sein.«

Als sie das Ufer der Aurach erreichten, gab es für Mercedes kein Halten mehr. Sie streifte ihre Schuhe ab und rannte durch das hohe Gras auf das Ufer zu. Dort wurde sie langsamer und tastete sich behutsam mit ihren bloßen Füßen über die Kieselsteine. Dann tunkte sie die großen Zehen vorsichtig in das eisige Nass. Sie liebte es, die kleinen Wellen zu spüren, die über ihre Füße schwappten.

Lachend drehte sie sich nach ihren Großeltern um, die auf einer Bank Platz genommen hatten. Opa Fritz hatte bereits wieder seine Pfeife angezündet, während Großmutter Anna ihr Strickzeug aus ihrer Tasche zog.

»Oma, schau mal!«, staunte Mercedes und hielt triumphierend ein glattes Steinchen hoch. »Das glitzert!«

»Sehr schön, Liebes. Vielleicht findest du noch mehr, dann machen wir eine Sammlung«, schlug die alte Frau vor.

»Darf ich ein bisschen am Ufer entlanggehen?«, fragte Mercedes.

»Aber nicht zu weit«, mahnte der Großvater. »Immer so, dass wir dich noch gut sehen können. Und wirklich nur mit den Füßen in den Fluss.«

»Versprochen«, sagte die Kleine und hüpfte davon.

Mercedes lief am Ufer entlang, ihre Augen suchten das Kiesbett nach weiteren Schätzen ab. Da bemerkte sie eine Frau, die im Fluss schwamm. Sie war nicht mehr die Jüngste, durchmaß das Wasser jedoch mit kräftigen Zügen.

Es handelte sich um die sogenannte Eis-Nixe. Die Alte wurde so genannt, weil sie selbst im Winter ihre Runden in der Aurach schwamm. Das hatte Mercedes von den Großeltern erfahren, mit denen sie die Schwimmerin schon des Öfteren erspäht hatte.

Heute kam sie direkt auf die Fünfjährige zu und stieg bei ihr aus dem Wasser. Sie lächelte freundlich, während sie nach einem Handtuch griff, das hinter einem Gebüsch versteckt gewesen war.

»Na, kleine Dame, suchst du Schätze?«

»Ja«, antwortete Mercedes mutig und zeigte der Eis-Nixe ihre Funde. »Schau mal, sind die nicht schön?«

Die Frau nickte. »Na, und ob. Vielleicht wirst du eines Tages eine Entdeckerin, wenn du so weitersuchst.«

Mercedes' Augen leuchteten. »Das möchte ich gern! Mein Opa liest mir immer Geschichten vor. Da entdecken die Leute die Welt. Das will ich auch.«

»Am besten beginnst du mit dem Wasser«, schlug die Schwimmerin vor. »Es verbindet alles, was wichtig ist.«

Mercedes sah die Graugelockte mit großen Augen an. Genau diesen Gedanken hatte sie ja am Morgen selbst gehabt. Und wenn diese weise Schwimmerin ihn nun auch noch laut aussprach, dann musste er doch wahr sein! Ja, dachte sie. Das Wasser verband sie mit ihren Eltern. Das Wasser war die Hoffnung. Da fiel ihr ein, dass es aber auch eine andere Seite gab. »Meine Oma sagt, es ist gefährlich, wenn man hier schwimmt. Der Fluss hat eine starke Strömung«, gab das Kind zu bedenken.

»Da hat sie recht, für ein kleines Mädchen ist das viel zu gefährlich«, mahnte die Alte, während sie sich abtrocknete. »Das Wasser sollte nur jemand herausfordern, der die Tücken seines Gegners gelernt hat – mit ganz viel Übung.«

Als sich die alte Schwimmerin verabschiedet hatte und die Sonne höher stieg, hatte Mercedes schon eine beachtliche

Steinsammlung beisammen und setzte sich auf die Picknickdecke, die Oma Anna am Fuße der Bank ausgebreitet hatte. Ihre kleinen Hände spielten mit den Steinen, die sie gesammelt hatte, und ihre Gedanken waren immer noch bei ihrer Mutter.

»Oma, glaubst du, dass Mama und Papa mich auch vermissen, und meine Schwestern?«, fragte sie leise.

Anna Kurr legte eine Hand auf die Wange ihrer Enkelin. »Natürlich, mein Schatz. Jeden Tag. Das schreiben sie doch in allen Briefen, aber sie wissen, dass du hier sicher bist, und das gibt ihnen Trost. Und eines Tages wirst du wieder bei ihnen sein, das verspreche ich dir.«

»Vielleicht, wenn ich groß bin, schwimme ich einfach zu ihnen – wenn ich ganz viel geübt habe«, sagte Mercedes und sah ihre Großmutter fragend an.

Die alte Frau lachte. »Das wäre ein großes Abenteuer, mein Mädchen. Aber eins weiß ich gewiss: Was du dir in dein kleines Köpfchen gesetzt hast, das machst du auch wahr.«

Teil 1

1900-1908

1

Hans

Hans Wilsdorf warf einen letzten Blick auf das schmucklose Lehrlingszimmer, das drei Jahre lang seine Herberge gewesen war, dann zog er die schwere Haustür hinter sich zu und trat hinaus in die frostige Dezemberluft. Eisiger Wind wehte dem Neunzehnjährigen eine dunkelbraune Haarsträhne ins Gesicht. Seine Lehre bei der Bayreuther Glasperlenfabrik Scharrer & Koch war beendet. Der 31. Dezember 1900 markierte nicht nur das Ende eines Kalenderjahres, sondern auch den Schlusspunkt eines Lebensabschnitts. Die Jahre der Disziplin und des Lernens waren für Hans zu einer soliden Grundlage für die Herausforderungen der Zukunft geworden.

Gut gelaunt schulterte er sein bescheidenes Gepäck: ein abgenutzter Lederbeutel, gefüllt mit Kleidung und ein paar Büchern. In seiner Westentasche hatte er die alte Uhr verstaut, die er von seinem Vater geerbt hatte. Er trug sie immer eng bei sich, denn sie war sein kostbarster Besitz. Der Chronometer war das Einzige, das ihm außer seinen Erinnerungen vom Vater geblieben war: Paul Wilsdorf war in Hans' dreizehntem Lebensjahr gestorben, die Mutter Auguste sogar, als er erst fünf gewesen war. Nach dem Ableben des Vaters hatte der Geruch des Biers Einzug in das Leben seines Sohnes Hans gehalten: Der war zunächst bei den Brüdern seiner Mutter – Andreas, Eberhardt und Hans Maisel – untergekommen, die in Bayreuth eine Brauerei besaßen. Schon kurz nach seiner Ankunft hatten sie ihn jedoch in das Internat der Herzoglichen Realschule Ernestinum nach Coburg geschickt. Im Alter von sechzehn Jahren war er dann 1897 nach Bayreuth zurückgekehrt, um eine Lehre in der dortigen Glasperlenfabrik zu beginnen.

Hans war schon seit Jahren klar gewesen, wohin er nach Ende dieser Lehrzeit gehen wollte. Im Ernestinum hatte ihm sein Freund Josef immer wieder von La Chaux-de-Fonds erzählt, einem Ort im Schweizer Kanton Neuenburg, in dem sein Onkel lebe. Jene Stadt sei das Herz der Schweizer Uhrenindustrie. Dorthin müsse Hans. Und wenn er dort ankomme, solle er seinen Oheim, Cuno Kourten, aufsuchen und sich auf Josef berufen. Der Onkel habe ganz gewiss Arbeit für Hans.

»Ich gebe dir eine Nachricht mit«, hatte der Schulkamerad angekündigt und einige Worte auf einen Zettel gekritzelt. »Und hier hast du eine Beschreibung, wie du meinen Oheim vom Bahnhof aus findest.«

Josefs Papiere befanden sich nun mit der spärlichen Kleidung in Hans Wilsdorfs Reisebeutel. Sie waren sein Schatz, sein Fahrschein in die Zukunft.

Bald hatte Hans den Bahnhofsvorplatz in Bayreuth erreicht.

»Entschuldigen Sie bitte, könnten Sie mir sagen, wie ich zum Rathaus komme?«, fragte ihn eine junge Frau, die plötzlich vor ihm stand, ihre dunklen Augen voller Unsicherheit. Sie mochte etwa fünf Jahre älter sein als er, hatte ein Kopftuch umgebunden und trug einen weiten, etwas abgewetzten braunen Mantel mit mehreren Pelzbesätzen.

»Natürlich«, antwortete er. »Es ist nur etwa dreihundert Meter entfernt, in der Luitpoldstraße. Einfach geradeaus ...«

In diesem Augenblick hörte Hans schnelle Schritte auf dem Kopfsteinpflaster hinter sich. Da war auch schon ein dürrer Mann bei ihm und griff nach seiner Tasche. Die Frau stöhnte erschrocken auf. Hans reagierte blitzschnell. Mit einer kräftigen Bewegung zog er sein Bündel fester an sich und trat dem Mann in die Beine, sodass dieser zurückwankte. Der schnauzbärtige Dieb fluchte, doch er gab nicht auf, sprang erneut vor, um an die Tasche zu gelangen. Hans schaffte es jedoch, ihn mit einem gezielten Stoß zu Boden zu schicken. Angesichts der herangekommenen Schaulustigen sprang der Langfinger schließlich auf und verschwand in einer kleinen Gasse.

Die Frau, die Hans angesprochen hatte, wirkte aufgewühlt und trat einen Schritt zurück. »Danke ...«, stammelte sie. »Entschuldigen Sie, dass ich so ...«

»Hauptsache, Ihnen ist kein Leid geschehen«, sagte er und schenkte ihr ein freundliches Lächeln. »Passen Sie gut auf sich auf.«

Er drehte sich um und machte einen Schritt in Richtung Bahnhofshalle. Der Dieb war fort, aber ein Gefühl der Unruhe blieb. Schnell wollte Hans überprüfen, wie viel Zeit ihm vor Abfahrt seines Zuges noch blieb. Als er seine Hand jedoch in die Westentasche schob, um nach der Uhr seines Vaters zu greifen, setzte sein Herz vor Schreck einen Schlag lang aus. Das wertvolle Stück war verschwunden! Aber wie war das möglich? Der Dieb war ihm doch nie nahe genug gewesen, um die Taschenuhr zu stehlen! Wie also war ihm dies gelungen? Schweren Herzens trat Hans in die Halle, er wollte den Diebstahl sofort melden. Vielleicht konnte der Schutzmann, der dort an einem Kiosk stand, ihm helfen.

Doch während er sich auf den Weg zu dem Uniformierten machte, fiel ihm plötzlich etwas ein. Die Frau! Sie hatte sich in dem Gerangel kurz angstvoll an ihn geschmiegt – lang genug, um in seine Westentasche zu greifen. Er eilte nochmals auf den Vorplatz hinaus.

Und tatsächlich – er erspähte die Mittzwanzigerin, als sie gerade einen stämmigen Reisenden mit einem Koffer ansprach. Hans nahm an, dass sie auch diesen Herrn nach dem Weg fragte, denn etwas abseits in einem Gebüsch beobachtete er den dünnen Schnauzbartträger, der ihm die Tasche hatte entreißen wollen. Das konnte kaum ein Zufall sein, gewiss waren die beiden Komplizen. Jetzt kommt es auf jede Sekunde an, dachte Hans. Er eilte von hinten auf die mutmaßliche Diebin zu, tat, als stolpere er und müsse sich an ihrem Arm festhalten. »Entschuldigung.« Unbemerkt gelang es ihm, in ihre rechte Manteltasche zu greifen – was für ein Glück er hatte! Er fühlte sofort seine goldene Uhr, ergriff sie und ging dann weiter. Hätte sich das gute Stück in der linken Tasche befunden, wäre er nicht so leicht herangekommen.

Der Dieb rannte inzwischen auf den rundlichen Reisenden zu, wahrscheinlich, um ihm dessen Koffer zu entreißen. Hans stellte ihm geschickt ein Bein. Der Dieb geriet ins Stolpern und fiel zum zweiten Mal an diesem Vormittag zu Boden. So viele Passanten kamen ihm zu Hilfe, dass an einen Raub des Koffers nicht mehr zu denken war.

Triumphierend eilte Hans in die Bahnhofshalle zurück. Ein Blick auf seine heiß geliebte Uhr zeigte ihm, dass er noch genug Zeit hatte, dem Schutzmann das räuberische Paar zu beschreiben.

Als er wenig später den Zug bestieg, der ihn zu seinem ersten Zwischenhalt Nürnberg bringen würde, war er sehr zufrieden. Er hatte nicht nur die Uhr zurück, sondern durch seine Aussage bei der Gendarmerie vielleicht auch dem Diebespaar das Handwerk gelegt. Die Zukunft konnte beginnen!

* * *

Hans erwachte durch ein Rütteln des Zuges. Er war eingenickt, da ihm zu wenig Schlaf vergönnt gewesen war. Von Nürnberg aus war er am Tag zuvor mit dem Schnellzug über München weiter nach Zürich gefahren. Nach einer kurzen Nacht in einer Pension hatte er gähnend den Morgenzug nach La Chaux-de-Fonds bestiegen, in dem er jetzt saß. Wie gebannt sah Hans aus dem Fenster. Die Landschaft änderte sich mit jedem Kilometer: Aus sanften Hügeln wurden die steilen Berge des Hochjura mit ihren rauen, harten Felskanten. Und dann, endlich, erreichten sie La Chaux-de-Fonds. Hans war beim Anblick der kleinen Stadt für einen Moment ganz andächtig. Sie lag in einem Hochtal, das die Wintersonne in ein magisches Licht tauchte.

Als der Zug wenig später im Bahnhof von La Chaux-de-Fonds einfuhr, war Hans voller Vorfreude, verspürte aber zugleich eine fast schon stechende Nervosität. Er zwang sich, ruhig zu atmen, zog den Brief zwischen den Kleidern in seinem Bündel heraus und ging in Richtung Stadtmitte. Die Straßen waren gesäumt von kleinen Geschäften und Werkstätten, in denen Uhrmacher, Goldschmiede und Händler ihrem Handwerk nachgingen. Der Klang von Hämmern, Feilen und den Rufen der Straßenhändler, die Waren feilboten, erfüllte die kalte, klare Winterluft. Da die Stadt fast tausend Meter über dem Meeresspiegel lag, war die Luft rau.

Hans folgte den Beschreibungen im Brief, die ihn durch

enge Gassen und über verschneite Plätze führten. Immer wieder hielt er an, um den Weg zu prüfen oder einen Passanten um Auskunft zu bitten.

Schließlich zeigte ihm ein alter Herr die letzte Abzweigung. »D Büro findsch am Endi von de Straß, Bueb. Es isch s Gmüet mit dr grossä Holztür und de geschnitzte Fänschterläde.«

Mit einem dankbaren Nicken setzte Hans seinen Weg fort. Bald hatte er das Haus entdeckt, das zur Beschreibung des Alten passte: ein schlichtes, aber solides Gebäude, an dessen Tür ein dezentes Messingschild mit der Gravur »Cuno Kourten & Compagnie« angebracht war. Er trat ein und fand sich in einer Empfangsdiele wieder. An einem mächtigen Eichentisch am Ende des Raumes saß ein älterer Herr und sah ihm fragend entgegen. Ob das Cuno Kourten war?

Zögernd trat Hans näher. »Guten Tag«, sagte er und nahm seinen Hut ab. »Mein Name ist Hans Wilsdorf. Ich bin soeben mit dem Zug von Bayreuth aus hier angekommen und auf der Suche nach Cuno Kourten.«

Der Mann, der, wie Hans feststellte, einen sehr teuer wirkenden Anzug trug, dessen Grau der Farbe seines Haares glich, sah ihn abweisend an.

»Herr Kourten erwartet keinen Besuch«, beschied er Hans. »Sie hätten einen Termin vereinbaren müssen.«

Hans sank das Herz in die Hose, doch er war wild entschlossen, auf keinen Fall sofort aufzugeben.

»Entschuldigung«, sagte er. »Einen Termin habe ich tatsächlich nicht, aber ein paar Zeilen, die Herrn Kourten vielleicht interessieren könnten.«

Er schob dem Sekretär den Brief, den er die ganze Zeit über in der Hand gehalten hatte, über den Tisch. Der Mann griff danach, überflog das Schreiben und nickte dann.

»Das ist natürlich etwas anderes. Herr Kourten ist seinem Neffen sehr verbunden.«

Er sah auf, und zum ersten Mal war der Hauch eines Lächelns auf seinem Gesicht zu erkennen, als er Hans anwies: »Warten Sie hier, junger Mann. Ich werde sehen, ob Herr Kourten verfügbar ist.«

Kaum eine Minute später kam der Sekretär zurück. Er hatte gute Nachrichten: »Herr Kourten wird Sie empfangen. Bitte, folgen Sie mir.« Damit machte er auf dem Absatz kehrt, und Hans beeilte sich hinterherzukommen.

Sie gingen durch einen kurzen Gang zu einer Tür, die der Sekretär nach einmaligem Klopfen öffnete. »Herr Kourten, hier ist der Schulkamerad Ihres Neffen, der Sie sprechen möchte: Herr Wilsdorf.«

Hans trat ein und sah sich einem gepflegt wirkenden Herrn gegenüber. Cuno Kourten hatte dichtes, etwas längeres schwarzes Haar, wach blickende blaue Augen und wirkte aufmerksam. Als er sich erhob, um Hans die Hand zu schütteln, bemerkte dieser, wie groß Cuno Kourten war. Hans selbst war mit seinem Maß von einem Meter achtzig auch kein Zwerg – aber der Uhrenmacher überragte ihn um mindestens zwei Köpfe. Was für eine beeindruckende Erscheinung!

»Herr Wilsdorf«, begrüßte er Hans mit einem kräftigen Händedruck, während sich der Sekretär mit einem leisen Murmeln verabschiedete. »Wie schön, dass Sie es einrichten konnten. Mein Neffe hat mir schon von Ihnen erzählt.«

»Wirklich?«, fragte Hans, dessen Nervosität sich in Nichts auflöste. »Wie geht es ihm? Ich habe seit drei Jahren nichts mehr von ihm gehört.«

»Nun, er weilt derzeit in London und unterstützt mich bei meinen dortigen Geschäften«, sagte Kourten. »Aber bitte, nehmen Sie doch Platz. Sie sehen aus, als kämen Sie direkt vom Bahnhof.« Er deutete auf den Lederbeutel, den Hans neben sich auf den Boden gestellt hatte. »Möchten Sie etwas essen oder trinken nach der langen Reise?«

Hans hatte schrecklichen Hunger, traute sich aber nicht, auf das Angebot des freundlichen Herrn Kourten einzugehen, und sagte daher schüchtern: »Vielleicht ein Glas Wasser.«

Kourten nickte und goss ihm aus der großen Kristallkaraffe, die auf dem Tisch stand, ein. Hans musste sich zwingen, das Wasser nicht herunterzustürzen.

Kourten sah ihm lächelnd zu, dann sagte er: »Laut meinem Neffen sind Sie ein talentierter junger Mann. Warum möchten Sie denn in unserem Geschäft arbeiten?«

Einen Moment lang überlegte Hans, bevor er antwortete. Seine Worte mit Bedacht zu wählen, war etwas, das ihm schon sein Vater beigebracht hatte. »Worte sind viel schneller heraus, als man denken kann, mein Junge«, hatte der erfahrene Kaufmann ihm eingeschärft. »Vergiss das nie. Ein einmal ausgesprochenes Wort kann man genauso wenig zurückholen wie einen abgeschossenen Pfeil. Sei dir daher immer der Macht der Worte bewusst.« Dann sagte Hans mit ruhiger Stimme: »Ich möchte von den Besten lernen, und Ihr Geschäft hat einen ausgezeichneten Ruf, nach allem, was Ihr Neffe beschrieben hat. Außerdem hat er gesagt, dass Sie ein guter Mensch sind. Und das finde ich fast noch wichtiger. Ich möchte versuchen, mich in meinem Leben nur mit guten Menschen zu umgeben.«

Kourten hatte ihm aufmerksam zugehört und ließ ein leises Lachen ertönen. »Es schmeichelt mir, dass mein Neffe so gut von mir spricht. Und was dich angeht, so kann ich dir bei deinem Vorsatz nur viel Glück wünschen.«

Hans nickte, wusste aber nicht so recht, was er darauf erwidern sollte. Daher zog er die Taschenuhr seines Vaters aus der Westentasche. »Ich weiß nicht, ob es an dieser Uhr liegt, sie ist das Letzte, was mir von meinem Vater geblieben ist. Aber ich interessiere mich sehr für alles, was mit der Uhrmacherei zu tun hat.«

»Darf ich?«, fragte Kourten und deutete auf die Uhr.

Hans nickte eifrig. »Natürlich.«

Ganz vorsichtig, als handle es sich um ein rohes Ei, nahm Kourten die Uhr in die Hand und betrachtete sie aufmerksam von allen Seiten. »Da hat dir dein Vater ein sehr edles Stück hinterlassen«, befand er und fügte hinzu: »Es tut mir leid, dass du ihn so früh verloren hast.«

»Danke«, sagte Hans und nahm die Uhr wieder entgegen.

»Ich stelle gerade fest, dass ich Sie geduzt habe«, sagte Kourten da erschrocken. »Bitte entschuldigen Sie, ich …«

»Schon gut«, sagte Hans hastig. »Es ist mir lieber so. Es fühlt sich … so vertraut an.« Dann fragte er: »Was muss ich tun, um bei Ihnen arbeiten zu dürfen, Herr Kourten?«

Der Uhrmacher lehnte sich auf seinem Stuhl zurück und musterte seinen jungen Besucher aufmerksam. »Vor allem musst du dir sicher sein, dass du es wirklich willst, und es ist auch wichtig, welche Fähigkeiten du mitbringst.«

»Das bin ich«, versicherte Hans rasch, doch Kourten hob die Hand. »Warte! Ich möchte dir gern beschreiben, worauf es im Exportgeschäft ankommt. Das ist nicht einfach. Du musst Uhren kennen und lieben. Das traue ich dir zu – aber es erfordert auch Genauigkeit, Sprachfertigkeit und ein tiefes Verständnis für die Bedürfnisse unserer Kunden. Man sollte gut verhandeln können, und auch die Zollbestimmungen muss man kennen. Glaubst du, dass du all dem gewachsen sein wirst?«

Hans nickte entschlossen. »Ja, Herr Kourten. Ich spreche sehr gut Englisch und Französisch. Außerdem bin ich bereit, zu lernen und mich zu beweisen.«

»Gut. Ich gebe dir eine Chance. Einen Mann wie dich kann ich gut gebrauchen. Ich zahle achtzig Schweizer Franken im Monat, und du arbeitest bei mir im Büro als Fremdsprachenkorrespondent und Bürokaufmann. Ich erwarte Engagement und Sorgfalt. Sind wir uns einig?« Er streckte die Hand über den Tisch und sah Hans fragend an.

»Jawohl, Herr Kourten«, sagte der sofort und schlug ein. »Das sind wir.«

2

La Chaux-de-Fonds war alles, was Hans erwartet hatte – und mehr. Die Stadt pulsierte vor Energie, war ein Schmelztiegel von Ideen und Innovationen. Cuno Kourten war der beste Lehrmeister, den er sich hätte wünschen können. Von ihm lernte er die Feinheiten des internationalen Handels, von den strengen Anforderungen der britischen Importeure bis hin zu den Vorlieben der amerikanischen Kunden. Vor allem jedoch faszinierte ihn die Kunst der Uhrmacherei. Die Taschenuhren, die er bei den Meistern vor Ort einkaufte, waren die reinsten Wunderwerke.

An einem sonnigen Frühjahrsnachmittag des Jahres 1901 betrat Hans eine kleine Werkstatt in einer schmalen Seitengasse, an der er schon oft vorübergegangen war, in die er aber bisher noch nicht hineingegangen war. Zuerst nahm er den eigentümlichen Geruch wahr, der ihm entgegenschlug, eine Mischung aus Öl und Metall sowie der zarten Bitterkeit von Polierpaste. Er stand in krassem Gegensatz zu der Luft in seinem Büro, die hauptsächlich nach Leder, Papier und Tinte duftete. Interessiert sah Hans sich um: Der Raum war eng und vollgestellt. Die Wand rechts wurde von einem hohen Regal eingenommen, in dem unzählige Kästen lagerten, sorgfältig beschriftet mit kleinen Etiketten: »Federn«,

»Schrauben«, »Zahnradkomponenten«. Neugierig trat er näher heran, als plötzlich eine dünne Stimme in seinem Rücken ertönte. »Jede Schachtel ist ein winziges Universum, randvoll mit mikroskopisch kleinen Teilen. Sie werden von meinen Händen zum Leben erweckt.«

Hans fuhr herum und sah sich einem dürren Greis gegenüber, der an einer Werkbank saß und ihn freundlich musterte.

»Verzeihung. Ich habe Sie gar nicht gesehen. Ich ...«

»Keine Sorge«, kicherte der Alte. »Es ist alles gut.« Dann hob er den Finger und hieß den Jüngeren schweigen. »Hören Sie das?«, fragte er, nachdem einige Sekunden vergangen waren.

»Was meinen Sie?«, fragte Hans verwirrt.

»Das Ticken der Uhren!«, eröffnete ihm der Weißhaarige. »Klingt wie ein Herzschlag, finden Sie nicht?«

»Jetzt, da Sie es sagen«, murmelte Hans. Der Uhrenexperte faszinierte ihn – und gleichzeitig war er ihm ein wenig unheimlich.

»Ich bin gleich für Sie da«, sagte der Greis. »Ich muss nur eben etwas zu Ende bringen.« Er deutete auf das offene Uhrwerk, das vor ihm auf dem Tisch lag. Dann griff er nach einer Lupe, die er sich wie ein Monokel ins Auge klemmte, und studierte die winzigen Zahnrädchen. Seine Finger bewegten sich präzise wie die eines Chirurgen, als er eine Pinzette hob und ein kaum sichtbares Teil in das Werk einsetzte.

»Ein Uhrwerk ist tatsächlich wie ein Herz«, griff er während seiner Arbeit das Thema von vorher wieder auf. »Jeder Schlag muss perfekt sein, sonst lebt es nicht.« Dann blickte er auf und sah Hans in die Augen. »Eine Uhrmacherwerkstatt ist nicht nur ein Ort der Arbeit, sondern auch der Heilung. Jede Uhr hat ihre Geschichte. Sie trägt die Zeit ihres Besitzers in sich.«

Hans klammerte seine Hand fest um die Uhr in seiner Westentasche.

Der Alte sah ihn immer noch an. »Die Zeit ist ein Geschenk. Und eine Uhr dient als ihr Gefäß.«

Hans freute sich, dass sein Weg ihn ausgerechnet zu einem solch philosophischen Uhrmacher geführt hatte.

Schließlich legte dieser die reparierte Uhr zufrieden zur Seite. »Jetzt bin ich für Sie da«, sagte er mit einem Mal ganz geschäftig, und Hans hatte den Eindruck, als erwache der Mann mit Beendigung seiner Arbeit wie aus einem Zauber, einem Traum. »Was kann ich für Sie tun?«

»Mein Name ist Hans Wilsdorf. Ich suche nach exquisiten Uhren für den Export nach England.«

Der Uhrmacher nickte langsam. »Die Menschen dort auf der Insel schätzen Qualität. Kommen Sie, ich zeige Ihnen etwas Besonderes.« Er erhob sich etwas umständlich und streckte Hans die Hand hin. »Und nun, da Sie sich vorgestellt haben, junger Mann, will ich ebenfalls kein Geheimnis aus meinem Namen machen. Ich bin Jean Dubois.«

»Freut mich.« Hans ergriff die ausgestreckte Rechte und schüttelte sie.

»Mich ebenso, junger Mann, mich ebenso«, sagte der Alte und kicherte erneut. Dann führte er Hans zu einem langen Arbeitstisch, auf dem mehrere Uhren lagen. Er griff nach einer besonders feinen Taschenuhr und hielt sie ins Licht. »Jedes Detail wurde von Hand gefertigt. Und das Uhrwerk – präzise bis zum Bruchteil einer Sekunde.«

Hans nahm die Uhr vorsichtig entgegen und lauschte ihrem Ticken. »Beeindruckend«, sagte er leise. »Ihre Arbeit ist wirklich außergewöhnlich.«

Dubois lächelte. »Es ist nicht nur Arbeit, Monsieur Wilsdorf. Es ist Kunst, aber das kann der Laie nicht erkennen.

Deshalb fällt es den Kunden so schwer, zwischen herkömmlichen Uhren und Meisterwerken zu unterscheiden.«

»Da habe ich schon eine Idee«, sagte Hans. »Ich würde für jede Uhr ein Ganggenauigkeitszeugnis vom Observatorium in Neuenburg einholen. Damit haben die englischen Kunden einen Nachweis über die Qualität des Laufwerks der Uhren.«

Der Alte nickte anerkennend. »Das ist eine gute Idee. Treffen Sie nur Ihre Auswahl! Ich garantiere Ihnen, dass Sie keine besseren finden werden.«

* * *

Das Kantonsobservatorium von Neuenburg war ein imposantes Gebäude, das hoch oben auf dem Chaumont in der Nähe der Stadt thronte. Als Hans eintrat, fand er sich in einem großen, kühlen Saal wieder, der von Regalen mit wissenschaftlichen Instrumenten gesäumt war. Hinter einem hohen Tresen stand ein Beamter, der ihn mit einer Mischung aus Neugier und Reserviertheit betrachtete.

»Guten Tag, mein Herr«, begann Hans höflich und zog seinen Hut. »Mein Name ist Hans Wilsdorf. Ich arbeite im Exportgeschäft von Cuno Kourten in La Chaux-de-Fonds. Ich möchte Ganggenauigkeitszeugnisse für eine Serie von Taschenuhren beantragen.«

Der Beamte, ein vollbärtiger Mann mittleren Alters, legte seinen Federhalter zur Seite und sah Hans über den Rand seiner Brille hinweg streng an. »Ganggenauigkeitszeugnisse sind keine Selbstverständlichkeit, junger Mann«, betonte er. »Jede Uhr muss eine Reihe von Prüfungen durchlaufen.«

»Das ist mir bewusst, Herr …« Hans zögerte.

»Bürgermeister«, stellte sich der Beamte knapp vor. »Alain Bürgermeister. Und welche Uhren wollen Sie prüfen lassen?«

Hans öffnete vorsichtig die mitgebrachte Schatulle und zeigte dem Beamten die Uhren. »Diese Modelle, hergestellt von den besten Meistern in La Chaux-de-Fonds. Sie sollen nach England exportiert werden. Unsere Kunden legen großen Wert auf Präzision und Vertrauen in die Qualität.«

Alain Bürgermeister nahm eine der Uhren heraus, drehte sie in seinen Händen und lauschte dem Ticken. »Ein feines Stück. Sie wissen aber, dass wir mindestens zwei Wochen benötigen, um ein solches Zeugnis auszustellen?«

»Ich verstehe«, sagte Hans. »Das ist gewiss gut investierte Zeit.«

Ein Lächeln huschte über das Gesicht des Beamten. »Das ist eine weise Einschätzung, Herr Wilsdorf. Lassen Sie die Uhren hier, und ich werde veranlassen, dass sie getestet werden. Sie können in zwei Wochen wiederkommen, um die Zeugnisse abzuholen.«

Hans verbeugte sich leicht. »Vielen Dank, Herr Bürgermeister. Ihre Sorgfalt wird sicherstellen, dass diese Uhren ihren Weg in die Hände zufriedener Kunden finden.«

* * *

»Hans, du Genie!«, lobte Cuno begeistert, nachdem er seinen jüngsten Angestellten zu sich ins Büro bestellt hatte – wenige Wochen, nachdem dieser bei Jean Dubois vorstellig geworden war. Seither hatte Hans bergeweise Briefe an potenzielle Kunden in England verfasst und darin den Wert der Schweizer Handwerkskunst hervorgehoben. Dabei war er stets dem Rat seines Vaters gefolgt, auf die Macht der Worte zu achten. Seine Argumente, gepaart mit den Ganggenauigkeitszeugnissen, hatten auch zahlreiche Händler überzeugt, die zunächst zögerlich gewesen waren. Der Uhrmacher schwärmte: »Ich habe noch nie so viele Bestellungen gehabt. Die Bücher explodieren. Deine Idee mit dem Zeugnis ist Gold wert. Die britischen Händler sind begeistert von der Kombination aus Schweizer Qualität und zertifizierter Präzision.«

Anerkennend klopfte er seinem Angestellten auf den Rücken. »Du wirst es noch weit bringen, mein Junge.«

Hans war zufrieden und stolz, als er um die Mittagszeit das Kontor verließ, um sich etwas zu essen zu kaufen. Der Winterwind pfiff durch die engen Straßen von La Chaux-de-Fonds, und der Atem formte kleine Wölkchen. Hans zog den Mantel fester um sich. Die Stadt lag unter einer Decke aus Schnee, seine Schritte knirschten. Es war ein ruhiger Tag. Die Geschäftshäuser mit ihren markanten Schaufenstern wirkten wie stumme Zeugen des Uhrmacherhandwerks, das die Stadt prägte.

Plötzlich hörte er eine klare, freundliche Stimme hinter sich: »Verzeihen Sie, könnten Sie mir den Weg zur Rue du Parc erklären? Mein Ehemann erwartet mich dort.«

Hans drehte sich um. Vor ihm stand eine rot gelockte Frau um die dreißig, die ihn sogleich in ihren Bann zog. Sie war außergewöhnlich edel gekleidet, mit einem eleganten Mantel aus dunklem Stoff, dessen Kragen mit feinem Pelz besetzt war. Ihre Handschuhe aus feinstem Leder wirkten glatt und makellos; der Hut, kunstvoll mit Schleifen und leichten Federn geschmückt, verriet Geschmack und Status.

Instinktiv griff Hans nach der Taschenuhr in seiner Weste, zögerte und sah sich misstrauisch um. Zu sehr erinnerte ihn die Situation an den Diebstahl am Bayreuther Bahnhof, die Erfahrung hatte ihn vorsichtig gemacht.

Die Dame vor ihm jedoch wirkte anders. Ihr sommersprossiges Gesicht strahlte eine offene Freundlichkeit aus, und ihre Augen suchten ruhig die seinen. Es war keine Spur von Arglist zu erkennen.

Hans räusperte sich und sagte schließlich: »Die Rue du Parc ist nur ein paar Straßen entfernt. Ich habe gerade Pause und kann Ihnen gern den schnellsten Weg zu Ihrem Gatten zeigen.«

»Das ist sehr freundlich von Ihnen«, sagte die Dame mit einem dankbaren Lächeln.

Während sie nebeneinander hergingen, bemerkte Hans etwas, das seine Aufmerksamkeit fesselte. Am schmalen Handgelenk der Frau glitzerte eine kunstvoll gestaltete kleine Uhr, eingefasst in ein zartes Armband aus Gold. Dessen filigrane Gravur und der elegante Schwung im Design verrieten, dass es sich um ein Meisterwerk der Uhrmacherkunst handeln musste – ein Accessoire, wie es nur eine Dame von Rang besitzen würde.

»Verzeihen Sie, gnädige Frau«, begann Hans nach einer kurzen Pause, »aber Ihre Uhr ist bemerkenswert. Darf ich fragen, wer sie gefertigt hat?«

Die Dame hob überrascht die Hand und warf einen flüchtigen Blick auf den eleganten Zeitmesser. »Oh, das ist eine Arbeit von Patek Philippe aus Genf. Ein Geschenk meines Vaters.« Sie hielt kurz inne, und ein Hauch von Enttäuschung schlich sich in ihren Ton. »Allerdings muss ich gestehen, dass sie nicht sehr zuverlässig läuft. Sie geht oft falsch und bleibt manchmal ganz stehen. Dieses Ührchen ist wohl wirklich eher ein Schmuckstück als ein präzises Messinstrument.«

Hans blieb einen Augenblick lang stumm und dachte nach. Eine Uhr, die zwar kunstvoll gefertigt war, aber nicht zuverlässig funktionierte? Es schien ihm wie ein Widerspruch.

Die Dame fuhr fort: »Ich trage sie trotzdem gern. Sie ist hübsch, und sie passt zu mir, aber ich verlasse mich für die Zeit lieber auf die Kirchturmuhr.«

Hans nickte nachdenklich, während ihre Worte in ihm nachhallten. Wie konnte es sein, dass ein so wertvolles Stück seinen eigentlichen Zweck nicht erfüllte? Es war wie eine verpasste Gelegenheit – etwas, das besser hätte sein können, wenn man es nur anders angegangen wäre.

Als sie die Rue du Parc erreichten, bedankte sich die Frau herzlich, und Hans verabschiedete sich höflich. Doch während er weiter durch die kalte Winterluft ging, ließ ihn die Begegnung nicht los. Die Idee einer Armbanduhr, die nicht nur ein Schmuckstück, sondern ein verlässlicher Begleiter sein könnte, begann, in seinem Kopf Form anzunehmen.

Vielleicht, dachte er, lag die Zukunft nicht nur in der Schönheit der Uhrmacherkunst, sondern auch in ihrer Funktionalität – in einer Kombination aus Eleganz und Präzision, die auch der Damenwelt zuteilwerden würde.

3

Der Winter in La Chaux-de-Fonds war lang und kalt, doch für Hans markierte er eine Zeit des Wachstums. Die frostige Luft und die langen Abende nutzte er für gründliches Nachdenken und kreative Visionen, denn mochte er als Verkäufer noch so erfolgreich sein, er wünschte sich mehr als das. Er wollte etwas Bleibendes schaffen, etwas Nützliches, etwas Großartiges. Die Klage der Dame über ihre Armbanduhr ging ihm nicht mehr aus dem Kopf. Und während er viele Stunden in der Werkstatt von Monsieur Dubois verbrachte, dachte er weiter darüber nach. Schon oft hatte er beobachtet, dass dessen Kunden oder Gesprächspartner ihre Taschenuhr mühevoll aus den Westen hervorziehen mussten. Wie praktisch es doch wäre, wenn beide Geschlechter die Uhrzeit irgendwo am Körper tragen und damit jederzeit im Blick haben könnten. Dieser Gedanke hatte sich bei ihm tief eingebrannt. Er hatte darum in den folgenden Wochen und Monaten unendlich viele unendlich umständliche Uhrzeit-Ablese-Momente beobachtet. Die in Armreifen oder Armbänder eingelassenen Zeitmesser waren in der Tat eher Zierwerk, sie würden niemals seinem Genauigkeitstest standhalten – aber dem konnte man doch gewiss Abhilfe schaffen? Eine präzise funktionierende Uhr für das Handgelenk, die dann auch Herren tragen könnten? Je länger er darüber nachdachte, desto überzeugter war er von seiner Idee – bis er schließlich, an einem besonders kalten Abend, wieder einmal Monsieur Dubois in dessen Werkstatt aufsuchte.

Der Alte saß wie immer an seiner Werkbank und sah kaum von seiner Arbeit auf, doch ein Lächeln zog über sein Gesicht, als Hans bei ihm Platz nahm. Er legte nach einigen Minuten sogar die Uhr beiseite, an der er gerade gearbeitet hatte, und sah sein Gegenüber aufmerksam an. »Willst du es mir heute endlich verraten?«

»Was denn?«

»Mach mir nichts vor, Junge! Du warst doch schon die ganzen letzten Tage so nervös. Und heute scheinst du zu platzen.«

»Sie haben recht«, gab Hans zu und berichtete dem Alten dann von seinen Beobachtungen. »Was, wenn es auch für die Herren der Schöpfung eine Uhr wie bei den Damen gäbe – eine, die man nicht eigens aus der Tasche nehmen muss, um die Zeit abzulesen?«, schlug er schließlich vor. »Eine Uhr, die man immer bei sich trägt, wie ein Schmuckstück, und die damit auch ein Ausdruck der eigenen Persönlichkeit ist?«

Dubois blickte skeptisch drein. »Eine Armbanduhr für unsereins?«, fragte er zweifelnd. »Wie du schon richtig bemerkt hast: Das ist vielleicht etwas für Damen – ein modisches Accessoire. Aber für Herren? Nein, ich glaube, dafür ist die Welt noch nicht bereit.«

Hans lächelte entschlossen. »Das sehe ich anders. Und der richtige Zeitpunkt ist immer genau jetzt.«

Verblüfft sah der Alte ihn an. »Weise Worte, mein Junge«, sagte er und lächelte ebenfalls. »Könnten von mir sein.«

»Eine Armbanduhr passt zu dem unglaublichen technischen Fortschritt unserer Zeit. Und denken Sie mal an all die Vorteile! Beide Hände bleiben frei, sie ist leichter zugänglich und könnte genauso präzise sein wie jede Taschenuhr. Es braucht nur jemanden, der den ersten Schritt macht.«

Dubois musterte Hans nachdenklich. »Ich denke eben, genau das wird das Problem sein: Ob es jemals gelingen kann, eine Armbanduhr zu schaffen, die genauso präzise ist wie eine Taschenuhr. Sie ist ja sehr viel kleiner. Also, die Mechanik wäre eine gewaltige Herausforderung, und die Uhr müsste extrem robust sein. Und was wäre mit dem Armband? Leder könnte verschleißen, und Metall ist unbequem.«

Hans sprang vor lauter Begeisterung auf. »Genau deswegen reizt mich die Idee so sehr. Man müsste etwas Neuartiges erfinden! Stellen Sie sich ein robustes Uhrwerk vor, das den alltäglichen Belastungen standhält, und ein Armband, das sowohl bequem als auch langlebig ist. Es ist möglich – wir müssen nur daran arbeiten.«

Die Worte blieben im Raum hängen, begleitet vom leisen Ticken der Uhren, die auf Dubois' Arbeitstisch lagen. Der Uhrmacher nickte schließlich langsam. »Du bist ein Träumer, Hans Wilsdorf, aber manchmal braucht es Träumer, um die Welt voranzubringen.«

»Sie sind also dabei?«

»Ja, mein Junge«, sagte der Uhrmacher. »Ja, das bin ich.«

* * *

In den folgenden Wochen widmete Hans seine Abende der Idee, eine Armbanduhr anzufertigen. Er studierte Formgebung, Gestaltung, Materialien und Uhrmachertechnik. Er skizzierte erste Entwürfe, verglich verschiedene Armbandtypen und dachte darüber nach, was die zukünftigen Träger schätzen würden. Während er seine Entwürfe zeichnete, saß Dubois ihm gegenüber, über ein Uhrwerk gebeugt, das kaum größer als eine Münze war, und arbeitete mit fast ehrfurchtsvoller Präzision. Sein Vergrößerungsglas war an einem Gestell befestigt und beleuchtete das winzige Gehäuse, in dem Zahnräder, Federn und Rubine kunstvoll miteinander verbaut wurden. Mit einer hauchdünnen Pinzette hob er ein Zahnrad an, das so fein war, dass es im Licht der Arbeitslampe schimmerte wie ein Kristall. Dubois drehte das Mineral vorsichtig, prüfte Einbauwinkel und setzte es behutsam in die dafür vorgesehene Aussparung ein.

Hans konnte sehen, wie Dubois die winzige Schraube mit einem speziell angefertigten Schraubenzieher befestigte, wobei seine Hand selbst bei der kleinsten Bewegung vollkommen ruhig blieb. »Das Zahnrad«, sagte der Alte schließlich, ohne den Blick von seiner Arbeit zu lösen, »ist das Herzstück. Es muss nicht nur perfekt eingepasst sein, sondern auch ein Leben lang halten. Jede Abweichung, auch nur um einen Bruchteil eines Millimeters, würde die Präzision der Uhr stören.«

Er griff nach einer feinen Feder, die kaum dicker als ein Haar war. »Die ist aus einer feinst ausgewogenen Stahlmischung gefertigt. Ihre Aufgabe ist es, gleichmäßig Energie freizusetzen. Das reicht allerdings nicht aus. Bei einer Armbanduhr müsste sie auch Stöße absorbieren können, die entstehen ja schon durch die Bewegungen des Handgelenks.«

Mit geübten Bewegungen setzte er die Feder in das Uhrwerk ein. Hans beobachtete jeden Schritt. »Ich verstehe jetzt, warum es so schwierig ist, eine Uhr zu bauen, die klein und robust ist. Die Herausforderung ist unglaublich.«

Dubois nickte. »Es ist fast unmöglich. Und genau das spornt mich an.«

Mit einer anderen Pinzette hob Dubois ein filigranes Zahnrad an, kaum sichtbar für das bloße Auge, und setzte es behutsam in das Gehäuse ein. Die Lampe über ihm warf ein helles Licht auf seine Hände, die sicher arbeiteten. Jeder Handgriff war durchdacht, jede Bewegung seiner Finger präzise.

»Siehst du, mein Junge«, begann Dubois, ohne von seiner Arbeit aufzublicken, »dieses Uhrwerk ist speziell. Es ist klein genug, um in eine Armbanduhr zu passen, aber stabil genug, um den Bewegungen des Handgelenks oder des Arms standzuhalten. Die Herausforderung besteht darin, Präzision und konstant funktionierende Mechanik zu vereinen. Dieses Rad hier«, er deutete auf das Zahnrad, »ist nicht nur kleiner als das einer Taschenuhr, sondern muss auch Erschütterungen widerstehen, denn die sind beim Tragen ja unvermeidlich.«

Hans lehnte sich vor, fasziniert von der Arbeit des Meisters. »Wie erreichen Sie diese Robustheit?«

Dubois justierte mit einem schmalen Schraubenzieher eine winzige Feder im Inneren des Gehäuses. »Durch die Wahl der Materialien und die exakte Balance. Die Feder hier ist aus einer speziellen Legierung, die einen flexiblen und dennoch starken Werkstoff ergibt. Der erlaubt es, dass das Uhrwerk präzise weiterläuft, selbst wenn es heftig bewegt wird.« Er hielt inne und sah Hans an. »Es ist ein schwieriger Balanceakt. Ein solches Uhrwerk verlangt das höchste Maß an Handwerkskunst.«

Hans konnte den Blick nicht von dem erfahrenen Meister an seinem Arbeitsplatz abwenden. »Genau das meine ich, Monsieur Dubois. Eine Uhr, die nicht nur praktisch, sondern auch ein Wunderwerk der Technik ist. Stellen Sie sich vor, wie eine solche Uhr am Arm den Alltag der Menschen verändern könnte.«

Hans zog die Skizzenmappe heran, in der sich seine Entwürfe befanden. Mit Herzklopfen öffnete er sie und nahm die Skizze heraus, die ihm am besten gefiel: eine schmale, elegant wirkende Uhr mit einem Armband, das aus einer Kombination von Leder und Metall gefertigt war.

»Das ist Ihr kleines Wunder als Armbanduhr«, erklärte er leise und bedacht, während er dem alten Meister seine Idee zuschob. »Monsieur Dubois, vielleicht können wir beide mit unserer Erfindung die Zukunft der Uhrmacherei beeinflussen.«

Ergriffen sah Monsieur Dubois ihn an.

4

Mercedes

Mercedes träumte jede Nacht vom Wasser, von dem Fluss, der sie in seine Arme nahm und sie über das Meer zu ihren Eltern trug. Es war eine Vorstellung, die sie sehr glücklich machte, aber jeden Morgen, wenn sie aufwachte, traf sie die Sehnsucht nach den Eltern und Schwestern umso mehr. Sie fühlte sich derart verloren, dass sie gar nicht wusste, wohin mit sich vor lauter Kummer – und das, obwohl Oma Anna und Opa Fritz nach Kräften alles versuchten, um sie glücklich zu machen.

Eines Sonntagmorgens im Sommer 1909 jedoch entdeckte die Achtjährige ein ungewohntes Strahlen im Gesicht der Großmutter. Sie nahm Mercedes ganz fest in die Arme und sagte bewegt: »Deine Mutter hat uns Geld geschickt, damit wir drei deine Eltern und Schwestern in Brighton besuchen können. Weiß der Himmel, wie sie das aufgetrieben hat!«

Mercedes wusste, dass ihr Vater im *Hotel Metropole* arbeitete und nicht viel verdiente. Die Mutter aber war nach der Klosterschule in Augsburg als Gouvernante nach Paris gegangen und sprach fließend Französisch und Englisch. Der patenten Frau waren laut Oma Anna schon zahlreiche Ideen gekommen, für sich und die Familie etwas dazuzuverdienen.

Und nun sollte Mercedes also wirklich mit ihren Großeltern zu ihr nach Brighton fahren dürfen?

Sie konnte ihr Glück kaum fassen.

Die Reise begann schon am nächsten Morgen. »Wir haben dir absichtlich erst so kurz vorher Bescheid gesagt«, erklärte die Großmutter dem Mädchen. »Wir wollten nicht, dass das Warten auf die Abfahrt für dich zur Qual wird. Und schau«, sie zog ein Kleidchen aus einem festen grauen Stoff mit roten Punkten heraus. »Das habe ich dir für die Reise genäht.«

»Es ist so schön!« Mercedes war ganz beeindruckt und strahlte über das ganze Gesicht. »Kann ich es gleich anziehen?«

Anna Kurr nickte schmunzelnd. »So war es gedacht.«

Kaum eine Stunde später saßen Mercedes und ihre Großeltern in einem der Waggons, die von einer dampfenden Lokomotive durch Deutschlands grüne Hügel gezogen wurde. Aufgeregt drückte Mercedes ihr Gesicht gegen das kühle Glas des Zugfensters und bestaunte die vorbeiziehende Landschaft. Die Felder und kleinen Dörfer schienen aus einem Bilderbuch zu stammen. »Ist es in Brighton auch so grün?«, wollte sie von ihren Großeltern wissen, während ihr Atem einen leichten Nebel auf der Fensterscheibe hinterließ.

»Nicht ganz, Liebes. Es hat andere Schönheiten. Das Meer, die schönen Häuser und die bunten Straßen mit den fröhlichen Menschen werden dir gefallen.«

Mercedes nickte und sah wieder hinaus. Irgendwann wurde sie müde. Das Rattern der Räder, das laute Zischen der Lokomotive, die vorbeirasenden Bilder – das war aufregend und einschüchternd zugleich. Nach einer Weile schmiegte sie sich eng an ihre Oma Anna. Sie fühlte sich von ihr beschützt und beobachtete neugierig an jeder Haltestelle, wie die Reisenden ein- und ausstiegen. Ein freundlicher Herr mit Hut, der ihnen gegenüber Platz genommen hatte, bot Mercedes ein Bonbon an, das sie nach einem fragenden Blick zu ihrer Großmutter und deren ermunterndem Nicken dankbar annahm.

Nach einem ganzen Tag im Zug erreichten sie die französische Hauptstadt Paris. Mercedes staunte ganz aufgeregt. Fast am Horizont entdeckte sie einen merkwürdigen skelettartigen Turm aus Eisenstangen, ganz ohne echte Wände. So etwas hatte sie noch nie gesehen.

Mit ihren Großeltern übernachtete sie in einem für ihre Begriffe unglaublich feinen Hotel, um am nächsten Morgen den Zug nach Calais an der Meeresküste zu nehmen.

Hier stiegen sie auf ein Dampfschiff um, das sie über dieses Meer, den Ärmelkanal, bringen sollte. Mercedes konnte ihre Aufregung kaum verbergen. Das erste Mal bewusst auf einem Schiff zu sein, die Salzflut zu riechen, die Möwen schreien zu hören, all das ließ ihr Herz wieder schneller schlagen. Matrosen, die geschäftig an Deck arbeiteten, winkten ihr freundlich zu, und sie erwiderte es fröhlich.

In diesem Moment ertönte ein dumpfes Tuten. Es war so laut, dass Mercedes erschrocken zusammenfuhr und sich die Ohren zuhielt.

»Das war das Schiffshorn«, erklärte ihre Oma. »Es geht los!«

In der Tat legte der große Dampfer in diesem Moment ab. Der Wind fühlte sich stärker an. Mercedes beobachtete die Wellen, die schäumend gegen den Schiffsrumpf schlugen. Es war laut und ein bisschen unheimlich.

Je länger sie mit Oma Anna und Opa Fritz an der Reling stand und auf das Meer hinausschaute, desto mulmiger wurde ihr angesichts der gewaltigen Wassermassen. Die Respekt einflößenden Wogen schienen unberechenbar. Zum

Glück hatten der Kapitän und seine Matrosen einen Kompass zur Verfügung, denn wohin Mercedes auch blickte – hier auf offener See sah alles gleich aus. Vom Großvater wusste sie, dass ein solches Navigationsinstrument anzeigte, in welche Richtung sie fahren mussten.

Nach einer Weile wuchs Mercedes' Vertrauen in das Schiff sowie seine Crew, und der Rhythmus der See wirkte auch beruhigend. Weil das Meer, wenn man es beherrschte, einen trug. In die Heimat. Zu den Eltern.

* * *

Mercedes hatte die Seefahrt und das Treiben an Bord genossen, doch als sie Brighton erreichten, war sie ein wenig enttäuscht. In ihren Träumen hatte sie sich den Ort, an dem ihre Eltern und Geschwister lebten, immer als sehr, sehr schön, fast schon märchenhaft vorgestellt. Das echte Brighton ängstigte sie nun etwas.

Die Straßen waren voller Menschen, die sich zwischen den Pferdekutschen und Marktständen bewegten. Obgleich ihre Oma Anna und Opa Fritz sie rechts und links fest an den Händen hielten, fühlte sich das Mädchen ein wenig verloren. Wo waren ihre Eltern? Suchend blickte sie sich um – und sah einen fremden Mann auf sich zueilen. Er war groß, schlank und hatte einen Hut auf. »Mercedes, mein kleines Mädchen!«, platzte es aus ihm heraus. Als er bei ihr angekommen war, hob sie in seine Arme und wirbelte sie herum.

Mercedes war davon so überrumpelt, dass sie einen erschrockenen Schrei ausstieß. Vorsichtig stellte der Mann sie wieder auf ihre Füße. »Es tut mir leid, wenn ich dich erschreckt habe. Ich freue mich einfach so sehr, dich nach all den Jahren wiederzusehen. Ich habe dich schrecklich vermisst.«

Mercedes starrte ihn an. »Wer sind Sie?«, fragte sie.

Sichtbar enttäuscht verzog der Mann das Gesicht. »Kennst du mich denn nicht von den Fotografien?«, fragte er. »Ich bin dein Papa.«

Sie schüttelte den Kopf. »Der sieht anders aus.«

»Auf dem Bild, das über ihrem Bettchen hängt, hast du keinen Bart«, erklärte Anna Kurr und trat einen Schritt vor, um ihren Schwiegersohn zu umarmen. »Schön, dich zu sehen, mein Junge.«

Als Heinrich sich von Anna gelöst hatte, begrüßte er seinen Schwiegervater und wandte sich dann wieder der jüngsten Tochter zu: »Weißt du was? Ich rasiere mir den Bart einfach ab. Und dann sehe ich wieder so aus wie der Mann auf der Fotografie. Was hältst du davon?«

Mercedes schmunzelte. »Gute Idee.«

Karl Heinrich Gleitze hatte eine Droschke gemietet, die sie zu ihrem Haus in der Freshfield Road Nummer 124 bringen sollte. Mercedes hockte zwischen ihren Großeltern, der Vater saß ihr gegenüber und sah sie unaufhörlich an, was Mercedes gar nicht mochte. Er schien das schließlich zu bemerken, denn er sagte: »Entschuldige, dass ich dich so anstarre, ich kann nur einfach gar nicht glauben, wie groß mein Mädchen geworden ist.«

Dabei bemerkte Mercedes, dass Tränen in den Augen des Mannes schimmerten. Er musste sie wirklich sehr vermisst haben.

In diesem Moment deutete Heinrich Gleitze in Richtung rechts vor ihnen. »Schau, dort vorne ist unser Haus.«

Das schmale zweistöckige Reihenhäuschen schien sie anzulächeln, als wolle es Mercedes willkommen heißen. Die Fassade war weiß, und die Sonne, die über den Dächern

Brightons schien, malte zarte Schattenspiele auf die Mauern. Wie im Bilderbuch, dachte Mercedes.

Das Erste, was ihr auffiel, war die blaue Tür mit ihren glänzenden Messingbeschlägen, die in der Sonne funkelten. Darüber wölbte sich ein kleines Dach, unter dem sich Spinnennetze spannten. Die Kutsche hielt direkt vor dem Haus – die Tür wurde aufgerissen, und eine blonde Frau trat heraus. Das musste ihre Mutter sein, die genau wie die Oma Anna hieß. Mercedes' Herz raste, und zu ihrer Erleichterung stürzte die Frau, die ihr ja auch fremd war, nicht auf sie zu, wie zuvor ihr Vater, sondern lächelte sie nur freundlich an. Schüchtern lächelte Mercedes zurück, sah sich dabei aber verunsichert nach ihrer Großmutter um, die ihr freundlich zunickte.

»Mercedes, mein Liebling!« Anna Gleitze streckte die Arme nach ihr aus, doch Mercedes blieb an der Hand ihrer Großmutter stehen, ihre großen Augen suchten nach Vertrautem in der fremden Frau.

Die Mutter, der inzwischen Tränen über die Wangen liefen, zögerte, dann sprach sie leise weiter: »Weißt du, ich habe jeden Tag an dich gedacht. Wir haben dir ein Bettchen im Zimmer deiner Schwestern hergerichtet, die beiden freuen sich so sehr, dich zu sehen.«

Langsam ließ Mercedes die Hand ihrer Großmutter los, blieb stehen, ihre Finger vor dem Bauch verknotet. Sie musterte das Gesicht der Frau, die sie so lange vermisst hatte. »Mama?«, fragte sie zögerlich, als wolle sie sicherstellen, dass diese Fremde wirklich Anna Gleitze war.

»Ja, meine Kleine, ich bin deine Mama.« Die Mutter öffnete die Arme erneut und blieb eine Weile in dieser Haltung. Mercedes sollte wohl selbst entscheiden, ob sie bereit für diese Nähe war. Schließlich legte sie ihre Arme um den Hals ihrer Mutter. Die Umarmung war zunächst förmlich, doch allmählich entspannte sich das Mädchen. Der Geruch ihrer Mutter, ihrer Haare, ebenso wie eine Mischung aus Lavendelduft und Seeluft lösten eine Flut von Gefühlen in ihr aus.

Anna hielt sie ganz fest umschlossen und flüsterte: »Du bist so wunderschön, mein kleines Mädchen. Und so groß geworden.«

Mercedes löste sich nach einigen Momenten aus dem Griff und trat sogleich zurück zu ihrer Oma. Die Jahre der Trennung hatten eine Distanz geschaffen, die nicht in wenigen Minuten überwunden werden konnte.

»Komm, wir gehen ins Haus«, sagte ihre Mutter, die ihr zu ihrer Erleichterung nicht gram zu sein schien. »Deine Geschwister warten schon gespannt auf dich!«

Im Inneren des Hauses war es kühl und ruhig. Die Dielen knarrten unter ihren Schuhen. In den Flur, den Mercedes an der Hand ihrer Oma betrat, fiel in langen, hellen Streifen Tageslicht durch die Fenster. Am Ende des Flurs standen zwei Mädchen in geblümten Kleidchen. Sie hielten einander an der Hand und sahen Mercedes neugierig entgegen. Deren Herz klopfte bis zum Hals. Da riss sich die Jüngere der beiden von der Hand ihrer Schwester los und hüpfte ihr entgegen. Braune Kringellöckchen, die bei jeder Bewegung wippten, hingen ihr in die Stirn, sie hatte strahlend blaue Augen. »Mercedes! Du bist endlich hier! Ich bin Doloranda.«

Mercedes zitierte, was ihr die Oma erzählt hatte: »Du bist die *größere* große Schwester und wirst im Juli zwölf?«

»Ja! Alle nennen mich nur Randa. Und das ist Stella, sie ist neun«, bestätigte das Mädchen. Sie zeigte auf die Zweitgeborene. Die hatte rotes Haar und ebenfalls blaue Augen. Sie wirkte deutlich schüchterner als die älteste Schwester. Auch sie kam nun näher, ihre Bewegungen langsam und bedacht.

»Wir haben so viel von dir gehört. Es ist schön, dich endlich hier zu haben.«

Doloranda zog eine kleine Stoffpuppe aus ihrer Tasche und streckte sie Mercedes entgegen. »Hier, die ist für dich, ich habe sie selbst gemacht.«

Zögernd nahm Mercedes die Puppe, betrachtete sie eingehend, und ein scheues Lächeln huschte über ihr Gesicht. »Danke.«

Stella lächelte zufrieden zurück. »Wenn du möchtest, zeigen wir dir jetzt unser Zimmer.«

Nach einem weiteren Blick zur Großmutter, die aufmunternd nickte, folgte Mercedes ihren Schwestern die Treppe hinauf.

5

Hans Wilsdorf stand am Pier von Brighton, atmete die salzige Meeresluft tief ein, hob sein Gesicht der rauen Brise entgegen. Der Palace Pier war ein über fünfhundert Meter langer Steg, der einige Jahre zuvor eingeweiht worden war. Besonders die großen, prunkvollen Gebäude am Anfang des Piers waren ein magnetischer Blickfang. Der Victoria Arch, der den Zugang zum Steg markierte, lockte viele Besucher an, die sich in den Hallen amüsieren wollten, promenieren oder einfach nur die Seeluft genießen. Wie erfrischend das war! Und wie schön, endlich angekommen zu sein! Der Weg von London hierher war lang gewesen und Hans extrem begierig darauf, seine Uhren auch auf der Messe in der schönen Küstenstadt vorzustellen.

Acht Jahre war es her, dass er mit Monsieur Dubois in monatelanger Arbeit die Zeitmesser angefertigt und perfektioniert hatte. 1903 war er dann mit seiner Firma nach England ausgewandert. Ein Unterfangen, das sich zunächst ganz furchtbar gestaltet hatte: Auf der Schiffsreise war dem damals Zweiundzwanzigjährigen wieder etwas gestohlen worden – diesmal jedoch endgültig und in viel schlimmerem Ausmaß: sein Erbteil in Form von dreiunddreißigtausend Deutschen Goldmark! Anfangs war Hans in völliger Schockstarre verharrt, doch dann hatte er auf eine finanzielle Anleihe seiner Geschwister zurückgreifen können und den Mann seiner Schwester Anna an der Uhrenfirma beteiligt: Alfred James Davis. Mit dem Schwager hatte er dann vor drei Jahren in London die Firma Wilsdorf & Davis Ltd. gegründet. Das Unternehmen importierte Schweizer Uhrwerke von Jean Aegler nach Großbritannien und bot sie dort, nach der Endfertigung, als Schweizer Uhren von Wilsdorf & Davis an. Jetzt konnte Hans es kaum erwarten, sie auch in Brighton vorzustellen: am Arm tragbare präzise Zeitmesser, die die Welt verändern könnten! Bevor er sich in den Trubel der Messe stürzte, die hier an diesem Tag beginnen sollte, brauchte er noch eine Unterkunft. Sein Schwager hatte ihm das auffällige *Metropole* empfohlen, das an der King's Road direkt an der Küste lag, und ihm erklärt, dass es dorthin vom Hafen aus etwa eineinhalb Kilometer Fußweg seien. Nicht zuletzt wegen der beiden Koffer, die er bei sich trug, entschied Hans sich dennoch, eine Kutsche zu nehmen.

Der Fahrer, ein älterer Mann mit von der Seeluft gegerbtem Gesicht, blickte ihm freundlich entgegen. »Wohin soll es gehen, Sir?«

»Zum *Metropole,* bitte«, antwortete Hans.

»Eine gute Wahl, Sir. Eine luxuriöse Unterkunft, große Ballsäle, steigen Sie ein!«

Hans setzte sich in die Kabine, die mit weichen Lederpolstern ausgestattet war, und lehnte sich zurück, während die Räder rumpelnd über das Kopfsteinpflaster rollten.

Die Kutsche fuhr zunächst die schmale Straße entlang, die vom Hafen wegführte. Hans beobachtete neugierig die geschäftigen Menschen im Ort: Fischer, die Netze flickten; Arbeiter, die Kisten mit Waren aus Übersee ausluden; Händler, die lautstark ihre Waren anboten. Der Geruch von frisch gefangenem Fisch vermischte sich mit dem Rauch der Schornsteine der nahen Lagerhäuser. Links der Kutsche erstreckte sich die Promenade, die von schmiedeeisernen Geländern gesäumt war. Spaziergänger flanierten, Kinder spielten Fangen, kreischende Möwen kreisten am Himmel. Hans' Blick flog über die lange Reihe viktorianischer Häuser mit ihren charakteristischen Ziegelfassaden und kunstvoll gestalteten Balkonen.

Die Fahrt ging weiter die breite King's Road entlang, die parallel zur Küste verlief. Diese Straße war voller Leben, gesäumt von Teehäusern, Geschäften und kleinen Läden, deren Waren in den Schaufenstern auslagen. Einige Passanten hielten an, um Angebote der neuesten Mode zu betrachten, während andere eilig in die Geschäfte gingen.

Hans sah elegante Damen in feinen Kleidern und mit Sonnenschirmen, Geschäftsleute, die offensichtlich unterwegs zu einer Verabredung waren, und Künstler, die ihre Werke auf Staffeleien am Straßenrand ausstellten. Brighton, so fand Hans, war eine lebendige Mischung aus Kultur und Handel.

Fast bedauerte er es, als die Kutsche wenig später mit einem leichten Ruck vor dem eleganten *Metropole* zum Stehen kam. Das Gebäude, das sich majestätisch an der Küste erhob, beeindruckte Hans sofort. Seine Fassade aus rotem Stein, kunstvoll verziert mit Balkonen und großen Fenstern, in der Mitte des Dachs ein Türmchen. Vor dem Eingang standen mehrere Portiers in tadellosen Uniformen bereit, Gäste willkommen zu heißen.

Der Kutscher wandte sich an Hans. »Das ist das *Metropole,* Sir. Ein feiner Ort. Sie werden es nicht bereuen.«

Hans dankte ihm, zahlte den Fahrpreis, und einer der Portiers lud das Gepäck aus.

Die Lobby des *Metropole Hotel* erwies sich als beeindruckende Mischung aus Eleganz und Tradition. Polierte Marmorböden spiegelten das Licht von kunstvollen Kronleuchtern, die hohen Decken waren mit aufwendigen Stuckarbeiten verziert.

Hans trat an die Empfangstheke, an der ein freundlicher Rezeptionist ihn begrüßte. »Willkommen im *Metropole Hotel,* Sir. Haben Sie eine Reservierung?«

»Nein, aber ich brauche ein Zimmer.«

»Natürlich, Sir.« Er schien Hans' Akzent erkannt zu haben, denn nun fügte er auf Deutsch hinzu: »Darf ich fragen, ob Sie aus Deutschland stammen?«

»Schweiz«, antwortete Hans. »Geboren und aufgewachsen bin ich aber im fränkischen Kulmbach.«

»Ich täusche mich selten in einem Akzent«, erklärte der Angestellte lächelnd. »Bevor ich nach England gekommen bin, war ich Bäckermeister in Holzerode bei Göttingen. Heinrich Gleitze mein Name, hier in England nennt man mich Henry. Wir haben ein wunderbares Zimmer mit Meerblick frei. Möchten Sie es besichtigen?«

Hans bejahte und folgte einem jungen Pagen, der ihn zu dem geräumigen Zimmer im oberen Stockwerk führte. Es war luxuriös eingerichtet: ein Himmelbett mit weichen Kissen, ein Schreibtisch aus dunklem Mahagoni und hohe Fenster, die den Blick auf das glitzernde Meer freigaben. »Ich nehme es.«

»Sehr wohl, Sir.«

Nachdem der Page gegangen war, nahm Hans sich einen Moment Zeit, um die Aussicht zu genießen. Die Sonne tauchte das Meer in silbern glänzendes Licht. Er fühlte sich von einer leisen, deutlich spürbaren Zuversicht erfüllt. Brighton war genau der richtige Ort, um seine Uhren noch bekannter zu machen!

Nach einer kurzen Erfrischung machte sich Hans auf den Weg zur Messe. Diesmal beschloss er, zu Fuß zu gehen, um die Stimmung in der Küstenstadt zu genießen. Der Weg führte ihn zurück entlang der King's Road, vorbei an den belebten Straßen und der geschäftigen Promenade.

Plötzlich hatte er jedoch das Gefühl, die falsche Richtung eingeschlagen zu haben. Eine elegant gekleidete junge Dame mit einem Bastkorb voller Büromaterialien ging an ihm vorbei. Er musste schmunzeln, da diesmal er derjenige war, der nach dem Weg fragen würde. So musste er zumindest keine Angst um seine Taschenuhr haben.

»Entschuldigen Sie mich, meine Dame«, sagte er, und als sie sich zu ihm umdrehte, atmete er fast erschrocken auf. Die schlanke Frau hatte klare blaue Augen und welliges hellbraunes Haar, das sie im Nacken zu einem Knoten geschlungen hatte. Ihr schönes Gesicht ließ seinen Puls rasen.

»Ja?«, fragte sie, und ihr freundliches Lächeln zeigte ihm, dass sie ihn zumindest nicht gänzlich abstoßend fand.

»Könnten Sie mich bitte … mir bitte sagen, wie ich zur Messe komme?«, stammelte er und spürte, dass er wie ein Schuljunge errötete.

»Gern«, sagte sie. Als sie begann, den Weg zu erklären, konnte er den Blick nicht von ihr lassen.

Schließlich sah sie ihn mit großen Augen an. Hans schloss daraus, dass sie mit der Beschreibung fertig war. Er hatte sich kaum auf ihre Beschreibungen konzentrieren können.

»Danke, vielen Dank«, murmelte er.

»Mein Chef ist auch auf der Messe, vielleicht sehen Sie ihn ja«, sagte sie lächelnd.

»Dann grüße ich ihn«, sagte er verstört. »Auf Wiedersehen und danke noch mal.«

Kaum war er ein paar Schritte gegangen, schalt er sich

einen Vollidioten. Er kannte doch weder den Namen der Schönen noch den ihres Arbeitgebers. Die junge Dame hatte doch bestimmt von ihm gesprochen, weil sie ein Gespräch mit Hans hatte beginnen wollen. Er fuhr herum, doch zu seiner Enttäuschung war sie bereits in der Menge verschwunden. Noch mehr ärgerte er sich über sich selbst, als er feststellte, dass ihn ihr Aussehen dermaßen abgelenkt hatte, dass er sich an kein Wort der Wegbeschreibung erinnerte. Er würde noch jemanden danach fragen müssen!

Hans erreichte die Messe – und war beeindruckt. Der Royal Pavilion mit seinen exotischen Kuppeln und kunstvollen Verzierungen war ein architektonisches Meisterwerk aus Eisen und Glas. Er stand symbolisch für den technischen Fortschritt des 19. Jahrhunderts. Hier, in diesem Zentrum der Erneuerungen, würde er also seine Vision der Zukunft vorstellen. Er umklammerte den Griff des Koffers, in dem sich seine Uhrenmuster befanden, atmete einmal tief durch und ging hinein.

Wie so oft, wenn er einen neuen Ort betrat, nahm der Uhrenhändler auch dieses Mal ganz intensiv die besonderen Gerüche wahr. Frisch gebrühter Tee, Maschinenöl und Leder, erst vor Kurzem bearbeitetes Holz und schmiedeheißes Metall erkannte seine Nase. In einer Ecke summte leise ein Generator, der einige der elektrisch betriebenen Geräte mit Strom versorgte. Über allem lag das sprudelnde Gewirr von Stimmen: Händler, die ihre Waren anboten, Kunden, die nachfragten und Preise aushandelten.

Überwältigt sah Hans sich um. Unter dem hohen gewölbten Glasdach reihte sich ein Stand an den nächsten. Uhrenhersteller, Werkzeugmacher und Händler präsentierten ihre Waren auf polierten Holztheken, die im Licht der Gaslampen schimmerten.

Hans meldete sich bei der Messeverwaltung, bei der er bereits von London aus einen Stand gemietet hatte, und bekam seinen Platz zugewiesen. Es war ein kleiner Stand in einer der hinteren Reihen, ganz bescheiden im Vergleich zu den prächtigen Präsentationsflächen der großen Uhrenhersteller. Sofort begann Hans, diesem kleinen Ort, seinem Universum inmitten des Messetrubels, eine eigene Note zu verleihen. Seine Auslage war schlicht, aber durchdacht. Auf einer dunkelgrünen Samtdecke arrangierte er sorgfältig die verschiedenen Muster seiner Uhren. Jedes Modell war ein Beweis für sein Streben nach Perfektion. Neben den Uhren platzierte er eine Tafel, auf der schwungvoll geschrieben zu lesen stand: *Präzision. Robustheit. Eleganz.*

Hans freute sich. Seine kleine Ausstellung traf auf großes Interesse. Von der ersten Minute an war er im Grunde ohne Unterbrechung im Gespräch. Gerade unterhielt er sich mit einem älteren Gentleman, der eine der Uhren prüfend musterte, als ein anderer Mann in dreiteiligem Anzug bei ihm stehen blieb. Hans schätzte ihn auf Ende dreißig, sein Auftreten war souverän, die grauen Augen betrachteten die Uhren mit einer Mischung aus Aufmerksamkeit und Skepsis.

»Das ist interessant«, sagte er schließlich mit einem leichten Lächeln und nickte Hans zu, der den Älteren inzwischen verabschiedet hatte. »Ich bin Harry Douglas Harden. Hier handle ich mit Tee, aber zu Hause in London unterstütze ich auch andere Firmen bei ihrer Reklame.«

»Hans Wilsdorf. Mit meinem Schwager und Geschäftspartner Alfred Davis stelle ich Armbanduhren her, die präzise, robust und für den Alltag geeignet sind.«

Harden nahm eine der Uhren in die Hand und begutachtete sie genau. »Eine schöne Idee«, sagte er nach einer Weile.

»Aber der Markt wird schwierig für Sie sein. Warum sollte jemand eine Armbanduhr kaufen, wenn Taschenuhren die Menschen seit Jahrhunderten verlässlich begleiten?«

Hans lächelte, denn er hatte diese Frage schon oft gehört. »Die Zeiten ändern sich, Mr Harden. Menschen brauchen etwas Praktisches, etwas, das sie während der Arbeit oder auf Reisen nicht in der Tasche verstecken müssen. Eine Armbanduhr ist die logische Weiterentwicklung.«

»Praktisch, ja«, gab Harden zu und hielt die Uhr ins Licht, sodass das Gehäuse glänzte. »Aber was ist mit der Präzision? Viele Uhren verlieren schnell an Genauigkeit.«

Hans öffnete den Koffer und holte ein weiteres Modell heraus. Dieses Mal war es eine etwas größere Uhr mit einem besonders feinen Zifferblatt. »Das ist eine meiner neuesten Anfertigungen. Ein Schweizer Uhrwerk ist eingebaut, die sind für ihre Präzision bekannt. Jede Uhr wird überprüft, bevor sie verkauft wird. Außerdem arbeite ich daran, die Gehäuse noch robuster zu machen, damit sie Feuchtigkeit und Staub widerstehen.«

Harden nickte langsam, seine Stirn leicht gerunzelt. Es war offensichtlich, dass er über die Worte nachdachte. Schließlich fragte er: »Und wie sieht es mit dem Verkauf aus? Die Leute haben Erwartungen an eine Uhr. Fast könnte man sagen: Sie kaufen ein bestimmtes Versprechen. Was wollen Sie ihnen versprechen?«

»Ich verspreche ihnen, dass sie die präziseste und zuverlässigste Uhr tragen, die es gibt. Meine Vision ist es, dass der Name dieser Uhren für Qualität steht – ein Name, dem die Menschen vertrauen können.«

Harden runzelte die Stirn. »Sie haben interessante Ideen, Herr Wilsdorf, aber gute Einfälle brauchen Reklame, müssen bekannt gemacht werden. Vielleicht sollten wir dieses

Gespräch an einem ruhigeren Ort fortsetzen. Was halten Sie davon, mich heute Abend in meinem hiesigen Ferienwohnsitz zu besuchen? Es ist nicht weit von hier.«

Hans zögerte keinen Augenblick. Gewiss würde der Teehändler und Reklame-Experte nicht umsonst arbeiten, aber seine Uhren weltbekannt zu machen, das würde er sich gern etwas kosten lassen. »Das würde mich sehr freuen, Mr Harden. Ich danke Ihnen für die Einladung.«

* * *

Das Ferienhaus von Harry Douglas Harden war ein prächtiges Gebäude mit hohen Fenstern und einer schweren Holztür, die mit einem Messinggriff verziert war. Wenn dies sein Sommerdomizil war, musste er wirklich recht wohlhabend sein. Harden öffnete die Tür persönlich und führte Hans in die Halle. Ein junges Dienstmädchen kam aus einem der Zimmer gehuscht und machte einen Knicks. »Darf ich Tee bringen, Mr Harden?«

»Ja, Mary, den Darjeeling bitte. Und etwas Gebäck dazu«, antwortete der Hausherr. Dann wandte er sich an Hans. »Kommen Sie, wir gehen in den Salon.«

Das Wohnzimmer war geräumig und elegant eingerichtet. Bücherregale bedeckten die Wände, ein großer Tisch mit Stühlen stand vor einem Kamin, in dem ein kleines Feuer brannte. Harden zeigte auf einen Sessel. »Setzen Sie sich, Hans. Erzählen Sie mir mehr über Ihre Uhren!«

Hans öffnete seinen Koffer und holte mehrere Uhren heraus. Während Mary den Tee servierte, erklärte er Harden die technischen Details. Er erläuterte die Qualität der Schweizer Uhrwerke und seine Pläne, die Uhren langlebiger zu gestalten. Harden stellte kritische Fragen zu den Herstellungskosten, weiteren möglichen Kunden und den Vertriebswegen. Er sprach ruhig, aber präzise, und es war klar, dass er ein Mann war, der keine spontanen Entscheidungen traf.

»Die Kunden sind gewiss nicht immer leicht zu überzeugen«, sagte Harden schließlich. »Viele sehen eine Armbanduhr ja weiterhin als Modeerscheinung, nicht als ernst zu nehmendes Instrument. Wie wollen Sie und Ihr Schwager diese Einstellung langfristig ändern?«

Hans lächelte. »Indem unsere Marke ein Begriff für Qualität und Zuverlässigkeit wird. Wenn jemand eine meiner Uhren trägt, soll er wissen, dass er das Beste am Handgelenk hat.«

Harden lehnte sich zurück und musterte Hans. »Sie haben anscheinend eine Vision. Und ich denke, Sie brauchen jemanden, der die Reklame ausbaut. Jemanden, der weltweite Kontakte hat, die richtige Strategie. Ich könnte dieser jemand sein.«

Hans' Gesicht hellte sich auf. »Das ist genau das, was mein Schwager Alfred und ich suchen.«

Harden lächelte. »Dann nennen Sie mich Harry.«

»Hans – freut mich.« Er wunderte sich ein wenig, ein solches Angebot nach solch kurzer Zeit war für einen Engländer eher ungewöhnlich.

Der fuhr fort: »Wir sollten uns bald in London treffen. Ich schlage vor, wir beginnen so schnell wie möglich damit, Ihren Namen bekannter zu machen.«

In diesem Moment öffnete sich die Tür erneut. Eine junge Frau spähte herein – und Hans erstarrte: Es war die Schönheit, die er nach dem Weg zum Messepavillon gefragt hatte! Sie erkannte ihn und lächelte ihn an.

»Florence!«, rief Harry. »Komm herein, dann kann ich dir unseren Gast vorstellen.«

Harry Douglas Harden war ein Glückspilz, dachte Hans, seine Frau war wirklich eine außerordentliche Schönheit. Und wie gütig sie wirkte!

Doch da sagte Harden zu seiner Überraschung und Freude: »Hans, darf ich Ihnen meine Sekretärin und Schwägerin vorstellen? Miss Florence Crotty! Florence, das ist Hans Wilsdorf, ein Uhrmacher, der faszinierende Ideen hat.«

Florence reichte Hans die Hand. »Wir sind uns schon begegnet. Den Weg zur Messe haben Sie also gefunden?«

Hans nahm die feingliedrige Rechte, und ihre Wärme zu spüren, war aufregend. »Es ist mir eine Freude, Sie wiederzusehen, Miss Crotty«, sagte er und genoss dabei das Wort *Miss* ganz besonders.

Sie lächelte warm. »Die Freude ist ganz meinerseits, Herr Wilsdorf. Sie waren so schnell fort beim letzten Mal. Was sind das denn für faszinierende Ideen? Ich bin immer ein wenig neugierig, müssen Sie wissen.«

»O ja, das ist sie in der Tat, genau wie ihre Schwester Linda, meine werte Gattin«, foppte Harry seine Schwägerin und machte dann eine einladende Geste in Richtung des noch freien Sessels. »Setz dich doch zu uns, Florence! Dann kann Herr Wilsdorf dir seine Idee präsentieren.«

Hans öffnete seinen Koffer wieder – und zeigte ihr seine Musteruhren.

Miss Crotty beugte sich interessiert vor, ihre schlanken Finger strichen über die glatten Gehäuse. »Sie sind wunderschön«, hauchte sie leise. »So filigran gearbeitet und doch robust. Es ist selten, dass Funktionalität und Ästhetik so perfekt harmonieren.«

»Genau das war mein Ziel«, antwortete Hans aufgewühlt. »Eine Uhr zu schaffen, die nicht nur präzise ist, sondern auch etwas, das die Menschen gerne tragen.«

Florence nickte. »Ich bin ebenfalls im Besitz einer Armbanduhr, aber ich habe sie immer eher als Schmuck betrachtet. Das sind die Armbanduhren für Damen ja auch. Sie sind in kunstvolle Armbänder und Armreifen eingearbeitet.«

»Sehr richtig«, bestätigte ihr Schwager. »Das Besondere an den Uhren von Mr Wilsdorf hier ist wohl, dass sie ungemein präzise sind und dennoch klein genug, dass sie an ein Handgelenk passen. Es ist wirklich beeindruckend.«

»Würden Sie sie mir einmal anlegen?«, fragte Florence Crotty kokett und streckte ihm ihr schmales Handgelenk entgegen.

Hans schluckte. »Sehr gern«, murmelte er. »Allerdings möchte ich Sie darauf hinweisen, dass es sich um eine Herrenuhr handelt, die viel zu groß für Ihr zierliches Handgelenk sein dürfte.«

»Das macht nichts«, sagte sie leise und sah ihm direkt in die Augen. »Ich möchte einfach einmal ein solches Meisterwerk direkt auf meiner Haut spüren.«

Sie unterhielten sich lange Zeit angeregt über Pläne, Träume und Visionen. Harry erzählte unter anderem, wie Florence ihre ältere Schwester Linda mit ihm verkuppelt hatte, und immer wieder ertönte herzhaftes Lachen im Salon. Schließlich war es an der Zeit, sich zu verabschieden. Und das fiel dem Gast schwer. Florence schien es ebenso zu gehen.

In der Tür, als Harry gerade mit dem Dienstmädchen abgelenkt war, wagte Hans einen Vorstoß. »Ich würde mich freuen, wenn wir uns bald wiedersehen könnten, Miss Crotty.«

Erneut sah sie ihm direkt in die Augen. »Das hoffe ich auch, Mr Wilsdorf«, sagte sie. »Sorgen Sie einfach dafür, dass in London möglichst viele Besprechungen mit meinem Schwager bei ihm zu Hause stattfinden. Seit dem Tod unseres Vaters leben meine Mutter Lucy und ich nämlich bei ihm und meiner Schwester Linda.«

»Das will ich gerne tun«, versprach Hans und hauchte zum Abschied einen angedeuteten Kuss auf ihre Hand. Leise fügte er hinzu: »Ich kann unser Wiedersehen kaum erwarten.«

6

Die ersten Sonnenstrahlen drangen durch die dünnen Gardinen des kleinen Zimmers. Wie zu Hause, dachte Mercedes, als sie blinzelnd die Augen öffnete. Da weckt mich auch immer die Sonne, wenn die Großmutter vergisst, die Vorhänge richtig zu schließen. Sie öffnete die Augen ganz und drehte den Kopf: In dem Bett rechts von ihr lag Stella; sie schlummerte friedlich. Ihre roten Haare lagen ausgebreitet wie ein Fächer auf dem Kissen. Sie leuchten wie Feuer, dachte Mercedes. Wie schön meine Schwester aussieht!

Den Kopf in die andere Richtung gedreht, sah sie nun Randa an. Das Mädchen lag auf die Seite gerollt, und nur ihr wirrer dunkler Haarschopf lugte hervor. Mercedes lächelte glücklich. Ihre Schwestern waren wirklich liebevoll mit ihr. Gestern hatten sie sich noch bis tief in die Nacht kichernd und tuschelnd unterhalten. Das komische Gefühl des Fremdseins und der Unsicherheit war zwar immer noch da, aber es war schon ein klein wenig besser geworden.

Von unten drang leises Klappern von Geschirr herauf, ein vertrauter Duft nach frischem Brot und Tee erfüllte den Raum. Mercedes zog die Decke bis zum Kinn und lauschte, als plötzlich die Zimmertür geöffnet wurde. Ihre Großmutter stand da und lächelte ihrer Enkeltochter zu.

»Oma!« Glücklich sprang Mercedes aus dem Bett und flog ihr in die Arme.

Die Großmutter zog sie eng an sich und schmuste mit ihr. »Ich wollte mal nach dir sehen, mein kleines Mädchen«, sagte sie ganz leise, um ihre beiden anderen Enkelinnen nicht zu wecken. »Hast du gut geschlafen?«

»O ja«, sagte Mercedes.

»Ich auch«, kam es da fröhlich aus der Richtung von Dolorandas Bett.

»Und ich besonders gut«, erklärte Stella.

»Guten Morgen, meine Mädchen«, sagte die Großmutter. »Habe ich euch geweckt? Na ja, es gibt sowieso gleich Frühstück.«

Doloranda sprang auf und streckte sich, während Stella sich schnell zu Mercedes aufs Bett setzte. »Lass uns dich hübsch machen!«, schlug Stella begeistert vor. »Wir helfen dir beim Anziehen.«

Randa nickte. »Ja, das machen wir. Schließlich ist heute ein großer Tag – wir zeigen dir Brighton!«

Die Großmutter sah Mercedes fragend an. »Dann gehe ich nach unten und helfe eurer Mutter beim Frühstück?«

Mercedes nickte. Ja. Mit ihren Schwestern fühlte sie sich wohl.

Doloranda zog vorsichtig das hellblaue Kleid hervor, das neben Mercedes' Bett lag – sie hatten ihren Koffer am Vorabend noch ausgepackt. »Das ist wunderschön«, sagte sie bewundernd und hielt es gegen Mercedes' Körper. »Hier, ich helfe dir.« Während Stella sich bereits ein grünes Kleidchen mit Schleifen und Rüschen anzog, half Doloranda Mercedes in deren Kleid. Sie zupfte den Stoff zurecht und betrachtete ihre Schwester zufrieden.

»Du siehst aus wie eine Prinzessin!«, meinte Stella, die sich in diesem Augenblick zu ihnen umgedreht hatte. »Aber wartet – das Haar! Wir müssen etwas damit machen.«

Randa holte eine Bürste aus einer Schublade und begann, Mercedes' glänzend braune Locken sanft in Form zu bringen. »Du hast wundervolles Haar«, sagte sie. »Meins ist ganz störrisch und drahtig.«

»Nein«, widersprach Mercedes. »Ich hätte viel lieber so schöne Locken wie du. Oder eine so schöne Haarfarbe wie Stella.«

Die älteste Schwester ging quer durchs Zimmer. In ihrer Hand hielt sie eine kleine Haarspange, die sie einer Schatulle entnommen hatte. »Hier, die kannst du nehmen. Sie passt perfekt zu dir.«

»Sie ist wunderschön«, flüsterte Mercedes und betrachtete den aus hellblauen Perlen gefertigten kleinen Schmetterling, der die Spange verzierte.

Stella strahlte. »Danke. Sie hat genau dieselbe Farbe wie dein Kleid.«

Doloranda hatte Mercedes' Haar inzwischen mit geschickten Händen an den Seiten zu zwei dünnen Zöpfen geflochten, die sie am Hinterkopf miteinander verband und feststeckte.

»Fertig«, sagte sie. »Ganz wunderbar siehst du aus.« Dann zog sie einen kleinen Ring von ihrem Finger, ein zierliches Schmuckstück mit einem winzigen blauen Stein. »Hier, den leihe ich dir. Er passt auch perfekt zu deinem Kleid. Komm, jetzt gehen wir nach unten. Die anderen warten sicher schon auf uns.«

Die drei Schwestern fassten einander an den Händen und gingen gemeinsam die knarrende Treppe ins Erdgeschoss, wo der Duft von frisch getoastetem Brot, Spiegeleiern, gebratenem Speck, weißen Bohnen und Tee den Salon erfüllte.

Heinrich Gleitze und sein Schwiegervater saßen Zeitung lesend am Tisch, die Mutter und die Großmutter standen leise plaudernd am Fenster und wandten sich um, als die Mädchen das Zimmer betraten.

Die Mutter war ganz gerührt. »Oh, wie schön ihr alle aussieht – vor allem du, Mercedes.«

»Stella hat mir ihre Spange geborgt. Und Randa ihren Ring.«

»Das ist aber lieb von deinen Schwestern. Sie freuen sich genauso über deine Anwesenheit wie dein Vater und ich.«

Auch Heinrich hatte sich inzwischen vom Tisch erhoben und befand: »Was habe ich für hübsche Töchter. Ich bin ein glücklicher Mann.«

Kichernd sahen die drei einander an.

Dann deutete Anna Gleitze auf den einladend gedeckten Frühstückstisch. »Setzt euch!«

Die drei Schwestern quetschten sich auf die Bank am Kamin. »Jetzt ist er natürlich nicht an, weil wir Sommer haben«, erklärte Doloranda Mercedes. »Aber im Winter, wenn es draußen kalt ist, ist es sehr gemütlich.«

Randa und Stella griffen eifrig zu, doch Mercedes war ein wenig überwältigt von der Auswahl. So viel gab es zu Hause in Deutschland nur sehr selten. Durfte sie wirklich zugreifen? Schließlich schob ihr die Großmutter mit wissendem Lächeln einen Teller zu. Darauf lag ein frischer Toast, dick mit Butter und Marmelade bestrichen, so wie Mercedes es am liebsten mochte.

»Danke«, kam es ihr ganz leise über die Lippen.

Nach ein paar Bissen entspannte sich Mercedes. Die vertrauten Gesichter ihrer Großeltern, das Lächeln der Mutter, das warme Licht im Raum – all das ließ ihre Unsicherheit mehr und mehr weichen.

»Wie wäre es, wenn wir heute ans Meer gehen?«, schlug Heinrich Gleitze vor, während alle zufrieden kauend beisammensaßen.

Sofort brachen Doloranda und Stella in Freudenschreie aus. »O ja, zum Strand!«

Der Großvater blickte zu Mercedes. »Wie ist es? Möchtest du ans Wasser?«

Ohne zu zögern, bejahte die jüngste Enkelin. Ein Lächeln breitete sich auf den Gesichtern ihrer Familie aus, und die Schwestern sprangen vor Freude auf. Der Tag versprach ein besonderer zu werden – vielleicht der Beginn eines großen Abenteuers.

* * *

Nach dem herzhaften Frühstück machte sich die Familie gut gelaunt auf den Weg. Die Großmutter lief neben Mercedes, Randa und Stella sprangen ein paar Schritte voraus, aufgeregt wie Vögel, die ins Freie entlassen wurden.

Schon von Weitem hörte Mercedes das Rauschen der Wellen und die Schreie der Möwen. Als sie endlich den Strand erreichten, blieb sie einen Moment stehen, überwältigt vom Anblick des scheinbar unendlichen Wassers, das sich bis zum Horizont erstreckte. Salzige Luft füllte ihre Lungen, und ein frischer Wind spielte mit ihrem Kleid.

Begeistert sah sie den zahlreichen Schwimmern zu. Sie dachte an die Eis-Nixe von der Aurach. Wie viele Schwimmkameraden sie hier hätte! Mercedes musste ihr zu Hause unbedingt von diesem Strand erzählen!

»Da ist es wieder, das Meer, Mercedes«, sagte ihre Großmutter sanft und streichelte ihr liebevoll übers Haar. »Ist es nicht wunderschön?«

Mercedes bejahte. Hier sah die See ganz anders aus als bei der Überquerung an Bord des Riesenschiffs. Sie wirkte viel einladender. Und freundlicher. Anders als die weichen Sandstrände, die Mercedes aus Bilderbüchern kannte, war dieser Uferstreifen von unzähligen Kieseln bedeckt. Die Steine schimmerten in verschiedenen Farben: Grautöne, Ocker, ein Hauch von Rosa, und hier und da blitzte ein Stück weißer Kreide hervor.

»Wie die Steine von unserem Fluss«, sagte sie, und ihre Großmutter nickte. »Stimmt.«

»Glaubst du, dass hier Wasser aus unserem Fluss ankommt?«

Die Großmutter zuckte die Schultern. »Möglich wäre es.«

Mercedes blickte wieder nachdenklich auf das Wasser, das in sanften, rhythmischen Wellen heranrollte, die kleine Schaumkronen trugen, bevor sie am Ufer brachen. Jedes Mal, wenn sich die Wellen zurückzogen, hinterließen sie eine feine Linie aus Algen, Muscheln und winzigen Steinchen, die im Sonnenlicht glitzerten. Der Geruch von Salz und Tang lag in der Luft, intensiv und lebendig, und Möwen kreisten über dem Wasser, schrien und suchten wohl nach Fischen.

Da bemerkte Mercedes, dass jemand an ihre andere Seite getreten war. Sie wandte den Kopf und sah ihre Mutter neben sich stehen. »Darf ich auch deine Hand nehmen?«, fragte sie, und die Tochter nickte nach kurzem Zögern. Eine Weile standen die beiden Frauen mit dem Kind in ihrer Mitte so da und sahen auf das Meer hinaus. Plötzlich schossen zwei kleine Körper an ihnen vorbei und liefen in Richtung des Wassers. Verblüfft erkannte Mercedes ihre beiden Schwestern, die sich offenbar umgekleidet hatten.

»Komm, Merci!«, rief Stella, während sie lachend die Wellen mit den Füßen spritzte.

Doloranda winkte ihr zu. »Es ist nicht so kalt, wie es aussieht!«

Mercedes war nicht mehr gänzlich abgeneigt. So groß und fremd das Meer auch schien, war es doch auch wirklich verlockend.

Ihre Großmutter wandte sich ihr zu. »Du musst nicht gleich ganz hineingehen, wenn du nicht willst. Vielleicht magst du es erst einmal vorsichtig mit einem Fuß ausprobieren. Ich bin hier, falls du mich brauchst.«

»Doch«, stieß Mercedes mit neuem Mut hervor. »Doch, ich will. Und ich traue mich auch.«

Ermutigt begann sie, langsam ihre Schuhe auszuziehen.

»Ich habe einen Schwimmanzug für dich eingepackt.« Die Mutter lächelte ihr zu. »Er ist Randa inzwischen zu klein, müsste dir also wie angegossen passen.«

Zögernd sah Mercedes sich um. Sollte sie sich hier vor all den Leuten ausziehen? Die Mutter schien ihre Gedanken zu erraten. »Dort hinten«, sagte sie und deutete auf mehrere kleine Häuschen, die dicht gedrängt am Strand standen. »Dort kannst du dich umziehen.«

»Ich helfe dir«, bot Anna Kurr ihrer Enkeltochter an.

Kurz darauf war Mercedes bereit.

»Lauf nur!«, sagte die Großmutter. »Und vergiss nicht, dass du nicht schwimmen kannst.«

Mercedes nickte hastig und rannte dann über die flachen Kiesel in Richtung ihrer Schwestern, die bereits vergnügt im Meer tobten. Doch den Schritt hinein wagte sie nicht. Für den Anfang genügte es ihr, wenn das Wasser ihre Füße bedeckte. Mercedes sah zu ihren Schwestern hinüber, die inzwischen weiter draußen im Meer waren und sich laut kreischend gegenseitig bespritzten.

»Traust du dich noch ein bisschen weiter?«, fragte Doloranda mit einem aufmunternden Lächeln, während sie ein paar Schritte zurück ans Ufer ging. Mercedes nickte zögernd und ließ sich von ihrer Schwester an der Hand nehmen.

Mit jedem Schritt wagte sich Mercedes ein Stück weiter hinaus. Bald erreichten sie das knietiefe Wasser. Und Mercedes ging noch ein Stück weiter. Und noch weiter. Es war wie ein Sog.

»Du machst das großartig, Merci«, lobte Randa, und Stella fügte hinzu: »Du bist sehr mutig.«

Mercedes genoss das Gefühl, im Meer zu stehen! Sie drehte sich zum Strand um, wo ihre Eltern und ihre Großeltern nebeneinander auf einer Picknickdecke saßen und herüberwinkten. Das Mädchen hob beide Arme und winkte zurück. Sie ging noch ein Stückchen weiter hinaus.

»Lass dich auf meine Arme kippen«, ermutigte Stella ihre Schwester. »Und hab keine Angst. Das Meer und ich, wir tragen dich.«

Mercedes zögerte nur einen winzigen Moment. Dann tat sie, wie ihr geheißen.

Sie ließ sich langsam nach vorn fallen und streckte die Arme aus, während wie versprochen das Wasser und Stella sie trugen. Zuerst paddelte Mercedes unsicher mit den Händen, doch bald begann sie, sich etwas freier zu bewegen.

»Du machst das sehr gut, Merci!«, lobte Stella erneut, und Mercedes fühlte sich mit jeder Bewegung sicherer. Ein Lächeln breitete sich auf ihrem Gesicht aus, während sie ihre ersten zaghaften Schwimmzüge machte.

Als sie schließlich ans Ufer zurückkehrten, hatte Mercedes das Gefühl, vor Stolz bald platzen zu müssen. Ihre Großmutter wartete bereits mit einem ausgebreiteten Handtuch. Sie wickelte ihre jüngste Enkeltochter hinein, dann umarmte sie die Kleine. »Das hast du wunderbar gemacht, mein Mädchen. Das Meer wartet immer auf dich – und vielleicht wird es eines Tages deine zweite Heimat.«

Ja, Mercedes war sich ganz sicher: Es sollte nicht bei diesem einen Besuch bleiben. Irgendwann wollte sie ganz in ihren schönen Geburtsort ziehen!

7

Vier Wochen waren seit ihrem Kennenlernen in Brighton vergangen. In dieser Zeit hatte Hans sowohl Florence als auch deren Schwager Harry in London täglich gesehen. In Hardens Privathaus hatte der Uhrenhersteller zudem Florence' Mutter Lucy und die hochschwangere Schwester Linda kennengelernt, die sich zu seiner Erleichterung gleichermaßen von ihm angetan gezeigt hatten. Auch das Töchterchen der Hardens, die vierjährige Lynda, mochte den »Uhrenmann aus den Bergen«.

Die beiden Männer arbeiteten indes hart an ihrem Vorhaben, die Uhren bekannter zu machen. Reklamefachmann Harry hatte vorgeschlagen, dass es zusätzlich zur Form etwas anderes Neues und Besonderes wäre, wenn diese ungewohnte Armbanduhr auch noch einen eigenen Namen hätte. Die beiden hatten schon allerlei Einfälle gewälzt – eine Kombination aus den Nachnamen der beiden Firmeninhaber Wilsdorf und Davis, eine Verbindung des Vornamen Hans und dem seines Geschäftspartners Alfred, natürlich auch »Florence« – all dies aber wieder verworfen. Mit der Zeit waren ihre Gespräche auch zunehmend privater geworden.

Eines Nachmittags legte Harry seinen Füllfederhalter beiseite, sah seinen Mitstreiter bedeutungsvoll an und fragte: »Was meine Schwägerin betrifft: Hegst du ernste Absichten?«

Hans war einen Moment lang überrumpelt von der Unverblümtheit, mit der dieser Mann das Thema zur Sprache brachte, doch er fing sich schnell wieder, nickte und sagte: »O ja, Harry. Ich hege ernste Absichten. Deine Schwägerin ist die wunderbarste Frau, der ich je begegnet bin.«

»Das liegt in der Familie, auf meine geliebte Gattin Linda trifft das schließlich ebenso zu«, meinte Harry, musterte sein Gegenüber dann jedoch eindringlich. »Ich konnte mich in den letzten Wochen von eurer Firma überzeugen. Aber mit knapp drei Jahren seit der Gründung stehen du und dein Schwager noch ganz am Anfang. Würdest du trotzdem gut für Florence sorgen können?«

»Der Gedanke daran, das tun zu dürfen, treibt mich noch mehr dazu an, Bestleistungen zu erbringen«, betonte Hans. »Und im Übrigen: Ich habe nicht den geringsten Zweifel, dass die Armbanduhren bald viel, viel bekannter sein werden.«

»Ich im Grunde ja auch nicht, schließlich hast du einen guten Werbefachmann an deiner Seite«, scherzte Harden.

»Ich werde Florence wie ein Juwel behandeln«, versprach Hans. »Wenn sie denn will.«

»O ja, sie will, das kannst du mir glauben.«

»Wirklich?« Hans hatte es gehofft, geahnt, aber es jetzt von dem Menschen bestätigt zu bekommen, der Florence derart nah stand, ließ sein Herz höherschlagen.

»Wirklich«, bestätigte Harry. »Ich kenne meine Schwägerin. Da ihr Vater ja leider nicht mehr lebt, kriegst du eben meinen Segen, ihr den Hof zu machen. Meine Schwiegermutter ist ohnehin völlig begeistert von dir.«

* * *

Am nächsten Morgen machte sich Hans Wilsdorf von seiner bescheidenen Londoner Wohnung auf den Weg zum Victoria and Albert Museum, wo er mit Florence eine Ausstellung besuchen wollte. Vergnügt sah er sich um: Pferdekutschen rumpelten über das Kopfsteinpflaster, und der Ruf der Zeitungsjungen übertönte das geschäftige Stimmengewirr der Passanten. Eine elegante Dame mit einem Hut, der mit einer großen Feder verziert war, stieg aus einer Kutsche, ein Straßenhändler warb lautstark für seine frischen Blumen und strengte sich dabei so an, als hinge sein Leben davon ab. Hans war für einen Augenblick versucht, dem Händler einen Großteil seiner leuchtend bunten Ware abzukaufen, verdient hätte Florence solche Schönheit. Da sie sich allerdings vor dem Museum treffen wollten, wäre das nicht sonderlich praktisch gewesen. Florence hätte ja die Blumen die ganze Zeit mit sich herumtragen müssen.

Ein von Pferden gezogener Doppeldeckerbus näherte sich und kam an einer Haltestelle vor Hans zum Stehen. Er warf einen Blick auf seine Armbanduhr – die Taschenuhr des Vaters verstaute er mittlerweile lieber sicher in einem Tresor – und stellte fest, dass er noch viel Zeit bis zum Treffen mit Florence hatte. Daher beschloss er, mit dem Bus ein wenig durch die Stadt zu fahren und die Eindrücke auf sich wirken zu lassen. Vielleicht würde ihn irgendetwas, das er unterwegs sah, auch endlich zu dem Namen inspirieren, den er für seine Uhren suchte. Eine einprägsame Markenbezeichnung, die man gut sichtbar auf dem Zifferblatt anbringen könnte.

Der Omnibuskutscher mit seiner schmucken Kappe nickte Hans freundlich zu. Er stieg in den großen roten Vanguard über eine Treppe außen am Heck, um sich auf dem Oberdeck hinzusetzen, da er möglichst viel sehen wollte. Als er kaum Platz genommen hatte, fuhr der Bus auch schon mit einem Ruck weiter. Vorbei ging es an Händlern, die ihre Waren lautstark anpriesen, und an Straßenmusikanten, die mit ihren Melodien den Rhythmus des Tages bestimmten. Tauben umkreisten die Nelson-Säule am Trafalgar Square. Hans atmete tief ein. Es roch nach dem Holz der Sitze im Bus, dem blumigen Toilettenwasser einer Reisenden auf dem Platz vor ihm, und dann war da immer dieser leicht beißende Geruch von Kohle, Rauch und Öl, den er gleich bei seiner Ankunft wahrgenommen hatte und der die große Maschinerie mit Namen London am Laufen hielt. Beständig in Bewegung wie ein Uhrwerk. Die Räder dieser komplexen Metropole würden nie aufhören zu rollen. Hans starrte hinaus in das bunte Londoner Treiben, und plötzlich flüsterte ihm ein guter Geist ein Wort zu – einen Namen. ROLEX!

Wie erstarrt saß der Uhrenhersteller einige Augenblicke da, rührte sich nicht. Dann wagte er es, die Buchstabenreihe leise vor sich hin zu murmeln, auszusprechen, ihrem Klang nachzuspüren. »Rolex«. Das war perfekt! Den Namen konnte man weltweit leicht aussprechen und sich merken, unabhängig von der Sprache oder dem Land, denn Rolex war kurz, prägnant und würde in vielen Sprachen ähnlich klingen, was ihn für eine internationale Marke prädestinierte. Hastig griff Hans in der Manteltasche nach seinem Notizbuch und einem Stift, zeichnete die Buchstaben hinein und betrachtete sie. Auch geschrieben gefiel ihm das Wort sehr. Er hatte den Namen, den er so intensiv gesucht hatte, tatsächlich gefunden! Was wohl Florence dazu sagen würde?

Einige Häuserblocks weiter stieg Hans die Außentreppe des Busses wieder hinunter und eilte zum Museum. Wie verabredet wartete Florence bereits auf ihn. Mit strahlendem

Lächeln stand sie im Rundbogen des prächtigen Torhauses und winkte ihm entgegen.

»Du siehst aus, als hätte dich ein Blitz getroffen«, scherzte sie, nachdem er sich umgesehen und ihr zur Begrüßung einen Kuss auf die Wange gehaucht hatte. Solche Zuneigungsbekundungen waren in der englischen Öffentlichkeit durchaus verpönt.

»Und du siehst wie immer ganz bezaubernd aus«, freute sich Hans. »Du hast recht. Ich habe so etwas wie eine Eingebung gehabt. Davon erzähle ich dir später. Lass uns zuerst die Ausstellung ansehen.«

Florence stemmte die Hände in die Hüften und sah ihn kopfschüttelnd an. »Das kommt ja gar nicht infrage, mein Lieber. Ich platze vor Neugierde. Die Ausstellung kann warten. Ich will es sofort wissen.«

»Also gut«, sagte er und senkte dann seine Stimme. »Mir ist endlich ein Name für unsere Uhr eingefallen.«

»Oh!« Florence sah ihn gespannt an. »Welcher denn?«

Hans zögerte kurz. Was, wenn ihr der Name nicht gefiel?

»Nun sag schon!«, drängte sie.

Und dann sprach er das Wort erstmals laut und deutlich aus: »Rolex. Unsere Uhren sollen den Namen Rolex tragen.«

Sie sah ihn an, ohne etwas zu sagen. Eine Sekunde, zwei, drei. Schließlich glitt ein Strahlen über ihr Gesicht. »Rolex!«, wiederholte sie, und aus ihrem Mund klang der Name noch schöner, fand Hans, vielversprechend, beinahe geheimnisvoll.

»Rolex«, sagte sie noch einmal. »Das finde ich großartig.«

Teil 2

1918-1921

8

Es kam Mercedes beinahe unerträglich lange vor, bis sich ihre Mutter und die Schwestern an diesem Abend endlich zu Bett begeben hatten. Erst danach konnte sie sich ins Arbeitszimmer des Vaters schleichen, das einsam und verwaist wirkte, seit Heinrich Gleitze vor drei Jahren in den Krieg gezogen war. Dieser gnadenlose, alles verschlingende Weltenbrand trennte Menschen und Länder. Nach den Kindertagen bei den Großeltern in Deutschland war das Nesthäkchen der Gleitzes im Alter von zehn Jahren zu den Eltern und Schwestern nach Brighton gezogen und dort heimisch geworden.

Wie sehr hatte sie das Meer lieben gelernt! Und ihre Schwestern und die Schulkameradinnen waren ihr ebenfalls sehr ans Herz gewachsen. In Brighton hatte sie sich glücklicher gefühlt als je zuvor, doch nach nur zwei Jahren hatte Anna ihre Töchter nach Franken geschickt, wo sie eine Klosterschule im mittelalterlich anmutenden Nördlingen besuchen sollten. Dort war Mercedes vor Heimweh nach England krank geworden, und der Arzt hatte dringend empfohlen, sie in das vertraute Meeresklima zurückzuholen. Zum Glück hatte ihre Mutter daraufhin genau das getan. In Brighton hatte sich Mercedes dann sogar in einen Schwimmer aus ihrer Schule verliebt, den sechzehnjährigen Blondschopf Maxwell Booth.

Doch zwei weitere Jahre später hatte der Krieg die gesamte deutsche Familie zu Feinden Englands erklärt, und sie waren vielen Ressentiments ausgesetzt gewesen. Nachdem der Vater verhaftet und als Kriegsgefangener auf die Isle of Man gebracht worden war, hatte Anna Gleitze beschlossen, mit ihren drei Töchtern zu den Eltern nach Deutschland zu ziehen. Aber Mercedes wurde seither erneut von schrecklichem Heimweh geplagt. Vor allem fehlten ihr das Meer und ihr Schwarm Maxwell. Ihr größter Wunsch war es, in ihren Sehnsuchtsort Brighton zurückzukehren. Ihre Mutter wusste um die Pläne ihrer Jüngsten und kannte deren Dickkopf, deshalb hatte sie ihr verboten zu arbeiten. Um jeden Preis wollte Anna Gleitze verhindern, dass Mercedes ausgerechnet im Krieg versuchte, sich eine Fahrkarte in Richtung England zu besorgen.

Aber jetzt, Ende April 1918, als man allenthalben schon von einem baldigen Ende des Großen Krieges munkelte, hatte die Siebzehnjährige zehn Mark gespart und einen Plan entwickelt. Mit wild klopfendem Herzen stöberte sie darum in den Unterlagen ihres Vaters – und tatsächlich fand sie nach kurzer Zeit, wonach sie gesucht hatte: eine Deutschlandkarte. Sie verbarg das für sie kostbare Stück Papier unter ihrem Nachtgewand und hastete auf Zehenspitzen zurück in ihr Zimmer. Dort breitete sie auf dem Fußboden die Landkarte aus und studierte mit gerunzelter Stirn die Einträge von Städten, Dörfern und Flüssen. Ihr Zeigefinger fuhr Linien nach, ging bereits auf Reisen in Richtung des Landes, das ihre Heimat geworden war.

Es wäre eine lange Reise mit mehreren Tagesmärschen. Besser wäre es, die Eisenbahn zu nehmen, dachte Mercedes, doch sie verwarf den Gedanken gleich wieder. Wegen des Krieges durfte niemand ohne Genehmigung Zug fahren – und sie schon gar nicht. Schließlich war sie lange noch nicht volljährig und konnte daher keine Genehmigung beantragen. Wenn sie also nach England wollte, blieb ihr nichts anderes übrig, als zu laufen – und dann zu schwimmen, weit zu schwimmen. Doch das traute sie sich durchaus zu. Nach ihren ersten Schwimmversuchen im englischen Meer im zarten Alter von acht Jahren hatte sie immer weiter geübt, auch in Herzogenaurach hatte sie gegen deren anfänglichen Widerstand die alte Eis-Nixe im Fluss begleitet. Inzwischen war sie eine wahre Meisterin geworden!

Mercedes nahm sich Stift und Zettel, berechnete Kilometer, und schließlich füllte sich das Papier mit Städtenamen: Bamberg, Schweinfurt, Bad Kissingen, Fulda, Gießen. Dann wäre sie schon halb an der niederländischen Grenze, die sie zu überwinden gedachte. Koste es, was es wolle. Einfach würde es nicht werden, das stand außer Frage.

Am nächsten Morgen befürchtete Mercedes, die Mutter schaue sie misstrauisch an – aber vermutlich bildete sie sich das nur ein. Sie war fest entschlossen zu gehen, und es war alles andere als gewiss, ob und wann sie Anna Gleitze wiedersehen würde. Entschieden schob sie die Gedanken an ihre Mutter wieder fort. Nichts sollte sie von ihrem Plan abbringen.

In der Nacht schlich Mercedes sich aus dem Haus und folgte dem Weg, den sie vorausgeplant hatte. Sie wanderte von Stadt zu Stadt, übernachtete in Scheunen am Wegesrand und aß, was sie sich zu Hause noch flink in die Taschen gesteckt hatte. Nach fünf Tagen hatte sie gerade die in einem Wald gelegene holländische Grenze erreicht, als sie in einen heftigen Regenguss kam. Sie suchte Schutz unter einem besonders ausladenden Baum und beobachtete die Wachen, die an der Grenze patrouillierten. Manche waren zu Fuß unterwegs, andere auf dem Fahrrad. Wann würde es endlich dunkel werden?

Das Warten schien ihr unerträglich lang, und sie war bis auf die Haut durchnässt, als die Nacht hereinbrach. Mercedes hatte inzwischen erkannt, dass die einzelnen Patrouillen etwa alle fünfzehn Minuten vorbeizogen – die Zeit dazwischen wollte sie nutzen. Nachdem die Soldaten erneut den Waldrand passiert hatten, lief sie mit wild klopfendem Herzen aus dem Wald zur Straße, überquerte diese und tauchte in den Schutz des holländischen Waldes ein, der auf der gegenüberliegenden Seite begann. Sie hatte es geschafft! Jetzt war sie auf holländischem Gebiet.

Langsam beruhigte sie sich. Wie in Trance tastete sie sich einen Schritt nach dem anderen durch den dunklen Wald. Im Unterholz knackte es, ein Nachtvogel schrie. Wie groß war dieser Forst denn bloß? Irgendwann wurde es etwas heller, der Morgen dämmerte und kündigte den Tag an. Mittlerweile hatte Mercedes eine breite Landstraße erreicht. Erleichtert atmete sie auf, dann fiel ihr Blick auf ein Schild, das an einem Baum angebracht war. »Verbodene Kiostraat« stand dort geschrieben. Daraus schloss Mercedes, dass sie sich in einem Sperrgebiet befand. Aber was sollte sie tun? Sie war doch nicht so weit gekommen, um jetzt wieder kehrtzumachen. Entschlossen setzte sie ihren Weg fort, bis sie zehn Minuten später erneut erschrocken stehen blieb. Dort stand eine Wachhütte, vor der bewaffnete Soldaten auf und ab marschierten – direkt in ihre Richtung. Mit einem Satz rettete sie sich hinter einen Busch. War sie entdeckt worden? Sie verharrte einige Minuten. Als nichts geschah, linste sie vorsichtig hinter ihrem Busch hervor. Die Soldaten hatten kehrtgemacht und gingen in die andere Richtung. Erleichtert atmete Mercedes auf. Die Männer waren um eine Ecke gebogen – und sie sprang hinter dem Busch hervor, rannte, so schnell sie konnte. Sie blickte nicht zurück, prüfte nicht, ob sie jemand verfolgte, sie rannte nur und rannte und rannte, bis sie eine weitere Straße erreichte, die auf eine Stadt zuführte.

Bei deren Betreten musste sie jedoch entsetzt feststellen, dass sie voller Soldaten war. Mercedes entschied sich blitzschnell, wie unbedarft weiterzugehen, als ob sie eine Bürgerin dieser Stadt sei, die ihren Besorgungen nachging. Ihr Plan ging nicht auf. Nach wenigen Minuten schon stellten sich ihr zwei Soldaten in den Weg.

»Wohin gehst du?« Sie sprachen Deutsch, was bedeutete, dass sie sie, warum auch immer, als Ausländerin identifiziert hatten.

»Ich …«, setzte Mercedes an. »Ich … gehe zur Kirche …« Weil sie nicht sicher war, ob die Männer sie verstanden, zog sie das kleine Gebetbuch aus der Tasche, das sie in letzter Minute eingesteckt hatte, und zeigte es ihnen. Der Ältere der beiden schüttelte den Kopf. »Mit so vielen schönen Kirchen in Deutschland gibt es doch sicher keinen Grund, die Grenze bei Nacht zu überqueren, um in Holland zur Messe zu gehen«, sagte er skeptisch.

In diesem Moment begannen zu Mercedes' Erleichterung die Kirchenglocken zu läuten.

»Entschuldigen Sie«, sagte sie. »Aber ich muss jetzt gehen. Sie hören es ja. Ich komme sonst zu spät zur Messe.«

Sie drehte den Männern den Rücken zu, um sich auf den Weg zu machen, da packte sie der Jüngere der beiden beim Handgelenk. Er zischte: »Schau dich um, Mädchen, siehst du nicht, dass die Stadt voller Soldaten ist? Wenn dich eine der anderen Wachen auf der Straße erwischt, werden sie nicht so nachsichtig mit dir umgehen wie wir.«

Mercedes' Gedanken überschlugen sich. Was sollte sie tun? Sich losreißen und wegrennen? Sie hätten sie sofort wieder eingefangen. Ihr blieb wohl nichts anderes übrig, als sich in ihr Schicksal zu fügen.

»In Ordnung, ich bleibe bei euch«, sagte sie.

»Komm«, sagte der Ältere. »Wir bringen dich zurück über die Grenze nach Deutschland.«

Nein, wollte Mercedes rufen. Nein, dann war ja alles umsonst! Sie wusste, dass es keinen Zweck hatte.

Sie war gescheitert!

»Und versuch nie wieder, über die Grenze zu kommen! Beim nächsten Mal lassen wir keine Nachsicht walten«, mahnte der Ältere, als er Mercedes hinter der Grenze abgesetzt hatte. »Du gehst jetzt schön nach Hause zu deiner Mutter.«

»Natürlich«, log Mercedes, doch kaum war sie nicht mehr im Sichtfeld der Männer, drehte sie sich keineswegs Richtung Südosten, wo ihre Heimat war, sondern nach Norden. Den Gedanken, sie sei gescheitert, hatte sie sofort wieder verworfen. Aufzugeben kam für sie nicht infrage. Wenn sie nicht über die Niederlande nach England käme, dann musste es eben anders gehen. Vielleicht würde es ihr gelingen, mit einem Boot überzusetzen.

Drei Tage später war sie bis nach Carolinensiel gekommen, direkt an die Nordseeküste. Enttäuscht stellte sie fest, dass der kleine Hafen völlig verwaist war, kein Boot war zu sehen. Mercedes' Gedanken gingen wild durcheinander. Gut siebzig Kilometer von der Küste entfernt, mitten in der Nordsee, lag die Insel Helgoland. Sie wusste, dass die

Insel einst zum britischen Königreich gehört hatte. Vielleicht könnte sie von dort aus versuchen, nach England zu gelangen. Dazu müsste sie allerdings erst einmal nach Helgoland kommen! Mercedes zog ihre inzwischen vollkommen zerknitterte Karte aus der Tasche und breitete sie auf einem Mauerstück am Wegesrand aus.

Ich muss den Wasserweg nehmen!, dachte sie. Mit dem Finger fuhr sie auf der Karte die Route nach. Zwischen den ostfriesischen Inseln Wangerooge und Langeoog hindurch könnte sie tatsächlich nach Helgoland gelangen.

Kurz entschlossen zog sich Mercedes die Strümpfe und die Schuhe aus, schloss die Augen und stürzte sich ins Wasser. Es war kalt, und sie keuchte erschrocken auf. Und dann schwamm sie einfach los. Schwamm und schwamm und schwamm hoffnungsvoll ihrem Sehnsuchtsland entgegen, doch je weiter sie ins offene Meer gelangte, desto stärker wurden die Strömungen. Sie hatte das Gefühl, dass das Wasser stärker war als sie, viel stärker, und dass es sie in eine Richtung trieb, in die sie gar nicht wollte. Mercedes kämpfte und kämpfte.

Irgendwann gab sie auf und hielt still. Jetzt galt es nur noch, am Leben zu bleiben, sich über Wasser zu halten und irgendwie ans Ufer zu kommen. Um welches Land es sich handelte, war ihr in diesem Moment egal.

Gegen elf Uhr morgens wurde Mercedes Gleitze von der Flut an den Strand von Wangerooge gespült. Noch niemals zuvor in ihrem Leben war ihr derart kalt gewesen. Sie entdeckte ein Schiff, das an einem Steg vor Anker lag, und steuerte darauf zu in der Hoffnung, ein Feuer, trockene Kleidung und vielleicht auch andere Menschen vorzufinden, doch das Schiff war leer und verlassen. Die frierende Mercedes schleppte sich weiter, immer weiter, bis sie schließlich auf dem Deich zwei Arbeiter sah. Ob sie zu ihnen gehen und sie um Hilfe bitten konnte? Sie zögerte, doch sie hatte wirklich kaum eine andere Wahl. Angst hatte sie auch keine mehr; immerhin war sie seit zwei Wochen ganz allein unterwegs. Sie atmete einmal tief ein und aus und ging kraftlos auf die Männer zu, die ihre Werkzeuge niederlegten und ihr aufmerksam entgegensahen.

Mercedes versuchte trotz Zähneklappern vor Kälte ein Lächeln. »Guten Morgen. Ich bin gerade durch das Wattenmeer geschwommen. Und mir ist ziemlich kalt.«

»Mädchen!«, raunte der Ältere. »Das ist doch nicht möglich! Das hat noch niemand geschafft, hier durchzuschwimmen. Die Strömungen sind viel zu gefährlich.«

»Ich wollte eigentlich nach Helgoland«, sagte Mercedes.

»Nach Helgoland?« Der Jüngere starrte sie an. »Was wolltest du denn da?«

Mercedes zuckte die Achseln.

»Ja, was machen wir denn nun mit dir?«, fragte der ältere Mann. »Du holst dir ja den Tod, Kind.«

»Und wenn du sie zur Frieda in die Pension bringst?«, schlug der andere vor. »Dann kann sie sich aufwärmen, und wir besorgen ihr etwas Trockenes zum Anziehen. Die Klara ist doch etwa in ihrem Alter.«

»Jau. Mok we. Gute Idee!« Der Arbeiter erklärte Mercedes: »Die Frieda ist meine Schwägerin. Sie führt mit meinem Bruder ein Hotel hier auf der Insel und wird sich gern um dich kümmern.«

Mercedes kämpfte mit den Tränen. Viele Tage lang war sie auf sich allein gestellt gewesen – und nun war da jemand, der sich um sie kümmerte, sie erst einmal versorgte. Wie wunderbar sich das anfühlte. Plötzlich hatte sie entsetzliche Sehnsucht nach ihrer Mutter.

Gütig lächelte der Mann sie an. »Wer das Wattenmeer durchschwimmt, ist ein Held. Und Helden mögen wir hier auf Wangerooge. Komm!«

* * *

Die Pension war ein typisches norddeutsches Backsteinhaus, umgeben von kleinen Ferienhäusern für weitere Gäste. Die Anlage stand nur wenige Gehminuten vom Deich entfernt. Im Inneren des Haupthauses herrschte eine warme, einladende Atmosphäre. Die Diele war mit dunklem Holz verkleidet, eine Wand war ganz mit alten Fliesen gekachelt. Ein großer Empfangstisch aus Eichenholz beherrschte den Raum, dahinter stand der Hotelbesitzer.

»Willi«, begrüßte Mercedes' Begleiter den höflichen Mann an der Rezeption. »Wo ist denn die Frieda?«

»Hier bin ich schon«, klang da eine muntere, kräftige Frauenstimme hinter ihnen. Mercedes und ihr Begleiter drehten sich um und sahen sich einer strohblonden Mittvierzigerin gegenüber. Wie die meisten Menschen in dieser Zeit des Krieges war sie ein wenig abgemagert. »Ja, wen bringst du mir denn da?«, rief sie ihrem Bruder entgegen. »Du bist ja ganz nass, min Deern. Und du zitterst ordentlich!« Tadelnd sah sie ihren Ehemann an. »Warum hast du ihr denn nicht zumindest deine Jacke umgelegt?«

»Stimmt, daran hätte ich man denken sollen.« Rosing begann verlegen, sich seine Jacke auszuziehen.

»Na, jetzt ist es auch zu spät, du Dösbaddel«, schalt seine Schwester. »Jetzt zieht sie etwas von Elfriede an. Warum ist sie denn überhaupt so nass? Ist sie in einen Priel gefallen?«

»Sie ist durch das Wattenmeer geschwommen«, sagte Herr Rosing.

Seine Schwester starrte sie an. »Wie bitte? Du bist durch das Wattenmeer geschwommen? Das musst du mir genauer erzählen. Hat aber Zeit. Jetzt mach ich dir erst mal eins von den Ferienhäuschen fertig.« Dann wandte sie sich noch einmal zu ihrem Bruder um: »Geh zur Klara und sag ihr, sie soll etwas Trockenes zum Anziehen bringen. Und dann geh nur wieder an die Arbeit und überlass mir die Deern.«

Herr Rosing nickte und hob die Hand zum Abschiedsgruß. »Auf Wiedersehen, du Heldin«, sagte er.

Mercedes' klappernde Zähne behinderten sie ein wenig beim Sprechen. »Auf Wiedersehen und danke für alles.«

»Jetzt setzt du dich mal hin«, beschied die Pensionswirtin ihrem jungen Gast und schob Mercedes einen Stuhl dicht vors flackernde Feuer im Kamin an der Fliesenwand.

»Das lohnt sich nicht mehr«, sagte eine Stimme von der Tür her. »Sie soll sich erst umziehen.«

Mercedes drehte sich um. Vor ihr stand ein blondes Mädchen, das, wie Mercedes schätzte, etwa in ihrem Alter war. »Ich bin Klara«, sagte sie.

»Freut mich. Ich bin Mercedes.«

9

Die hohen Schornsteine der Fabrik stießen dunkle Rauchwolken in den tiefblauen Winterhimmel. In dem modernen Werk in Biel, inmitten der Schweizer Alpen gelegen, herrschte rege Betriebsamkeit. Gleich zu Beginn des Großen Kriegs hatte Hans sich entschieden, die Manufaktur der Rolex-Uhren hierher zu verlegen, um von der Neutralität des Landes zu profitieren und die Herstellung seiner Uhren trotz der Kriegswirren aufrechtzuerhalten. Auch ihren Wohnsitz hatten sie hier gewählt. Florence war vom ersten Moment an in die Berge verliebt gewesen. Sommers wie winters unternahm sie ausgedehnte Wanderungen – und längst hatte sie Freundschaft mit den in der Manufaktur arbeitenden Frauen geschlossen. Zu ihrer beider Bedauern hatten sich Firmenpartner Alfred und Hans' Schwester Anna entschieden, lieber in London zu bleiben.

»Einer muss hier ja nach dem Rechten sehen«, war seine Begründung gewesen. »Und so wichtig meine Unterstützung am Anfang auch war, lieber Schwager – du brauchst mich schon lange nicht mehr.«

»Ich brauche dich immer«, hatte Hans gerührt zugegeben.

Und Alfred hatte versprochen: »Im Notfall werde ich immer für dich da sein.«

Als London von den deutschen Zeppelinen und Flugzeugen bombardiert worden war, hatten sich Hans und Florence immer größere Sorgen um Alfred und Anna sowie die Familie von Florence' Schwester gemacht. Zu ihrer großen Erleichterung hatte sich Harry Harden schließlich bereit erklärt, mit seiner Frau und den mittlerweile drei Kindern für eine Weile zu ihnen in die Schweiz zu kommen. Mutter Lucy war die Reise zu beschwerlich gewesen, sie hatte sich in England zu einer Freundin aufs Land zurückgezogen. Florence war wochenlang im Voraus furchtbar aufgeregt gewesen und hatte für die Köchin lange Listen mit den Lieblingsspeisen ihrer beiden Neffen und der Nichte erstellt und Hans ausführlich beschrieben, welche Wanderungen sie mit der Familie ihrer Schwester unternehmen und welche Städte sie ihnen zeigen wollte. Vor zwei Tagen waren die Hardens endlich eingetroffen. Nachdem seine Schwägerin die Familie zwei Tage lang in Beschlag genommen hatte, war Harry heute Morgen beim Frühstück die Idee einer Fabrikführung gekommen. Auf diesen Moment hatte Hans nur gewartet. Glücklich strahlend war er mit Florence' Schwager zu dem unweit ihres großen Wohnhauses gelegenen Fabrikgelände gefahren und führte ihn durch die Arbeitshallen.

Die Maschinen ratterten im Takt. Arbeiter in blauen Kitteln justierten sorgfältig Zahnräder und polierten Uhrengehäuse. Auf jedem Arbeitstisch lagen penibel gereinigte Werkzeuge und feinste Uhrwerke.

»Die Präzisionsarbeit hier ist wirklich ausgesprochen beeindruckend«, sagte Harry Harden, als er mit Hans durch die Reihen der Werkbänke schritt. »Und die Männer scheinen allesamt hoch konzentriert zu sein.«

»Ja, das sind sie«, bestätigte Hans. »Wir sind hier alle wie eine große Familie, und sie sind stolz, Teil des Unternehmens sein zu dürfen. Was nicht zuletzt deiner Schwägerin zu verdanken ist.«

Harry nickte. »Ich weiß, worauf du hinauswillst. Sie schreibt uns oft davon, wie gut sie sich mit den Frauen der Arbeiter versteht.«

»Nicht nur das«, sagte Hans. »Sie ist in der ganzen Region sehr wohltätig unterwegs, organisiert Spenden für die Armen, und sie hat auch dafür gesorgt, dass Frauen bei uns in der Fabrik arbeiten dürfen, während die Kinder in unserem fabrikeigenen Hort betreut werden.«

»Davon hat sie uns gar nichts geschrieben!«, wunderte sich Harry.

Hans lächelte. »Vielleicht denkt sie, du würdest es nicht gutheißen, wenn Frauen in Lohn und Brot stehen.«

»Da täuschst du dich aber gewaltig, mein Lieber«, widersprach Harry.

»Nicht ich«, korrigierte Hans und hob scherzhaft den Finger. »Florence. Wir wollen doch präzise bleiben. Wie meine Uhrwerke.«

Harry lachte. »Es mag einmal so gewesen sein, dass die Frauen zu Hause geblieben sind, während die Männer das Geld verdienten. Die Welt hat sich aber verändert. Hier in der Schweiz macht sich das nicht so bemerkbar, aber in London … die Männer sind im Krieg. Jetzt müssen die Frauen das Geld verdienen. Weibliche Schaffner zum Beispiel gehören in London inzwischen ins normale Alltagsbild.«

Hans nickte bedrückt. »Ich bin so dankbar, dass wir hier in der Schweiz weitgehend von allem verschont geblieben sind. Manchmal habe ich sogar ein schlechtes Gewissen.«

»Weil ihr in Frieden lebt, während so viele Menschen Leid und Schrecken erfahren müssen?«, mutmaßte Harry.

Hans schüttelte den Kopf. Er wollte gerade zu einer Antwort ansetzen, als ein junger Arbeiter mit einem fertigen Uhrwerk an Hans herantrat. Er sah unsicher zwischen den beiden Herren hin und her, doch als Hans ihm aufmunternd zunickte, sagte er: »Herr Wilsdorf, das ist das Modell, das Sie sehen wollten. Es erfüllt alle Spezifikationen, die Sie verlangt haben.«

Hans nahm das Uhrwerk und drehte es prüfend in der Hand. »Wunderschön gearbeitet«, lobte er schließlich. »Das haben Sie gut gemacht.«

Der junge Arbeiter strahlte, und Hans reichte die Uhr an den Schwager seiner Frau weiter, der sie ebenfalls einer eingehenden Prüfung unterzog. Ein Lächeln huschte über sein Gesicht. »Darum geht es: Perfektion mit jeder Schraube, in jedem Detail. Ich wusste, dass du es weit bringen wirst, Hans.« Er gab die Uhr wieder an den Arbeiter zurück.

»Lass uns in mein Kontor gehen«, schlug Hans vor. »Dann können wir uns in Ruhe weiter unterhalten.«

Harry nickte. Auf dem Weg nach oben wiederholte er seine Frage: »Weshalb hast du ein schlechtes Gewissen?«

»Nicht, weil wir hier in Frieden leben, sondern weil ich nicht leugnen kann, dass der Krieg unser Geschäft massiv gestärkt hat.«

»Ach, *das* meinst du«, sagte Harry, der darüber natürlich im Bild war. »Klar, für die Soldaten ist es einfacher, die Uhrzeit am Arm ablesen zu können, statt erst umständlich nach einer Taschenuhr fingern zu müssen.«

Hans nickte. »Im 1870er-Krieg haben sich viele Soldaten ihre Taschenuhr wohl schon mit Lederschnüren ans Handgelenk gebunden.«

Inzwischen hatten sie Hans' Büro erreicht, dessen bodentiefe Fenster einen beeindruckenden Blick auf die Schweizer Alpen boten. »Wie atemberaubend schön«, entfuhr es Harry.

»Ich arbeite auch wirklich ausgesprochen gern hier«, sagte Hans zufrieden und deutete auf den Besucherstuhl. »Nimm Platz!«

Die Männer setzten sich, und Harry sah den Mann seiner Schwägerin ernst an. »Ich finde nicht, dass du ein schlechtes Gewissen haben musst. Du erleichterst den Männern mit deiner Erfindung doch das Leben.«

»Stimmt schon«, brummte Hans. »Und es ist ja auch nicht einfach, den Betrieb mitten im Krieg aufrechtzuerhalten.«

»Oh?« Harry sah ihn fragend an. »Du hast Probleme?«

»Probleme ist zu viel gesagt«, wehrte Hans ab. »Das hier«, er deutete auf einen Stapel Papiere, »sind Unterlagen über neue Bestellungen und Lieferungen. Die Auftragslage ist erfreulich. Nur die Zulieferer, die machen schon Probleme.« Im nächsten Augenblick fügte er hinzu: »Das ist allerdings nichts, was ich nicht in den Griff bekommen würde.«

Harry lächelte. »Davon gehe ich bei dir aus.«

Am Abend saßen Hans, Florence, ihre Schwester Linda und deren Gatte Harry mit den drei Kindern im gemütlichen und dennoch mondänen Speisezimmer der Wilsdorfs beisammen. Die Köchin servierte ein köstliches Vier-Gänge-Menü, alle plauderten angeregt. Die Kinder, die vierzehnjährige Lynda, der zehnjährige Edward sowie der siebenjährige Cassian, zeigten sich restlos begeistert von den Bergen und plapperten wild durcheinander von ihren dortigen Erlebnissen.

»Dein Mann hat mir vorhin anvertraut, dass er ein schlechtes Gewissen hat«, verriet Harry schließlich, als sein Nachwuchs zu Bett gegangen war und die Erwachsenen noch bei edlem Rotwein beisammensaßen.

Überrascht sah Florence auf. »Ein schlechtes Gewissen? Weshalb?«

»Weil wir in gewisser Weise vom Krieg profitieren, mein Schatz«, antwortete Hans.

Sie nickte. »Ich habe viel darüber nachgedacht, seit wir das erste Mal darüber gesprochen haben – und mir kam eine Idee.«

»Jetzt bin ich gespannt.«

Florence nippte an ihrem Wein. Dann sagte sie: »Was hältst du davon, wenn wir einen Teil der Einnahmen spenden? Vielleicht an die Familien der Soldaten, die unsere Uhren tragen?«

Hans war auf Anhieb begeistert. »Das wäre eine wundervolle Möglichkeit, etwas zurückzugeben.«

Florence lächelte. »Dann sollten wir das tun. Es ist wichtig, in diesen Zeiten Menschlichkeit zu zeigen.«

* * *

»Mama!« Fassungslos starrte Mercedes die Frau an, die da soeben an die Tür ihres Ferienhäuschens geklopft hatte. »Was machst du denn hier?«

Ihre Mutter zog sie wortlos an sich und drückte sie fest. »Froh sein, dass ich dich in den Armen halten darf. Und dich heimholen. Du kannst nicht allein nach England, mein Schatz.«

Kein Wort des Vorwurfs, dachte Mercedes dankbar und zugleich verwundert. »Aber woher weißt du …?«

»Dass du hier bist? Frau Rosing war so nett, mich davon in Kenntnis zu setzen.«

»Aber woher weiß sie …?«

»Die Postkarte, die du deiner Mutter geschrieben und dem

Hausmeister gegeben hast, damit er sie absendet«, klang da eine Stimme hinter ihrer Mutter. Mercedes erblickte Frieda Rosing. »Unser Paul hat sie mir gegeben, dadurch hatte ich die Adresse deiner Mutter, und ich habe mir erlaubt, ihr zu schreiben, dass du hier bist. Es tut mir leid, aber wenn ich mir vorstelle, meine Klara würde so plötzlich verschwinden … Es wäre die Hölle.«

»Das war es auch.«

Mit schlechtem Gewissen bemerkte Mercedes, dass die Stimme ihrer Mutter zitterte. Bei all dem hatte sie viel zu wenig bedacht, wie es ihrer Mutter ging. Sie hatte nur an sich gedacht!

»Mama.« Mercedes warf ihre Arme um Anna. »Jetzt weißt du ja, dass es mir gut geht.«

»Ja«, hauchte ihre Mutter. »Und jetzt lasse ich dich nicht mehr los. Nie mehr. Morgen früh fahren wir nach Hause.«

Mercedes schluckte. Das klang so endgültig. So hoffnungslos.

In der Nacht fand Mercedes keinen Schlaf. Die Rosings hatten ihrer Mutter ein eigenes Zimmer angeboten, doch Anna Gleitze hatte abgelehnt. Sie wolle bei ihrer Tochter übernachten, nachdem sie sie nun endlich wiedergefunden habe, hatte sie erklärt. Mercedes argwöhnte, dass nicht nur die Wiedersehensfreude aus ihrer Mutter sprach, sondern auch die Befürchtung, ihre Tochter könne erneut ausbüxen.

Mercedes überließ ihrer Mutter das Himmelbett, in dem sie in den vergangenen Tagen genächtigt hatte, und schlief im Nebenzimmer auf der Couch, die vom Zimmermädchen als Bett hergerichtet worden war. Unruhig wälzte sie sich hin und her, fand einfach keinen Schlaf. Morgen fahren wir wieder nach Hause, hatte Anna Gleitze gesagt. Dann wäre wirklich alles umsonst gewesen. Das konnte nicht sein. Das durfte nicht sein. Leise erhob sich Mercedes und schlich nach nebenan ins Schlafzimmer. Liebevoll und nachdenklich betrachtete sie ihre schlafende Mutter. Wie glücklich sie gewesen war, als sie sie in die Arme gezogen hatte. Und wie bitter die Tränen, die sie um sie vergossen hatte, der vielen Sorgen wegen. War Mercedes nicht gestern erst hart mit sich selbst ins Gericht gegangen, weil sie keinen Gedanken an die Mutter verschwendet hatte? Und nun würde sie sich erneut Sorgen machen müssen, große Sorgen sogar. Mercedes ließ sich keine Wahl.

»Verzeih mir, Mutter«, sagte sie stumm. »Ich kann nicht anders.«

Dann ging sie zurück in das kleine Wohnzimmer, stopfte mehrere Kissen unter die Decke und drapierte sie so, dass es aussah, als läge sie darunter. Leise kleidete sie sich an und schlich zur Tür des Ferienhäuschens.

Diese war abgeschlossen, doch der Schlüssel steckte von innen. Vorsichtig, ganz vorsichtig, drehte Mercedes ihn um und achtete darauf, dass sie dabei kein Geräusch machte. Alles ging gut. Leise öffnete sie die Tür und schlich hinaus. Draußen atmete sie erleichtert auf. Und dann rannte sie; rannte in Richtung Strand, kletterte über die Sanddünen, stürzte zum Meer. Und wie schon bei ihrem ersten Schwimmversuch, der hier auf Wangerooge geendet hatte, zog sie lediglich die Schuhe und die Strümpfe aus und warf sich dann vollständig bekleidet in die Flut. Ihr Ziel war nach wie vor Helgoland. Und es war ganze fünfzig Kilometer entfernt.

* * *

Anders als beim letzten Mal war es stockdunkel, tiefe Nacht. Nur das Licht des Mondes spiegelte sich auf der Wasseroberfläche. Mercedes schwamm in seiner Lichtbahn und fühlte sich wie verzaubert. Plötzlich, sie war sicherlich schon eine Stunde so geschwommen, stieß sie mit dem Bein auf etwas Festes, Hartes. Gleich darauf erkannte sie, was es war: eine Sandbank! Die kam für Mercedes wie gerufen. Dort konnte sie sich etwas ausruhen und ein wenig Kraft schöpfen.

Wenig später wurde ihr bewusst, wie dankbar sie tatsächlich dafür sein musste, mitten im Meer buchstäblich gestrandet zu sein. Am tiefschwarzen Himmel zuckte ein greller Blitz. Gleich darauf war entsetzliches Donnern zu hören.

»Nein«, entfuhr es Mercedes. Das konnte nicht wahr sein. Das durfte nicht sein. Ein Gewitter hier draußen auf dem Meer war selbst dann absolut lebensgefährlich, wenn sie auf einer Sandbank hockte. Das machte ihre Situation kein bisschen einfacher. Für einen Moment war sie wie erstarrt, dann erinnerte sich Mercedes. Sie durfte auf gar keinen Fall der höchste Punkt sein. Hastig begann sie, sich eine Kuhle in den Sand zu graben. Sie kauerte sich in die Vertiefung, barg den Kopf in ihren Händen und hockte wie ein Embryo im Mutterleib, während der Donner über ihr grollte und die Blitze am Himmel zuckten. Mercedes spürte Übelkeit in sich aufsteigen und hatte das Gefühl, sich übergeben zu müssen. Ihr war buchstäblich schlecht vor Angst.

Sei tapfer, sprach sie sich Mut zu. Sieh dir an, was dort oben am Himmel passiert. So etwas wirst du nie mehr erleben. Und im nächsten Moment dachte sie: … und wahrscheinlich auch nicht überleben. Dann zwang sie sich aufzusehen. Um sie herum toste das nahezu schwarze Meer, das den unendlichen Lärm des Donners verstärkte, die grellen

Blitze über ihr machten sie fast verrückt. Es war zu viel. Mercedes hielt sich die Ohren zu. Und dann begann sie zu singen. Sie sang für die Mutter, die ihre Tochter gerade wiedergefunden hatte und sie nun vermutlich endgültig verlieren würde. »Kommt ein Vogel geflogen, setzt sich nieder auf mein' Fuß. Hat ein Zettel im Schnabel, von der Mutter einen Gruß ...«

Irgendwann verzog sich das Gewitter. Mercedes hockte noch eine Weile zitternd und weinend in ihrer Kuhle – dann wagte sie sich langsam wieder heraus. Sie hatte überlebt. Sie war nicht auf der rauen See vom Blitz erschlagen worden. Das bedeutete wohl, dass es das Schicksal gut mit ihr meinte. Sie hatte die Chance bekommen, Helgoland doch noch zu erreichen.

Das Meer hatte sich inzwischen wieder etwas beruhigt, wild entschlossen warf Mercedes sich in die Wellen. Eine Weile schwamm sie durch die Dunkelheit, bis sie merkte, dass ihre Kraft sie verließ. Panik stieg in ihr auf. Niemals würde sie in diesem Zustand Helgoland erreichen.

Sie musste umkehren und sich bis Sonnenaufgang auf der Sandbank ausruhen. Erst dann würde sie weiterschwimmen.

Sie wendete und schwamm in die Richtung, in der sie die Sandbank vermutete – fand die Stelle jedoch nicht. War sie vom Kurs abgekommen? Hatte sie die Orientierung verloren?

Sie wurde immer panischer. Mercedes war erfüllt von Wut, Angst und Enttäuschung. Tränen rannen ihr über die Wangen, heftiges Schluchzen schüttelte ihren Körper und erschwerte ihr das Schwimmen. Sie fühlte sich verloren, so verloren.

Im Geist sah sie ihre Mutter vor sich, die jetzt sicher bald aufstand und feststellte, dass Mercedes erneut auf und davon war. Sie würde halb verrückt vor Angst um sie nach ihr suchen und dann auf das Meer hinausschauen, voller Angst, dass dieses zum Grab ihrer Tochter geworden war. Das durfte sie nicht zulassen, dachte Mercedes, diesen Schmerz durfte sie der Mutter nicht antun. Sie würde kämpfen, dabei aber ihren Plan aufgeben, nach Helgoland zu schwimmen. Sie würde zurückkehren, nach Wangerooge, zu ihrer Mutter.

Sie würde das Meer besiegen! Sie würde kämpfen. Um ihr Leben!

10

Vier Jahre später

Aufgeregt sah Mercedes aus dem Fenster, als der Zug mit quietschenden Bremsen in den Londoner Bahnhof Paddington einfuhr. Endlich war es so weit! Sie war wieder zu Hause, in England, ihrem geliebten England.

Nach ihrem gescheiterten Fluchtversuch über das Meer war sie mit ihrer Mutter nach Süddeutschland zurückgekehrt – unter der Bedingung, dass sie die Erlaubnis bekäme, arbeiten zu dürfen. Sie wollte genügend Geld ansparen, damit sie irgendwann, wenn der Krieg vorbei und sie selbst volljährig wäre, nach England zurückkehren konnte. Mercedes hatte diesen Plan sofort in die Tat umgesetzt, als sie einundzwanzig Jahre alt und damit volljährig geworden war. Zuvor hatte sie in Frankfurt eine mehrmonatige Ausbildung auf einer Sprachschule der Quakers Society absolvieren dürfen. Deutsch und Englisch sprach sie ja ohnehin fließend, ihre Grundkenntnisse des Französischen und Spanischen hatte sie an der Schule gut ausbauen können. Zudem hatte sie dort Stenografie und schnelles Schreibmaschinenschreiben erlernt. Auch war sie von der neuen internationalen Kunstsprache Esperanto fasziniert und hatte sie sich in jenen Monaten selbst beigebracht.

Gleich war es so weit. Sie würde endlich wieder englischen Boden betreten. Eine Arbeitsstelle hatte sie auch schon. Über Beziehungen ihrer Eltern, die in England nach wie vor einige Bekannte hatten, war es ihr gelungen, eine Anstellung als Fremdsprachensekretärin einer international agierenden Schifffahrtsgesellschaft zu finden. Ein Zimmer hatte ihr die Mutter im Vorfeld ebenfalls bereits organisiert.

Solchermaßen gut vorbereitet, stieg Mercedes aus dem Zug und eilte zu einer der Droschken, die zwischen den Gleisen standen, um Reisende aus aller Herren Länder an ihren Zielort zu bringen.

Mercedes nannte dem Kutscher die Adresse, zu der sie wollte, stieg ein und blickte neugierig auf die Straßen und Häuser. Kein noch so kleines Detail wollte sie verpassen. Wie die Städte in Deutschland schien sich auch London langsam von den Schrecken des Großen Krieges zu erholen. Die Spuren der Bombenangriffe durch deutsche Zeppeline waren an einigen Stellen noch sichtbar. Hier und da waren Häuser mit provisorisch reparierten Fassaden zu sehen, einzelne Dächer notdürftig mit Planen bedeckt, doch der Wiederaufbau hatte begonnen. Gerüste umgaben einige Gebäude, Arbeiter waren eifrig dabei, die Schäden zu beheben.

Die Droschke rumpelte über die Straßen, vorbei an kleinen Geschäften. Vor allem vor den Lebensmittelläden bildeten sich lange Schlangen. Hier zeigten sich die Nachwirkungen des Krieges noch besonders deutlich. Bedrückt bemerkte Mercedes die zerlumpte Kleidung und die hungrigen Gesichtchen der Kinder, die ungeduldig an den Händen ihrer Mütter zappelten. Ein Junge winkte der Droschke zu und lächelte schüchtern. Mercedes hob die Hand und winkte zurück, das Lächeln fiel ihr schwer. Armut war wirklich die größte Geißel der Menschheit, und nach dem Krieg war alles noch viel, viel schlimmer geworden. Wenn man doch nur helfen könnte.

Sie passierten eine Brücke – und nun sah Mercedes zum ersten Mal die Themse. Wie trüb das Wasser war, dachte sie. Schwimmen konnte man in diesem Fluss wohl nicht. Dabei hätte sie das so gern getan! Nach ihrem Abenteuer im Meer hatte sie das Wasser eine Weile lang gescheut, doch dann hatte ihr Körper begonnen, sich nach der Bewegung im feuchten Element zu sehnen. Sie hatte sich im örtlichen Schwimmverein angemeldet, um regelmäßig zu trainieren. Mercedes nahm sich vor, sich gleich am nächsten Morgen zu erkundigen, wo dies in London möglich war.

Einige Straßen weiter veränderte sich das Stadtbild. Die Bürgersteige wurden breiter, die Häuser waren etwas gepflegter, manche waren frisch gestrichen worden. Auch die Geräusche veränderten sich. Es wurde leiser, geordneter. Vor einem Café mit weiß getünchten Wänden saßen zwei ältere Herren und tranken Tee, während sie Zeitung lasen.

Nahe der Westminster Bridge bog die Droschke in eine ruhige Seitenstraße ein und hielt vor einem eindrucksvollen Stadthaus. Mercedes stieg aus und sah an dem Gebäude hoch. Es hatte große, schmale Fenster und einen kleinen Vorgarten, der mit Rosenstöcken bepflanzt war. Sie war erleichtert, dass sie nicht in einer derart finsteren Gegend leben musste wie jene, durch die sie vorhin auch gefahren war. Zugleich befiel sie ein schlechtes Gewissen. Sie würde hier privilegiert leben, während andere in Armut regelrecht dahinvegetieren mussten.

Sie gab dem Kutscher ein besonders großzügiges Trinkgeld und klingelte, der Anweisung in ihrem Brief folgend, bei der Familie Brown. Kurz darauf wurde die Tür geöffnet, und eine Mittfünfzigerin mit auffallend roten Wangen stand vor ihr. Sie sah gepflegt und gleichzeitig auch irgendwie verhärmt aus.

»Sind Sie das Fräulein Gleitze aus Deutschland?«

Mercedes nickte. »Ja, die bin ich.«

Sie griff wieder nach ihren beiden Koffern, doch ihre künftige Wirtin schüttelte heftig den Kopf. »Miss!«, rief sie. »Sie wollen doch nicht diese Koffer nach oben schleppen? Sie wohnen ja unter dem Dach.«

»Ich schaffe das«, setzte Mercedes an, doch die Frau schüttelte erneut den Kopf und beschied sie: »Dafür gibt es Männer.«

Dann drehte sie sich um, und die erstaunte Mercedes beobachtete, dass die Wirtin ihre Finger in den Mund schob und laut und vernehmlich pfiff. Gleich darauf erschien ein etwa siebzehnjähriger schmaler Knabe auf den Stiegen.

»Mutter?«, fragte der sommersprossige Rotschopf dienstfertig.

»Trag dem Fräulein Gleitze die Koffer nach oben!«, befahl Mrs Brown.

Der Junge nickte, schenkte Mercedes ein schiefes Grinsen, griff nach den beiden Koffern und eilte in erstaunlicher Geschwindigkeit nach oben. Seine Mutter folgte ihm langsam und sich schwer auf das Treppengeländer stützend. Mercedes fragte sich, ob sie krank war. Vielleicht kam daher auch das verhärmte Aussehen der Frau. Sollte man ihr anbieten, dass sie nicht mit in die Dachgeschosswohnung kommen müsse, oder wäre das eine Kränkung? Mercedes folgte ihr im Schneckentempo nach oben – der Sohn war längst wieder auf der ersten Etage angekommen, bevor sie diese erreicht hatten. Er grinste ihr noch einmal zu und verschwand dann in der Wohnung, aus der es selbst durch die geschlossene Tür nach Kohl und Waschmittel stank. Es war ein unangenehmer, aber nicht unerträglicher Geruch, der so wenig zu diesem gepflegten Haus passen wollte wie der verhärmte Eindruck zur ebenso gepflegten Besitzerin. Mit einigem Unbehagen bemerkte Mercedes, dass der Geruch nach oben ins Treppenhaus zog. Hoffentlich würde er sich nicht in ihrer Wohnung breitmachen.

Stell dich nicht so an, sagte sie sich. Du hast vorhin gesehen, in welchem Elend die Londoner leben, und du machst dir Sorgen, dass deine Wohnung nach Kohl riecht? Sei doch nicht so verwöhnt!

Trotzdem war Mercedes erleichtert, als sie dann im Dachgeschoss feststellte, dass sich der Geruch bis dort oben verflüchtigt hatte. Schnaufend stieß Mrs Brown eine weiß lackierte Holztür auf. »Hier wären wir.«

Mercedes hätte vor Freude weinen können! Das Zimmer war zwar recht klein, doch aus dem Fenster gegenüber der Tür bot sich ein hervorragender Blick auf die Themse. Sie würde jeden Tag das Wasser sehen. Was für ein Glück!

»Ich hoffe, es gefällt Ihnen!«, sagte Mrs Brown und ließ sich auf dem Bett nieder, was Mercedes ein wenig unangenehm war.

»Sehr«, sagte sie und sah sich um. Unter dem Fenster stand ein Tisch mit zwei Stühlen, das Bett befand sich rechts an der Wand, davor ein kleiner Schrank, daneben eine Kommode. Auf der gegenüberliegenden Seite gab es ein Waschbecken und einen Herd. Sie würde hier vollkommen autark sein. »Toilette ist auf der Zwischenetage«, ließ Mrs Brown wissen und hob dann mahnend den Zeigefinger. »Und dass Sie mir ja nicht auf die Idee kommen, Männer mit heraufzubringen. Das verdirbt mir noch den Buben, der bekommt das ja mit.«

Mercedes unterdrückte ein Grinsen. »Ihren Buben will

ich natürlich nicht verderben. Und darüber hinaus habe ich ohnehin nicht die Absicht, Männer kennenzulernen.«

»Recht haben Sie«, sagte Mrs Brown und fügte hinzu: »Und Sie würden ohnehin nicht an mir vorbeikommen. Ich kriege alles mit. Ich wohne ja auf dem Weg zu Ihrem Zimmer.«

* * *

Hans war früh aufgestanden – wie er das seit vielen Jahren tat. Er liebte die kühlen, dunklen Morgenstunden, wenn die Welt noch schlief und in den Straßen auf seinem Weg ins Büro kein Lärm zu hören war. Er hatte das Gefühl, in diesen Stunden zwischen Schlafen und Erwachen der Welt ganz besonders kreativ sein zu können. Dann kamen ihm die besten Lösungen für technische Herausforderungen, dann war alles ganz leicht, was im Lauf des Tages, unter der Last unzähliger Anforderungen, schwer wurde. An diesem sonnigen Sommermorgen im Jahr 1922 passierte er einmal mehr jenes Haus, in dem einst seine Frau Florence mit ihrer Mutter Lucy bei der Familie ihrer Schwester gewohnt hatte. Harry Harden und Hans sahen einander zu ihrem Bedauern mittlerweile nur noch selten. Florence' Schwager war nach wie vor ein ebenso viel beschäftigter wie erfolgreicher Teehändler und häufig auf Reisen.

Mit einem leisen Seufzen sah Hans durch eines der Fenster, wie Edward und Cassian in ihren Schuluniformen frühstückten, deren Schwester Lynda war inzwischen bereits achtzehn Jahre alt und verlobt. Unglaublich, wie die Zeit verging! Der Anblick der Neffen seiner Frau versetzte Hans öfters einen Stich. Er und Florence hätten zu gern eigene Kinder gehabt, aber so viel Glück sie auch ansonsten in ihren Leben gehabt hatten: Dieser innige Wunsch war ihnen verwehrt geblieben. Das würde sich wohl nicht mehr ändern. Immerhin war Florence inzwischen vierzig Jahre alt, und die Hoffnung, dass sie Eltern werden könnten, verblasste mit jedem Jahr mehr.

Kaum hatte er sein Büro betreten, begann das Telefon auf seinem Schreibtisch zu klingeln. Dieses Geräusch machte Hans nach wie vor glücklich, es erweckte in ihm ein ähnliches Gefühl wie der Blick auf seine Armbanduhr. Es bedeutete technischen Fortschritt und ließ ihn glauben, dass mit menschlichem Erfindergeist alles möglich war.

Der Telefonanschluss war erst vor wenigen Jahren installiert worden und für Hans ein unschätzbarer Vorteil. Während viele Geschäftsleute noch auf langwierige Briefwechsel angewiesen waren, konnte er mit einem Anruf viele Probleme lösen und Innovationen vorantreiben.

Hans hob den Hörer ab, in der Leitung knackte es leicht. Eine Telefonistin kündigte ihm einen Anruf aus der Schweiz an, und gleich darauf erklang die vertraute Stimme von Max Stäubli im Hörer. Er war der leitende Ingenieur der Rolex-Produktionsstätte in Biel, der maßgeblich an der Entwicklung einer wasserdichten Armbanduhr beteiligt war – seiner neuesten Erfindung.

»Guten Morgen, Herr Wilsdorf«, begann Max. Seine Stimme war energisch, aber Hans meinte auch einen Hauch von Nervosität herauszuhören. »Ich hoffe, ich störe nicht zu früh.«

»Guten Morgen, Max. Sie wissen ja, ich bin immer früh auf den Beinen. Erzählen Sie mir, wie es mit der Dichtung aussieht.«

»Da gibt es tatsächlich ein Problem.« Max schwieg für einen Moment, schien auf eine Reaktion zu warten.

»Welches denn?«, hakte Hans nach.

»Wir haben festgestellt, dass die Dichtung bei wiederholtem Auf- und Zuschrauben einen minimalen Verschleiß aufweist. Nach einer gewissen Zeit verliert sie ihre Elastizität und könnte die Wasserdichtigkeit gefährden«, erklärte der Ingenieur.

»Das ist natürlich inakzeptabel«, versetzte Hans. »Diese Uhr muss absolut zuverlässig sein, selbst nach Jahren der Nutzung. Was schlagen Sie vor, um das in den Griff zu bekommen?«

»Wir haben zwei Vorschläge«, antwortete Max. »Der erste ist, eine neue Mischung für die Dichtung zu entwickeln, basierend auf Kautschuk. Dieses Material hat eine höhere Elastizität und könnte den Verschleiß minimieren.«

»Das klingt vielversprechend«, sagte Hans. »Und was ist die zweite Überlegung?«

»Eine doppelte Dichtung einzubauen – eine zusätzliche Barriere, die das Risiko eines Versagens erheblich reduziert«, erläuterte der Ingenieur.

Hans nickte gedankenverloren. »Auch das klingt vernünftig. Ich möchte allerdings wirklich sicherstellen, dass diese Dichtungen auch unter extremen Bedingungen funktionieren. Welche Tests haben Sie geplant?«

»Wir werden sie hohen und niedrigen Temperaturen aussetzen sowie simulierten Wasserdrücken. Außerdem planen wir einen Langzeittest, bei dem die Krone wiederholt geöffnet und geschlossen wird.«

»Sehr gut, Max«, sagte Hans. »Aber was ist mit der Handhabung? Würde das doppelte Dichtungssystem die Funktion der Krone beeinträchtigen?«

»Unsere bisherigen Tests zeigen, dass die Krone trotz der doppelten Dichtung leichtgängig bleibt, aber wir sind noch dabei, die Feinjustierungen vorzunehmen.«

»Gut«, befand Hans. »Ich werde in zwei Wochen ins Werk nach Biehl kommen. Bitte legen Sie mir dann erste verlässliche Muster vor. Und denken Sie daran …«

»… Sie wollen die absolute Perfektion, ich weiß, Herr Wilsdorf«, fiel ihm Max mit einem hörbaren Schmunzeln ins Wort.

Hans hatte gerade aufgelegt, als sich leise die Tür öffnete und Florence eintrat. Sie trug ein silbernes Tablett und servierte zwei Tassen Earl Grey mit Milch und Zucker. Ihr Mann liebte diesen Tee.

»Guten Morgen, mein Schatz«, sagte sie liebevoll, stellte das Servierbrett vor ihm auf der Tischplatte ab, beugte sich zu ihm und gab ihm einen Kuss auf die Wange.

»Guten Morgen, mein Liebling! « Er zog sie auf seinen Schoß. Sie schmiegte sich für einen Moment an ihn, doch zu seiner leisen Enttäuschung löste sie sich gleich darauf wieder von ihm und setzte sich ihrem Mann gegenüber auf einen der Besucherstühle. Aufmerksam sah sie ihn an. »Dir geht etwas durch den Kopf. Was ist es?«

»Ich habe gerade mit dem Werk in Biel telefoniert.«

»Gibt es Probleme?«

Hans erzählte ihr, was er mit Max besprochen hatte. Sie tranken ihren Tee und gingen für das Frühstück gemeinsam nach oben in ihre Wohnung, wo das Personal bereits eingedeckt hatte. Hans hatte sich nie an das englische Breakfast gewöhnt, er zog Brot mit Marmelade vor, doch Florence ließ sich mit Begeisterung ihr Porridge mit frischen Früchten schmecken. Es war wie jeden Morgen. Sie lasen Zeitung, informierten sich gegenseitig über interessante Ereignisse oder lasen sich sogar einzelne Artikel vor. Ein schönes, warmes und erfülltes Miteinander. Nicht zum ersten Mal dachte Hans, was für ein Glück er doch mit seiner

Frau hatte. Irgendwann brachte ein Diener die Post, und sie machten sich gemeinsam daran, sie zu öffnen.

»Oh«, sagte Florence, nachdem sie den ersten Umschlag geöffnet hatte. »Scheint, dass sie in Biel noch mehr zu tun bekommen als die Experimente hinsichtlich der Dichtigkeit.«

Hans setzte seine Tasse ab und sah seine Frau fragend an. »Weshalb?«

»Das hier«, sagte Florence und schob ihrem Mann das Schreiben über den Tisch, »ist eine Anfrage von einem Juwelier in Paris. Sie möchten hundertfünfzig Uhren bis zum Sommer.«

Hans überflog das Schreiben und lächelte. »Paris erkennt unsere Qualität. Das ist ein gutes Zeichen. Jetzt dürfen wir keine Fehler machen. Jede dieser Uhren muss perfekt sein. Das ist die Herausforderung, wenn wir immer weiter wachsen wollen.«

»Das war schon immer so, und das wird sich auch niemals ändern«, sagte Florence. »Vielleicht können wir das Werk in Genf erweitern.«

Ein Jahr nach Ende des Ersten Weltkriegs, 1919, hatte Hans seinen Firmensitz von London nach Genf verlagert. Die wirtschaftlichen Folgen des Krieges und die neu eingeführten Steuern auf Luxusgüter hatten seinem Unternehmen schwer zugesetzt. Die Schweiz mit ihrer Tradition der Präzisionsuhrmacherei, in der sich ja auch schon das Bieler Werk befand, war ihm als der perfekte Ort für einen Neuanfang erschienen. In der Nähe des Genfer Sees hatte er sein neues Hauptquartier errichtet, nicht nur wegen der schönen Aussicht, sondern auch, weil die Klarheit des Wassers ihn an die Präzision erinnerte, die er mit seinen Uhren verband.

»Eine Rolex muss so beständig und rein sein wie das Wasser des Genfer Sees«, sagte er oft zu seinen Mitarbeitern. Das Werk in Biel und die Zusammenarbeit mit der dort ansässigen Firma Aegler blieben bestehen. Während die Uhrwerke weiterhin in Biel gefertigt wurden, konzentrierte sich das Team in Genf auf die Entwicklung der Gehäuse, die Endmontage und den Vertrieb.

Florence' Idee, das Werk in Genf zu erweitern, war gut. Er nickte langsam. »Genf ist die Zukunft«, sagte er. »Wir haben die besten Uhrmacher dort, und die Nähe zu unseren Schweizer Lieferanten wird uns helfen, unsere Standards zu halten.« Er lächelte seiner Frau zu: »Ich habe Max heute Morgen ohnehin angekündigt, in zwei Wochen nach Biel zu kommen, um dort die neuesten Musteruhren in Augenschein zu nehmen.«

»In zwei Wochen schon?«, staunte Florence. »Setzt du die Leute damit nicht zu sehr unter Druck?«

Hans schüttelte den Kopf. »Auch Diamanten können nur durch Druck entstehen. Ich kenne meine Leute. Wenn sie einen Termin haben, eine Frist, dann geben sie alles und arbeiten mit noch größerer Präzision als sonst.«

Sie nickte. »Ich weiß. Du schlägst also vor, dass wir nicht nur nach Biel fahren, sondern auch nach Genf?«

»Richtig. Wir sollten dort mal wieder nach dem Rechten sehen. Wenn wir wirklich erweitern wollen, dann gibt es viel zu tun, und du weißt, dass ich neue Mitarbeiter immer selbst sehen und kennenlernen möchte.«

»Das hat sich ja bislang auch immer als richtig erwiesen«, sagte Florence. »Manchmal habe ich das Gefühl, dein Blick auf Menschen ist so klar und tief wie der Genfer See.«

Hans lachte. »Zu viel der Ehre. Wieder einmal«, sagte er und vergewisserte sich: »Dann bist du also einverstanden?«

»O ja, das bin ich. Du weißt, wie sehr ich die Schweiz

liebe – und besonders den Blick von unserer Wohnung auf den Genfer See.«

»Dann ist es also abgemacht«, freute sich Hans. »Wir fahren in die Schweiz.«

»Ja.« Florence gab ihrem Mann einen Kuss. »Ja, wir fahren in die Schweiz.«

11

Mercedes war zwar allerbester Laune, aber auch ein wenig aufgeregt, als sie am Morgen nach ihrer Ankunft in London durch die Straßen eilte. In ihrer Hand hielt sie eine kleine Ledertasche, in der sich ein Notizbuch und ihr Bleistift befanden. Schon an ihrem zweiten Tag in England trat sie ihren Posten als Fremdsprachensekretärin bei der Reederei an, den ihr die Mutter vermittelt hatte. Nach kurzem Fußmarsch durch den Stadtbezirk Westminster hatte sie ihr Ziel erreicht und blieb respektvoll vor dem stattlichen Backsteingebäude stehen. *Messrs T. J. Eaton & Company* stand auf einem polierten Türschild aus Messing. Mercedes atmete tief ein, zog ihre Bluse glatt und ging hinein. Im Gebäude nahm sie die Geräusche des Büroalltags wahr. Da waren der Klang von ratternden Schreibmaschinen, läutenden Telefonen und Stimmen, die Sätze in Englisch, Französisch und Deutsch von sich gaben, im Raum durcheinander hörbar. Der Geruch von staubigem Papier und Tinte hing in der Luft.

Ein junger Mann mit akkurat gescheiteltem Haar, leicht nervös lächelnd, kam auf sie zu. »Miss Gleitze?«, vergewisserte er sich. Als sie nickte, reichte er ihr die Hand und stellte sich vor: »Ich bin Cedric Thomas, Mr Eatons Assistent. Bitte folgen Sie mir.«

Er führte sie in ein geräumiges Büro, dessen Anblick Mercedes beinahe erschlug: Die dunklen Holzmöbel wirkten drückend, und die schweren, dunklen Vorhänge vor dem Fenster ließen nur einen kleinen Spalt Licht ins Innere des Zimmers. Ob Mr Eaton die Vorhänge mit Absicht so weit zugezogen hatte? Vielleicht, kam es Mercedes in den Sinn, hoffte er, auf diese Weise den riesigen Papierstapel auf seinem Schreibtisch unsichtbar machen zu können? Warum lag auf Mr Eatons Schreibtisch überhaupt so viel Papier, wenn er doch so viele Angestellte hatte? Mercedes wurde neugierig auf den Mann, der von nun an ihr Vorgesetzter sein würde. Sie bekam ihn schnell zu sehen.

Mr Eaton erwies sich als distinguierter Herr mittleren Alters, dessen scharfe Gesichtszüge durch einen gepflegten Schnurrbart betont wurden. Während Cedric Thomas sich mit einem gemurmelten Gruß zurückzog, stand Eaton auf und streckte Mercedes die Hand entgegen.

»Miss Gleitze, willkommen bei Eaton und Company.« Sein Händedruck war fest, seine Stimme war warm – und Respekt einflößend. Sie war überrascht. Dieser Mann passte ihrer Meinung nach überhaupt nicht zu dem Eindruck, den sein düsteres Büro vermittelte.

»Ich bin T. J. Eaton. Wir sind froh, Sie hier zu haben. Ich war wirklich beeindruckt davon, dass Sie uns Ihre Bewerbung gleich in vier Sprachen geschickt haben. Sogar in Esperanto – interessant.«

Mercedes spürte eine Mischung aus Erleichterung und Stolz in sich aufsteigen.

»Vielen Dank, Mr Eaton. Ich freue mich auf die Arbeit und hoffe, Ihren Erwartungen gerecht zu werden.«

Der Reeder nickte zufrieden und bot ihr einen Platz an.

»Wir sind ein internationales Unternehmen, das stark auf Verbindungen und Kontakte in anderen Ländern angewiesen ist. Ihre Hauptaufgaben werden Übersetzungen, Koordination und Austausch mit unseren internationalen Partnern sein. Mr Thomas wird Sie einarbeiten. Haben Sie noch Fragen an mich?«

Mercedes schüttelte den Kopf. »Im Augenblick nicht, Sir.«

»Gut.« Eaton erhob sich erneut und schüttelte ihr die Hand. Damit war das Gespräch beendet. Auch Mercedes war sogleich aufgestanden.

»Auf gute Zusammenarbeit«, sagte sie.

»Auf gute Zusammenarbeit«, erwiderte Eaton und öffnete ihr die Tür, hinter der Cedric Thomas bereits wartete und regelrecht auf sie zuschoss.

»Folgen Sie mir, Fräulein Gleitze, ich zeige Ihnen Ihren Arbeitsplatz«, sagte er und ging ihr voraus zu einem Schreibtisch nahe des Fensters, das einen Blick auf die belebte Straße freigab. Der Schreibtisch war ordentlich hergerichtet, mit einer Schreibmaschine, einem Stapel Papier und einem Tintenfass. »Wenn Sie etwas brauchen, lassen Sie es mich wissen«, sagte Mr Thomas, bevor er sie mit einem aufmunternden Lächeln allein ließ.

Mercedes linste zu der Frau, die am nächsten Schreibtisch nur etwa zwei Meter entfernt saß. Sie hoffte, dass sie sich gut verstehen würden. Bisher hatte die Dame, die wohl Mitte vierzig sein mochte, der frisch Eingestellten noch keine Beachtung geschenkt.

Entschlossen trat Mercedes zu ihr an den Schreibtisch und räusperte sich. Die Frau hob den Kopf und sah sie ohne Lächeln, aber dennoch nicht unfreundlich an.

»Guten Tag. Ich bin Mercedes Gleitze und habe heute meinen ersten Tag hier.«

Sie deutete auf ihren Schreibtisch. »Wie es aussieht, sind wir Nachbarn.«

Jetzt ließ sich der Hauch eines Lächelns auf der Miene der anderen erkennen. »Sie sind also unser neues Sprachtalent. Ich bin Margaret.« Das angedeutete Lächeln vertiefte sich, als sie hinzufügte: »Sie dürfen sich immer an mich wenden, wenn Sie Fragen haben.«

»Vielen Dank«, sagte Mercedes erleichtert. Zumindest hinsichtlich ihrer Kollegen ließ sich die neue Arbeit gut an. Sie kehrte an ihren Schreibtisch zurück und hatte kaum Platz genommen, als auch schon ein Bote einen Stapel Briefe brachte. Mercedes öffnete den ersten Umschlag und begann zu lesen: ein Vertrag in deutscher Sprache, der ins Englische übersetzt werden sollte. Sie atmete tief durch, setzte sich gerade hin, spannte einen Bogen Papier ein und begann zu tippen. Die Aufgabe konnte sie leicht erledigen, nach zwei Stunden hatte sie den geforderten Text fertig. Und nun? Margaret war offensichtlich in ihre Arbeit vertieft, und Mercedes wollte nicht stören. Ohne mit dem Stuhl zu scharren, stand sie leise auf, um sich auf die Suche nach Mr Thomas zu machen.

Am anderen Ende des Raums angekommen, grinste sie ein Mann in ihrem Alter an. Mercedes fiel sein dunkler Lockenkopf auf.

»Hallo, Sie sind die Neue aus Deutschland, stimmt's?«

»Eigentlich bin ich gebürtige Engländerin«, stellte sie richtig. »Ich habe nur die letzten Jahre in Deutschland gelebt.«

Er lächelte. »Und selbst wenn du Deutsche wärst – der Krieg ist vorbei.«

»Ja, zum Glück.« Höchstwahrscheinlich war er ebenfalls im Krieg gewesen, doch sie würde ihn nicht danach fragen. Stattdessen sagte sie: »Der Krieg hat die Welt der Frauen verändert. Sie sind selbstständiger geworden. Ich hörte sogar, hier gäbe es eine Frau namens Pankhurst, die für das Frauenwahlrecht kämpft.«

Der junge Mann nickte. »Finde ich richtig.«

»Wirklich?«, fragte Mercedes. »Ich hatte bislang nicht den Eindruck, dass du sonderlich viel von Gleichberechtigung hältst.«

Verwirrt sah er sie an. »Wie kommst du denn darauf?«

»Nun, du kennst meinen Namen, aber ich nicht deinen. Findest du das etwa gerecht?«

Er lachte. »In der Tat nicht. Und auch nicht, dass ich sitze und du stehst.« Er sprang auf und schüttelte ihr die Hand. »Richard.«

»Mercedes.«

»Schön, dich kennenzulernen, Mercedes«, sagte er.

»Ebenso! Und nun will ich dich nicht länger von der Arbeit abhalten, sonst mache ich mich noch unbeliebt.«

Richard nickte und deutete auf den Papierstapel, der neben ihm lag. »So gern ich noch mit dir plaudern würde, aber Mr Eaton ist sehr streng. Bevor man seine Papierstapel nicht abgearbeitet hat, darf man nicht in den Feierabend gehen.«

»Oh«, kam es überrascht von Mercedes. »Danke.«

»Vielleicht sieht man sich ja mal außerhalb der Arbeit«, sagte Richard hoffnungsvoll, und Mercedes ließ ihn vage wissen: »Ja, vielleicht.«

Damit machte sie kehrt, um Mr Thomas zu suchen. Er strahlte, als er sie erblickte.

»Miss Gleitze! Was kann ich für Sie tun?«

»Mir Arbeit geben?«, schlug sie augenzwinkernd vor.

»Ihnen Arbeit geben?«, wiederholte er verblüfft. »Der Bote müsste Ihnen doch schon vor Stunden …«

»Ja, hat er, gleich nachdem Sie mich an meinen Schreibtisch gebracht hatten«, bestätigte Mercedes. »Aber ich bin mit allem fertig.«

Cedric starrte sie an. »Sie sind mit allem fertig?«, wiederholte er verblüfft. »Ja, aber ... das kann doch nicht sein!« Beinah verzweifelt fuhr er sich durchs Haar.

»Stimmt etwas nicht?« Mercedes wurde nervös. Hatte sie etwas falsch gemacht? Etwas Wichtiges übersehen?

»Es ist nur so«, sagte Cedric Thomas, »dass wir Sorge hatten, Ihnen an Ihrem ersten Arbeitstag zu viel aufzubürden – und nun ist gerade mal Mittag, und Sie sind schon fertig ...«

»Die Übersetzungen waren nicht schwierig«, erklärte Mercedes.

»Hm.« Der Büroleiter schien noch immer ratlos. Dann sagte er: »In diesem Fall ist es wohl angebracht, mit Mister Eaton zu sprechen. Am besten holen Sie Ihre Übersetzungen, und dann gehen wir gemeinsam zu ihm.«

»In Ordnung. Ich bin gleich wieder da.«

Kurz darauf klopften sie an Eatons Tür und betraten nach einem deutlich vernehmbaren »Herein!« sein Büro.

Eaton sah ihnen erstaunt entgegen. »Miss Gleitze. Gibt es ein Problem?«

»Ja«, antwortete Cedric Thomas für sie. »Oder eigentlich nein. Miss Gleitze ist bereits fertig mit ihrem Tagewerk. Sie hat mich nach weiteren Aufgaben gefragt.«

Auch Eaton schien verblüfft. »Ganz fertig, mit allem?«

»Ja«, meinte Mercedes, der das inzwischen schon fast peinlich war.

»Zeigen Sie mal her.« Eaton streckte die Hand aus und blätterte durch die einzelnen Seiten. Er ließ sich Zeit, prüfte genau. Dann sah er mit einem Lächeln auf. »Das sieht alles sehr ordentlich aus, Miss Gleitze. Hervorragende Arbeit.«

»Und was soll ich als Nächstes tun?«, fragte Mercedes.

Eatons Lächeln wurde breiter. »Nach Hause gehen.«

Mercedes erschrak. Sollte sie etwa entlassen werden? Sie hatte doch alles richtig gemacht!

Eaton deutete ihren Blick richtig. »Keine Sorge. Wir haben hier eine Regel: Jeder bleibt so lange, bis sein Arbeitspensum für den Tag erledigt ist. Dadurch werden die Schnellen belohnt. Und Sie, Miss Gleitze, sind offensichtlich unter den Allerschnellsten. Genießen Sie den Tag!«

»Da...danke«, stammelte Mercedes und verließ gemeinsam mit Cedric das Büro.

»Glückwunsch«, sagte der grinsend. »Sieht so aus, als wäre unser Chef wirklich beeindruckt von Ihnen. Ich bin es übrigens auch.«

»Soll ich wirklich schon nach Hause gehen?«, zweifelte Mercedes. »Das könnte bei den anderen Kollegen einen komischen Eindruck hinterlassen.«

Cedric schüttelte den Kopf. »Machen Sie sich darüber keine Gedanken«, sagte er. »Hier ist keiner neidisch. Alle arbeiten gut zusammen.«

Mercedes nickte. »Also dann, dann mache ich jetzt eben schon Feierabend für heute.«

* * *

Hand in Hand standen Hans und Florence vor ihrem Genfer Werk und sahen an der Fassade empor. Stolz betrachteten sie die sich wiederholenden Rolex-Schilder über den Fenstern der vierten Etage. 1920 war ihre Firma unter dem Namen *Montres Rolex S. A.* in das Handelsregister der Stadt Genf eingetragen worden. Ein gegenseitiges Zulächeln zeigte, dass sie sich einig waren: Auf diese Firma sind wir stolz.

»Hoffentlich erschrecken die Mitarbeiter nicht, wenn wir jetzt so plötzlich vor ihnen stehen.«

Das Empfangsbüro ihrer Genfer Firma befand sich gleich am Eingang zur oberen Etage. Dort arbeitete auch ihre Sekretärin, Frau Obermatt, eine zierliche, emsige Frau mit Dutt und Brille. Sie bemerkte die Bewegung, schaute genauer hin, sprang auf und eilte den Wilsdorfs entgegen. »Gnädige Frau, Herr Direktor!« Zu Florence' Entsetzen deutete sie sogar einen Knicks an. »Wir … wir haben gar nicht mit Ihnen gerechnet. Wie schön, Sie zu sehen! Ich benachrichtige sofort Herrn Mayer.«

»Das ist nicht nötig«, bestimmte Florence hastig. »Wir wollen ihn überraschen.«

Frau Obermatt waren deutliche Zweifel daran anzusehen, ob diese Überraschung für Herrn Mayer wirklich angenehm sein würde, doch sie nickte nur und sagte: »Natürlich, Herr Direktor. Frau Direktor.«

Unsicher blieb sie stehen und schien nicht genau zu wissen, ob sie sich wieder hinter ihren Schreibtisch setzen sollte oder nicht. Der Firmenchef nickte ihr zu. »Vielen Dank für Ihren freundlichen Empfang, Frau Obermatt.«

Dann ging er Hand in Hand mit seiner Frau durch den Flur in Richtung der Werksräume, wo das Klicken der Instrumente der konzentriert arbeitenden Angestellten wahrnehmbar war. Abgesehen davon war es still im Raum. Die Männer und Frauen in akkurat gebügelten, flecklosen weißen Kitteln saßen an langen Holztischen. Uhrmachergläser vor eines ihrer Augen geklemmt, fügten sie filigrane Zahnräder und Federn in Uhrwerke ein. Hans wollte schnurstracks durch den Mittelgang weitergehen, doch Florence hielt ihn zurück.

»Nicht«, sagte sie leise. »Noch haben sie uns nicht bemerkt, und wir können ihnen ein wenig bei ihrer Arbeit zusehen.«

Der Direktor und seine Frau standen Seite an Seite neben der Tür und sahen ihren Angestellten bei deren Schaffen zu. Einer der Uhrmacher schien zu spüren, dass er beobachtet wurde, blickte auf und erschrak. Hastig stand er auf, ging auf das Ehepaar Wilsdorf zu und deutete mit seinem Kopf eine leichte Verbeugung an. Sein Verhalten war ähnlich wie das der Sekretärin Obermatt. Er war freundlich, ehrerbietig und schien ein wenig verwundert. »Herr Direktor, Frau Direktor«.

Herr Mayer eilte schon durch den Mittelgang auf sie zu und begrüßte die Firmeninhaber seinerseits, Florence hauchte er einen galanten Kuss auf die Hand, die seines Chefs schüttelte er. »Das ist ja eine Überraschung.«

»Ich habe Neuigkeiten, die ich lieber mit Ihnen persönlich besprechen wollte«, sagte Hans Wilsdorf.

Mayers Stirn umwölkte sich ein wenig. »Gibt es Anlass zur Sorge, Herr Wilsdorf?«

»Aber nein!«, versicherte Hans. »Ganz und gar nicht. Es sind erfreuliche Nachrichten. Gehen wir in mein Büro?«

»Natürlich, sehr gern.«

Hans und Florence nickten den Arbeitern noch einmal freundlich zu, dann verließen sie den Handwerksraum, um wieder an Frau Obermatt in ihrem Glaskontor vorbei zum Direktionskontor zu gehen. Dieser Raum war ganz am Ende des Flurs eingerichtet worden. Von dort hatte man einen herrlichen Blick auf den Genfer See.

Sie nahmen auf der gediegenen, mit Leder bezogenen Sitzgruppe Platz, direkt vor den hohen Fenstern. Hans öffnete seine Aktentasche, die er die ganze Zeit über bei sich getragen hatte, und schob dem Werksleiter das Schreiben über den Tisch.

»Darf ich?«, vergewisserte sich dieser.

»Sicher.« Hans nickte bekräftigend. Mayer zog einen Brief aus dem Umschlag und las ihn.

»Dieser Auftrag ist aus Paris eingetroffen«, fasste Hans zusammen. »Hundertfünfzig Uhren, die innerhalb der kommenden vier Monate geliefert werden sollen.«

Mayer legte die Stirn in Falten. »Sie haben recht, eigentlich sind das gute Nachrichten. Aber, wenn ich offen sprechen darf, Herr Direktor …«

»Bitte«, sagte Hans. »Unser ehrliches Miteinander ist ja genau das, was ich so an Ihnen schätze.«

»Ich weiß nicht, wie wir diese Bestellung ausführen sollen«, gestand Mayer. »Vor allem in diesem kurzen Zeitraum. All unsere Leute sind ohnehin viel länger im Haus, als sie vertraglich müssten. Sie sind alle sehr stolz auf unseren Erfolg – aber …«

»Macht sich Unmut breit?«, vermutete Florence.

Mayer schüttelte nachdenklich den Kopf. »So weit ist es noch nicht, zumal die zusätzliche Arbeit ja vergütet wird. Ich würde jedoch davon abraten, den Leuten noch mehr Arbeit aufzubürden.«

»Das sehe ich wie Sie. Genau darüber wollten meine Frau und ich mit Ihnen reden«, sagte Hans. »Ich denke über eine Werkserweiterung nach. Wie können wir aus Ihrer Sicht unsere Kapazitäten erhöhen?«

Mayer dachte einen Moment lang nach und öffnete dann sein Kontorbuch. »Wir könnten für eine zweite Manufaktur selbst ein neues Gebäude errichten, aber das würde Zeit und viel Geld kosten und leider jetzt sofort auch nicht weiterhelfen.«

Hans nickte. »Und ein Neubau lohnt sich erst, wenn die Auftragszahlen weiter steigen oder sich auf dem höheren

Niveau festigen. Die Bestellung aus Paris könnte auch ein Ausreißer nach oben sein.«

»Das glaube ich nicht«, widersprach Florence. »Auf jeder verkauften Uhr steht unser Name. Jede verkaufte Uhr ist ein Beweis für Präzision und allerhöchste Uhrmacher-Handwerkskunst. Und damit ist jede verkaufte Uhr die beste Reklame, die wir uns wünschen können.«

»Das hoffe ich«, meinte Hans. »Aber wir können uns noch nicht blind darauf verlassen. Deshalb halte ich die Erweiterung der Manufaktur ebenfalls für verfrüht.«

Hans Wilsdorfs Genfer Stellvertreter blickte nachdenklich drein. »Ich denke, dass wir durch eine Umstrukturierung der Werkstatt kurzzeitig schon einige weitere Arbeitsplätze einrichten könnten. Für den Auftrag aus Paris wird es wohl trotzdem kaum reichen. Und so schnell werden Sie auch keine guten Uhrmacher finden. Es ist wenig ratsam, unter Druck Personal einzustellen.«

»Da gebe ich Ihnen recht«, sagte Wilsdorf. »Dann müssen eben unsere Leute kurzfristig noch mehr Überstunden machen. Vielleicht lassen sie sich darauf ein, wenn wir ihnen anschließend Entlastung in noch höherem Maße anbieten. Ich würde sie alle zu einer Versammlung zusammenrufen, die Lage schildern und nach ihrer Loyalität fragen.«

»Das ist eine gute Idee. Ich bin sicher, unter den gegebenen Umständen werden die Leute auch bereit sein, kurzfristig noch einmal alles zu geben.«

Florence, die aufmerksam zugehört hatte, fügte hinzu: »Wir sollten auch überlegen, wie wir junge Handwerkstalente für später ausbilden können.«

»Das ist ein vernünftiger Vorschlag«, fand Mayer. »Söhne unserer Leute hier zum Beispiel. Das würde sie zusätzlich anregen, ihr Bestes zu geben.«

Hans war zufrieden. »Wunderbar! Dann haben wir doch sehr schnell eine gute Lösung gefunden. Monsieur Mayer, ich möchte, dass Sie mit unserem Umbau der Werkstatt so schnell wie möglich beginnen. Suchen Sie gleich nach einem technischen Zeichner. Ich werde mich persönlich um die nötigen finanziellen Ressourcen kümmern.«

Mayer erhob sich und schüttelte Hans Wilsdorf die Hand. »Ich werde sofort damit loslegen, Herr Direktor.«

Hans hatte selbst genaue Vorstellungen von Arbeitsplätzen in seiner Manufaktur. »Können wir gerade noch einmal gemeinsam durch die Fertigung gehen, und Sie zeigen mir vor Ort, wo Sie sich die Einrichtung weiterer Arbeitsplätze vorstellen?«

Da Mayer für einen Moment zögerte, fragte Florence rasch nach: »Oder brauchen Sie noch etwas Zeit? Wir haben Sie ja regelrecht überfallen.«

Mayer schüttelte den Kopf. »Nein, ich habe schon sehr konkrete Vorstellungen. Sollen wir gleich gehen?«

»Gern«, stimmte Hans zu.

Wenig später öffnete der Firmeninhaber erneut die Tür zur großen Werkstatt und trat mit Mayer und Florence ein. Diesmal sorgte ihr Erscheinen für weniger Aufregung. Die Uhrmacher blickten kurz auf, wandten sich aber gleich darauf wieder ihrer Tätigkeit zu.

In einer Ecke saßen vier von ihnen an einem großen Holztisch, jeder mit dem Uhrmacherglas im Gesicht. Mayer deutete mit dem Kinn auf die Männer. »Diese Vierergruppe arbeitet sehr gut zusammen. Sie sitzen, wie Sie sehen, an zwei Doppeltischen unter einer hellen Lampe. Es wäre hier wohl Platz genug, noch zwei weitere Plätze einzufügen. Für noch eine Vierergruppe wäre es zu eng.«

»Das klingt gut«, entgegnete Hans. »Dadurch hätten wir ein Drittel mehr Arbeitsplätze. Das wäre doch ein guter Anfang. Und es ließe sich recht leicht bewerkstelligen. Wir müssten einen Elektriker bitten, neue Lampen zu installieren, und natürlich die Möbel und Werkzeuge besorgen.«

Für einige Sekunden sah er den Uhrmachern bei ihrer Arbeit zu. Was für ein vertrautes Bild! Er liebte die Stimmung der ruhigen, vollkommenen Hingabe und Konzentration. Hans beobachtete, wie der Meister eine winzige Schraube mit einem speziellen Schraubenzieher befestigte. Jede Bewegung war exakt, ohne das geringste Zittern. Sein Blick wanderte weiter zu dem großen Tisch in der Mitte, an dem eine junge Frau äußerst geschickt das Zifferblatt einer Uhr einlegte. Sie prüfte die Ausrichtung und befestigte es ebenfalls mit einer solch feinen Schraube. Hans lächelte. Junge Frauen in die Firma zu bringen, war Florence' Idee gewesen – und sie hatte sich mehr als bewährt. Auch jetzt würde er, wenn es darum ging, neue Mitarbeiter einzustellen, gerne wieder weitere Frauen unter Vertrag nehmen. Die technischen Erweiterungen, die heutzutage zur Verfügung standen, boten ihnen viele Möglichkeiten. Sein Blick fiel auf einen Angestellten, der offensichtlich bereits fertiggestellte Uhren noch einmal genau prüfte. Florence hatte diesen Arbeitsplatz ebenfalls bemerkt und fragte leise: »Was ist das denn? Dieser Werkstattplatz ist mir noch nie aufgefallen.«

»Den haben wir aber schon ein paar Jahre«, klärte Hans sie auf. »Jede Uhr wird hier mehrere Stunden getestet, um sicherzustellen, dass sie präzise läuft. Abweichungen können sofort korrigiert werden. Danach, bevor ein Exemplar verkauft wird, bringen wir unsere Uhren, jede einzeln, zu einer Kontrollstelle, damit unsere Kunden sogar eine offizielle, externe Qualitätsbescheinigung in die Hand bekommen.«

Er erinnerte sich daran, dass schon damals, im Jahr 1910, eine Uhr aus der Rolex-Manufaktur durch die schweizerische Prüfinstanz für Uhrgangkontrollen in Biel das weltweit erste offizielle Chronometer-Zertifikat für Armbanduhren erhalten hatte. Vier Jahre später, im Jahre 1914, hatte das berühmte britische Kew-Observatorium einer Rolex als erster Armbanduhr den »Präzisionsgangschein der Klasse A« verliehen. Dabei handelte es sich um eine Auszeichnung, die bis zu jenem Zeitpunkt ausschließlich Marinechronometern vorbehalten war. Der Begriff Präzision wurde seitdem mit Armbanduhren von Rolex in Verbindung gebracht.

»Hier an dem Tisch in der Raummitte könnten wir ebenfalls neue Plätze schaffen«, fuhr Mayer nun fort. »Und dort hinten«, er zeigte auf die andere Seite des Raumes, »ganz genauso wie auf dieser Seite.«

»Das klingt alles sehr gut, Herr Mayer«, sagte Hans zufrieden. »Gehen wir es an.«

12

Mercedes hatte im Büro schnell Freundschaften geschlossen: mit ihrer Schreibtischnachbarin Margaret und dem charmanten Richard am Ende des Büros. Der hatte allerdings zu ihrer leisen Enttäuschung eine Verlobte. An ihrem zweiten Arbeitstag hatte sie auch Violet Thompson kennengelernt, eine sehr hübsche und ganz schüchterne Blonde in ihrem Alter. Violet blickte kaum von ihrer Arbeit auf, war aber dafür – ebenso wie Mercedes – meist bereits um die Mittagszeit damit fertig. Als sie sich zum zweiten Mal am Ausgang begegneten, sprach Mercedes ihre junge Kollegin an und stellte sich vor: »Ich bin Mercedes Gleitze, die Neue.«

Die andere sah sie ernst an. »Ich bin Violet Thompson«, stellte sie sich so leise vor, dass Mercedes sie kaum verstehen konnte.

»Und wie es scheint, sind Sie auch immer sehr schnell mit Ihrer Arbeit fertig, wenn Sie jetzt schon nach Hause gehen …« Mercedes hatte die Worte ganz unbedarft gesagt, aber Violet lief feuerrot an. »Mr Eaton hat es mir erlaubt, weil ich so schnell bin.«

»Mir hat er es auch erlaubt«, beruhigte Mercedes. »Aber ehrlich gesagt, weiß ich gar nicht so recht, was ich an den

Nachmittagen anfangen soll. Hätten Sie Lust, mir Gesellschaft zu leisten, Ms Thompson?«

»Ich?« Violet wirkte erschrocken.

»Bitte«, lächelte Mercedes die andere ermutigend an. »Ich kenne mich doch hier so gar nicht aus.«

Violet zögerte noch einen Moment. Dann fasste sie sich ein Herz. »Also gut.«

»Danke«, freute sich Mercedes. »Dann machen wir London unsicher.«

* * *

In den folgenden Wochen freundeten sich Mercedes und Violet an, und die junge Frau taute mehr und mehr auf. Inzwischen nannten sie sich beim Vornamen.

»Ich habe noch nie eine Freundin gehabt«, vertraute sie ihrer Kollegin an, als sie gemeinsam über einen Markt in Covent Garden bummelten. »Ich habe mich einfach nie getraut, mit jemandem offen zu sprechen. Dabei war es immer mein größter Wunsch.«

»Dann habe ich ja Glück, dass du es mit mir gewagt hast«, sagte Mercedes und hakte Violet unter. »Ich bin nämlich ausgesprochen gern mit dir befreundet.«

»Du hast mir keine andere Wahl gelassen«, kicherte Violet und fügte schnell ein »zum Glück« hinzu. Dann fragte sie: »Und was ist mit dir? Hast du auch einen Traum?«

Mercedes nickte. »Ja, genauer gesagt zwei. Ich will eine erfolgreiche Schwimmerin werden. Und ich möchte armen Menschen helfen.«

Überrascht sah Violet sie an. »Das sind aber zwei sehr gegensätzliche Ziele.« Dann ergänzte sie: »Und zwei sehr löbliche.«

»Ich weiß nicht, ob sie wirklich so gegensätzlich sind«, meinte Mercedes. »Vielleicht kann ich ja als Schwimmerin so viel Geld verdienen, dass ich den Armen helfen kann.«

Bevor Violet sich weiter dazu äußern konnte, hatten sie die Themse erreicht, und Mercedes fragte: »Kann man in der Themse eigentlich schwimmen?«

Violet sah sie erschrocken an. »Ich glaube nicht. Der Fluss hat so eine starke Strömung. Und sieh doch mal, wie schmutzig er ist.«

»Ich bin vom deutschen Festland nach Wangerooge geschwommen«, sagte Mercedes. »Das kann mich nicht schrecken.«

»Du bist verrückt, Mercedes«, sagte Violet, ihre Augen allerdings blitzten voller Abenteuerlust. Mercedes drehte sich um und sah ihre Freundin feierlich an. »Ich sage dir was, Violet Thompson. Heute werde ich in der Themse schwimmen. Und du wirst meine Zeugin sein.«

Mercedes eilte, gefolgt von der aufgeregten Violet, so schnell sie konnte durch die Stadt, sauste die Treppen zu ihrem Apartment hinauf. Wie immer öffnete Mrs Brown sofort ihre Tür, um zu sehen, was los war. Mercedes lachte ihr fröhlich zu, zog ihren Schwimmanzug an, ihr Alltagskleid darüber, schnappte sich ein Handtuch und hastete wieder nach unten – und die gestrenge Vermieterin öffnete erneut die Tür. »Wollen Sie schon wieder fort?«, fragte sie verwundert.

»Ja!«, rief Mercedes. »Ich gehe schwimmen.«

»Schwimmen?«, wiederholte Mrs Brown mit erhobener Stirn und weit aufgerissenen Augen. »Wo denn das?«

»In der Themse«, klärte Mercedes ihre Zimmerwirtin auf.

»Ja, um Himmels willen!« Ein Klatschen ertönte hinter Mercedes. Sie vermutete, dass Mrs Brown die Hände über dem Kopf zusammengeschlagen hatte. »Ja, Kindchen, sind Sie denn wahnsinnig? Die Themse ist doch ein Drecksloch. Und die Unterströmungen! Das ist lebensgefährlich!« Dann nahm sie Violet ins Visier. »Das müssen Sie ihr ausreden.«

Mercedes bemerkte, dass Violet regelrecht zusammenschrumpfte. Die burschikose Mrs Brown und die schüchterne Violet waren eine das Gegenteil der anderen.

»Ich bin eine gute Schwimmerin«, bekräftigte Mercedes in ihrer Eile und schob Violet entschlossen weiter die Treppen hinab. »Sie müssen sich um mich keine Sorgen machen.« Damit schlug sie die Haustür zu und steuerte in Richtung Themse.

»Ich glaube, du solltest das nicht machen«, warnte Violet mit gesenkter Stimme, als sie das Ufer erreicht hatten. »Mrs Brown hat schon recht, die Strömungen sind gewaltig. Als ich noch ein kleines Mädchen war, haben meine Eltern mir deshalb immer verboten, mich an der Themse aufzuhalten.«

»Violet.« Mercedes, die sich inzwischen ihr Kleid ausgezogen hatte, drehte sich zur Freundin um und sah sie liebevoll an. »Ich kann meine Kräfte sehr wohl einschätzen. Und ich traue mir das zu.«

»Aber wie willst du deine Kräfte einschätzen, wenn du gar nichts über die Strömung in der Themse weißt?«

»Über die Strömungen im Meer wusste ich auch nichts, und trotzdem lebe ich noch«, erklärte Mercedes. Sie verdrängte die Erinnerung daran, dass sie gerade der Strömung wegen zweimal fast ertrunken wäre. Jetzt wollte sie keinen Rückzieher machen. Das kam für sie gar nicht infrage. »Ich gehe jetzt dort hinein, Violet, und du wirst mich nicht davon abbringen können.«

»Aber …«, setzte Violet noch an, doch da war Mercedes bereits auf dem Weg zum Flussufer.

Das Wasser der Themse war wirklich sehr schmutzig, da hatten Violet und Mrs Brown recht gehabt. Das musste Mercedes sich eingestehen. Nach den ersten Schwimmzügen fühlte sie sich dennoch leicht wie eine Feder. Es war gar kein Vergleich mit ihrer Erfahrung im Wattenmeer, zumal das Ufer ja immer in greifbarer Nähe war, dachte sie.

Ein leises Rufen drang an ihr Ohr. Sie drehte den Kopf zum Ufer und bemerkte, dass Violet, die ihr parallel zum Fluss an Land gefolgt war, mit heftigen Gesten bedeutete herauszukommen. Bei ihr waren zwei Männer, die aufgeregt auf Violet einredeten. Irritiert runzelte Mercedes die Stirn. Was um alles in der Welt war in ihre Freundin gefahren? Sie sah doch, dass das mit dem Schwimmen gut funktionierte. Ließ Violet sich etwa von den Männern einschüchtern?

Die Schwimmerin hatte den Gedanken noch nicht zu Ende gebracht, als sie nach unten gezogen wurde. Sie war vollkommen machtlos. Sie musste in eine Abwärtsströmung geraten sein!

Wild prustend tauchte sie wieder auf und sah auf einer Brücke eine große Menschenmenge stehen, die entsetzt und wild gestikulierend zu ihr herunterblickte. »Heute Abend werden sie in der Zeitung lesen, dass ich tot bin«, schoss es ihr durch den Kopf. Und dann: »Warum tut denn keiner was? Warum helfen sie mir nicht?«

Mercedes kämpfte mit aller Kraft gegen den Strom an. Sie hatte diesen verdammten Fluss tatsächlich unterschätzt! Die Strömung der Themse war viel mächtiger und stärker als die Strömung des Meeres. Erneut wurde sie nach unten gezogen. Mrs Brown hatte sie noch gewarnt! Und Violet auch. Regelrecht angefleht hatte sie Mercedes, nicht zu schwimmen. Die

Ärmste würde ihre erste und einzige Freundin verlieren. Und was ihre Vermieterin wohl sagen würde, wenn sie morgen in der Zeitung von ihrem Ableben erführe? Und ihre arme Mutter! Der Vater! Die Schwestern!

Nein, dachte Mercedes. Nein, das darf nicht sein! Ich will niemandem dieses Leid zufügen! Sie nahm noch einmal all ihre Kraft zusammen und tauchte prustend wieder auf, sah den strahlenden Londoner Himmel und dann: Ein Boot steuerte auf sie zu. Bei näherem Hinsehen erkannte Mercedes, dass es sich um Flusspolizisten handelte, die wohl auf der Suche nach ihr waren. Sie hob einen Arm, um zu winken. Mit lauten Rufen steuerten die Männer auf sie zu. Der eine beugte sich weit aus dem Boot heraus und reichte ihr die Hand, um sie hineinzuziehen. Dort legte ihr der andere sogleich eine warme Decke um die Schultern. Von der Brücke aus ertönten lautes Rufen und heftiger Beifall. Sie blickte nach oben und winkte hinauf.

»Sie sind so fröhlich«, wunderte sich der erste Polizist. »Wie kommt das?«

»Habe ich keinen Grund, fröhlich zu sein?«, entgegnete sie. »Immerhin haben Sie mich aus dem Wasser gezogen.«

»Ja, was hatten Sie denn erwartet? Sollten wir zusehen, wie Sie untergehen?«, fragte der Erste verblüfft.

»Na ja, aus eigener Kraft hätte ich es wohl dieses Mal nicht geschafft, wieder aus dem Wasser herauszukommen.«

»Aber Sie wollten es schaffen?«, hakte der Polizist nach.

Mercedes' Verwunderung wuchs. »Natürlich wollte ich es schaffen. Sonst wäre ich das Wagnis doch nicht eingegangen.«

Beide Männer starrten sie an. Mercedes starrte zurück.

»Es ist nur …«, setzte der Mann, der sie aus dem Wasser gezogen hatte, dann an: »Hier gehen eigentlich nur Selbstmörder ins Wasser. Oder solche, die man loswerden will und darum ins Wasser stößt.«

»O weh«, sagte Mercedes. »Das konnte ich natürlich nicht wissen. Ich bin ja noch nicht so lange hier. Und ich kann Ihnen versichern, dass in meinem Fall beides nicht zutrifft.«

»Das ist ja nicht zu fassen!« Der Polizist, der das Boot steuerte, schüttelte den Kopf. »Sie sind die einzige Person, von der wir wissen, dass sie an dieser Stelle von der starken Strömung erfasst wurde und lebend wieder aufgetaucht ist. Normalerweise kommen nur Tote wieder hoch.«

Inzwischen hatte das Boot am Ufer angelegt. Viele, die ihre Rettung beobachtet hatten, versammelten sich dort. Auch Violet stand am Ufer und hüpfte ungeduldig von einem Bein auf das andere. Kaum stieg Mercedes aus dem Wasserschutzboot, stürzte Violet schluchzend auf sie zu und fiel ihr um den Hals. »Mercedes!«, weinte sie. »Ich dachte, du stirbst! Ich hatte solche Angst um dich.«

Die Freundin klopfte ihr sanft und beruhigend auf den Rücken.

»Ich habe dir doch versprochen, dass ich das schaffe«, wandte sie sich an sie und verschwieg dabei, wie knapp es gewesen war. Ein Reporter drängte sich vor sie. »Wollten Sie sich das Leben nehmen?«, fragte er sie ruppig und wandte sich dann an Violet: »Sind Sie deshalb so außer sich? Ist sie Ihre Schwester?«

»Ich ...«, stammelte Violet, und Mercedes sah ihr an, dass sie am liebsten im Boden versunken wäre.

Resolut schob sie sich vor ihre Freundin und sah den Zeitungsmann an, der ihr erklärte: »In diesem Fall würde ich natürlich von einem Bericht absehen. Wir schreiben nicht über Selbstmörder.«

»Nein, ich wollte mich keinesfalls umbringen«, machte

ihm Mercedes klar. »Und es trachtete mir auch keiner nach dem Leben. Ich wollte einfach nur schwimmen.«

Der Reporter starrte sie an. »Niemand schwimmt einfach nur so in der Themse. Vor allem nicht an dieser Stelle.«

»Nun, ich schon. Das haben Sie ja gesehen. Ich bin auch schon vom norddeutschen Festland aus zur ostfriesischen Insel Wangerooge geschwommen.«

Das führte zur nächsten Frage: »Darf ich Ihren Namen erfahren?«

»Sicher«, antwortete die soeben gerettete Schwimmerin. »Mein Name ist Mercedes Gleitze. Ich bin Sekretärin und arbeite für die Reederei Eaton.«

Der Reporter nickte. »Und was finden Sie am Schwimmen?«

Sie überlegte kurz. »Ich kann es Ihnen gar nicht so genau sagen«, murmelte sie. »Es bedeutet für mich Weite und Freiheit. Und das Gefühl, das Wasser zu bezwingen, stärker als dieses Element zu sein, das finde ich berauschend.«

Fragende Augen blickten sie an. So etwas hatte man noch nicht gehört.

Und dann fragte der Reporter das, was auch Violet, die nach wie vor schweigend und staunend neben ihnen stand, vor einigen Tagen hatte wissen wollen: »Haben Sie einen großen Traum?«

»Ja, eigentlich sind es zwei. Ich will die Weltenmeere bezwingen. Die schwierigsten Strecken schwimmen. Und ich möchte die Not dieser Welt lindern. Den Armen helfen.«

»Zwei hehre Ziele«, fand der Journalist. »Aber wenn ich Sie so sehe, habe ich keinen Zweifel daran, dass Sie sie erreichen werden.«

13

»Da ist ja unsere Heldin!«, bemerkte jemand laut, als Mercedes das Büro betrat. Gleich darauf brandete Applaus auf. Verwundert blickte sie sich um. Die gesamte Belegschaft hatte sich von ihren Plätzen erhoben und sah ihr entgegen. Ganz vorne stand Mr Eaton, der ihr sogleich entgegeneilte und ihr die Hand schüttelte. »Miss Gleitze! Was sind Sie für eine bemerkenswerte junge Frau! Und dass Sie auch noch unser Handelsunternehmen erwähnen – das ist eine große Ehre.«

»Ich verstehe nicht …«, setzte Mercedes an und sah hilflos zu Violet, die an ihrem Schreibtisch stand und über das ganze Gesicht strahlte. Das war ein wirklich ungewohnter Anblick. Violet sah aus, als würde sie vor Stolz beinah platzen, dachte Mercedes

»Hier!« Mr Eaton hatte nach einer Zeitung gegriffen und wedelte damit vor ihrem Gesicht herum. »Sie sind in der Presse. Ganz groß.«

Er hielt Mercedes einen Artikel unter die Nase, auf dem sie, in eine Decke gehüllt, am Ufer der Themse stand. Darüber stand: *Deutsch-englische Schwimmerin trotzt Strömung in der Themse.*

»Und unsere Violet ist auch zu sehen auf dem Bild«,

freute sich Eaton mit Blick auf die Fotografie. »Ich muss schon sagen, Fräulein Gleitze, das war unglaublich mutig. Und Ihr Vorsatz, zu schwimmen, um den Armen zu helfen – großartig, wirklich ganz großartig. Ich bin sehr stolz, dass Sie meine Mitarbeiterin sind.«

In diesem Moment ertönte ein leiser Jubelschrei. Mercedes drehte den Kopf und sah Richards grinsendes Gesicht. Er zwinkerte ihr zu.

»Das ist wirklich nicht nötig«, sagte Mercedes verlegen. »Ich bin doch nur … geschwommen.«

»Nur geschwommen?«, fragte Richard. »Sie haben der Themse getrotzt! Die *Times* hat einen Artikel darüber geschrieben. Das macht Sie praktisch zu einer Berühmtheit – und uns zu den glücklichen Kollegen einer Berühmtheit.«

In diesem Moment wurde die Tür des Büros mit einem entschlossenen Schwung geöffnet. Alle wandten sich erstaunt um und sahen sich einem Mann in seinen späten Fünfzigern gegenüber. Er wirkte bodenständig und trug einen leicht abgenutzten Tweedmantel, der ihm eine gewisse Eleganz verlieh. Sein Gesicht war von deutlich sichtbaren Falten geprägt, seine grau melierten Haare sah man ordentlich zurückgekämmt, und eine schmale Brille saß fest auf seiner Nase. Hinter den Gläsern funkelten wache, prüfende Augen. Verblüfft blieb er stehen, als er sich der versammelten Bürogemeinschaft gegenübersah. »Oh, mit einem solchen Empfangskomitee hätte ich nicht gerechnet. Ich bin auf der Suche nach einem gewissen Fräulein Gleitze.«

»Das bin ich«, meldete sich Mercedes und trat einen Schritt nach vorn.

»Sehr erfreut.« Der Mann schüttelte ihr kraftvoll die Hand. »Mein Name ist George Henry Allan. Ich möchte Ihnen zu Ihrer Leistung gratulieren. Sie haben die Londoner Schwimmszene in helle Aufregung versetzt. Ihr Name ist in aller Munde. Ihr Mut und Ihre Kraft gestern haben mich tief beeindruckt.«

»Ja, wir sind sehr stolz auf unsere Mercedes.« Mr Eaton war neben sie getreten, um dem Mann ebenfalls die Hand zu schütteln. »Ich bin T. J. Eaton, der Inhaber dieser Gesellschaft.«

»Dann auch Ihnen herzlichen Glückwunsch zu Ihrer außergewöhnlichen Mitarbeiterin, Mr Eaton.«

»Danke. Sind Sie von der Presse?«

»Oh, nein!«, beeilte sich George Henry Allan richtigzustellen und wandte sich nun wieder Mercedes zu. »Ich bin Schwimmtrainer und wollte Ihnen meine Dienste anbieten, Miss Gleitze. Nachdem ich gelesen habe, dass Sie professionelle Schwimmerin werden möchten, wagte ich es herzukommen. Ich glaube nämlich, ich kann Ihnen auf dem Weg zu diesem Ziel behilflich sein.«

Mercedes spürte ihr Herz schneller schlagen. »Das ist sehr freundlich, Mr Allan. Momentan bin ich, wie Sie sehen, an meiner Arbeitsstelle und habe zu tun. Aber wir können uns gern nach Feierabend treffen und über alles Weitere sprechen.«

Da versicherte Eaton: »Sie arbeiten so schnell! Von mir aus können Sie Mr Allan sofort begleiten – und Ihre Arbeit anschließend erledigen.«

Mercedes zögerte. Sie wollte kein Aufsehen. Es war ihr stets wichtig, ihren Pflichten sorgfältig nachzukommen. Andererseits hatte Eaton recht: Sie würde ohnehin nur wenige Stunden benötigen, um alles zu erledigen. Sie könnte einfach am Nachmittag zurückkommen und länger im Büro bleiben.

»Wenn es wirklich in Ordnung ist, Mr Eaton«, vergewisserte sie sich noch einmal.

»Ist es«, bekräftigte ihr Chef. »Unter einer Bedingung.«

»Die wäre?«

»Dass Sie mir trotzdem treu bleiben.« Leise, vermutlich um die anderen Mitarbeiter nicht zu brüskieren, sagte er: »Ich hatte noch nie eine so gute Kraft wie Sie. Ich möchte Sie nicht an das Schwimmen verlieren.«

»Das werden Sie nicht«, sagte Mercedes. »Das verspreche ich Ihnen.«

* * *

Allan führte Mercedes in ein Frühstückscafé nahe der Themse in Westminster und lächelte ihr anerkennend zu, als sie Platz genommen hatten.

»Ich muss Ihnen noch einmal mein Kompliment aussprechen. Ich arbeite schon sehr lange als Schwimmtrainer, aber so etwas sieht man selten. Vor allem habe ich so etwas, mit Verlaub, noch nie bei einer Frau gesehen. Sie haben Talent, Miss Gleitze, ein echtes Geschenk. Und wie ich schon sagte: Ich würde Sie unglaublich gern trainieren. Lassen Sie uns sehen, wie weit wir gehen können – vielleicht über die Themse hinaus.«

»Das wäre wundervoll«, murmelte Mercedes und fragte dann: »George Henry Allan … Ihr Name kommt mir so bekannt vor.«

Der Trainer grinste etwas verlegen. »Wenn Sie das Schwimmen lieben, haben Sie vermutlich schon einmal von mir gelesen, allerdings nie im Zusammenhang mit einem Triumph.«

Da fiel bei Mercedes der Groschen. »Jetzt weiß ich! Sind Sie nicht der Schwimmer, der …«

»… fast zwanzig Mal versucht hat, den Ärmelkanal zu durchqueren?«, beendete Allan ihren Satz mit einem wehmütigen Ausdruck im Gesicht. »Ja, der bin ich. Ich glaube, nur mein Konkurrent Jabez Wolffe hat mehr Versuche unternommen als ich. Trotzdem haben wir beide den Kanal nie bezwungen.«

»Zwanzig Mal?« Mercedes sah ihn mit einer Mischung aus Überraschung und Bewunderung an. »Warum haben Sie es denn nie aufgegeben?«

Allan lehnte sich zurück und verschränkte die Arme vor der Brust. »Weil ich in jedem Versuch etwas gelernt habe. Der Ärmelkanal ist mehr als nur eine Strecke von dreiunddreißig Kilometern. Es ist ein Kampf gegen die Kälte, die Strömungen und, am wichtigsten, mit dem eigenen Geist. Jeder Versuch hat mir etwas Neues über diese Herausforderungen beigebracht. Dieses Wissen habe ich genutzt, um andere zu trainieren – Menschen, die tatsächlich erfolgreich waren.«

Mercedes horchte auf. »Zum Beispiel?«

»Thomas Burgess war einer meiner Schützlinge«, antwortete Allan mit einem Hauch von Stolz in der Stimme. »1911 hat er als erster Engländer den Ärmelkanal durchquert. Da waren außerdem noch viele andere, mit denen ich gearbeitet habe, Männer und Frauen, die sich großen Herausforderungen gestellt hatten. Allerdings bin ich nicht hier, um über mich zu sprechen. Ich bin hier, weil ich in Ihnen etwas Besonderes sehe.«

Mercedes errötete leicht. »In mir? Ich bin doch nur in der Themse geschwommen. Das ist kaum beeindruckend im Vergleich zu dem, was Ihre Schützlinge vorhatten.«

»Nur die Themse?« Allan lachte auf. »Miss Gleitze, ich habe viele Schwimmer gesehen, und ich kann Ihnen sagen: Es war mehr als ›nur die Themse‹. Sie haben Mut bewiesen, als Sie sich in das kalte Wasser gewagt haben. Sie haben die

Strömungen bezwungen, die Zweifel überwunden. Das ist es, was einen Kämpfer ausmacht. Und genau das sehe ich in Ihnen. Und außerdem, wie ich der Zeitung entnommen habe, haben Sie auch in Deutschland bereits einige Abenteuer im Meer überstanden?«

»O ja. Deshalb weiß ich auch zu gut, wie es ist, mit Strömungen zu kämpfen. Es war besonders schwer, als ich mitten in der Nacht von Wangerooge nach Helgoland geschwommen bin.«

»Sie sind von Wangerooge nach Helgoland geschwommen?«, fragte Allan ungläubig.

»Na ja«, murmelte sie. »Ich habe es versucht, bin aber gescheitert – nicht zuletzt wegen eines Gewitters. Davor bin ich über zwölf Kilometer allein bei Flut vom Festland zur Insel Wangerooge geschwommen. Damals war ich siebzehn.«

»Und was hat Sie dazu angetrieben?«, fragte Allan mit bewunderndem Blick. »Die Sehnsucht nach dem Wasser?«

»Heimweh in jeder Hinsicht. Ich bin in Brighton geboren, aber meiner Mutter waren drei Töchter zu viel. Deshalb kam ich als Kleinkind zu ihren Eltern nach Süddeutschland. Erst mit zehn Jahren habe ich mein Geburtsland dann richtig kennengelernt. In Brighton habe ich mich in das Meer verliebt – und in einen jungen Schwimmer namens Maxwell. Durch den Krieg war ich aber gezwungen, wieder bei meinen Großeltern in Süddeutschland zu leben. Ich habe England schrecklich vermisst, das Meer, Maxwell. Irgendwann habe ich es nicht mehr ausgehalten. Auf legalem Weg konnte ich nicht reisen. Es war Krieg und ich minderjährig. Ich wollte versuchen, über Helgoland nach England zu kommen. Bis auf die Insel Wangerooge habe ich es geschafft, dann hat mich meine Mutter erwischt.«

»Was wurde aus Maxwell?«, erkundigte sich Allan.

»Eine Weile haben wir uns noch sehnsüchtige Briefe geschrieben«, erzählte Mercedes mit einem wehmütigen Lächeln. »Aber inzwischen ist er mit einer Tänzerin verheiratet.«

»Und das war bisher Ihr größter Verlust?«

Sie schüttelte entschieden den Kopf. »Nein, wir hatten in Brighton einen Schäferhund-Welpen. Rex. Als wir zurückkamen, war der zu einer Familie in Wales gegeben worden. Um den Hund habe ich tatsächlich mehr getrauert als um Maxwell. Aber immerhin ist mir meine andere große Liebe treu geblieben.«

»Das Meer«, sagte Allan gedankenverloren. Dann riss er sich aus seinen Erinnerungen und sah Mercedes wieder in die Augen. »Ich sage ja, Sie sind etwas ganz Besonderes, Miss Gleitze. Und deshalb würde ich Sie gern trainieren. Passt es Ihnen gleich morgen früh? Noch vor der Arbeit?«

Mercedes nickte aufgeregt. »Natürlich.«

»Gut. Wir treffen uns um fünf Uhr früh am Ufer des Serpentine Lake im Hyde Park.«

»Ich werde pünktlich sein.«

* * *

Das Aufstehen um vier Uhr morgens fiel Mercedes nicht schwer, ganz im Gegenteil. Sie war froh, aus dem Bett zu kommen, weil sie es kaum erwarten konnte, beim Training zu sein. Allan, der die talentiertesten Schwimmer trainiert hatte, wollte sich um sie kümmern. Das war mehr, als sie jemals zu träumen gewagt hatte.

Durch den noch dunklen frühmorgendlichen Hyde Park zu eilen, machte ihr keine Angst. Nach einem kurzen Fußmarsch hatte sie den See erreicht. Er lag wie ein dunkler Spiegel zwischen hohen Bäumen in der Dämmerung.

Am Ufer entdeckte sie George Henry Allan auf einem schmalen Holzsteg, der ein Stück in den See hinausragte. Dort sprach er mit einem Schwimmer, der gerade Dehnübungen machte. In aufrechter Haltung schaute der Sportler auf das Wasser, als könne er darin mehr sehen als andere.

Mercedes blieb kurz stehen, bevor sie zielgerichtet auf Allan zuging. Der bemerkte sie sofort und winkte mit einer Hand zur Begrüßung.

»Ah, Miss Gleitze!«, begrüßte er sie, seine Stimme schnitt durch die Stille des Parks. »Pünktlich. Sehr gut.«

»Guten Morgen, Mr Allan«, sagte Mercedes.

»Ein kalter Morgen, aber ein idealer für das Training«, erklärte er, während er sie mit einem prüfenden Blick musterte. »Sind Sie bereit?«

Mercedes nickte. »Vollkommen bereit.«

»Das ist die richtige Einstellung.« Allan deutete auf den See, während er sprach. »Der Serpentine Lake ist nicht besonders groß, dafür sicherer als die Themse mit ihren Strömungen. Schwimmer aus ganz London kommen her, um zu trainieren. Manche bereiten sich auf Wettkämpfe vor, andere sehen das Schwimmen hier als persönliche Herausforderung, vielleicht sogar als Mutprobe. Heute werden Sie Teil dieser Gemeinschaft.«

Mercedes ließ ihren Blick über das Wasser und die Umgebung schweifen. Am Ufer waren tatsächlich bereits einige Menschen in Badekleidung zu sehen. Manche wärmten sich mit Übungen auf, andere standen bereits bis zu den Knien im Wasser. Noch fühlte sie sich wie ein Zaungast in dieser ihr neuen Welt.

»Ziehen Sie sich um und legen Sie Ihre Sachen hier auf den Steg!«, forderte Allan sie auf und zeigte auf eine Stelle, an der bereits Handtücher und Kleidung der anderen lagen. »Heute geht es darum, zu sehen, wie Ihr Körper und Ihr Geist auf die Kälte reagieren. Der erste Kontakt mit dem Wasser ist entscheidend.« Dann reichte er ihr einen kleinen Tiegel.

»Was ist das?«, fragte Mercedes.

»Gänsefett, gemischt mit Olivenöl. Sie sollten sich damit einschmieren. Das schützt gegen die Kälte und auch davor, dass die Haut zu sehr aufweicht und ausgelaugt wird.«

Mercedes nickte und begann, ihren Mantel abzulegen. Darunter trug sie ihren dunklen, beinfreien Badeanzug. Ihre zu zwei Zöpfen geflochtenen Haare steckte sie unter die Bademütze, die sie sich besorgt hatte. Sorgfältig rollte sie ihr Handtuch zusammen und legte es neben ihre Kleidung auf den Steg. Anschließend griff sie in den Tiegel und begann, die fettige Mischung auf Gesicht, Arme und Beine aufzutragen.

Allan beobachtete sie schweigend. »Atmen Sie tief durch, bevor Sie ins Wasser gehen«, riet er. »Die Kälte wird Sie sofort treffen, lassen Sie sich nicht davon überwältigen. Konzentrieren Sie sich auf Ihren Atem. Ruhig und gleichmäßig. Ihr Körper wird sich anpassen.«

Langsam trat Mercedes an den Rand des Stegs, ihre Füße in leichten Gummisandalen, um sie vor dem kalten Holz zu schützen. Der See wirkte so ruhig, fast einladend, ihr war dennoch klar, dass das Wasser eisig sein würde. Tief atmete sie ein, bevor sie vorsichtig einen Fuß ins Wasser tauchte.

Die Kälte war schneidend, kaum auszuhalten. Dieser See ist viel kälter als die Themse, dachte Mercedes. Lag das nur an der Tageszeit, in der die Luft noch so kalt war? Mercedes schnappte nach Luft; sie zwang sich, nicht zurückzuzucken. Langsam ließ sie auch ihren zweiten Fuß ins Wasser gleiten. Vorsichtig bewegte sie sich weiter, bis sie bis zu den Knien im See stand.

»Gut, sehr gut«, lobte Allan, der am Ufer entlangging, um

sie nicht aus den Augen zu verlieren. »Der erste Schritt ist der schwierigste. Jetzt tauchen Sie ein. Lassen Sie das Wasser Ihren Körper umspülen. Sie müssen sich an die Kälte gewöhnen.«

Mercedes schloss die Augen und atmete wieder sehr tief durch, bevor sie sich nach vorne lehnte und ins Wasser tauchte. Die Kälte kroch durch ihren ganzen Körper. Sie erinnerte sich an Allans Worte, zwang sich, ruhig zu bleiben, kam langsam wieder an die Oberfläche.

»Gut gemacht!«, rief Allan. »Jetzt beginnen Sie zu schwimmen. Langsame, gleichmäßige Züge. Keine Hektik, keine unnötigen Bewegungen. Jede Energie, die Sie sparen können, wird Ihnen später nützlich sein.«

Mercedes streckte sich aus und begann zu schwimmen. Ihre Arme peitschten durch das Wasser, ihre Beinbewegungen sorgten für zusätzliche Geschwindigkeit, sie konzentrierte sich auf ihre Atmung. Die Kälte war allgegenwärtig, trotzdem merkte Mercedes, dass ihr Körper sich langsam daran gewöhnte. Allan lief am Ufer entlang, seine Augen immer auf sie gerichtet. Gelegentlich gab er Anweisungen.

»Längere Züge! Nutzen Sie Ihre Reichweite. Und atmen Sie regelmäßig. Sehr gut!«

Rund um sie herum schwammen andere, manche schneller, manche langsamer. Mercedes blieb in ihrem eigenen Tempo. Die ersten Minuten waren eine Qual, doch nach einer Weile fand sie einen Rhythmus. Ihre Gedanken wurden ruhiger, sie konzentrierte sich ausschließlich auf die Bewegung ihres Körpers.

Nach etwa zwanzig Minuten nahm sie die Kälte wieder stärker wahr.

»Noch zehn Minuten!«, mahnte Allan, seine Stimme klang ermutigend. »Konzentrieren Sie sich! Sie schaffen das.«

Die letzten Minuten waren der heftigste Kampf. Mercedes musste gegen den Drang ankämpfen, einfach aufzuhören und ans Ufer zurückzukehren. Als Allan schließlich die Zeit stoppte und sie zurückrief, spürte sie eine Welle der Erleichterung.

Am Ufer half ihr der Trainer aus dem Wasser und reichte ihr ein Handtuch. »Das war gut, Miss Gleitze. Sehr gut. Sie haben die erste Hürde gemeistert.«

Mercedes wickelte sich zitternd in das Handtuch. Ihre Zähne klapperten, doch sie konnte ein Lächeln nicht unterdrücken. »Es fühlt sich auch gut an.«

»Das ist der erste Schritt«, sagte Allan mit einem leichten Nicken. »Ab jetzt trainieren wir dreimal pro Woche.«

Während sie sich aufwärmte und die anderen Schwimmer beobachtete, spürte Mercedes, wie sich etwas in ihr veränderte. Dies war kein einfacher Morgen im Hyde Park gewesen. Es war der Beginn einer Reise, die sie an ihre Grenzen führen würde. Sie freute sich darauf.

14

Von Genf aus reisten Hans und Florence direkt nach Biel weiter, wo Jean und Élise Aegler zu ihren Ehren eine kleine Gesellschaft gaben.

»Ich finde das wirklich hinreißend von den Aeglers«, sagte Florence, während sie sich in ihrem bodenlangen Kleid aus elfenbeinfarbener Seide vor dem Spiegel drehte und wendete. Ihr Haar war elegant hochgesteckt und mit einem kleinen Perlenreif geschmückt.

»Und ich finde dich hinreißend«, sagte Hans und schloss von hinten die Arme um sie. »Man wird mich heute Abend um dich beneiden.«

»Hans, nicht …«, wehrte sie lachend einen versuchten Kuss ihres Mannes ab. »Jean hat auch nach all den Jahren nur Augen für seine Élise. Es ist wirklich schön, zu sehen, wie glücklich die beiden miteinander sind.«

»So wie wir«, sagte er.

»So wie wir«, bestätigte sie und musterte ihren Mann von Kopf bis Fuß. »Und ich kann dir das Kompliment nur zurückgeben. Du siehst sehr gut aus.«

Wenig später hatte das Ehepaar Wilsdorf die Aegler-Villa erreicht. Ein Dienstbote öffnete ihnen die Eingangstür und führte sie ins Foyer, wo das Ehepaar Aegler die eintreffenden Gäste begrüßte. Jean war wie immer in einen eleganten Anzug gekleidet, symbolisch trug er dazu eine ganz zierliche Uhrmacherlupe an einer Goldkette. Er begrüßte Florence und Hans sehr herzlich.

»Ihr Lieben! Es ist so schön, euch wieder einmal hier zu haben!«, betonte Élise an der Seite ihres Ehemannes. Dann wisperte sie Florence ins Ohr: »Ich habe dich schrecklich vermisst. Wollt ihr nicht doch darüber nachdenken, euren Lebensmittelpunkt nach Biel zu verlegen?«

»Oder ihr euren nach London?«, konterte Florence schmunzelnd. Die beiden Frauen kicherten.

Der nächste Gast traf ein. Die Ehepaare Aegler und Wilsdorf schenkten ihm ihre volle Aufmerksamkeit.

Der Gast hatte dichtes grau meliertes Haar, das als wilder Kranz in alle Richtungen abstand. Er trug einen schlichten Anzug sowie ein weißes Hemd mit Fliege und wirkte im ersten Augenblick sehr bescheiden.

»Das ist doch Albert Einstein«, stellte Hans verblüfft fest.

Jean Aegler nickte zufrieden. »Richtig. Ich dachte mir, dass du dich über eine Begegnung mit ihm freuen würdest.«

»Mehr als das«, versicherte Hans. »Ich bewundere ihn zutiefst.«

Der Wissenschaftler stand mittlerweile vor ihnen. Seine lustigen, ausdrucksstarken Augen musterten abwechselnd die zwei Männer und die beiden Frauen.

Jean und Élise gingen ihm einen Schritt entgegen. »Herzlich willkommen, Herr Professor Einstein«, sagte Jean und reichte dem Wissenschaftler die Hand. »Wir freuen uns sehr, dass Sie unsere Einladung angenommen haben. Darf ich Sie mit meiner Ehefrau Élise bekannt machen?«

Einstein schaute Élise freundlich lächelnd in die Augen: »Sehr erfreut, gnädige Frau.«

Sodann wandte sich Aegler halb zu Hans und Florence um, die etwas abseits stehen geblieben waren und die Szene beobachteten.

»Und hier, unsere lieben Freunde, zu deren Ehren wir für heute Abend eingeladen haben: Hans und Florence Wilsdorf.«

Einstein begrüßte auch dieses Ehepaar formvollendet. »Freut mich sehr!«, sagte er. Fast schon reflexartig richtete Hans seinen Blick auf Einsteins rechtes Handgelenk, denn er wusste, dass dieser Mann genauso wie Leonardo da Vinci, Beethoven oder Goethe Linkshänder war. Mit einer leisen Enttäuschung stellte er fest, dass der Physiker keine seiner Uhren trug.

Der aufmerksame Einstein hatte seinen Blick bemerkt und lachte. »Mir ist bekannt, dass Sie neuartige Uhren fürs Handgelenk herstellen – aber ich hänge sehr an meiner Taschenuhr. Ständig die Zeit an meinem Handgelenk verfolgen zu müssen, das würde mich nervös machen.«

Einstein war so erfrischend direkt, dass Hans lachen musste. »Ich verstehe.«

Jean ergriff das Wort. »Da wir jetzt ja vollzählig sind, schlage ich vor, dass wir uns zu den anderen Gästen in den Garten begeben.«

»Oh, dann war ich wohl der Letzte«, stellte Einstein fest und fügte sogleich eine Erklärung hinzu: »Die heutige Konferenz hat sich sehr in die Länge gezogen.«

Jean wandte sich an Florence und Hans und erklärte: »Herr Einstein nimmt an einer Veranstaltung über Relativität hier in Genf teil. Nur diesem Umstand haben wir es zu verdanken, dass er unserer Einladung gefolgt ist.«

Im Garten, der weitläufig vor der schönen Bergkulisse angelegt worden war, plauderten angeregt fein gekleidete Menschen.

»Das dort«, flüsterte Élise Hans und Florence zu, »ist die berühmte französische Schriftstellerin Colette.« Sie deutete auf eine zierliche, aber imposante Frau, deren welliges Haar zu einem Bubikopf geschnitten war. Ihre auffallend bestickte lange Tunika war durch einen passenden Schal ergänzt.

»Oh«, staunte Florence. »Das ist ja unglaublich, was für eine illustre Runde ihr hier versammelt habt. Ich habe tatsächlich selbst schon einige Bücher von Colette gelesen.«

»Ich auch«, verriet Élise. Jean sprach seinen Freund an: »Dich, Hans, dürfte besonders jener Herr dort interessieren.« Er deutete mit dem Kinn auf den beeindruckenden Mann, mit dem sich Colette gerade unterhielt. Sein markantes Gesicht mit der nicht zu übersehenden Nase und dem dunklen Schnauzbart darunter signalisierte energische Entschlossenheit.

»Wer ist das?«, wollte Hans wissen.

Jean grinste. »Das ist Louis Chevrolet, der Rennfahrer. Für den Abend heute hat er seine Lederkluft mal gegen einen Anzug getauscht.«

»Chevrolet?«, vergewisserte sich Hans. »Donnerwetter, Jean. Der ist doch sogar in La Chaux-de-Fonds geboren. Erinnerst du dich? Das war mein erstes Schweizer Ziel nach der Lehre. Mit wem überraschst du uns heute noch? Mit dem englischen Königspaar?«

Jean schüttelte den Kopf. »Seine Majestät Georg V. und seine reizende Gemahlin lassen sich entschuldigen«, sagte er augenzwinkernd. Er machte eine weit ausholende Geste, die den ganzen Garten einbezog: »... und die anderen Gäste heute sind nicht ganz so illuster, dafür aber allesamt interessant und gesellschaftlich bedeutend.«

Colette und Louis Chevrolet waren auf sie aufmerksam geworden und lächelten ihnen freundlich zu. Hans sah sich nach Einstein um. Er bemerkte, dass dieser am Rand des Gartens stand; ein anderer Gast hatte ihn ins Gespräch verwickelt. Ein leises Gefühl des Bedauerns stieg in Hans auf. Er beschloss, später noch einmal den Austausch mit dem Wissenschaftler zu suchen, und wandte sich Colette und Chevrolet zu, der kräftigen Erscheinung mit seinem durchdringenden Blick. Ähnlich wie Einstein fokussierte dieser Rennfahrer seine direkte Umgebung.

Florence nahm mittlerweile am Gespräch mit dem Automobilprofi und Colette teil, Jean gesellte sich zu ihnen. Eine ganze Weile unterhielt man sich angeregt, unter anderem über Wein. Chevrolet war nämlich zurzeit im Burgund zu Hause, in Beaune, der heimlichen Hauptstadt des Rotweins. Schließlich kam ein anderer Rennfahrer auf ihn zu und verwickelte ihn in ein Gespräch. Hans entschuldigte sich leise, um auf Professor Einstein zuzusteuern, der ebenfalls gerade ein Gespräch beendet hatte.

»Herr Wilsdorf. Ich hatte gehofft, dass wir noch einmal die Gelegenheit haben würden, miteinander zu sprechen.«

»Das erging mir ebenso, Herr Einstein.«

»Wollen wir uns vielleicht zurückziehen?«, schlug Einstein vor und deutete auf einen mit Rosen überwucherten kleinen Pavillon etwas abseits.

»Gern.«

Gerade kam eine Hausangestellte mit gestärkter weißer Schürze und weißem Häubchen auf ihrer Servierrunde vorbei, um Getränke nachzureichen. Die beiden Herren griffen zu und zogen sich dann in die Laube zurück.

»Ich bin tatsächlich hocherfreut, Ihnen hier zu begegnen, Ihre Forschungsarbeit interessiert mich sehr«, sagte Hans, als sie Platz genommen hatten. »Dass Schwerkraft die Art und Weise ist, wie Masse Raum und Zeit krümmt. Sie haben die bisher geltenden Gesetze der Physik ausgehebelt oder vielmehr: erweitert. Im Detail verstehe ich es natürlich nicht, was Sie da herausgefunden haben. Vieles klingt für mich wie böhmische Dörfer. Sehr wohl, verehrter Herr Professor, verstehe ich dagegen, dass Zeit in Ihrer Forschung eine ganz wichtige Rolle spielt.«

»Hm, da haben wir beide etwas ganz Wichtiges in unseren Leben gemeinsam, stimmt's?«, schmunzelte Einstein.

Hans fand das Lächeln des Wissenschaftlers sehr angenehm. »Für mich als Uhrmacher mit Drang zur Perfektion steht die physikalische Messung der Zeit im Mittelpunkt. Darf ich Ihnen eine Frage stellen, Herr Einstein?«

»Gewiss doch.«

»Was bedeutet Zeit für Sie ganz persönlich?«

Einstein schmunzelte versonnen. »Ganz persönlich? Sie meinen ganz privat? Nun, das kann ich unmissverständlich und ganz schnell beantworten: Ich habe nie genug davon!«

Hans schmunzelte über den Humor seines Gegenübers. Mit ernsterer Miene bekannte er dann: »Für uns Uhrmacher ist Zeit das Herzstück unserer Arbeit. Wir – und ganz besonders wir, die Manufaktur Rolex – bemühen uns, die Zeit so präzise wie möglich zu messen. Wie passt der Faktor Zeit aus Ihrer Forschung mit unserer mechanischen Präzision zusammen?«

»Die Präzision Ihrer Uhren«, antwortete Einstein, »ist ein Symbol für die Beständigkeit, nach der wir streben. Menschen sehnen sich nach Verlässlichkeit. Ihre Arbeit kommt diesem Bedürfnis nach.«

Die beiden Männer setzten ihre Unterhaltung fort; sie philosophierten über Naturgesetze und über die Rolle, die Technologie im Alltag der Menschen spielt.

Florence gesellte sich zu ihnen, denn auch sie hatte eine Frage an den bekannten Wissenschaftler. »Professor Einstein«, lächelte sie ihn charmant an und wollte wissen: »Ist es nicht meine Aufgabe, dafür zu sorgen, dass mein präzisionsverliebter Ehemann nicht nur in die Welt der Feinmechanik vertieft ist, sondern auch die Zeit eines schönen Moments gut erkennt?«

Einsteins Meinung dazu war: »Das ist ein nobles Ziel. Schließlich ist Zeit nicht nur etwas, das wir messen, sondern ebenso etwas, das wir leben.«

Er hob sein Glas. »Lassen Sie uns darauf anstoßen.«

»Auf die Zeit!«, wiederholten Florence und Hans, und er fügte mit einem fast schelmischen Lächeln hinzu: »Und auf ihre Messbarkeit!«

15

Drei Monate trainierte Mercedes nun schon mit George Henry Allan, und inzwischen trafen sie sich täglich am See. Dieses Vierteljahr hatte Mercedes verändert: Ihre Muskeln waren kräftiger, ihre Schultern breiter, ihre Haltung aufrechter. Doch es war nicht nur ihr Körper, der sich verändert hatte. Sie fühlte sich innerlich gestärkt, entschlossener und bereit, sich jeder Herausforderung zu stellen.

An diesem Sommertag war der Serpentine Lake im Hyde Park besonders ruhig. Die Luft war warm, aber nicht drückend, und ein sanfter Wind rauschte durch die umliegenden Bäume. Die Reflexion der Sonnenstrahlen funkelte auf der Wasseroberfläche. Mercedes stand am Rand des Holzstegs, von dem sie inzwischen jeden Zentimeter kannte, die Maserung jeder einzelnen Bohle, jeden Nagel, jedes fehlende Stück. Sie trug einen dunkelblauen Badeanzug und ihre schlichte Badekappe, die ihr Haar zusammenhielt. Neben ihr stand Allan, trotz der sommerlichen Temperaturen in einen Mantel gehüllt. Den Tweed hatte er mittlerweile gegen einen Trenchcoat getauscht.

»Heute wird es hart«, begann Allan mit einem Blick in sein Notizbuch. »Sie schwimmen den gesamten See hin und zurück. Das sind insgesamt ungefähr zwei Kilometer, und ich will, dass Sie die letzte Strecke so schnell schwimmen, wie Sie nur können. Ihre Technik und Ihre Ausdauer reichen dafür. Jetzt will ich sehen, wie Sie unter Belastung arbeiten.«

Mercedes nickte entschlossen. »Ich bin bereit.«

»Das will ich hoffen«, betonte Allan. »Denken Sie an Ihre Technik: lange, ruhige Züge, gleichmäßige Atmung. Kein Spritzen, keine unnötigen Bewegungen. Und vor allem – bleiben Sie konzentriert. Der Geist führt den Körper.«

Mercedes trat an den Rand des Stegs, sog tief die Luft ein und sprang mit einem eleganten Bogen ins kühle Nass. Sie tauchte unter, ließ sich von der prickelnden Umarmung des Wassers umhüllen, und als sie wieder an die Oberfläche kam, begann sie sofort, mit kräftigen Zügen zu schwimmen.

Das Wasser fühlte sich vertraut an. Es war kühl, aber angenehm, fast beruhigend, und Mercedes fand schnell ihren Rhythmus. Ihre Arme schnitten gleichmäßig durch das Wasser, ihre Beine arbeiteten kräftig, und sie spürte, wie ihr Atem in einen natürlichen Fluss überging.

Allan ging am Ufer entlang, seine Augen fest auf sie gerichtet. »Längere Züge! Nutzen Sie Ihre Reichweite!«, rief er ihr zu. »Und halten Sie Ihre Atmung ruhig!«

Mercedes konzentrierte sich auf ihre Technik, doch nach einiger Zeit begann sie, die Anstrengung zu spüren. Ihre Arme wurden schwerer, das Wasser schien sich dichter anzufühlen, da erinnerte sie sich an Allans Worte: *Der Geist führt den Körper.* Sie zwang sich, ruhig zu bleiben, den Rhythmus beizubehalten. Bald fühlte sie, wie eine neue Welle der Energie sich in ihr ausbreitete.

Als sie das andere Ende des Sees erreichte, hielt sie sich kurz an einem Pfahl fest. Sie kontrollierte ganz bewusst ihre Atmung, drehte sich und ließ sich auf die Strecke zurück ein.

Allan, der sie weiterhin vom Ufer aus beobachtete, spornte sie an: »Jetzt steigern Sie die Geschwindigkeit! Ich will sehen, wie viel Energie Sie noch haben!«

Mercedes biss die Zähne zusammen und erhöhte ihr Schwimmtempo. Ihre Züge wurden kraftvoller, ihre Beine bewegten sich noch schneller; sie spürte, wie ihr Körper gegen die Erschöpfung kämpfte. Die letzten Meter waren eine Qual, doch sie zwang sich durchzuhalten. Endlich erreichte sie den Steg und hielt sich daran fest.

»Sehr gut«, sagte Allan, der sich zu ihr herabbeugte, um ihr aus dem Wasser zu helfen. »Sie haben die Distanz und das Tempo gemeistert. Ihre Technik wird besser, Ihre Ausdauer ist bemerkenswert.«

Mercedes trocknete sich ab und setzte sich für einen Moment neben ihren Trainer auf den Steg. Allan holte tief Luft, wandte den Kopf und sah sie durch seine funkelnden Brillengläser ganz ernst an, als er sagte: »Ich habe es von Anfang an gewusst. Aber ich wollte nichts sagen, bevor ich mir nicht ganz sicher bin.«

»Was?«, fragte Mercedes neugierig. »Was haben Sie von Anfang an gewusst?«

»Ihnen wird gelingen, was mir nicht gelang, Miss Gleitze. Sie werden es schaffen, den Ärmelkanal zu durchqueren.«

Seine Worte trafen Mercedes wie ein Blitz. Der Ärmelkanal ist zu breit. Das ist unwahrscheinlich, zu weit weg, unmöglich für mich, wirbelten ihr die Gedanken im Kopf herum. Und doch hatte Allan es jetzt ausgesprochen, als wäre es das Naheliegendste auf der Welt.

»Den Ärmelkanal?«, wiederholte sie ungläubig.

Allan nickte langsam. »Ja. Es wird nicht leicht sein. Der Kanal stellt jeden Schwimmer auf die Probe – körperlich, mental, emotional. Aber ich sehe in Ihnen die Entschlossenheit, die nötig ist, um es zu schaffen. Die Frage ist: Sind Sie bereit, den Weg zu gehen?«

Mercedes schwieg, ihre Gedanken rasten. Sie konnte die Kälte des Wassers förmlich spüren, die Einsamkeit der langen Stunden, die Zweifel, die sie quälen würden. Zugleich spürte sie eine wachsende Entschlossenheit, eine Stimme in ihrem Inneren, die ihr sagte: Warum nicht ich?

»Wie würde das gehen?«, fragte sie schließlich. »Wie bereitet man sich auf so etwas vor?«

»Wir trainieren weiter«, sagte Allan. »Wir verfeinern Ihre Technik. Jeder Zug, den Sie machen, muss kraftvoll sein, jeder Beinschlag gezielt. Sie dürfen keine Energie verschwenden.«

Mercedes nickte langsam.

»Wir arbeiten auch an Ihrer Ernährung«, fuhr Allan fort. »Während eines zehn-, zwölf- oder sogar fünfzehnstündigen Schwimmens müssen Sie Energie zuführen, ohne Ihren Körper zu belasten. Ich werde Ihnen zeigen, wie man das trainiert.«

»Und was ist mit der mentalen Vorbereitung?«, warf Mercedes ein. »Ich habe schon mal gehört, dass viele Schwimmer nicht wegen der körperlichen Anstrengung scheitern, sondern weil sie mental aufgeben.«

Allan lächelte, diesmal breiter. »Das ist richtig. Der Ärmelkanal ist genauso ein Test für den Geist wie für den Körper. Daran arbeiten wir ja schon. Wir haben damit angefangen, als Sie zu Beginn des Trainings den Kampf gegen die Kälte aufgenommen haben. Wir werden noch weitere Techniken entwickeln, Atemkontrolle üben, Strategien gegen Zweifel und negative Gedanken. Sie werden lernen, wie Sie weitermachen können, wenn alles in Ihnen danach schreit aufzugeben.«

Mercedes fühlte, wie sich ihre innere Skepsis langsam mit wachsender Zuversicht mischte. Der Weg, den Allan beschrieb, war hart, doch ihr war klar, dass sie es versuchen musste. Wieder ergriff sie das Gefühl, das sie sowohl auf der Sandbank in der Nordsee als auch beim Schwimmen in der Themse gespürt hatte. Aufgeben war keine Option, umso weniger, je größer die Herausforderung wurde.

»Also gut«, sagte sie schließlich, ihre Stimme fest und klar. »Ich bin bereit, mich darauf einzulassen.«

Allan streckte ihr die Hand entgegen. Sein Blick war fest, sein Händedruck kräftig, als sie einschlug.

»Dann teilen wir ein großes Vorhaben«, sagte er. »Der Ärmelkanal wartet, Miss Gleitze. Und ich werde an Ihrer Seite sein, bis Sie es schaffen.«

* * *

Mercedes fühlte sich wie auf Wolken, als sie nach dem Training zum Eingang des Parks eilte, wo sie Violet in einem weißen Kleid mit kleinen blauen Blumen erwartete. Die zierliche Kollegin trug zudem einen Strohhut, der ihr Gesicht vor der Sonne schützte. Sie wird von Tag zu Tag schöner, dachte Mercedes gut gelaunt. Und das sagte sie ihrer Freundin auch gleich, als sie diese mit Wangenküsschen begrüßte.

Violet errötete. »Danke, das Kompliment kann ich nur zurückgeben. Du siehst heute besonders gut aus, Mercedes. Du strahlst, als wärst du die Sonne persönlich.«

»Ich habe auch allen Grund dazu«, versetzte die Schwimmerin. Und dann platzte sie heraus: »Mein Trainer hat mir heute gesagt, dass er mir zutraut, den Ärmelkanal zu durchqueren.«

Insgeheim hatte Mercedes erwartet, dass ihre Freundin

ein erschrockenes »Was?« ausrufen würde, doch Violet blieb ganz ruhig. »Natürlich wirst du das.«

»Wunderst du dich denn gar nicht?«, hakte Mercedes ein wenig enttäuscht nach.

»Nein«, antwortete Violet, »überhaupt nicht. Mir war von vornherein klar, dass du alle übertrumpfen wirst.«

Mercedes freute sich still. Eigentlich war dieses das viel schönere Kompliment.

Die beiden Frauen schlenderten durch die sonnigen Straßen Londons und entschieden sich schließlich, ins *Café Monico* zu gehen. Es lag in der Shaftesbury Avenue im Stadtteil Soho und war durch Schachmeisterschaften bekannt geworden.

Violet und Mercedes setzten sich an einen Tisch am Fenster, von dem aus sie die Menschen beim Schaufensterbummel beobachten konnten. Violet liebte die Sandwiches dort, sie beiden fanden es einfach schick, dort Tee nach der feinen englischen Art zu trinken.

»Das ist genau das, was ich gebraucht habe«, sagte Mercedes. »Nach dem Training fühlt sich alles so viel schöner an.«

»Ich bin so stolz auf dich, Mercedes«, sagte Violet leise. »Du inspirierst mich wirklich. Hätte ich nur auch so eine Stärke wie du.«

Mercedes legte ihre Hand auf Violets. »Du bist stärker, als du glaubst. Du bist klug, freundlich und eine wunderbare Freundin. Das sind Dinge, die viel wichtiger sind als Muskeln.«

Sie lachten und plauderten. Nach einer Weile öffnete sich die Tür – und Richard kam herein. Er sah anziehender aus denn je, als er kurz umherblickte und sich dann an einen Tisch in ihrer Nähe setzte, ohne die beiden zu entdecken.

Mercedes wollte gerade auf sich aufmerksam machen, als sie feststellte, dass Violet neben ihr sich regelrecht versteifte. Ihre Freundin senkte den Blick und zupfte nervös an ihrer Serviette.

»Violet?«, fragte Mercedes leise. »Alles in Ordnung?«

Ihre Freundin zögerte, bevor sie stockend antwortete: »Es ist nur…«

»Richard?«, fragte Mercedes. »Was ist mit ihm?«

Mit einem tiefen Seufzer bekannte Violet: »Ich… ich mag ihn. Schon seit Monaten finde ich ihn ganz und gar umwerfend. Wie schade, dass eine wie ich bei ihm nie eine Chance hat. Er ist immer so charmant und selbstbewusst. Und außerdem… ist er verlobt.«

Mercedes sah sie ernst an. »Liebes, hör auf, dich so klein zu machen. Du siehst so gut aus, bist klug und einer der nettesten Menschen, die ich kenne.«

Violet schaute auf, Tränen glitzerten in ihren Augen. »Denkst du das wirklich?«

»Natürlich denke ich das!«, sagte Mercedes bestimmt. »Es ist sein Verlust, dass er sich mit einer anderen verlobt hat. Glaub mir, der Richtige wird kommen – jemand, der dich genauso sieht, wie du bist, und dich dafür bewundert.«

Violet lächelte zaghaft, und Mercedes drückte ihre Hand. »Kopf hoch, meine Liebe! Dein Moment wird kommen.«

»Warst du denn schon einmal…«, setzte Violet an und wurde dann deutlicher: »Warst du denn schon einmal verliebt?«

Mercedes schmunzelte bei der Erinnerung. »Es gab da mal eine jugendliche Schwärmerei für einen Schwimmer in Brighton. Der ist inzwischen aber längst verheiratet. Danach war mein Leben vom Heimweh bestimmt und dann vom Schwimmen. Für die Liebe war da wohl kein Platz.«

Dass sie für kurze Zeit selbst ein klein wenig Gefallen am Bürokollegen Richard gefunden hatte, verschwieg sie lieber.

Nun war es Violet, die ihre Hand drückte. »Auch für dich wird der Richtige kommen. Eines Tages werden wir beide glücklich verheiratet sein.«

Mercedes lächelte. »Dann treffen wir uns wieder hier. Und stoßen an. Mit Champagner. Aber erst mal muss ich noch den Ärmelkanal durchqueren.«

16

Seit George Henry Allan ihr so gut zugesprochen und sie ihren Wunsch, den Ärmelkanal zu durchqueren, gegenüber Violet laut ausgesprochen hatte, ließ der Gedanke an dieses Unterfangen Mercedes nicht mehr los. Er hatte gesagt, dass zwar zunächst noch einige Formalitäten erledigt werden mussten – beispielsweise sollte natürlich der Schiffsverkehr über ihre Kanaldurchquerung informiert sein –, doch irgendwann konnten sie das Unterfangen in Angriff nehmen, davon war er vollkommen überzeugt.

Nachts träumte sie davon, im Kanal zu schwimmen, und auch tagsüber kreisten ihre Gedanken immer wieder um diesen Traum. Kurz entschlossen stieg sie am Samstag nach ihrem Gespräch mit Violet allein in den Zug nach Dover. In ihrem Gepäck befanden sich ihre Schwimmsachen und Wechselkleidung. Sie hatte ihren Reiseplan niemandem anvertraut, nicht einmal ihrer besten Freundin und schon gar nicht George. Sie wollte keine Aufmerksamkeit, keine neugierigen Fragen.

Schließlich hielt der Zug am Bahnhof von Dover. Mercedes griff nach ihrer Tasche und trat auf den Bahnsteig hinaus. Ihr Herz raste. Gleich würde sie den Ärmelkanal sehen. Wie aufregend das war!

Nachdem sie den Bahnhof verlassen hatte, blieb sie kurz stehen und schloss die Augen, schnupperte und lauschte. Sie konnte das Meer riechen. Wie herrlich und vielversprechend es in ihrer Nase kitzelte! Sie hörte das Geschrei der Möwen und das ferne Rauschen des Meeres. Mercedes lächelte, erwarb an einem kleinen Kiosk eine einfache Karte von Dover, fand heraus, welcher Weg sie am besten ans Meer führen würde. Das Gewirr aus engen Gassen und viktorianischen Gebäuden auf diesem Weg durch die Stadt würdigte sie kaum eines Blickes. Sie wollte zum Meer, nur zum Meer!

Je weiter sie sich dem Kanal näherte, desto stärker wurde ihr Gefühl von Aufbruch und Abenteuer. Mercedes ging immer schneller – und dann hatte sie endlich den Hafen erreicht. Das Meer lag jetzt direkt vor ihr. Mercedes blieb stehen und war für einen Moment einfach nur glücklich. Ihr Herzschlag beschleunigte sich noch ein wenig mehr bei dem Gedanken, dass sie hier gleich schwimmen würde. Natürlich hatte sie nicht vor, sofort den Versuch zu machen, den Kanal zu durchqueren. Das brauchte viel mehr Vorbereitung und Begleitung durch ein Boot und ihren Trainer, aber ihre ersten Schwimmzüge im Ärmelkanal, die würde sie heute machen.

Am Strand standen mehrere Umkleidekabinen, Mercedes zog sich in eine von ihnen zurück, um ihre Alltagskleidung abzulegen und sich ihren Schwimmanzug und einen Bademantel anzuziehen. Zurück am Wasser blickte sie sich suchend um und legte ihre Tasche und ihre Kleidung dann zwischen zwei große Steine.

Wie die Wellen sie anzogen, betörten, berauschten! Die junge Frau stand am Ufer und blickte auf das Meer hinaus. Es war das Meer der Heimat, in die sie endlich zurückgekehrt war.

Elegant ließ Mercedes Gleitze den Bademantel von ihren

Schultern gleiten und legte ihn achtlos auf einen Fels. Nur noch wenige Meter trennten sie vom Wasser, sie setzte einen Fuß vor den anderen. Ihren rechten Zeh tauchte sie in das eisige, kühle, geheimnisvolle Nass. Kiesel, die den Boden bedeckten, drückten sich in ihre Fußsohlen. Mercedes nahm den Schmerz wahr, und gleichzeitig war er völlig bedeutungslos. Endlich stand sie bis zu den Hüften im Wasser. Mit einem Schwung ließ sie sich nach vorne fallen. Sie empfand Leichtigkeit, Weite, Freiheit. Wie schwerelos schien ihr Körper durchs Wasser zu gleiten.

Mit kräftigen Zügen peitschten ihre Arme die ankommenden leichten Wellen.

Sie schwamm drei Stunden lang, dann merkte sie, dass ihre Kräfte nachließen. Es war eben doch ein Unterschied, ob man das in einem See oder im Meer tat, dachte sie. Nach ihrer Rückkehr würde sie mit George sprechen und ihm vorschlagen, ab sofort regelmäßig im Kanal zu trainieren. Sie konnten an den Wochenenden ja problemlos nach Dover fahren.

Als sie aus dem Wasser stieg, stand wie aus dem Nichts ein junger Mann mit blonden Locken vor ihr, anscheinend ein Schwimmer. Er lächelte sie freundlich an. »Sie sollten Ihre Haut einfetten. Die wird sonst ganz schrumpelig.«

Mercedes nickte. »Ich weiß, aber heute war ich so ungeduldig, ins Wasser zu kommen, dass ich es vergessen habe. Sonst mache ich das immer.«

»Sind Sie professionelle Schwimmerin?«

»Halb«, wiegelte sie ab. »Ich trainiere täglich, arbeite aber als Fremdsprachenkorrespondentin.«

»Sie sind gut. Ich habe Sie beobachtet.« Er schickte sogleich eine Frage hinterher: »Warum waren Sie denn heute so ungeduldig, dass Sie es versäumt haben, sich einzucremen?«

»Den Ärmelkanal zu durchqueren, ist mein großer Traum«, gestand sie.

Er riss verblüfft die Augen auf. »Donnerwetter. Da haben Sie sich aber was vorgenommen.«

»Ich weiß.«

»Ich würde auf jeden Fall empfehlen, das Gesicht beim Schwimmen mit einem Schleier zu bedecken«, sagte er. »Es gibt hier in Dover eine Frau, die spezielle Schleier für Schwimmer näht. Die halten die Sonne ab und schützen etwas vor Salzwasserspritzern.«

»Danke für den Hinweis«, sagte Mercedes. »Wo finde ich diese Frau?«

»Wenn Sie zum Hafen gehen, finden Sie sie gleich«, erklärte der Mann. »Vor allem sollten Sie aber mit ihm da sprechen.« Er deutete auf einen schlanken Mittvierziger mit wettergegerbtem Gesicht, der gerade aus dem Wasser stieg.

»Wer ist das?«, wollte Mercedes wissen.

»Das ist Mr Taylor. Er kennt den Kanal besser als jeder andere«, sagte der junge Mann. »Er war schon Begleiter bei unzähligen Versuchen. Wenn Sie jemanden suchen, der Sie sicher führen kann, ist er der Richtige.«

Mercedes beobachtete jenen Herrn Taylor eine Weile aus der Ferne, bevor sie den Mut fasste, ihn anzusprechen. »Herr Taylor?«, fragte sie zögernd. Er wandte sich ihr zu und musterte sie fragend. »Ja?«

»Mercedes Gleitze«, stellte sie sich vor, »ich habe gehört, Sie sind der beste Mann, wenn es um Kanaldurchquerungen geht. Und ich … nun ja, ich …«

Warum nur war sie auf einmal so nervös und unsicher?

»Ich plane, den Kanal zu durchschwimmen«, stieß sie schließlich hervor. Angespannt musterte sie ihr Gegenüber. Wie würde er reagieren? Bestimmt würde er sie auslachen!

Es war ja auch wirklich beinah lächerlich! Da baute sich eine blutjunge Frau, die er noch nie gesehen hatte, vor ihm auf und erklärte ihm, den Ärmelkanal durchqueren zu wollen.

Doch Mr Taylor lachte nicht. »Ihnen ist anzusehen, dass Sie gut trainiert sind. Und dass Sie es ernst meinen. Aber Sie wissen schon, dass das ein unglaublich schwieriges Unterfangen ist?«

»Ja«, sagte Mercedes. »Und ich weiß auch, dass ich noch nicht bereit dafür bin, obwohl ich schon gründlich dafür übe.«

»Ich habe Sie vorhin im Wasser gesehen. Sie sind gut. Ich kann das einschätzen, denn ich habe schon einige Schwimmer begleitet. Daher weiß ich auch, wie schwierig das ist.«

»Ich bin bereit, hart darauf hinzuarbeiten«, wiederholte Mercedes und fügte nach einer kurzen Pause hinzu: »Alles dafür zu geben.«

»Das müssen Sie auch. Der Ärmelkanal fordert alles, was man hat, und oft noch mehr. Haben Sie eine Vorstellung davon, was Sie erwartet?«

Mercedes zögerte nicht. »Ich habe mich informiert. Gezeiten, Strömungen, Kälte. Ich weiß, dass es schwer wird. Und ich werde es schaffen.«

»Gut. Wir beginnen morgen früh, sechs Uhr am Hafen. Bringen Sie alles mit, was Sie brauchen, und kommen Sie pünktlich. Der Kanal wartet nicht.«

Mercedes war perplex. Sie hatte nicht damit gerechnet, dass Taylor sie trainieren würde. Was würde George dazu sagen? Ihr Zögern dauerte nur den Bruchteil einer Sekunde. »Natürlich«, sagte Mercedes. »Ich werde pünktlich sein.«

»Davon gehe ich aus.«

* * *

Mr Taylor war unerbittlich. Immer, wenn Mercedes das Gefühl hatte, keine Kraft mehr zu haben, trieb er sie noch ein Stückchen weiter an. »Sie können noch mehr, Miss Gleitze, Sie schaffen das. Schwimmen ist auch Kopfsache.«

Das sagte George auch immer. Ihre mentale Stärke hatte Mercedes in den letzten Monaten intensiv ausgebaut. Taylor hatte recht gehabt, wenn er behauptete, dass man mehr leisten kann, als man glaubt.

»Sie sind ausgezeichnet, Mercedes. Ihr Körper ist gut trainiert, Ihre mentale Stärke ist unschlagbar. Ich sage Ihnen voraus: Sie werden das schaffen. Ich weiß noch nicht, wann, aber ich weiß: Sie werden es schaffen.«

»Würden Sie mich weiter trainieren?«, fragte sie. »Ich habe noch einen Trainer in London, mit dem ich sprechen müsste. Er hat ebenfalls häufig versucht, den Kanal zu durchqueren, vielleicht …«

»Wie heißt Ihr Trainer?«, wollte Taylor wissen.

»George«, sagte sie. »George Henry Allan.«

»Ich kenne George. Er ist ein guter Mann. Und ideal für Ihr Schwimmtraining in London. Hier allerdings, am Kanal, ist es anders, darum biete ich Ihnen gern meine Dienste an.«

»Ich könnte jedes Wochenende herauskommen.«

Taylor lächelte ihr zu. »Dann sind wir uns einig.« Er reichte ihr die Hand. Mercedes schlug ein.

* * *

Mercedes hielt Wort. Jedes Wochenende nach der Arbeit nahm sie den ersten Zug nach Dover und fuhr am Sonntag mit dem letzten Zug zurück. Die Tage waren lang und hart, doch sie ließ sich nicht beirren. Mr Taylor stand ihr unermüdlich bei, korrigierte, motivierte und lehrte sie, das Meer zu respektieren, ohne sich von ihm einschüchtern zu lassen. Zu ihrer Erleichterung war George ihr nicht böse gewesen, als sie ihm von Taylor berichtet hatte. »Ich bin gut, um dich auf den Kanal vorzubereiten«, sagte er, »... aber um ihn zu durchqueren, ist besser jemand an deiner Seite, der dort lebt. Zumal ich ja mehrfach gescheitert bin.« Mercedes hatte dennoch einen Hauch von Wehmut verspürt, und George hatte das bemerkt. »Ich lasse dich natürlich auch nicht im Stich«, hatte er betont. »Und wenn du den Kanal durchquerst, werde ich am Ufer stehen und dir zusehen.«

»Ich will es noch in diesem Sommer versuchen«, erzählte Mercedes.

George musterte sie überrascht. »Diesen Sommer? Mercedes, verzeih, aber du bist noch nicht so weit.«

Mercedes sah ihm fest in die Augen. »Ich will es aber versuchen.«

»Du wirst scheitern.«

»Wenn ja, werde ich es beim nächsten Mal schaffen. Du hast es ja auch immer wieder probiert.«

George wich ihrem Blick nicht aus. »Wenn du es wirklich versuchen willst, dann werde ich da sein, Mercedes. Und dir Mut machen.«

Als Mercedes Taylor von ihrem Vorhaben erzählte, reagierte er ebenso zurückhaltend wie zuvor George. »Wenn Sie es versuchen wollen, Mercedes, bin ich an Ihrer Seite, obwohl wir beide wissen, dass Sie noch nicht ausreichend vorbereitet sind.«

»Dann sehen wir es doch als ein Training«, schlug sie vor.

»Ja«, meinte er, »das ist die richtige Haltung. Ich werde Ihnen jemand besorgen, der Sie mit einem Beiboot begleitet.«

»Und Sie werden auf diesem Beiboot mitfahren?«

Taylor lächelte. »Ja. Ich werde mit diesem Beiboot neben Ihnen herfahren.«

* * *

Es war halb acht Uhr am Morgen, als sie am Shakespeare Cliff ins Wasser stieg. Sie fühlte sich stark und voller Zuversicht. George war mit nach Dover gekommen und saß nun bei Mr Taylor im Begleitboot. Die Umstände schienen es gut mit ihr zu meinen. Die Strömung trieb sie in die richtige Richtung, das Schwimmen kostete sie kaum Kraft. Zumindest am Anfang. Als sie jedoch etwa drei Stunden geschwommen war – immer wieder ermutigt von den beiden Trainern im Boot –, bemerkte sie, dass sie mehr und mehr abtrieb. Sie versuchte gegenzuhalten, merkte aber zunehmend, dass ihr dieser ständige einseitige Kampf Schmerzen in der Schulter bereitete.

»Mercedes?«, rief George vom Boot aus. »Was ist? Hast du Schmerzen?«

Wie gut er sie kannte. Mutig schüttelte sie den Kopf und schwamm verbissen weiter. Sie hatten ihr gesagt, dass sie noch nicht so weit war, und etwas in ihr hatte sie wissen lassen, dass die Trainer recht hatten. Aber das wollte, das konnte sie sich noch nicht eingestehen.

Die Schmerzen wurden immer schlimmer, stechender, glühend fast.

»Miss Gleitze!«, rief Taylor. »Wir holen Sie jetzt raus.«

»Nein!«, wehrte sie sich. »Es geht noch.«

»Mercedes, es war klar, dass du es heute nicht schaffst, du hast es ohnehin nur als Training angesehen«, drang nun auch Georges Stimme über das Meer. »Es sind noch gut zehn Stunden. Das kannst du in diesem Zustand nicht schaffen.«

Mercedes zögerte. George hatte recht. Zehn Stunden – das war in dieser Situation vollkommen unmöglich.

Den Ausschlag gab aber ein Zuruf von Mr Taylor. »Wenn Sie jetzt nicht aufgeben, Mercedes, dann wird Ihr Körper Ihnen das möglicherweise nie verzeihen. Ihre Verletzung könnte chronisch werden. Und dann werden Sie den Ärmelkanal nie durchqueren. Das Schwimmen wird dann Geschichte für Sie sein.«

Die Erkenntnis darüber, dass Taylor recht hatte und wie unvernünftig sie gerade handelte, traf Mercedes wie ein Blitz.

»Sie haben recht! Ich war … wie besessen.« Damit änderte sie ihre Richtung, schwamm auf das Boot zu und kletterte die kleine Leiter hinauf. George reichte ihr sogleich ein Handtuch.

»Wenn wir wieder an Land sind, kümmere ich mich um Ihre Schulter«, sagte Taylor lächelnd. »Und ich muss sagen: Für das erste Mal war das sehr ordentlich. Sie haben den Kanal zu einem Viertel durchquert.«

»Eigentlich wollte ich ihn vollständig durchqueren«, erklärte Mercedes.

»Du wusstest, dass es dafür zu früh ist«, sagte George. »Viel zu früh.«

»Ja«, gestand Mercedes ein. »Ja, ich wusste es. Ich war eben viel zu ungeduldig.«

»Ungeduld ist selten ein guter Ratgeber«, kam es von George, »aber zu Trainingszwecken war dieser Tag auf jeden Fall gut.«

* * *

»Mercedes, jetzt bist du auch in New York bekannt!«

Als die Schwimmerin zwei Wochen später am Montag mit Violet ins Reedereibüro kam, stürmte ihnen Richard aufgeregt entgegen, eine Ausgabe der *New York Times* in der Hand. Er reichte sie Mercedes und deutete auf einen Artikel, den sie und ihre Freundin nun verblüfft studierten.

> Um 7:30 Uhr morgens tauchte sie am Shakespeare Cliff in Dover ins Wasser und nutzte dabei einen kräftigen Brustschwimmstil. Eine starke östliche Strömung trug sie zunächst mit, lenkte sie jedoch bald in Richtung Deal ab. In der Nähe von Saracen's Head, nahe den Goodwin Sands, klagte Mercedes über Schmerzen in der Schulter, setzte das Schwimmen jedoch fort, bis die Schmerzen ihren Trainer, Taylor, dazu zwangen, sie aus dem Wasser zu holen.

»Bin drauf gestoßen, weil wir eine Annonce in der Ausgabe geschaltet haben«, erklärte ihr Kollege. »Dachte, ich sehe nicht richtig.«

»Wie kommt denn ausgerechnet eine amerikanische Zeitung auf mich?«, wunderte sich Mercedes. »Seit dem Schwimmversuch in der Themse hat hier keiner mehr von mir berichtet.«

»Ich schneid ihn dir aus«, bot Richard an. »Du solltest eine Mappe anlegen. Es werden bestimmt noch weitere Artikel hinzukommen.«

Violet ging ein wenig traurig in Richtung ihres Büros – kein Wunder, ihr Schwarm hatte sich ja nur Mercedes gewidmet. Doch zu ihrem Erstaunen schien auch Richard die schlechte Stimmung der Kollegin nicht zu entgehen, denn er wandte sich nun an sie: »Violet, hätten Sie Zeit und Lust, morgen Abend mit mir in die Oper zu gehen? Sie bringen *The Four Seasons,* und ich hätte noch eine Karte übrig.«

Violets Gesichtsausdruck erhellte sich nur ganz kurz.

»Das wäre gewiss nicht schicklich Ihrer Verlobten gegenüber?«

Nun wich die Freude aus Richards Gesicht. »Die hat unsere Verlobung schon vor zwei Wochen gelöst. Ein wohlhabender Kandidat ist aufgetaucht, der gefiel auch ihrem Vater besser. Das sollte einem aber nicht den Spaß an einer guten Oper ruinieren, was meinen Sie?«

Violet zögerte, Mercedes bemerkte, wie überfordert ihre Freundin war. Richards ungewohnte Offenheit und die völlig unerwartete Einladung mussten wohl erst mal verdaut werden.

Sie half ihr auf die Sprünge: »Ich finde, du solltest mitgehen, Violet!«

Teil 3

1926-1927

17

Lange schon brauchte sich Mercedes keinen Wecker mehr zu stellen. Sie wachte ganz von allein pünktlich um vier Uhr morgens auf. Dann stand sie auf, zog sich leise an und ging zum Schwimmen, im Sommer wie im Winter. Seit fünf Jahren begann ihr Training vor Sonnenaufgang, wenn die Luft kalt und die Straßen Londons fast menschenleer waren. Wie jeden Morgen wartete auch an diesem Julitag im Jahr 1926 am Ufer des Serpentine Lake ihr Trainer George Henry Allan auf sie und nickte ihr zu. Sie sprachen wenig, waren miteinander vertraut und ein eingespieltes Team.

Mercedes legte ihren Mantel ab und tauchte ins Wasser ein, spürte die ihr bekannte Kälte, die ihren Körper wie ein Schlag traf. Ihre Muskeln spannten sich an, doch nach den ersten Schwimmzügen kamen ihre Bewegungen in ihren Rhythmus. Mercedes konzentrierte sich auf die Atmung, die sie gleichmäßig und ruhig hielt. Sie stellte sich Hindernisse vor – Wellen, Strömungen, eisige Kälte – und überwand sie in Gedanken. Allan unterbrach sie nicht, beobachtete nur still vom Ufer aus ihr Training. Als sie nach einer Stunde Pause machte, reichte er ihr einen Becher mit heißem Tee.

»Dein Rhythmus ist ausgezeichnet, aber du musst auf deine Schultern achten, damit du nicht verkrampfst.«

Zwei Versuche, vom englischen Folkestone aus den Ärmelkanal zu durchschwimmen, hatte Mercedes im August des vorangegangenen Jahres jeweils nach fünf beziehungsweise sieben Stunden aufgeben müssen – aufgrund von Krämpfen.

Sie leerte ihren Becher und begab sich erneut ins Wasser, entschlossen, ihre Technik für den dritten Versuch zu perfektionieren. Nach weiteren zwei Stunden war ihre Haut am ganzen Körper gerötet, und ihre Lippen schimmerten blau von der Kälte. Wieder mit den Füßen fest auf dem Boden, hüllte sie sich in ein großes Handtuch und trank erneut heißen Tee aus einer Thermoskanne. Dann setzte sie sich neben George auf die Picknickdecke, um mit ihm den Trainingsplan für die Woche durchzugehen.

»Ich habe dieses Jahr noch mehr mit dir vor«, ließ er sie wissen. Mercedes traf sein Blick wie ein Stich in den Magen. War es schon so weit? Sollte sie einen erneuten Versuch machen, den Ärmelkanal zu durchqueren?

Als habe er ihre Gedanken gelesen, nickte Allan.

»Du bist heute stark geschwommen, Mercedes. Jetzt bist du bereit. In diesem Jahr wirst du den Ärmelkanal erfolgreich durchqueren, gründlich vorbereitet.«

Mercedes stockte das Herz. Endlich!, schoss es ihr durch den Kopf. Sie sah George an. »Wann?«

»Bald. Du bist in deiner besten Form«, meinte er. »Und diesmal bereiten wir alles ordentlich vor. Ich werde mit Taylor sprechen, damit er eine Crew zusammenstellen kann, die sich um alles kümmert. Ein Ernährungsplan für dich ist nötig, und du wirst dich ärztlich betreuen lassen. Diesmal ist es nicht nur ein Training, Mercedes. Diesmal ist es ernst. Ich kümmere mich um die Formalitäten.«

* * *

Da sie samstags freihatte, fuhr Mercedes für gewöhnlich ans Meer. An diesem Wochenende mochte sie jedoch ausnahmsweise nicht nach Dover, um zu trainieren. Nach wie vor arbeitete sie sehr gern bei Eaton. Sie hätte also ins Büro gehen können, doch heute, nach dieser aufregenden Mitteilung, hätte sie sich dort gar nicht konzentrieren können. Sie musste irgendjemandem davon erzählen! Violet war über das Wochenende mit Richard zu dessen Eltern aufs Land gefahren. Die beiden waren im vergangenen Jahr tatsächlich ein Paar geworden. Richie hatte sich in Violet verliebt, und seine Verlobte hatte ja ohnehin bereits das Weite gesucht.

Heute fiel die Freundin als Gesprächspartnerin also weg. Vielleicht war Stella zu Hause. Ihre »kleine große Schwester« war ebenfalls nach England gekommen; sie war inzwischen verlobt und wollte im kommenden Jahr heiraten. Ihre liebenswürdige, lebenslustige Stella hatte immer ein offenes Ohr für Mercedes. Ja, ein Besuch bei ihr wäre gewiss eine gute Idee.

Sie eilte durch die belebte Londoner Innenstadt und war wenig später bei ihrer Schwester angekommen. Die Eingangstür des viktorianischen Hauses, in dem Stella zur Miete wohnte, stand offen. Mercedes eilte durch das Treppenhaus nach oben und klopfte aufgeregt an die Wohnungstür.

Nichts regte sich. Mercedes klopfte noch einmal, lauter und heftiger, bis schließlich ein verschlafenes »Komme schon!« durch die Tür drang. Gleich darauf hörte sie schlurfende Schritte und sah einen Moment später in Stellas vertrautes, dieses Mal etwas zerknittertes Gesicht.

Mercedes kicherte.

»Ja, lach du deine arme Schwester nur aus, die du zu nachtschlafender Zeit aus dem Bett klopfst«, brummte Stella, begrüßte Mercedes aber dennoch herzlich.

»Was heißt hier nachtschlafende Zeit?«, rief die vergnügt. »Ich habe schon drei Stunden Schwimmtraining hinter mir.«

»Du bist ja auch nicht normal.« Stella schüttelte den Kopf. Schnell zog sie Mercedes zu sich hinein, als sie Schritte auf der Treppe hörten. »Muss mich ja nicht jeder im Nachthemd sehen.«

Die beiden Frauen gingen ins Wohnzimmer, und Stella ließ sich auf ihr großes, mit blauem Samt bezogenes Sofa fallen, das mit vielen bunten Kissen verziert war.

Sie sah ihre Schwester fragend an. »Also? Warum klingelst du mich so früh am Morgen aus dem Bett und siehst aus, als hättest du ein Gespenst gesehen?«

»Ein gutes Gespenst.«

»Von mir aus. Du siehst trotzdem selbst wie ein Gespenst aus.«

»Ich habe jemanden kennengelernt, der mich auch unbedingt mal trainieren will, Horace Carey, der Freund einer anderen Kanalschwimmerin. Er ist eigentlich Busfahrer in Hythe, hat aber selbst schon dreimal versucht, zum Festland rüberzuschwimmen. Deshalb will er mir zur Seite stehen. George ist der Ansicht, dass ich so weit sei, nach den beiden gescheiterten Versuchen im August letztes Jahr«, berichtete Mercedes. »Ich soll es noch einmal angehen, den Ärmelkanal zu durchqueren. Und diesmal will ich viel besser vorbereitet sein.«

»Was?« Stella sprang auf. Alle Müdigkeit schien wie weggeblasen. Sie fiel ihrer Schwester um den Hals und drückte sie fest an sich. »Das ist ja wunderbar, Mercedes. Ich gratuliere dir. Und du hast es auch wirklich, wirklich verdient, so hart, wie du trainiert hast.«

»Glaubst du, ich werde es schaffen?«, fragte Mercedes, mit einem Mal ganz verzagt.

»Was ist denn das für eine Frage!«, wunderte sich Stella und ließ sich wieder auf das Sofa fallen. »Wenn es jemand schaffen wird, dann du.«

»Danke. George muss aber noch alles organisieren«, sagte Mercedes und setzte sich ebenfalls auf das Sofa, die Beine untergeschlagen, ein Kissen auf dem Schoß.

»Was heißt das denn – alles organisieren?«

»Na ja, ich brauche wieder ein Boot, das mich begleitet, einen Kapitän, der es steuert. Und wir müssen das Wetter beobachten. Wenn die Bedingungen gut sind, muss ich sofort los. Außerdem muss der Schiffsverkehr gewarnt werden.«

»Das heißt, es kann jeden Moment so weit sein?«

»Vielleicht«, räumte Mercedes ein, »die besten Wetterbedingungen gibt es im Spätsommer, aber dann, ja, dann kann es sein, dass ich ganz schnell losmuss.«

»In der Firma dürfte das kein Problem sein«, sagte Stella. »Eaton ist ja dein größter Fan.«

»Darauf vertraue ich – wahrscheinlich wird er mit allen im Büro nach Folkestone eilen, um dabei zu sein.«

»Ich werde natürlich auch kommen«, sagte Stella. »Und Cecil auch.« Da fiel ihr etwas ein. »Du musst Randa unbedingt schreiben. Sie hat schon so oft gesagt, dass sie dabei sein will, wenn es so weit ist.«

Mercedes nickte. »Mutter und Vater hätte ich auch gern dabei.«

Stella winkte ab. »Ich glaube nicht, dass sie sich darauf einlassen. Wir müssen ja schon froh sein, wenn sie sich zu meiner Hochzeit herbemühen.«

Traurig sahen die beiden Schwestern einander an. Um die Eltern, die nach wie vor in Deutschland lebten, machten sie sich große Sorgen. Die Großeltern, bei denen Mercedes so viele Jahre gewesen war, lebten längst nicht mehr, und die Eltern führten ein ziemlich einsames und ärmliches Dasein in Frankfurt am Main. Mercedes schrieb ihrer Mutter oft. Anna Gleitze klagte, dass der Vater sich kaum für sie interessiere und in seiner eigenen Welt gefangen sei. Heinrich Karl Gleitze war 1918 schwer traumatisiert aus dem Krieg zurückgekehrt und hatte sich nie mehr richtig erholt. Stella unterstützte die Eltern, schickte ihnen regelmäßig Geldbeträge per Postanweisung.

»Vielleicht sind Mutter und Vater tatsächlich zu Hause besser aufgehoben«, sagte Mercedes nun seufzend. »An Randa werde ich nachher gleich schreiben. Vielleicht kann sie ja tatsächlich für einige Zeit nach London kommen.«

Stella beugte sich vor und nahm ihre Hände. »Ich bin so stolz auf dich. Du bist die stärkste und entschlossenste Person, die ich kenne. Trotzdem mache ich mir auch viele Sorgen, weißt du das? Der Kanal ist ein gefährliches Gewässer.«

Mercedes nahm die Hände ihrer Schwester in ihre. »Ich weiß – aber ich habe Allan, Taylor und diesen Horace Carey an meiner Seite. George hat so viele Versuche begleitet, er kennt jede einzelne Tücke. Ich könnte mir im Moment keinen besseren Trainer wünschen. Und ein Boot wird mich begleiten. Da dürfte eigentlich nichts passieren.«

Stella lächelte. »Du hast recht. Und am Ufer werden deine beiden Schwestern stehen und dich anfeuern.«

»Dann besteht ja absolut gar kein Zweifel mehr daran, dass ich es schaffen werde.«

»Natürlich«, sagte Stella. Dann fragte sie: »Und wie willst du mit der Kälte des Wassers umgehen? Du hast mir erzählt, wie herausfordernd das sein kann.«

»Ich werde weiter in der Themse trainieren. Es ist nicht das Gleiche wie der Kanal, aber es hilft mir, mich mental und körperlich vorzubereiten.« Mercedes' Augen funkelten vor Entschlossenheit. »Es wird hart. Und ich habe keine Angst.«

* * *

»Herr Direktor?«, klang die Stimme der Empfangsdame durch den Telefonhörer. »Hier sind ein Herr und eine Dame für Sie. Ob Sie sich ihrer kurz annehmen könnten? Es gibt ein Problem mit einer unserer Uhren.«

Hans seufzte. Ihm war gerade so gar nicht nach unerfreulichen Kundengesprächen, andererseits war genau das sein Anspruch: immer für seine Klienten da zu sein, auch und vor allem, wenn es ein Problem mit einer Uhr gab. Sein Name stand schließlich für höchste Qualität.

»Schicken Sie sie herauf, Frau Obermatt.«

Kurz darauf stand ein aufgelöstes junges Paar im Türrahmen. Die Frau hatte ganz offensichtlich geweint.

»Um Himmels willen!« Hans erhob sich besorgt. »Was ist denn nur geschehen? Nehmen Sie erst einmal Platz.«

Das Paar, das sich als Ehepaar Rüdisühli vorstellte, setzte sich. Dann schob die Frau eine elegante Herrenuhr über den Tisch. »Die habe ich meinem Toni zur Hochzeit geschenkt – als Symbol, dass jede Sekunde, die wir zusammen verbringen, kostbar ist. Und vorhin, wir sind auf Hochzeitsreise, müssen Sie wissen, vorhin haben wir eine Ruderbootsfahrt auf dem See gemacht, und mir ist mein Tuch ins Wasser gefallen. Und der Toni wollte es mir herausfischen und hat nicht dran gedacht, dass er die Uhr trägt. Und jetzt ist sie stehen geblieben.«

»Oje.« Hans seufzte. »Zunächst einmal alles Gute zur Hochzeit. Wir werden selbstverständlich versuchen, die Uhr zu reparieren.« Er blickte das junge Paar freundlich an. »Lassen Sie das gute Stück hier. Wir werden sie auf Kosten des Hauses reparieren. Sie können Sie in zwei Wochen wieder abholen.«

Die Rüdisühlis starrten ihn an. »Wie? Das ist überaus freundlich von Ihnen«, erklärte der frischgebackene Ehemann überwältigt.

Hans lächelte. »Betrachten Sie es als Hochzeitsgeschenk des Hauses Rolex.«

Ganz uneigennützig, so musste er sich eingestehen, war das Reparaturangebot nicht. In den vergangenen Monaten und Jahren hatte Hans Wilsdorf viel Lob für seine Uhren erhalten – doch dann und wann hatten sich Kunden auch darüber beschwert, dass trotz all ihrer Bemühungen, das Gehäuse wirklich dicht zu machen, Feuchtigkeit oder Sand ins Uhrwerk geriet. Das war einfach noch nicht perfekt. Und Hans wollte es perfekt. Das junge Paar brachte ihn auf eine Idee: Was, wenn es ihm gelänge, eine Uhr zu fertigen, die absolut wasserdicht war? Dann konnten die Herren nach Herzenslust ihren Damen Schals aus dem Wasser fischen oder ihre Uhren sogar beim Schwimmen tragen. Anhand der nun in den Genfer See gefallenen Uhr ließe sich bestens prüfen, wo genau das Wasser eingedrungen war und was es mit dem Uhrwerk gemacht hatte. Ein hervorragendes Forschungsobjekt! Es wurde ohnehin wieder einmal Zeit, nach Biel zu reisen und seinem Freund Aegler einen Besuch abzustatten. Florence würde sich freuen, Élise wiederzusehen.

18

Am Morgen nach der Ankunft des Ehepaars Wilsdorf erstrahlte ein klarer Himmel über Biel. Nach dem Frühstück im Hotel, und bevor sie zu ihrer eigenen Manufaktur gingen, machten sie sich auf den Weg zu Jean Aegler. Die historischen Gebäude und die kleinen Geschäfte waren immer wieder eine Augenweide für sie. Gut gelaunt standen sie schließlich vor dem Eingangstor von Aeglers beeindruckender Firma. Die Fenster des zweistöckigen Backsteinbaus ließen viel Licht in die Arbeitsräume. Gleich hinter dem Tor saß der Pförtner in seinem Häuschen hinter einer Glasscheibe. Er erkannte die beiden auf Anhieb, ließ sie passieren und kündigte sie telefonisch bei Jean Aegler an. Florence und Hans wurden wie immer sehr herzlich von ihm gegrüßt: »Ihr Lieben, was für eine Überraschung.«

»Wir sind ganz spontan aufgebrochen und haben nicht einmal unserem Personal Bescheid gesagt«, erklärte Florence.

Jean zwinkerte ihr zu: »Na ja, dafür ist Hans ja bekannt, dass er einfach so irgendwo auftaucht. Und in den seltensten Fällen ist das ein schlechtes Zeichen.«

»Auch in diesem nicht, hoffe ich.« Sie waren inzwischen in Jeans Büro angekommen. Hans setzte sich an den großen Versammlungstisch und holte die Uhr aus der Tasche.

Florence und Hans erzählten im Wechsel, was sich zugetragen hatte.

»Wir brauchen eine unzerstörbare, wasserdichte Uhr, Jean«, meinte Hans entschlossen.

Sein Freund und Geschäftspartner nickte gelassen, zog eine Schublade auf und holte ein Werkzeug hervor. »Sehen wir einmal nach«, sagte er und begann, das Uhrwerk zu öffnen.

Hans, der ihm dabei zusah, nickte. »Wie ich es mir gedacht habe. Man kann die Stellen genau erkennen, an denen das Wasser eingedrungen ist.«

Aegler verstand. »Weshalb hast du die Uhr eigentlich nicht selbst geöffnet und nachgesehen?«

»Weil du der bessere Uhrmacher von uns beiden bist«, fand Hans. »Und ich hatte Angst, dass ich etwas übersehen könnte.«

»Hier, schau her. An dieser Stelle sind die Dichtungen nicht ausreichend, und dann ist da die Öffnung für die Krone. Die ist auch ein Schwachpunkt.«

»Es ist zum Verrücktwerden«, seufzte Hans. »Genau daran haben wir schon so viel herumexperimentiert.«

»Wir brauchen einen Mechanismus, der die Krone komplett abdichtet«, murmelte Jean. »Vielleicht ein Schraubgewinde?«

»Das hat die Krone doch sowieso. Nein. Wir müssen nicht nur sicherstellen, dass die Krone leicht zu bedienen ist, sondern auch, dass sie fest genug sitzt, um dem Wasserdruck standzuhalten. Ich meine, so fest, dass kein Wasser durch diese Gehäuseöffnung eindringen kann. Und das Glas ist eine weitere Schwachstelle. Wir müssen es so sichern, dass ihm der Druck durch Wasser nichts mehr anhaben kann.«

Jean Aegler lächelte seinen Gästen zu. »Gehen wir gleich an die Arbeit!«

Florence winkte ab. »Ich lasse euch Männer mal machen und statte Élise einen Besuch ab. Ist sie zu Hause?«

»Sie wird sich freuen, dich zu sehen. Ich rufe dir einen Wagen.«

»Unsinn«, wehrte Florence ab. »Du weißt, wie gerne ich laufe.«

Sie stand auf, und höflich erhoben sich auch die beiden Männer. Florence verabschiedete sich, steuerte auf das Portal zu, und die Männer gingen in die Entwicklungswerkstatt, wo sie sich den Rest des Tages ihren Versuchen hingaben.

* * *

Mr Eaton hatte einen hochroten Kopf, als Mercedes am nächsten Morgen das Büro betrat. »Ich habe es schon vernommen. Es ist so weit. Sie wollen den Ärmelkanal durchqueren.«

»Woher wissen Sie das?«, fragte Mercedes verblüfft. Sie hatte noch nicht einmal Violet davon erzählt.

»Ich habe Ihren Trainer gestern zufällig im Restaurant getroffen, als ich mit meiner Frau essen war«, sagte Eaton. »Er war ganz aufgeregt.«

»Das bin ich auch«, gestand Mercedes.

»Und ich erst!«, gab Eaton zu und lockerte sich die Krawatte. »Sie werden natürlich bis zu Ihrem Schwimmversuch freigestellt. Ihr Gehalt läuft weiter.«

»Das … ist sehr freundlich von Ihnen!« Mercedes war ganz überwältigt.

»Das ist selbstverständlich, Miss Gleitze«, sagte Eaton in väterlichem Stolz. »Sie müssen sich jetzt voll und ganz auf die Überquerung konzentrieren.«

»Danke.«

In diesem Moment betraten Violet und Richard das Büro, Hand in Hand. Violet errötete, als sie sich ihrem Chef gegenübersah, und wollte sofort Richards Hand loslassen. Der schien das jedoch gar nicht bemerkt zu haben. Er schmetterte seinen beiden Mitarbeitern nur entgegen: »Haben Sie es schon gewusst? Miss Gleitze wird in Kürze den Ärmelkanal durchqueren.«

»Nein!«, rief Violet, die für einen Moment alle Schüchternheit gegenüber ihrem Vorgesetzten vergaß. Sie schloss ihre Freundin in die Arme. »Da ist man mal ein Wochenende weg …«

»Erzähl!«, wollte nun auch Richard ganz aufgeregt wissen. »Was ist passiert?«

»George hat mir gestern eröffnet, dass er der Ansicht ist, ich sei jetzt bereit«, sagte Mercedes.

»Einfach so?«, staunte Violet.

»Einfach so«, sagte Mercedes.

»Nun ja, ›einfach so‹ würde ich das nicht nennen«, protestierte Mr Eaton beinahe empört. »Sie haben schließlich fünf Jahre lang hart trainiert.«

»Da haben Sie auch wieder recht«, sagte Mercedes.

»Ich habe Miss Gleitze bis zu ihrer Überquerung beurlaubt«, teilte Eaton mit. Dann hob er scherzhaft den Finger. »Aber dass Sie mich ja auf dem Laufenden halten, Miss Gleitze.«

»Versprochen«, sagte Mercedes lachend. »Dann werde ich jetzt gleich meinen Trainer aufsuchen und mit ihm besprechen, was als Nächstes zu tun ist.«

* * *

Mercedes fand George in seiner Lieblingsteestube. Er war gerade in ein Gespräch mit einem distinguiert aussehenden Herrn vertieft und blickte überrascht auf, als sie eintrat. »Ich dachte, du bist bei der Arbeit!«

»Mr Eaton hat mich bis zu meinem Schwimmversuch beurlaubt. Ich soll mich konzentrieren.«

»Wunderbar.«

George sprang auf, und auch der andere Herr, der mit ihm am Tisch gesessen hatte, erhob sich. »Darf ich dir Dr. Arthur Langdon vorstellen? Er ist auf Ernährung für Sportler spezialisiert und hat schon zahlreiche Athleten betreut. Er wird dich bis zur Kanalüberquerung unterstützen.«

»Das ist ja wunderbar«, sagte Mercedes und schüttelte Dr. Langdon erfreut die Hand.

»Setz dich doch, Mercedes«, forderte George sie auf. »Dann können wir den Ernährungsplan für dich gleich durchgehen. Wir haben keine Zeit zu verlieren.«

»Gern.« Mercedes nahm Platz und sah Dr. Langdon aufmerksam an. »Meinen aktuellen Ernährungsplan kennen Sie also schon?«

Der Mediziner nickte. »Ja, er ist sehr gut ausgearbeitet. Ohne die richtige Energiezufuhr können Sie die Kanaldurchquerung unmöglich schaffen. Für die nächsten Wochen sehe ich allerdings noch einige Dinge, die wir umstellen müssen.«

»Als da wären?«, fragte Mercedes und fügte scherzhaft hinzu: »Hoffentlich verbieten Sie mir nicht meine geliebte Schokolade. Ohne die wird mir eine Kanaldurchquerung niemals gelingen.«

Dr. Langdon lächelte nicht zurück. Er war zwar nicht unfreundlich, aber unglaublich ernst. »Gegen ein Stück Schokolade ab und an ist nichts einzuwenden«, referierte er. »Aber wenn Sie dem Körper Zucker zuführen, geht diese Energie sofort ins Blut. Das Gefühl, satt zu sein, hält nicht lange an. Man hat danach ganz schnell wieder Hunger.«

Mercedes überlegte, ob sie ihm erklären sollte, dass das mit der Schokolade eher scherzhaft gemeint war, entschied sich dann aber dagegen, zumal er offensichtlich mit seinen Ausführungen fortfahren wollte.

»Sie werden große Energiereserven brauchen, und gleichzeitig darf Ihr Magen nicht überlastet werden. Ihre Ernährung muss leicht verdaulich und dennoch kalorienreich sein.«

Mercedes nickte.

»Ich werde Ihnen einen Plan zusammenstellen, der täglich mehrere kleine Mahlzeiten vorsieht«, ergänzte Dr. Langdon. »Zum Frühstück essen Sie am besten Haferbrei mit Honig und frischem Obst. Das wird Ihnen langsam freigesetzte Energie liefern. Zum Mittagessen nehmen Sie eiweiß-, kohlenhydrat- und vitaminreiche Kost zu sich, zum Beispiel Fisch mit Kartoffeln und gedünstetem Gemüse. Abends etwas Leichtes. Zwischendurch Nüsse, Trockenfrüchte und Vollkornbrot.«

»In Ordnung. Ich werde mich akribisch an Ihren Plan halten.«

Jetzt schlich sich doch ein Lächeln auf Dr. Langdons Gesicht. »Sehr schön, dann wage ich es nun, Ihnen den unangenehmsten Teil zu verraten: Sie sollten jeden Tag einen Löffel Olivenöl einnehmen. Das ist gesund. Schon die alten Römer wussten es.«

Mercedes verzog das Gesicht, und Dr. Langdon, der zusehends auftaute, fügte erklärend hinzu: »Sie können das Öl natürlich auch über Ihre Mahlzeiten geben. Das ist weitaus angenehmer, als es pur zu schlucken.«

»Na, dann …« Mercedes bemühte sich zu lächeln.

»Ich werde Ihnen bis morgen einen genauen Plan zusammenstellen – inklusive Rezepten, die Sie dann nachkochen können«, kündigte Dr. Langdon an.

»Ich selbst kann leider nicht gut kochen«, gestand Mercedes. »Aber morgen reist meine Schwester Randa an, um mich während der Vorbereitungen zu unterstützen. Sie kocht leidenschaftlich gern.«

Langdon nickte zufrieden. »Die Unterstützung durch die Familie ist ungemein wichtig. Es ist gut, wenn jemand bei Ihnen ist, der auf Ihre Ernährung achtet. Ihre Schwester kann sich sehr gerne an mich wenden, wenn sie Fragen hat.«

»Ich werde es ihr ausrichten«, versprach Mercedes.

»Dann …«, Dr. Langdon sah etwas unschlüssig von einem zum anderen, »dann wäre so weit alles besprochen.«

»Ja, Mr Langdon«, sagte George und erhob sich. »Herzlichen Dank, wir sind sehr froh, Sie an unserer Seite zu haben.«

»Es ist mir eine Ehre!«, stieß Langdon hervor, rückte sich seine Brille zurecht, nahm seine Aktentasche und verließ die Teestube.

Einigermaßen verblüfft sah Mercedes ihm nach. »Ein komischer Vogel. Aber irgendwie sympathisch.«

»Er ist furchtbar aufgeregt«, offenbarte George grinsend.

»Warum das denn?«, fragte Mercedes überrascht. »Es ist doch nicht er, der den Ärmelkanal durchqueren wird.«

»Das nicht, aber Arthur ist ein glühender Verehrer von dir. Der wäre fast vom Stuhl gefallen, als du hereinkamst.«

»Ach so.«

»Ja«, lächelte George. »So, und jetzt zu wichtigeren Dingen.«

»Darum bin ich hier. Wie werden die kommenden Tage bis zum Schwimmversuch aussehen? Was soll ich tun? Was soll ich lassen?«

»Du musst dich unbedingt an den Ernährungsplan halten, das ist schon mal klar«, mahnte George Henry Allan.

»Natürlich«, versicherte Mercedes.

George stellte eine Gegenfrage: »Wo siehst du die größten Herausforderungen?«

»Die Strömungen. Und die Kälte. Ich habe das Gefühl, dass ich bereit bin, aber was, wenn ich falschliege?«

»Das sind alles berechtigte Gedanken. Ich weiß es ja aus eigener Erfahrung. Aber du hast dich in den letzten Monaten unglaublich gesteigert. Jetzt ist es ganz wichtig, dass du auf all die Arbeit vertraust, die du investiert hast. Und außerdem: Es kann dir nichts passieren. Du bist als Siebzehnjährige allein bei Gewitter durch das Meer geschwommen, untrainiert – so hast du es mir erzählt. Jetzt hast du ein Boot mit Menschen bei dir, die dich jederzeit aus dem Wasser ziehen und retten können.« Er schwieg kurz und ergänzte dann: »Bei meinen Versuchen, den Ärmelkanal zu durchqueren, hatte ich einen sehr erfahrenen Bootsführer an meiner Seite. Er hat sein ganzes Leben auf den Gewässern rund um England verbracht. Er kennt den Ärmelkanal wie seine Westentasche.«

»Und er würde mich begleiten?«, fragte Mercedes. »Das wäre großartig.«

»Ich hoffe es«, sagte George. »Ich will ihn gleich nachher anschreiben. Er wäre der Beste. Er behält auch unter schwierigen Bedingungen einen kühlen Kopf.«

»Das klingt nach genau dem richtigen Mann. Bitte versuch alles, um ihn zu überzeugen.«

»Natürlich«, versprach George. »Verlass dich darauf.«

»Es geht mir auch weniger darum, dass ich fürchte, mir könnte etwas passieren, sondern mehr um die Angst vor dem Scheitern. Was, wenn ich es doch nicht schaffe?«

»Dann probierst du es wieder. Und wieder und wieder«, sagte George. »So wie ich, aber im Unterschied zu mir wirst du es ganz bestimmt schaffen. Ich möchte, dass du dir selbst vertraust und auf die Arbeit, die du dir all die Jahre über gemacht hast.« Fragend sah er sie an. »Wie reagierst du, wenn die Kälte übermächtig wird oder die Strömung zu stark?«

»Ich suche mir einen Ankerpunkt«, antwortete Mercedes. »Ein Bild, eine Erinnerung, etwas, das mich weiterzieht.«

»Sehr richtig.« George war zufrieden mit ihrer Antwort.

Mercedes dachte kurz nach. Dann sagte sie: »Das Schwimmen hat mir immer Frieden gebracht. Vielleicht sollte ich daran denken – an die Ruhe, die ich empfinde, wenn ich im Wasser bin.«

»Sehr gut«, lobte George. »Halt dich an dieser Vorstellung fest. Und vergiss nicht: Deine Begleitung wird da sein. Ich werde da sein. Du bist nicht allein.«

»Ich weiß«, sagte sie. »Ich möchte trotzdem noch einmal darauf zurückkommen. Die Angst vor dem Scheitern ist das, was mir am meisten zu schaffen macht.«

»Wie ich schon sagte: Dann stehst du auf und versuchst es erneut. Schieb den Gedanken gleich wieder weg, mach dir damit nicht den Kopf schwer. Du bist so weit gekommen, Mercedes. Es gibt keinen Grund, warum du das nicht schaffen solltest. Wichtig ist vor allem, dass du beim Schwimmen bei Kräften bleibst. Beim nächsten Training werden wir üben, dass du beim Schwimmen isst. Ich werde dir vom Boot aus immer wieder Trauben und Honig reichen. Und du wirst auch üben, während des Schwimmens zu trinken.«

Mercedes nickte. Sie konnte sich bereits vorstellen, wie George auf dem Begleitboot stehen und ihr genau diese Sachen hinhalten würde, während sie gegen die Wellen kämpfte.

»Vergiss nicht, dass dies nicht nur eine kräftemäßige Herausforderung ist, sondern auch ein symbolischer Schritt. Du bist eine der wenigen, die diesen Weg gehen – für dich selbst und für all die Frauen nach dir. Das gibt dir eine Stärke, die keine Kälte brechen kann.«

»Danke.«

»Ja. Und jetzt gehen wir trainieren. Es wird Zeit, den Ärmelkanal zu deinem Freund zu machen.«

Mercedes lachte leise. »Ich glaube, das wird eine komplizierte Freundschaft.«

Und George schmunzelte: »Die wichtigsten Freundschaften sind immer kompliziert.«

19

Die Entwicklungsarbeit begann früh am nächsten Morgen. Alle in der Werkstatt wirkten konzentriert, fast andächtig, während Jean Aegler und Hans Wilsdorf sich gemeinsam über die ersten Skizzen beugten. Florence stand an der Seite des Raumes mit einer Tasse Kaffee in der Hand, den Frau Obermatt frisch zubereitet hatte. Sie beobachtete die beiden Männer, die eifrig diskutierten. Es war förmlich zu spüren, das hier bald Uhrengeschichte geschrieben werden würde.

»Der erste Ansatz muss die Krone sein«, begann Aegler und zeichnete diese auf ein Stück Papier. »Wenn wir das Gewinde vertiefen und es mit einer Dichtung versehen, könnte das die Schwachstelle komplett beheben.«

Hans beugte sich vor und deutete auf die Skizze. »Das ist ein guter Ansatz. Lass uns nur nicht vergessen, dass es für den Träger einfach bleiben muss, die Krone zu bedienen. Eine zu komplizierte Technik könnte die Freude an der Uhr beeinträchtigen.«

Florence stellte ihren Kaffee ab und trat näher. »Was, wenn ihr die Krone mit einer zusätzlichen Schutzkappe verseht? Wäre das eine Idee?«

Aegler blickte auf zu Florence und nickte nachdenklich. »Das könnte funktionieren. Wenn sich so eine Schutzkappe aus korrosionsfreiem Material herstellen ließe, könnte das sogar ästhetisch ansprechend sein.«

Während der nächsten Tage beschäftigten sie sich mit der Entwicklung eines speziellen Gewindes, das es ermöglichen sollte, die Krone fest im Gehäuse zu verschrauben. Dadurch sollte die empfindlichste Stelle der Uhr wasserundurchlässig gemacht werden. Ein ähnliches Gewinde entwarfen sie für die Abdichtung gegen Feuchtigkeit am inneren Rand des Rückendeckels. In der Theorie klang das genau passend. Würde es auch in der Praxis funktionieren?

Geduld hatte noch nie zu Hans' Stärken gehört. Wenn er eine Idee hatte, wollte er sie immer am liebsten sofort umsetzen. Diese Ungeduld wirkte treibend auf die Menschen, die mit ihm arbeiteten, und hatte zur Folge, dass sie bereits am übernächsten späten Nachmittag ein erstes Musterstück zusammensetzen konnten. In dem recht kleinen Raum, in dem die Uhrwerksentwickler arbeiteten, waren alle mucksmäuschenstill. Hans, Florence und Jean standen gespannt um den Arbeitstisch, als der Techniker die neue Krone montierte.

»Sieht solide aus«, bemerkte Hans und nahm die Uhr in die Hand. Er drehte die Krone vorsichtig, prüfte das Gewinde und nickte zufrieden. »Und es fühlt sich robust an, dabei aber nicht zu schwer.«

»Jetzt muss sie nur noch dem Test standhalten«, sagte Jean aufgeregt und deutete auf den kleinen Wassertank, den sie bereitgestellt hatten.

Hans nickte. Er griff nach dem Chronometer und legte ihn vorsichtig ins Wasser, während alle den Atem anhielten und die Uhr anstarrten, als laufe sie Gefahr, sich darin aufzulösen.

Nach einigen Minuten hob Jean sie heraus und öffnete

den Rückendeckel. Hans Wilsdorf hatte das Gefühl, vor Spannung und Ungeduld platzen zu müssen. »Und?«

Jean hob den Kopf und lächelte ihn an. In seinem Blick lag Triumph. »Trocken! Das ist ein guter Anfang.«

* * *

Während Florence und Élise die Gelegenheit nutzten, um ausgedehnte Spaziergänge in die Berge zu unternehmen, arbeiteten Hans und Jean fieberhaft daran, die Technik weiter zu verfeinern.

»Wie sieht es mit Salzwasser aus? Könnte das Material auch dem standhalten?«, fragte Hans seinen treuen Wegbegleiter. »Es ist ja aggressiver als Süßwasser.«

Jean nickte nachdenklich. »Da hast du recht. Wir sollten Tests mit Salzwasser durchführen und sicherstellen, dass nichts korrodiert.«

Er wies einen Angestellten an, einen Tank mit Salzwasser vorzubereiten, dann wiederholten sie das Experiment vom Vortag. Zu ihrer beider Erleichterung hielt das Gehäuse auch diesmal problemlos stand.

»Ich würde sagen: Das Experiment ist gelungen. Und Rolex kann jetzt stolz seine erste wasserdichte Uhr präsentieren«, sagte Élise, als sich die beiden Ehepaare am Abend zum gemeinsamen Essen trafen.

Hans schüttelte allerdings den Kopf. »So weit sind wir noch lange nicht – leider.«

»Was fehlt denn noch?«, hakte Élise nach.

»Wir müssen testen, wie die Uhr unter extremem Wasserdruck reagieren würde«, sagte Hans. »Aber dafür müssten wir eigens Druckkammern bauen lassen.«

»Oh«, sagte Élise enttäuscht. »Und wie lange dauert das?«

»Ich fürchte, mehrere Wochen«, bekannte Jean ganz offen, und Hans ergänzte: »Ich werde dem Brautpaar auf jeden Fall seine Uhr zuvor zurückgeben müssen.«

»Das tut mir leid«, sagte Florence und legte ihre Hand auf den Arm ihres Gatten.

»Ach, das ist schon in Ordnung«, stellte Hans klar. »Ich mag ein ungeduldiger Zeitgenosse sein – aber Präzision geht mir über alles.«

Diesmal sollte Hans' Geduld jedoch auf eine harte Probe gestellt werden. Es dauerte eine ganze Weile, bis die Druckkammer fertiggestellt war. Als es endlich so weit war, dass die Ingenieure mit ihren Drucktests beginnen konnten, hatte Hans das Gefühl, selbst derart unter Druck zu stehen, dass er beinahe geplatzt wäre.

Und es ergaben sich weitere Schwierigkeiten: Die erste Musteruhr hielt zwar stand, aber bei folgenden Tests wurden undichte Stellen am Rückendeckel sichtbar. »Das ist doch zum Verrücktwerden. Kaum haben wir an der einen Stelle das Problem gelöst, taucht an anderer Stelle ein neues auf.«

»Aufgeben ist keine Option!«, erinnerte Jean Aegler.

Hans sah ihn an und schaffte ein Lächeln. »Natürlich nicht«, sagte er. »Auf eine Herausforderung mehr oder weniger kommt es jetzt auch nicht mehr an. Es wird uns auch gelingen, den Rückendeckel der Uhr so zu verbessern, dass er genauso dicht ist wie die Krone an der Seite. Wir werden nicht eher ruhen, bis wir die perfekte, rundum wasserdichte Uhr erschaffen haben, die auch dem allergrößten Druck standhält.«

* * *

»Ich muss morgen früh abreisen«, sagte Mercedes, als sie am Abend nach dem Training bei Stella eintraf. »Was?« Ihre Schwester war entsetzt. »So bald? Aber morgen Abend kommt doch Randa an. Wir wollten sie gemeinsam vom Bahnhof abholen und zum Essen ausführen.«

»Ich weiß, und es ist sehr schade, dass das nun nicht gehen wird«, räumte Mercedes ein. »Aber auch wenn Randa kommt, um mich bei meiner Kanalüberquerung zu unterstützen, kann ich mich nicht den Anweisungen meines Trainers widersetzen, um mit euch gemeinsam essen zu gehen.«

»Stimmt«, sagte Stella sofort. »Tut mir leid. Ich werde sie allein abholen und dann übermorgen mit ihr nachkommen.« Besorgt sah sie Mercedes an. »Oder wirst du übermorgen schon losschwimmen?«

Lachend schüttelte sie den Kopf. »Sicher nicht. George und der zweite Trainer Horace wollen, dass wir nach Dover reisen, um noch einige Tage gemeinsam mit der Crew zu trainieren.«

»Ein vernünftiger Vorschlag«, fand Stella. »Kennst du die Crew denn schon?«

Mercedes schüttelte den Kopf. »Eben nicht. Und wenn man so eine große Sache zusammen macht, sollte man sich zumindest ein bisschen kennen.«

»Dann buche ich uns gleich mal ein Zimmer in Dover«, schlug Stella vor.

»Ich freue mich, wenn wir im selben Haus wohnen. Und ich bin so glücklich, dass ihr beide mich unterstützt, du und Randa. Das bedeutet mir viel.« Dann stand sie auf, nahm Stella kurz in die Arme und verkündete: »Ich muss los, noch alles zusammenpacken.«

Stella nickte. »Wir sehen uns in zwei Tagen in Dover.«

* * *

Auf ihrer kurzen Reise an die Küste gingen Mercedes und George noch einmal alle Punkte ganz genau durch. Nach etwa eineinhalb Stunden trafen sie in Dover ein, ließen sich von einem Wagen zum Hotel bringen, bezogen ihre Zimmer und eilten dann zur Küste, wo sie mit ihrer Crew verabredet waren. George stellte seinem Schützling den Bootsführer Henry Gare Sharp vor, einen eher hageren Mann um die fünfzig, mit Schiffermütze auf dem Kopf, hellem Pullover und darüber einer Jacke aus Drillich. Auch dessen Sohn Harry James Sharp, dessen Bruder Arthur Sharp und sogar Arthurs Frau waren mitgekommen. Vater und Sohn Sharp waren Fischer aus Folkstone, begleiteten jedoch mit ihren nautischen Fähigkeiten auch Möchtegernkanalschwimmer auf dem Channel.

»So eine Überquerung ist nichts für schwache Nerven«, betonte Arthur. »Aber das wissen Sie ja von Ihren vorherigen Versuchen.«

»Ja, ich weiß. Aber diesmal bin ich viel, viel besser vorbereitet.«

»Hab ich gehört«, sagte Sharp. »Und dann und wann hab ich Sie auch schon beim Training gesehen. Man kennt Sie hier, Miss Gleitze.« Selbstbewusst fügte er hinzu: »Na ja, diesmal haben Sie ja uns an Ihrer Seite. Ich werde ehrlich sein: Das Wetter und die Strömungen sind oft gnadenlos. Wir brauchen einen klaren Plan.«

»Und wie sieht der aus?«, wollte Mercedes wissen.

»Das besprechen wir nicht hier, sondern mit allen zusammen, bei einem ordentlichen Essen und was zu trinken«, beschied Sharp. »Beim Mittagessen im Pub an der Hauptstraße?«

»Mittagessen im Pub«, bestätigte George.

»Fein.« Sharp tippte sich noch einmal an die Mütze und stapfte mit seiner Familie davon.

»Na, das ging ja schnell«, wunderte sich Mercedes. »Ein lieber Kerl. Den mag ich.«

»Ich auch«, sagte George Henry Allan. »Gut, dass er dabei ist. Er macht einen soliden Eindruck. Wenn du allerdings glaubst, dass das schnell ging, täuschst du dich. Das war nur der Auftakt. Und sehr viel mehr Zeit hätten wir auch nicht gehabt. Wir müssen noch zu der Ärztin, die dich begleiten wird.«

* * *

In der Praxis von Dr. Evelyn Carrington fühlte sich Mercedes auf Anhieb wohl. Ihre Sprechstundenhilfe, eine Krankenschwester im grau gestreiften Kleid und mit Schürze und Häubchen, schickte George wieder vor die Tür. Ein Mann habe bei der Untersuchung nichts verloren, erklärte sie resolut. Mercedes war von der Ärztin in deren großem, hellem Raum bereits erwartet worden.

»Also, Miss Gleitze«, begann sie mit einem freundlichen Lächeln. »Bevor wir loslegen, möchte ich erst einmal sagen, wie beeindruckt ich von Ihrer Entschlossenheit bin. Nicht viele Menschen wagen sich auf diese Strecke.«

»Vielen Dank«, antwortete Mercedes. »Ich muss zugeben, dass ich ein bisschen aufgeregt bin.«

Die Ärztin nickte verständnisvoll. »Das ist völlig normal. Stellen wir erst einmal sicher, dass Sie in der bestmöglichen Verfassung sind.«

Dr. Carrington prüfte Mercedes' Puls und maß ihren Blutdruck. »Ihre Herzfrequenz und Ihre Hautfarbe lassen darauf schließen, dass Ihre Sauerstoffwerte in Ordnung sind. Ihre Haut sieht gesund aus, Ihr Puls ist regelmäßig. Das ist gut. Sollte ich unterwegs jedoch bemerken, dass Ihre Lippen oder Fingerspitzen blass oder bläulich werden, werde ich eingreifen.«

Mercedes nickte. Das Wissen, dass sowohl der ruhige Schiffer als auch diese Ärztin auf dem Boot in ihrer Nähe sein würden, gab ihr ein gutes Gefühl.

»Haben Sie jemals Kreislaufprobleme im kalten Wasser bemerkt?«, fragte Evelyn, während sie ein Stethoskop an Mercedes' Brustkorb ansetzte.

»Nicht wirklich«, antwortete Mercedes. »Aber meine Hände und Füße werden schnell taub, wenn es sehr kalt ist.«

»Das ist normal«, sagte Evelyn beruhigend. »Wir müssen nur sicherstellen, dass es nicht extrem wird. Ihre Körpertemperatur ist entscheidend. Sobald sie zu stark absinkt, können Sie desorientiert oder schwach werden.«

Sie prüfte Mercedes' Beweglichkeit und Reflexe. Dann ließ sie sich die Hände zeigen, die durch das ständige Training leicht rau waren. »Haben Sie jemals Probleme mit Krämpfen während des Schwimmens?«

»Ja. Das ist schon öfter passiert«, gab Mercedes zu.

»Darauf müssen wir dann besonders achten. Um dieses Risiko zu minimieren, werde ich dafür sorgen, dass Ihr Körper ausreichend mit Mineralien versorgt ist.«

»Und wie wollen Sie das bewerkstelligen?«

»Wie ich erfahren habe, steht Ihnen ein Ernährungsexperte zur Seite?«, vergewisserte sich die Ärztin.

»Ja«, bestätigte Mercedes und schilderte der Medizinerin in knappen Worten, welcherart sie ihre Ernährung umgestellt hatte.

Evelyn Carrington nickte. »Sehr gut. Das beste Mittel gegen die Kälte des Wassers wird heißer Tee sein.«

»Der Arzt, der den Ernährungsplan gemacht hat, sprach

von Milch und Sahne«, sagte Mercedes. »Was halten Sie von warmem Kakao?«

»Sehr viel. Sie verbrennen unglaublich viele Kalorien während des Schwimmens, also müssen wir gewährleisten, dass Sie genug Energie nachfüllen.«

»Er sagte auch, ich solle Trauben bekommen während des Schwimmens. Tatsächlich habe ich schon geübt, während des Schwimmens Trauben entgegenzunehmen und zu essen.«

»Und, hat das geklappt?«

»Problemlos.«

»Na, sehen Sie.« Evelyn lächelte ihrer besonderen Patientin zu. »Ich werde Ihnen während der Überfahrt immer wieder Getränke anbieten. Trinken müssen Sie selbst dann, wenn Sie keinen Durst verspüren.«

»Ich habe während des Schwimmens eigentlich nie Durst«, sagte Mercedes.

Die Medizinerin runzelte die Stirn. »In welchen Gewässern haben Sie denn in den letzten Jahren trainiert?«

»In einem See in London«, antwortete Mercedes. »Und in der Themse.«

»Das können Sie nicht mit dem Meer vergleichen. Salzwasser trocknet den Körper aus. Es klingt verrückt, aber man kann tatsächlich mitten im Wasser verdursten.«

Das wusste Mercedes bereits.

»Ich bin ja dabei, um Sie zu überwachen«, beruhigte Dr. Carrington die Sportlerin. »Ich werde Sie keine Sekunde aus den Augen lassen. Wir sollten auch ein Zeichen vereinbaren. Wenn Sie das Gefühl haben, dass ein Krampf auftritt oder Sie sich ungewöhnlich schwach fühlen, machen Sie sich damit schnell bemerkbar, damit wir reagieren können.«

»Ja, gut.«

»Dann schlage ich vor, dass wir in den nächsten Tagen trainieren, wie Sie Essen und Trinken vom Boot aus entgegennehmen.«

»Das ist eine gute Idee.«

»Und es wird alles gut gehen, da bin ich sicher«, betonte Evelyn. »Sie sind in großartiger Form. Der Kanal wird Sie herausfordern, also achten Sie auf Ihren Körper. Und vergessen Sie nicht: Ich werde während des gesamten Schwimmens auf dem Boot sein.«

»Danke, Dr. Carrington. Es gibt mir viel Sicherheit, zu wissen, dass Sie dabei sind.«

»Es ist mir eine Ehre, Teil dieses Abenteuers zu sein«, entgegnete die Ärztin lächelnd. »Und bitte, nennen Sie mich Evelyn.«

Als Mercedes wenig später aufstand, um zum Hotel zurückzugehen, fühlte sie sich stärker und besser vorbereitet als jemals zuvor. Jetzt hatte sie keinen Zweifel mehr daran, dass ihr die Durchquerung des Ärmelkanals gelingen würde. In der Tür drehte sie sich noch einmal um. »Wir haben gleich eine Verabredung zum Mittagessen mit dem Bootsführer und dem zweiten Trainer Horace Carey. Ich würde mich freuen, wenn Sie dabei wären.«

»Gern«, stimmte die Medizinerin zu. »Ich kümmere mich gerade noch um eine Patientin draußen, dann komme ich dazu. Vielen Dank für die Einladung.«

20

Als Mercedes und George ins Hotel zurückkehrten, wartete dort bereits der Bootsführer Henry Sharp. Er war nicht allein. Bei ihm waren der zweite Trainer Horace Carey und Arthur Sharp. »Seine Hauptaufgabe wird es sein, das Boot zu stabilisieren, wenn die Strömungen kommen oder wenn es aus dem Gleichgewicht gerät, weil jemand Ihnen Essen ins Wasser reicht.«

»Oh«, entfuhr es Mercedes. »Darüber habe ich gerade mit Dr. Carrington ausführlich gesprochen. Sie hat vorgeschlagen, dass wir das in den nächsten Tagen üben.«

»Gut«, brummte Henry. »Das machen wir. Ich hab Zeit.«

Der Wirt kam, um zu fragen, was sie essen wollten.

Nachdem er in der Küche verschwunden war, breitete Henry eine Karte des Ärmelkanals auf dem Tisch aus, auf der die geplante Route mit roten Linien markiert war. Daneben lagen die aus der Zeitung ausgeschnittene Wettervorhersage für die nächsten Tage und ein detaillierter Zeitplan.

»Donnerwetter, das sieht ja gut aus«, freute sich Mercedes.

»Ich hab Ihnen doch versprochen, dass Sie einen Plan bekommen«, reagierte der wettergegerbte Kapitän, der sich über das Kompliment zu freuen schien. Er beugte sich über die Karte und begann zu erklären.

»Wir starten in Folkestone«, sagte er und deutete auf die entsprechende Stelle auf der Karte. »Einen besseren Ort, um mit der Durchquerung zu beginnen, können Sie nicht finden. Hier sind die Strömungen nicht ganz so stark wie an anderen Stellen.«

Sein Finger fuhr über eine eingezeichnete Linie bis hinüber zum französischen Festland. »Der kürzeste Weg nach Cap Gris-Nez.«

»Wie viele Kilometer sind das?«, wollte Mercedes wissen.

An Henrys Stelle ergriff nun Horace Carey das Wort. »Etwa dreiunddreißig – wobei die tatsächliche Strecke durch die Strömungen länger sein wird.«

»Wie viel länger?«, fragte Mercedes.

Statt Carey antwortete Bootsführer Henry: »Das hängt von den Gezeiten ab. Vierzig bis fünfzig Kilometer sind nicht ungewöhnlich. Keine Sorge, wir navigieren Sie so gut wie möglich. Und wir starten früh, gleich bei Sonnenaufgang.«

»Einverstanden«, stimmte Horace Carey der Ansage zu. Mercedes wusste, dass er selbst gern als Kanallangstreckenschwimmer bekannt geworden wäre.

Und auch George Henry Allan nickte. »Zu dieser Tageszeit ist Mercedes zu Höchstleistungen bereit. Sie ist an diese frühe Uhrzeit gewöhnt, um die Stunde haben wir immer trainiert.«

»Ein Start bei Sonnenaufgang ist ideal. Das gibt genügend Licht für die ersten Stunden und erlaubt uns, die Strömungen der Flutphase zu nutzen. Wegen der Gezeiten müssen wir uns sowieso genau überlegen, wann sie wo sein wird«, fügte nun auch Kapitän Henry hinzu.

»Und wenn ich den Zeitplan nicht halten kann?«, fragte Mercedes.

»Dann wird es zwar schwieriger, aber nicht unmöglich«,

antwortete Henry ernst. »Es könnte bedeuten, dass Sie gegen die Strömung ankämpfen müssen. Das kostet zusätzliche Kraft.«

Jemand trat von hinten an den Tisch heran. Mercedes drehte sich um und erkannte Dr. Carrington. »Evelyn! Wie schön, dass Sie gekommen sind.«

»Es hat etwas länger gedauert«, entschuldigte sich die Ärztin, die nun auch die Männer mit einem fröhlichen »Hallo!« begrüßte.

Der aufmerksame Wirt eilte herbei, um die Bestellung des neuen Gastes aufzunehmen, dann sagte Henry: »Miss Gleitze hat gerade gefragt, was passiert, wenn sie hinter dem Zeitplan hängt und mit verstärkter Kraft gegen die Strömungen kämpfen muss.«

Evelyn verstand. »Ich werde Ihnen alle dreißig bis fünfundvierzig Minuten etwas Essen reichen«, sagte sie. »Dann bleiben Sie bei Kräften.«

»Und wir setzen einfach alles daran, dass du nicht hinter den Zeitplan gerätst«, ergänzte ihr Trainer George. »Wenn es doch so weit kommen sollte, darfst du auf keinen Fall nervös werden. Das würde dich nochmals mehr Kraft kosten. Du weißt ja …«

»… auf die mentale Stärke kommt es an, ich weiß.« Mercedes hatte es nicht vergessen.

»Und bei Anzeichen von Schwäche sind wir da«, sagte Harry Sharp, des Schiffers Sohn. Er lächelte Mercedes so herzlich zu, dass ihr ganz warm ums Herz wurde. »Ich werde das Boot immer ruhig in Ihrer Nähe halten.«

»Wir haben vorhin schon besprochen, dass sie nur den Arm heben muss, und wir holen sie raus«, sagte Evelyn.

»Dafür wäre ich dann wohl zuständig«, sagte nun der schweigsame Arthur. »Sie können mir vertrauen, Miss

Gleitze, ich fische Sie aus jeder Strömung.« Feierlich fügte er hinzu: »Und ich werde Sie ebenfalls nicht aus den Augen lassen. Und meine Frau ist auch noch dabei, um Sie auf der offenen See zu versorgen.«

»Danke«, sagte Mercedes.

Familienvater Sharp deutete auf eine weitere Markierung auf der Karte und sagte: »Wir stehen am Tag der Überquerung in Kontakt mit den britischen und französischen Behörden, so gut es per Funk eben geht. Der Ärmelkanal ist eine der meistbefahrenen Wasserstraßen der Welt, und der dichte Schiffsverkehr kann für uns neben und in dem kleinen Schiff durchaus bedrohlich werden.«

»Die Leitstelle weiß natürlich Bescheid«, betonte George Henry Allan.

»Und wir haben Leuchtfeuer an Bord, um uns bei Bedarf bemerkbar zu machen. Außerdem hat Henry viel Erfahrung damit, Schwimmer zwischen den großen Tankern und Frachtschiffen zu manövrieren«, versicherte Arthur Sharp.

»Wir halten immer einen Sicherheitsabstand ein«, sagte Henry. »Trotzdem kann es passieren, dass wir ausweichen müssen.«

Mercedes war ganz gerührt. Was für ein Unterschied zu ihrem ersten Schwimmversuch vor fünf Jahren! Es war wirklich an alles gedacht worden. Sie musste nur noch schwimmen.

»Aber eins muss Ihnen klar sein, Miss Gleitze«, sprach Henry, der erfahrene Bootsführer, Mercedes in diesem Moment an. »Wenn das Wetter kippt oder die Bedingungen zu gefährlich werden, brechen wir ab. Wir gehen dann kein weiteres Risiko ein! Das wäre absolut keine Schande. Ihre Sicherheit steht über allem.«

»Ja, ich habe schon einmal ein Gewitter auf einer Sandbank mitten im Meer erlebt. Das brauche ich nicht noch einmal.«

»Sie haben was?«, rief Arthur. »Das haut ja den stärksten Seemann um.«

»Es war auch nicht gerade angenehm«, sagte Mercedes.

»Wie um alles in der Welt sind Sie denn in diese Situation geraten?«, wollte Arthur wissen.

Mercedes schilderte ihm in knappen Worten die Ereignisse des Jahres 1918, dann erzählte sie: »Morgen kommen meine beiden Schwestern hierher nach Dover, um mich zu unterstützen. Das bedeutet mir sehr viel, denn die beiden waren es, die mich damals ermutigten, im Meer zu schwimmen – als ich noch ganz klein war. Das wird mir auch Kraft geben!«

»Oh, das verstehe ich bestens!« Henry sah sie warmherzig an, und auch die beiden Trainer nickten.

»Alles, was dir hilft, und alles, was dich motiviert, ist gut, Mercedes«, meinte George. »Deine Schwestern können gern dabei sein.«

Mercedes strahlte. Die beiden würden sich freuen.

* * *

Am nächsten Morgen, noch bevor Stella und Randa aus London eintrafen, kamen Mercedes, George und Horace Carey mit den Bootsleuten am Folkestone Beach zusammen. Die Schwimmerin sollte vier Stunden lang üben, etwas zu essen und zu trinken aus dem Boot entgegenzunehmen. Die Mannschaft übte den Ablauf für den großen Tag, jeder war an seinem Posten.

»Bist du bereit?«, fragte Horace, als Mercedes im Badeanzug am Ufer stand, wo sich bereits eine neugierige Menschenmenge versammelt hatte. Während der letzten Jahre war Mercedes durch ihre Schwimmversuche immer bekannter geworden, ihre Mappe mit Zeitungsartikeln war schon gut gefüllt. Jetzt nickte sie ernst.

»Sehr gut«, lobte der zweite Trainer, Horace Carey, der, wie Mercedes von George erfahren hatte, eigentlich Busfahrer war. »Wenn wir dir aus dem Boot in regelmäßigen Abständen Essen und Trinken reichen – sei vorsichtig. Nimm es langsam zu dir, damit du dich nicht verschluckst.«

»Ja.«

Mercedes glitt ins Wasser und begann, mit kraftvollen, gleichmäßigen Zügen zu schwimmen. Das Boot blieb stets an ihrer Seite, gelegentlich riefen ihr Horace und George aufmunternd zu: »Gute Haltung, Mercedes!« »Halt den Rhythmus!«

Nach der ersten halben Stunde streckte man ihr Trauben an einer Angel entgegen. Warmen Tee gab es für sie in einer Tasse in einem Netz. Mercedes schwamm zum Boot, nahm die Verpflegung entgegen und ließ sich von der Strömung tragen. Sie spürte, wie die Energie in ihren Körper zurückkehrte. Zügig und in ihrem Rhythmus schwamm sie weiter.

Nach vier Stunden kamen sie ans Ufer zurück. Sie stieg erschöpft, aber zufrieden aus dem Wasser.

»Na, wie war das mit der Versorgung?«, fragte George, während er ihr eine Decke über die Schultern legte.

»Wie mir scheint, bist du gut zurechtgekommen?«, mutmaßte Horace.

»Das bin ich«, bestätigte sie. »Und die Trauben waren gut. Es hätten nur viel mehr sein können.«

George notierte es sofort. »Dann probieren wir morgen Honig und etwas Kakao aus.«

»Gern«, stimmte Mercedes zu. Dann fiel ihr Blick auf zwei Frauen, die Arm in Arm den Strand entlangkamen.

Mit einem Jubelschrei rannte sie ihnen entgegen. »Randa! Stella!« Sie fiel ihren Schwestern fast aufgelöst vor Freude um den Hals. Doloranda umarmte sie besonders innig, schließlich hatten sie sich schon lange nicht gesehen.

»Mercedes!« Randa war besonders gerührt. »Nun ist es also endlich so weit. Ich bin so stolz auf dich.«

»Und ich bin so froh, dass ihr da seid!«, bekannte Mercedes. »Stell dir vor, ich habe durchgesetzt, dass ihr mich auf dem Boot begleiten dürft!«

»Das ist ja wundervoll!« Doloranda war ganz begeistert. Stella hingegen sah etwas skeptischer aus. »Hoffentlich kippt das Boot nicht um«, gab sie mit Blick auf das Ruderboot zu bedenken, fügte dann aber rasch hinzu: »Gut, das ist natürlich kein Vergleich zu dem Risiko, das du auf dich nimmst.«

Mercedes lachte. »Ihr müsst doch nicht im Ruderboot fahren. Ihr werdet im Fischerboot dabei sein.«

»Ach, Gott sei Dank, das finde ich besser«, zeigte sich Stella erleichtert. »Aber für dich wäre ich auch ins Ruderboot gestiegen.«

Die beiden älteren Schwestern nahmen Mercedes in ihre Mitte, und Arm in Arm gingen sie weiter zu den Trainern und den Bootsleuten, denen Mercedes ihre Schwestern vorstellte.

»Wirklich großartig, dass Sie angereist sind, um Mercedes zu unterstützen«, sagte Bootsführer Henry und schüttelte den beiden jungen Frauen kräftig die Hand. »Zumal es wohl schon sehr bald so weit sein wird.«

»Sehr bald schon?«, fragte Mercedes überrascht.

»Jawohl. Sehr bald schon«, knurrte Henry so ruhig, als spreche er von einem gemütlichen Nachmittag bei Kaffee und Kuchen.

George lächelte Mercedes zu. »Keine Sorge. Du bist in deiner besten Form. Du wirst das schaffen.«

Sie nickte. »Einerseits macht es mir Angst, andererseits bin ich froh, dass die Überquerung so nahe ist. Das Warten kostet irgendwie Kraft.«

Horace Carey, der ein auffälliges Interesse daran zeigte, den Versuch möglichst publik zu machen, schlug vor: »Dann sollten wir das auch so an die Presse geben.«

»Muss das denn sein?«, murmelte Mercedes. »Sollte ich es doch nicht schaffen, geschieht das sozusagen in aller Öffentlichkeit.«

»Du wirst es aber schaffen, Liebes.« Randa legte liebevoll den Arm um ihre Schwester. »Und dann soll die Öffentlichkeit dich doch feiern, oder nicht?«

»Ja, natürlich«, sagte Mercedes. »Ich werde es schaffen, und die Öffentlichkeit soll sich mit mir freuen.«

»Und du solltest dich jetzt den Rest des Tages ausruhen«, mischte sich George in väterlich wirkender Sorge ins Gespräch und wandte sich an Stella und Doloranda. »Kann ich sie Ihnen anvertrauen?«

»Natürlich«, sagte Randa empört und hakte Mercedes unter. »Wir sind ihre großen Schwestern. Wo könnte sie besser aufgehoben sein?«

»Da haben Sie recht«, sagte George in Dolorandas Richtung. »Dann würde ich vorschlagen, Sie kümmern sich darum, dass Mercedes sich erholt, und wir treffen alle weiteren Vorbereitungen.«

»Muss ich noch etwas tun?«, wollte Mercedes wissen.

»Ausruhen«, schlug Horace Carey vor und schenkte ihr ein etwas aufgesetzt wirkendes Lächeln. »Einfach ausruhen.«

21

Hans und Aegler skizzierten unermüdlich mögliche Lösungen und verwarfen sie wieder. Und ihre Uhrwerkstechniker versuchten, Materialien zu finden, die zwar robust genug waren, Druck auszuhalten, gleichzeitig jedoch so filigran bearbeitet werden konnten, dass sie den Mechanismus nicht beeinträchtigten. Schlaf fand Hans in jenen Wochen kaum. Er war getrieben von seinem Traum, von seiner Vision einer perfekten, wasserdichten Uhr. Oft stand er mitten in der Nacht auf, um neue Ideen zu notieren und sie am nächsten Morgen mit Aegler und dessen Leuten zu besprechen. Zu seiner großen Freude brannten alle in Aeglers Firma genauso für die Sache wie er und waren stolz darauf, an der Entwicklung teilhaben zu dürfen.

»Ich habe das Gefühl, wir sind bei etwas ganz Großem dabei«, hörte Hans eines Tages einen der Männer zu seinem Kollegen sagen.

Bei einer Besprechung schlug ein Entwickler vor, auf den verschraubten Glasrand zu verzichten, um Kosten zu sparen. Doch Wilsdorf schüttelte den Kopf. »Wir machen keine Kompromisse. Diese Uhr wird nicht nur ein Zeitmesser sein. Sie wird ein Symbol für Zuverlässigkeit und Innovation.«

Nach wochenlangen Experimenten kam dann endlich der Durchbruch: Sie hatten eine ideale Art der Verschraubung für den Rückendeckel und eine Lösung für das Einsetzen des Uhrglases gefunden. Es wurde nicht nur eingepresst, sondern mit einem speziellen Verfahren so fixiert, dass es den Druck des Wassers aushielt. Nachdem sie die Uhr mehrfach in den Druckkammern getestet und sie auch extremen Temperaturen ausgesetzt hatten, nickten sie einander feierlich zu, als sie im Salon der Villa der Aeglers darauf anstießen.

»Ich glaube, jetzt haben wir es«, meinte Hans strahlend.

Und in der Tat war die Armbanduhr, die sie entwickelt hatten, rundum perfekt.

»Ob sie euren technischen Ansprüchen genügt, könnt ihr viel besser beurteilen als wir«, kommentierte Élise, als Hans und Aegler ihren Frauen die Uhr stolz präsentierten. »Aber was das Aussehen angeht, können wir mitreden. Sie ist wirklich sehr elegant. Findest du nicht, Florence?«

Sie nickte. »Wunderschön und edel sieht sie aus. Man sieht ihr die Qualität an. Darf ich?« Sie nahm die Uhr in die Hand.

Hans Wilsdorf beobachtete seine Frau, die seine Uhr, sein Werk, in der Hand wog und sie aufmerksam, fast liebevoll von allen Seiten betrachtete. »Und sie fühlt sich auch so an, wie sie aussieht, Hans. Rundum gelungen.«

»Jetzt brauchen wir nur noch einen Namen für das gute Stück«, kam es da von Aegler.

»Oje«, seufzte Hans. »Ich habe mich schon mit unserem Firmennamen so schwergetan.«

»Vielleicht solltest du dich wieder in einen Doppeldeckerbus setzen«, scherzte Florence.

Das Dienstmädchen streckte den Kopf zur Salontür herein. »Es ist angerichtet.«

»Na, dann würde ich vorschlagen, dass wir die Namensfrage beim Essen weiterdiskutieren«, regte Élise an und erhob sich.

Der Tisch war festlich gedeckt, wie das bei den Aeglers immer der Fall war. Zwei Angestellte traten an sie heran und boten auf silbernen Platten Austern auf Eiswürfeln an.

»Ich hoffe, ihr mögt das«, kommentierte Élise freundlich, »ich dachte, gerade diese Vorspeise passt heute ganz besonders.«

Hans schien geistesabwesend, antwortete aber: »Allerdings.«

Leicht irritiert wunderte sich Élise über seinen Blick. »Wie meinst du das?«

»Austern passen. Und wie!« Hans schaute ganz gezielt zu, wie ihm einige dieser besonderen Muscheln mit Zitronenspalten auf den Teller gelegt wurden.

»Ist alles in Ordnung?«, erkundigte sich Florence besorgt.

»Entschuldigt.« Hans schien wie aus einem Traum erwacht. »Es ist nur … Ich hatte wieder einen Geistesblitz. Es ist wie damals mit dem Firmennamen Rolex.«

»Das ist ja sehr erfreulich«, sagte Aegler. »Und was, bitte, hat das mit dem Essen zu tun?«

»Oyster!«, platzte es aus Hans heraus. »Eine Auster. Sie ist hart, schützt, was innen ist, und ist unempfindlich gegen Wasser.«

»Hans!«, Aegler schlug mit der flachen Hand vor Begeisterung laut auf den Tisch, »Hans, das ist genial.«

»Jean!«, tadelte seine Frau ihn leise und wandte sich dann an Hans: »Ich stimme dir zu. Es ist wirklich ganz und gar passend.«

»Das finde ich auch.« Florence strahlte ihre Freundin an.

»Wie gut, dass du heute gerade diese Idee für die Vorspeise hattest.«

»Und wie gut, dass man zu Austern Champagner trinkt«, sagte Jean und deutete auf die erneut gefüllten Gläser. »Dann können wir nämlich gleich auf die neue Rolex Oyster anstoßen.« Er hob sein Glas. »Auf die Rolex Oyster.«

Alle stießen miteinander an und wiederholten den Trinkspruch: »Auf die Rolex Oyster!«

* * *

»Zwei Versuche im August 1925 sind bereits gescheitert?«

Der dickwanstige französische Reporter mit dem Walrossbart sah Mercedes fragend an.

»Ja, wegen Krämpfen«, antwortete sie, ihrerseits in perfektem Französisch.

»Und der dritte Versuch dieses Jahr am 24. Juli endete neun Meilen vor Frankreich. Weshalb?«, vergewisserte sich der Pressemann, in seinen Unterlagen nachsehend.

»Mein Kreislauf hat nicht mitgespielt«, erläuterte Mercedes.

»Damals haben Sie mit Horace Carey trainiert, der war nach diesem Versuch nicht in Ihrer Entourage. Wieso nicht?«

Darauf konnte sie nicht ehrlich antworten, ohne den Busfahrer und Möchtegernkanalschwimmer zu brüskieren. Sie wollte dem Reporter nicht verraten, dass Carey weniger darauf bedacht gewesen war, ihr zu helfen, als der Presse mitzuteilen, wie man seinen Namen korrekt schrieb. Und als Dr. Carrington schließlich gegen seinen Willen darauf bestanden hatte, dass Mercedes ihren Versuch abbrach, hatte er verärgert behauptet, seine Partnerin Dr. Cochrane Logan sei ohnehin eine viel bessere Schwimmerin als die »Versagerin« Mercedes.

»Er hat andere Verpflichtungen«, antwortete die nun diplomatisch.

»Ihr sechster Versuch am 26. August ging wieder von Folkestone aus, wurde nach sieben Stunden beziehungsweise siebenundzwanzig Meilen abgebrochen. Der Grund war … zu starke Strömung der Gezeiten?«

Der Walrossbart blickte von seinen Aufschrieben auf.

Mercedes nickte. »Das und Abertausende von Quallen – und Fliegen. Das Begleitboot war ganz schwarz von ihnen.«

»Das ist ja widerlich.« Der Journalist aus Calais schüttelte sich angeekelt.

»Allerdings«, bestätigte die Schwimmerin schmunzelnd. »Ich kam mir vor, als sei ich mitten in biblischen Plagen gelandet.«

»Und warum starten Sie Ihren heutigen fünften Überquerungsversuch von der französischen Seite aus?«

»Vielleicht bringt es mir ja Glück«, meinte Mercedes mit einem nonchalanten Lächeln. »Es ist die Route, die der erfolgreiche Kanalschwimmer William Burgess im Jahr 1911 bezwungen hat.«

Da hörte sie eine wohlvertraute Stimme ihren Namen rufen. Ein älteres Paar winkte ihr aus einiger Entfernung zu.

»Oh, meine Eltern sind eingetroffen«, freute sie sich. »Darf ich unser Gespräch beenden?«

Der Journalist nickte verständnisvoll. »Aber gewiss doch! Viel Glück nachher, Mademoiselle Gleitze!«

Heinrich und Anna Gleitze waren auf Betreiben ihrer Töchter nach Calais gekommen.

Nach der freudigen Begrüßung offenbarte Mercedes ihnen: »Ich habe erreicht, dass ihr und Randa mit zu Henry Sharp und seinen Leuten aufs Boot dürft.«

Bald wurden sie von weiteren Reportern und Fotografen sowie Schaulustigen gestört.

»Mademoiselle Gleitze! Mademoiselle Gleitze! Wie fühlen Sie sich heute?«

Sowohl Sydney T. Hirst, Ehrensekretär des Londoner Laien-Schwimmclubs und dieses Mal ihr Zusatztrainer, als auch Bootsführer Henry Sharp schirmten sie heldenhaft ab.

»Miss Gleitze muss sich jetzt vorbereiten«, informierte Hirst die neugierigen Reporter.

Die zeigten sich überraschend verständnisvoll. »Alles Gute, Mademoiselle Gleitze«, rief einer, »Viel Glück« ein zweiter und »Sie schaffen das« ein dritter.

Nun kam Dr. Carrington zu Mercedes und lächelte sie freundlich an. »Und? Wie fühlen Sie sich heute Morgen?«

Ein zuversichtliches Lächeln huschte über das Gesicht der Schwimmerin. »Gut. Wirklich, wirklich gut.«

Evelyn nickte. »Ich würde mich dennoch gerne kurz selbst davon überzeugen.«

»Ja, nur zu!« Mercedes war einverstanden.

Dr. Carrington griff nach ihrem Handgelenk, um ihren Puls zu messen. »Etwas erhöht. Das liegt an der Aufregung.«

»Kann gut sein.«

»Ein wenig blass sind Sie ebenfalls. Auch das würde ich der Aufregung zuschreiben.« Prüfend sah Evelyn ihrer Patientin ins Gesicht. »Oder fühlen Sie sich schwach?«

Mercedes schüttelte den Kopf. »Nein«, sagte sie und fügte hinzu: »Wirklich nicht.«

»Gut. Wenn Sie noch für einen Moment mitkommen würden? Ich habe mir überlegt, dass wir Ihre Haut unbedingt mit Fett einreiben sollten.«

»Ja«, sagte Mercedes sofort. »Das hatte ich sowieso vor.«

Sie wandte sich an ihre Schwester und die Eltern, die die

ganze Zeit über schweigend neben ihr gestanden und die Ereignisse aufmerksam verfolgt hatten. »Kommt ihr mit? Dann könnt ihr mich mit Fett einreiben?«

Doloranda kicherte. »Na, davon habe ich schon immer geträumt.«

Aus den Augenwinkeln beobachtete Mercedes, dass Henry Vorbereitungen am Boot vornahm, während Harry sich am Ruderboot zu schaffen machte. Dieses würde vom Fischerboot gezogen und nur losgemacht werden, wenn das Boot nah an Mercedes herankommen musste.

»Igitt, das ist ja widerlich! Ob wir das Fett jemals wieder von den Fingern bekommen?«, sorgte sich Randa, nachdem sie ihre Finger in die starre Paste getunkt hatte.

Evelyn musste über ihren Gesichtsausdruck lachen. »Das Fett muss etwas fester sein, damit es nicht gleich wieder abgewaschen wird«, erklärte sie. »Aber es wird die Haut Ihrer Schwester gut schützen.«

»Dann lohnt es sich wenigstens«, lächelte Anna Gleitze und wandte sich an ihre älteste Tochter. »Ich schlage vor, du machst die rechte Seite und ich die linke.«

»Ich kann mich ja selbst auch einschmieren«, warf Mercedes ein. »Ich verteile das Zeug in meinem Gesicht und auf dem Oberkörper.«

Das Eincremen dauerte länger, als Mercedes vermutet hatte, doch schließlich waren sie fertig damit.

»Ich umarme euch jetzt nicht«, lächelte Mercedes ihre Schwester und ihre Eltern an. »Sonst seid auch ihr ganz schmierig.«

»Viel Glück, meine Kleine!«

»Danke, Mama.«

Der Bürgermeister der Stadt Calais, Léon Vincent, war

gekommen, um zusammen mit einer neugierigen Menschenmenge den Start des Vorhabens zu bezeugen.

Mercedes lächelte ihrer Familie und Evelyn nochmals zu, dann bestieg sie das Boot, in dem ihre Trainer Sydney Hirst und George Henry Allan bereits auf sie warteten.

»Jetzt ist es also wieder so weit«, sagte George bewegt. »Du schaffst das, Mercedes.« Dann murmelte er etwas, das so ähnlich klang wie »du mutige Frau«.

Mit einem festen Nicken in Richtung ihres Begleitbootes *Ocean King* ruderte Sydney Hirst um sieben Minuten nach fünf Uhr nachmittags los. Sofort ertönte lauter Beifall aus Richtung der Zuschauer. Mercedes wandte sich noch mal um und winkte. Diesmal durfte sie niemanden enttäuschen.

Dann glitt sie hinein ins kühle Wasser des Ärmelkanals. Im ersten Moment war es wieder wie ein elektrischer Schlag, doch sie biss die Zähne zusammen. Ihre Schwimmzüge wurden rhythmisch, sie kontrollierte jeden Atemzug. Die Zuschauer jubelten weiter und wurden für Mercedes immer leiser, je mehr sie sich von der Küste entfernte und das kleine und das große Boot ihre Fahrt aufnahmen. Bald war neben den Geräuschen des kleinen Begleitschiffes nur noch das gleichmäßige Plätschern ihrer Bewegungen zu hören.

Mercedes wusste, dass alle auf dem Boot sie ununterbrochen beobachteten. Das war diesmal ziemlich voll. Sidney Hirst hatte drei Schwimmclubkollegen mitgebracht: die Herren Dolphin, White und Rumy waren als eventuelle Begleitschwimmer während der Dunkelheit dabei. Ein besonderer Mitreisender war Stanley Devon, ein Fotoreporter aus London, der Henry, dem Bootsführer, sogar drei Pfund für seinen Platz gezahlt hatte.

Evelyn, die Ärztin, hatte ihre Notfalltasche und Decken

griffbereit an Bord. Mercedes' Familie war in dauernder Sorge, sie sprachen kaum. Mutter Anna und die Schwestern hielten sich fest an der Hand. Vater Heinrich hielt seine Anna in der Taille umarmt. Und natürlich waren da ihre Trainer, die drei Sharp-Männer und die patente Frau Arthur Sharps, mit der sich die Kanalschwimmerin inzwischen angefreundet hatte.

George ermutigte sie immer wieder. »Du machst das wunderbar, Mercedes! Bleib bei deinem Rhythmus!«, rief er ihr zu, und Hirst ergänzte: »Denk an all die Stunden, die du trainiert hast!«

Ihre Stimmen waren durchdringend und voller Zuversicht, und Mercedes drehte sich auf den Rücken und streckte leicht die Zehen aus dem Wasser, um zu signalisieren, dass sie sie gehört hatte. Mit dem Arm winken durfte sie ja nur im Notfall.

Ihre Familie saß am Heck des Bootes, in dicke Decken gehüllt. Plötzlich begannen sie, das Lied zu singen, das sie ihren Kindern schon vorgesungen hatten, als die noch ganz klein waren: »Twinkle, Twinkle, little Star«. Die Melodie erreichte Mercedes' Ohren über das Wasser hinweg. Sie musste lächeln. Inmitten der eisigen Wellen stieg ein warmes Gefühl der Heimat, der Liebe und der Geborgenheit in ihr auf. Fast war es ihr, als säßen sogar ihre Großeltern mit im Boot. Die Stimmen ihrer Lieben gaben ihr Kraft und Zuversicht. Die Zeit wurde ihr trotzdem lang. Leider hatten sie zudem wieder Quallen an den Oberarmen erwischt. Es brannte höllisch! Minuten wurden zu Stunden. Irgendwann wurden auch die Strömungen stärker. Mercedes hatte das Gefühl, als zögen und zerrten sie so stark an ihrem Körper, als wollten sie sie zurück an die französische Küste reißen. Sie durfte nicht aufgeben!

Ein Blick zum Boot, und sofort hatte sie die Aufmerksamkeit von Evelyn. »Geht es noch?«, wollte die Ärztin besorgt wissen.

»Ja«, sagte Mercedes. »Aber ich könnte einen kleinen Imbiss vertragen.«

»Kein Problem.« Evelyn hielt ihr in einem Netz an einer Art Angel eine Tasse Tee hin, die sie problemlos greifen konnte. Wie gut die warme Flüssigkeit ihrem Körper tat! Dann reichte Evelyn ihr in einem Netz einige Nüsse und Trauben, die Mercedes' Kräfte wieder stärkten. Die Wellen wurden höher, und das Wasser war so kalt, dass es sich wie Nadeln auf ihrer Haut anfühlte. Aber Mercedes hatte nun das Gefühl, den Elementen trotzen zu können.

22

Nach acht Stunden begann der Wind zuzunehmen. Die Wellen entwickelten eine neue Kraft. Das Meer schien sich gegen sie verschworen zu haben, dachte Mercedes mit einem Mal verzweifelt. Sie warf erneut einen raschen Blick zum Begleitboot und sah vier besorgte Augenpaare auf sich gerichtet.

»Ist alles in Ordnung, Mercedes?«, rief Evelyn wieder, und wieder antwortete sie: »Ja.« Aber ihre Stimme war schwächer, viel schwächer als vorher.

»Denk an alles, was du im Mentaltraining gelernt hast, Mercedes!«, empfahl George. »Konzentrier dich!«

Mercedes bat: »Bitte singt weiter! Das gibt mir Kraft.« Ihre Eltern und ihre großen Schwestern stimmten erneut die Melodie des alten Kinderliedes an. Mercedes hatte wieder das Gefühl, neue Energie aus diesen gesungenen Worten zu schöpfen.

»Wie liegen wir in der Zeit?«, fragte sie.

»Du hast etwas nachgelassen«, sagte Sydney. »Das ist normal. Und du wirkst nach wie vor fokussiert.«

Mercedes nickte. Sie wusste, dass sie in der schwierigsten Phase war, und konzentrierte sich deshalb intensiv auf ihr Ziel. Wenn sie diesen Punkt überwand, würde sie es schaffen.

Sie schwamm weiter: »Ich schaff das. Ich werde das schaffen!«, sagte sie sich immer wieder. Ihre Arme und Beine fühlten sich an wie Blei, jeder Atemzug war ein Kampf. Sie weigerte sich dennoch aufzugeben. »Noch ein Zug. Nur noch einer.« Wie ein kaputtes Grammofon leierten die Worte durch ihren Kopf, doch das Meer war stärker als ihr Wille. Die Strömungen wurden so stark, dass ein menschlicher Körper, so trainiert er auch sein mochte, schlicht keine Chance hatte, sich ihnen zu widersetzen.

Mercedes Gleitze, die hoch motivierte, starke, mutige, gut durchtrainierte junge Frau, wurde schwächer und schwächer. Sie strampelte nur noch, um überhaupt wach zu bleiben.

Sydney Hirst schrie: »Du bist fast da! Du hast schon so viel geschafft!« Doch Mercedes bemerkte, dass sich irgendetwas verändert hatte. Der Himmel verdunkelte sich, der Mond war untergegangen, das Wasser fast schwarz geworden. Das Boot in nicht einmal drei Metern Entfernung war nicht mehr zu sehen. Sie spürte ein Gefühl der Verzweiflung in sich aufsteigen – und wollte dennoch unter keinen Umständen aufgeben.

Die Worte ihrer Begleiter drangen nur noch gedämpft zu ihr durch. Wo kam der Nebel auf einmal her? Und weshalb sah sie nicht mehr klar? Ihre Hand nahm sie plötzlich wie einen Fremdkörper wahr.

Zehn Stunden und achtundfünfzig Minuten nach ihrem Start bei Calais an der französischen Küste beendete ihr Trainer Sidney T. Hirst den siebten Versuch der Langstreckenschwimmerin Mercedes Gleitze, den Ärmelkanal zu durchschwimmen. Am Sonntagmorgen, dem 19. September 1926, lediglich zwei Meilen vor der englischen Küste, zog er sie um 3:58 Uhr ins Boot. Er hatte dem Risiko, dass sie kraftlos in der tintenartigen nassen Dunkelheit untergehen könnte und nie mehr gefunden würde, Einhalt geboten. Gegen ihren Willen hatten Sharp und er sie mit einem Seil regelrecht eingefangen.

Ihr Körper war kalt wie ein Eisberg, ihre Glieder ganz taub. Evelyn begann sofort, ihre Temperatur wieder in einen normalen Bereich zu bringen. »Decken! Heißen Tee, schnell!«, ordnete die Ärztin an. Doloranda kniete mit Tränen in den Augen neben ihrer Schwester und hielt deren Hand.

Die junge Miss Sharp, Arthurs Ehefrau, ließ sich an ihrer anderen Seite nieder. »Du hast so viel geschafft, Mercedes. Wir sind so stolz auf dich.«

Auch George redete beruhigend auf sie ein. »Du hattest unglaubliches Pech, das waren heute extrem schwierige Bedingungen. Trotzdem hast du dich wieder so wacker geschlagen und bist weiter gekommen, als die meisten Menschen es je wagen würden. Das nächste Mal wirst du es schaffen.«

Mercedes zitterte und rang nach Luft. Sie war leer und spürte nicht einmal Enttäuschung. Sie wusste, dass sie alles, wirklich alles gegeben hatte. Dieses Scheitern war nicht ihre Schuld gewesen. Sie hatte es die ersten Male nicht geschafft, aber beim nächsten Versuch würde es ihr gelingen!

Während die Frauen sie in ihrer Decke frottierten und ihr wieder und wieder heißen Tee einflößten, murmelte Mercedes mit bebender Stimme: »Ich werde es wieder versuchen. Ich werde es schaffen.«

»So ist es in Ordnung.« George tröstete die Schwimmerin und klopfte ihr leicht auf die Schulter. »Damit ist dieser Versuch keine Niederlage, sondern ein Zeugnis deines unerschütterlichen Willens.«

* * *

»Ich muss sie einfach immerzu ansehen«, sagte Hans.

Sie waren inzwischen wieder nach London zurückgekehrt, und er saß Florence gegenüber in ihrem Wohnzimmer. Sie las in einem Buch, er hielt die Rolex Oyster in der Hand und konnte seinen Blick nicht abwenden.

Lächelnd legte Florence ihre Lektüre zur Seite und sah ihren Gemahl an. »Ich kann deine Begeisterung gut verstehen. Sie ist einfach perfekt, innen wie außen, technisch brillant und formvollendet. Diese Armbanduhr ist außerdem ein Symbol für deinen unerschütterlichen Fleiß und deinen Glauben an Perfektion.«

Hans nickte nachdenklich. »Stimmt, und jetzt soll die Welt von dieser Uhr erfahren, Florence, davon, wie außergewöhnlich sie ist. Wie kann ich der Öffentlichkeit nur beweisen, dass diese Uhr wirklich hält, was ich verspreche? Wie mache ich die Leute neugierig? Wie wecke ich ihr Interesse?«

Florence nahm die Uhr noch einmal nachdenklich in die Hand und betrachtete sie eindringlich. »Wenn diese Uhr außergewöhnlich ist – und das ist sie –, dann müssen wir sie auf eine Art und Weise präsentieren, die genauso außergewöhnlich ist.«

»Aber wie?«

»Das Außergewöhnliche ist ja neben ihrer präzisen Gangart, dass sie wasserdicht ist«, dachte Florence laut. »Warum zeigen wir das nicht wortwörtlich? Wir könnten sie in Aquarien präsentieren. Stell dir vor: Die Rolex Oyster in einem Aquarium direkt in einem Schaufenster in der Oxford Street! Die Menschen werden stehen bleiben, weil sie etwas so Seltsames noch nie gesehen haben – eine Uhr, die im Wasser liegt und dennoch tadellos funktioniert.«

Hans starrte sie sprachlos an. Die Einfachheit und Genialität der Idee seiner Ehefrau trafen bei ihm ins Schwarze. »Ein Aquarium … im Schaufenster«, murmelte er. »Florence, das ist brillant, absolut brillant!«

* * *

Gleich am nächsten Tag machte sich das Paar auf die Suche nach einem passenden Geschäft. Sie nahmen Kontakt zu Besitzern von Schmuckgeschäften auf, in denen ihre Uhren sowieso verkauft wurden, und stellten Florence' Idee vor. Anfangs reagierten die Inhaber zögerlich, dann begeisterte sie der Gedanke immer mehr. Sie schienen sofort zu begreifen, dass in dieser außergewöhnlichen Form der Werbung eine große Chance lag. Binnen weniger Tage wurden in den elegantesten Geschäften der Londoner Innenstadt die Schaufenster umgestaltet. Statt nur Schmuck und Uhren zu präsentieren, standen dort nun Goldfischgläser, in denen Rolex-Oyster-Uhren auf kleinen Sockeln lagen.

Der Effekt zog die Menschen in den Straßen in seinen Bann, sie standen in regelrechten Trauben vor den Schaufenstern. Die Zeitungsreporter überschlugen sich beinahe in ihren Artikeln, jeder wollte ein gutes Bild dazu haben. Florence und Hans machten sich einen Spaß daraus, sich die Lobeshymnen gegenseitig vorzulesen.

Die Uhren funkeln wie Schätze auf dem Grund eines Meeres, unberührt von den Elementen, schwärmte ein Journalist.

»Es ist ein schönes Gefühl, zu sehen, wie unsere Idee von den Leuten wahrgenommen wird«, sagte Hans, als sie beim Frühstück wieder einmal Zeitungen nach Berichten über die Rolex unter Wasser durchforsteten und die von ihnen selbst geschalteten Anzeigen kontrollierten.

»Allerdings!«, pflichtete ihm Florence bei. »Man versteht

wohl endlich, was für ein besonderer Gegenstand unsere Oyster ist.«

Sie blätterte weiter durch die Zeitung – und blieb an einer Schlagzeile hängen. *Mercedes Gleitze scheitert mit Kanaldurchquerung und kündigt Wiederholung an.*

»Schatz, hast du schon mal von Mercedes Gleitze gehört?«

Hans runzelte die Stirn und dachte nach. »Du meinst diese Schwimmerin? Die den Ärmelkanal durchqueren wollte?«

»Genau die!«

Hans beugte sich interessiert nach vorn. »Wirklich?«

Florence wedelte mit der Zeitung. »Hier steht, dass Miss Gleitze unglaublich tapfer unglaublich lange durchgehalten hat, dass die Bedingungen aber extrem schlecht waren und das Wetter plötzlich umgeschlagen ist.«

»Hatte sie sich denn darüber nicht vorher erkundigt?«, wunderte sich Hans. »Hat sie keine Berater?«

»Doch, schon«, entgegnete Florence nach einem erneuten Blick auf den Artikel. »Aber die Veränderung kam wohl überraschend. Es ist ja bekannt, dass sich das Wetter auf dem Ärmelkanal nie wirklich einschätzen lässt. Hör mal, das ist spannend: Nach ihrem Scheitern hat sie verkündet, dass es weitergehen wird. Schau, hier!« Sie schob ihrem Mann den Artikel hinüber, und Hans las: *Ich werde es wieder tun. Ich werde beweisen, dass ich es schaffen kann.*

»Was für ein Kampfgeist«, murmelte Hans. »Diese Frau scheint ja einen unglaublichen Durchhaltewillen zu haben.«

Florence legte den Rest der Zeitung zur Seite und sah ihren Mann mit einem Ausdruck an, den Hans gut kannte. Es war der Blick, der ankündigte, dass sie wieder eine Idee hatte.

»Wir wollen doch der Welt zeigen, dass die Rolex Oyster wirklich wasserdicht ist. Was, wenn Mercedes Gleitze bei ihrem nächsten Versuch eine trägt? Stell dir das vor! Sie wird stundenlang im kalten, salzigen Wasser sein.«

»Eigentlich eine gute Idee«, murmelte Hans nachdenklich.

»Aber?«, hakte Florence nach.

»Was, wenn sie es wieder nicht schafft? Dann bringt man die Oyster nicht mit sportlichem Erfolg, sondern mit Scheitern in Verbindung.«

Florence schüttelte den Kopf. »Ich glaube, das ist zu kurz gedacht, Hans.«

»Wie meinst du das?«

»Sieh dir doch einmal dich selbst an – und deine Reaktion auf den Artikel. Du hast es nicht so empfunden, als ob Mercedes gescheitert wäre, sondern sie dafür bewundert, dass sie es noch einmal versuchen will. Damit steht sie nicht für Scheitern, sondern für unglaublichen Mut und für Zielstrebigkeit. Und das sind doch Werte, die zur Oyster passen, stimmt's?«

»Ja«, gab Hans ihr recht, »das stimmt schon.«

»Aber es gibt immer noch ein Aber?«

»Ja«, sagte er wieder, suchte kurz nach den rechten Worten und stieß dann hervor: »Was, wenn die Oyster unter solchen außergewöhnlichen Bedingungen doch nicht dicht ist? Wir haben sie getestet, ja, aber ein so harter Test wie dieser, stundenlang bewegt im kalten Meerwasser, mit dauernden Schlägen der Wellen? Was, wenn sie solchen Anforderungen nicht standhält? Es könnte alles ruinieren, Florence, unseren Ruf, unsere Glaubwürdigkeit.«

Sie griff nach seinen Händen und drückte sie. »Du hast diese Uhr mit unermüdlichem Fleiß perfektioniert und immer wieder getestet, sie Druck ausgesetzt, sie in Tanks mit kaltem Wasser getaucht. Du hast jede Schraube und jede Dichtung geprüft. Diese Uhr ist perfekt gearbeitet. Das weißt du! Gib dir einen Ruck!«

Wilsdorf schwieg und blickte auf die glänzende Rolex an seinem Handgelenk. Er erinnerte sich an die unzähligen Stunden, die er damit verbracht hatte, jedes einzelne Zusammenspiel der Teile in ihrer Konstruktion zu perfektionieren. Die schlaflosen Nächte, in denen er nach einer Lösung für ihre Schwächen gesucht hatte, waren keinesfalls vergessen.

Schließlich gab er zu: »Du hast recht. Ich weiß, dass dieses Werkstück härtesten Bedingungen standhält. So ein Test bleibt dennoch ein Risiko.«

»Natürlich«, antwortete Florence. »Aber selbst wenn diese Mercedes Gleitze scheitern würde, die Rolex Oyster wird mit dieser außergewöhnlichen jungen Schwimmerin verbunden sein – mit ihrer Entschlossenheit, ihrem Mut. Das ist eine Geschichte, die die Menschen lieben werden.«

»Du bist einfach klug, Schatz. Ohne dich …«

»Ohne mich würdest du immer noch großartige Uhren herstellen«, unterbrach sie ihn mit einem Lachen. »Aber ich freue mich sehr, dass ich dir dann und wann auf die Sprünge helfen kann.«

In stummer Übereinkunft lächelte sich das Ehepaar zu, dann kündigte Hans Wilsdorf entschlossen an: »Ich werde Kontakt zu dieser Miss Gleitze aufnehmen. Ich will sie davon überzeugen, die Oyster bei ihrem nächsten Versuch zu tragen.«

23

Die Eltern waren gestern Abend ganz beeindruckt, dass du nach dem Abbruch nicht jammern wolltest, sondern sofort erklärt hast, es wieder zu versuchen«, sagte Randa, als die Schwestern zwei Tage nach dem siebten gescheiterten Schwimmversuch wieder zurück in London zur Teezeit in Stellas Wohnung zusammensaßen.

»Die Presse feiert dich auch«, bestätigte Stella und blickte von der Zeitung auf, in der sie gerade geblättert hatte. »Sieht so aus, als bewundern die Leute deine Ankündigung, weiterzumachen, nicht aufzugeben. Sie haben dich offenbar richtig in ihr Herz geschlossen.«

Mercedes fiel auf, dass Doloranda auf diese Worte ihrer Schwester hin Tränen in den Augen hatte.

»Du hast so gekämpft!«, sagte sie mit brüchiger Stimme.

»Randa? Macht es dir sehr zu schaffen, dass ich aufgeben musste?«

»Nein, das verstehst du falsch«, wehrte die Älteste der Gleitze-Töchter entschieden ab. »Genau wie die Zeitungsschreiber bin ich wirklich sehr stolz auf dich, eben gerade, *weil* du nicht aufgibst. Ich habe mich auf dem kalten Boot bloß ein bisschen erkältet. Ist es euch recht, wenn ich mich kurz zurückziehe? Ich würde mich gern etwas hinlegen.«

»Ja, sicher, natürlich!«, antwortete Mercedes verständnisvoll.

»Brauchst du noch etwas?«, fragte Stella. »Soll ich dir deinen Tee ins Gästezimmer bringen?«

Doloranda schüttelte den Kopf, und als sie sich erhob, wirkte sie mit einem Mal, als sei sie eine sehr alte Frau. »Nein danke. Ich brauche bloß kurz Ruhe.«

Nachdem sie die Tür hinter sich geschlossen hatte, blickten Mercedes und Stella einander betroffen an.

»Was hat sie bloß?«, fragte Mercedes. »Ob sie sich wirklich erkältet hat? Ich habe ein ganz schlechtes Gewissen, dass sie sich meinetwegen der Kälte ausgesetzt hat. Aber dir geht es gut, Stella, oder?«

»Ja, ja. Ich glaube, Randas Zustand hat nicht wirklich mit der Nacht auf dem Boot zu tun«, erklärte Stella.

»Wie meinst du das?« Mercedes war beunruhigt. »Stella, was ist mit Randa? Ist etwas passiert in Frankfurt?«

»Ich weiß es nicht«, sagte Stella. »Aber sie ist schon die ganze Zeit über so schwermütig, seit ich sie vom Bahnhof abgeholt habe.«

Mercedes runzelte besorgt die Stirn. »Das ist mir gar nicht aufgefallen. Ich war so sehr mit mir und meinem Schwimmversuch beschäftigt.«

Stella legte beruhigend eine Hand auf die ihrer Schwester. »Das ist doch selbstverständlich. Wir sind ja angereist, um dich zu unterstützen, und nicht, damit du dir Sorgen machen musst. Deshalb habe ich dir vor deinem Schwimmversuch auch nichts gesagt. Wahrscheinlich ist es eh ganz harmlos.«

Mercedes nickte, doch irgendwie ahnte sie, dass dies nicht der Fall war und Stella insgeheim ähnlich dachte.

* * *

Doloranda blieben noch drei Tage, bevor sie nach Hause zurückkehren musste. Stella und Mercedes hatten ihre Schwester besorgt beobachtet. Von der sonst so überbordenden Fröhlichkeit war nichts mehr zu spüren. Ihr Lachen war leiser, und ihre Energie schien gedämpft, obwohl sie stets beteuerte, dass es ihr gut ginge.

»Sie will einfach nicht darüber sprechen«, sagte Mercedes leise zu Stella, als sich Doloranda wieder einmal zurückgezogen hatte. »Vielleicht drängen wir sie besser nicht, sondern sind einfach nur für sie da.«

»Ja, du hast recht. Wir sollten einen vorsichtigen Weg finden, ihr zu helfen. Lass uns mehr von uns erzählen. Randa ist sehr neugierig auf Cecil und möchte ihn unbedingt kennenlernen.«

»Kannst du das nicht einrichten?«, fragte Mercedes hoffnungsvoll. »Das würde sie ablenken.«

Stella schüttelte den Kopf. »Du weißt doch, er ist bei seiner Familie in Schottland – bis Ende des Monats.«

»Stimmt«, sagte Mercedes schon wieder mit schlechtem Gewissen. Sie drehte sich so sehr um sich selbst und um das Schwimmen, dass sie die Belange ihrer Schwestern entweder vergaß oder nicht mitbekam.

»Vielleicht sollte ich ihr dann von meinem Verehrer erzählen.«

Stella riss die Augen auf. »Du hast einen Verehrer?«, quiekte sie. »Wen? Und warum weiß ich nichts davon?«

»Weil ich selbst erst seit gestern von ihm weiß«, grinste Mercedes. »Ich kenne ihn auch gar nicht persönlich.«

Stella wirkte enttäuscht. »Ach so. Wieder einer von den unzähligen Männern, die dir schreiben, wie sehr sie dich bewundern. Das ist ja immer so, wenn du in der Zeitung bist.«

»Stimmt. Aber dieser Mann ist anders, sein Brief ist ganz und gar nicht wie die üblichen. Ich werde ihm zurückschreiben.«

Nun hatte sie wieder Stellas volle Aufmerksamkeit. »Ich will alles wissen!«

»Na ja, er schreibt sehr klug und tiefgründig. Ich habe irgendwie das Gefühl, als würde ich Post von einem guten Bekannten erhalten und nicht von einem Fremden.«

»Wie heißt er?«

»William. Und er lebt in Indien.«

»Na, das ist ja der nächste Weg. Hast du ein Bild?«

Mercedes grinste. »Ja. Ich bringe es dir morgen mit. Versprochen! Aber hier soll's ja nicht um mich, sondern um Randa gehen. Wie wäre es, wenn wir heute Abend mit ihr ins Theater gehen?«

»Das liebt sie ja eigentlich«, räumte Stella ein. »Aber was, wenn es ihr zu viel wird?«

»Ich glaube, sie braucht so was jetzt. Ablenkung von dem, was ihr Kummer bereitet, wird ihr guttun. Und wir können ja jederzeit nach Hause gehen.«

Stella nickte. »Gut, fragen wir sie.«

Doloranda war begeistert vom Vorschlag ihrer Schwestern. »Welches Stück wird gespielt?«

»Es heißt *Journey's End.* R. C. Sherriff hat es geschrieben«, antwortete Stella. »Es soll wirklich außergewöhnlich sein.«

Wider Erwarten hatte die Schwester sogar Spaß daran, sich in Schale zu werfen. »Ich freue mich ehrlich darauf«, sagte Doloranda und strahlte Stella und Mercedes an, während sie sich vor dem Spiegel drehte und wendete. Schließlich tänzelte sie fast zur Tür und wandte sich ungeduldig zu ihnen um. »Was ist?«, fragte sie. »Kommt ihr?«

Stella und Mercedes wechselten noch einen verwunderten Blick, dann folgten sie ihrer wieder quirligen Schwester in den Londoner Abend hinaus.

Dolorandas Euphorie hielt nicht lange an. Im Theater bemerkte Mercedes, dass auch Stella ihre Schwester besorgt von der Seite beobachtete. Die Älteste von ihnen starrte immer wieder gedankenverloren vor sich hin, wirkte ganz abwesend.

Mit Rücksicht auf ihre Schwester wollten Stella und Mercedes nach Ende der Vorstellung sofort nach Hause gehen, doch Randa bestand darauf, noch einen Pub aufzusuchen. »Ich möchte noch nicht heim. Das Leben ist so kurz, da muss man jeden Augenblick genießen.«

Ihre Worte trafen Mercedes wie ein Schlag, und sie sah, dass es Stella ebenso erging. Was wollte Doloranda damit andeuten? Oder hatten diese so beängstigenden Worte gar keine Bedeutung, waren nur so dahingesagt, und sie interpretierten viel zu viel hinein, weil sie sich solche Sorgen machten?

Im Pub nahe des Theaters war es voll; es herrschte eine fröhliche Atmosphäre. Mercedes sah ein lustiges Plakat hinter der Theke. Darauf stand: *Guinness is good for you.* Es sollte angeblich eine alte irische Weisheit sein, ausgesprochen von einer weißhaarigen Frau mit Haarknoten und Brille, die unter dem Spruch aufgemalt war. Wenn das so ist…, dachte Mercedes, dann ist es auch gut für Randa. Sie bestellte schnell für jede ein Pint Guinness. Nach dem Klingeln der Glocke: *last order, please,* um elf Uhr würde nicht mehr ausgeschenkt werden. Mercedes entschloss sich, Doloranda von ihrem Verehrer zu erzählen – weniger, weil sie der Geschichte jetzt schon große Bedeutung beimaß, als viel mehr, weil sie wusste, dass ihre Schwester sich darüber freuen würde. Und tatsächlich! Doloranda blühte regelrecht auf, wollte jedes Detail seines Briefes wissen. Mercedes stand Rede und Antwort, dann wandte Doloranda sich an Stella. »Es ist so schade, dass ich deinen Cecil nicht mehr kennenlernen werde«, sagte sie, und erneut spürte Mercedes einen Stich in der Magengegend. Das klang ja so, als würde Randa davon ausgehen, bald zu sterben! Doch zu ihrer Erleichterung fügte sie nun hinzu: »Na ja, dann klappt es eben beim nächsten Mal.«

Mercedes schüttelte sich leicht. Sie war ganz durcheinander. Wahrscheinlich waren die Strapazen der gescheiterten Kanaldurchquerung doch härter für sie gewesen als zunächst angenommen. Warum sollte sie sonst so überbesorgt auf den Zustand ihrer Schwester reagieren?

In diesem Moment lächelte Doloranda ihren beiden Schwestern zu und schob ihre Hände über den kleinen runden Steintisch, an dem sie Platz genommen hatten. Mit der rechten griff sie nach Stellas und mit der linken nach Mercedes' Hand und drückte sie liebevoll.

»Ihr habt es verdient, glücklich zu sein. Folgt nur immer euren Herzen, hört ihr?«

Mercedes spürte, dass die Tränen in ihr aufstiegen, und auch in Stellas Augen sah sie es feucht schimmern.

Sie drückte Dolorandas Hand, während Stella mit belegter Stimme sagte: »Solange wir nur beisammen sind, werden wir alles schaffen, Randa. Egal, was es auch ist.«

* * *

Die Leute bestaunen die Uhr im Aquarium, aber haben wollen sie sie nicht. Es scheint mir, als trauten sie ihr immer noch nicht so recht. Oder manche halten sie vielleicht für zu außergewöhnlich und zu exklusiv, als dass sie sie ihr Eigen nennen wollten.

Hans las das Schreiben, das ihm einer seiner Händler in Genf geschickt hatte, mehrmals durch. Es brachte auf den Punkt, was er schon verschiedentlich mitbekommen hatte und was sich auch an den Verkaufszahlen ablesen ließ: Die Rolex Oyster war in aller Munde. Diese Armbanduhr machte neugierig. Aber die Verkaufszahlen waren ernüchternd.

Verärgert fegte Hans das Schreiben seines Händlers vom Schreibtisch und blickte dem Papier nach, wie es langsam zu Boden segelte. Ihm lief die Zeit davon. In den letzten Wochen hatten sich Gerüchte gemehrt, dass in Genf, dem schweizerischen Uhrenzentrum, andere Hersteller an ähnlichen Konzepten arbeiteten. Bald würde die nächste wasserdichte Uhr vorgestellt werden. Wenn es Hans dann noch nicht gelungen wäre, seine Rolex Oyster erfolgreich zu etablieren, hätte er verloren. Er brauchte etwas Großartiges, etwas wirklich Einzigartiges, das Aufmerksamkeit erregte. Wieder klang ihm der Vorschlag seiner Frau in den Ohren, Kontakt mit Mercedes Gleitze aufzunehmen, ihr eine Oyster zu schenken und sie zu bitten, diese Uhr zu tragen, wenn sie das nächste Mal versuchte, den Ärmelkanal zu durchschwimmen. Florence hatte ihn immer wieder auf ihre Idee angesprochen, Hans war stets ausgewichen. Er hatte Angst, sich in aller Öffentlichkeit zu blamieren, wenn seine hoch entwickelte Armbanduhr diesen Strapazen doch nicht standhalten konnte. Eigentlich wusste er ja, dass diese Gefahr nicht bestand. Die Rolex Oyster würde den Test bestehen, daran gab es keinen Zweifel. Er stand sich gerade selbst gehörig im Weg.

Wenn Miss Gleitze die Uhr bei einer Ärmelkanaldurchquerung tragen würde, wäre das der hieb- und stichfeste Beweis für deren Robustheit und Wasserdichtigkeit. Niemand würde mehr an der Qualität der Oyster zweifeln.

Hans Wilsdorf griff nach einem Bleistift und begann, gedankenverloren, in sein Notizbuch zu kritzeln. Die Idee war gut, das musste er sich eingestehen.

Würde diese Mercedes Gleitze sich darauf einlassen? Sie hatte sicherlich andere Sorgen, als während einer der gefährlichsten Schwimmstrecken der Welt auch noch eine Uhr zu testen. Wenn sie allerdings von seinem Vorhaben überzeugt werden könnte, wäre das ein entscheidender Schritt, Rolex endlich in den Fokus der Weltöffentlichkeit zu rücken.

»Vermutlich musst du dich erst einmal genauer über sie informieren«, schlug Florence vor, als er ihr am Abend seine Überlegungen mitteilte. »Je mehr du über sie weißt, desto größer ist die Wahrscheinlichkeit, dass du sie überzeugen könntest, die Uhr zu tragen. Dann wüsstest du, was ihr wichtig ist, wie sie denkt, worauf es ihr ankommt und welche Fehler es zu vermeiden gilt, wenn du mit ihr zusammenkommst. Nicht vergessen, mein Lieber: Wissen ist Macht. Ich helfe dir natürlich gern dabei, so viel wie möglich über diese junge Frau herauszubekommen.«

24

Gleich am nächsten Morgen machten Hans und Florence Wilsdorf sich auf, um vor allem Zeitungsverlage aufzusuchen, in deren Archiven sich Artikel über Mercedes Gleitze finden könnten. Es war eine mühsame Angelegenheit, aber nach einer Woche hatte das Ehepaar die wichtigsten Informationen beisammen: Mercedes Gleitze trainierte fast täglich, ihr ständiger Trainer hieß George Henry Allan, sie arbeitete in der international agierenden Reederei Eaton als Fremdsprachenkorrespondentin, und ihr Herz gehörte neben dem Schwimmen auch der Wohltätigkeit. In mehreren Interviews hatte Mercedes Gleitze erklärt, dass sie eines Tages als Berufsschwimmerin so viel Geld verdienen wollte, dass sie damit vielen Menschen helfen und deren Not lindern könnte.

»Das ist es doch«, fand Florence. »Du kannst ihr anbieten, wenn sie sich bereit erklärt, die Oyster zu tragen, eine größere Summe zu spenden. Damit tun wir dann obendrein noch ein gutes Werk, und allen ist geholfen.«

»Ja, das könnte funktionieren. Du hast schon recht: Diese Mercedes ist genau der Reklameträger, den wir brauchen. Ihr Ehrgeiz gleicht dem, der in die Entwicklung dieser Uhr geflossen ist. Sie hat den unbedingten Willen, den Ärmelkanal zu durchschwimmen, ich hatte den unbedingten Willen, eine wasserdichte Uhr zu entwickeln. Und beide wollen wir das Leben der Menschen besser machen. Da sind wir uns schon sehr ähnlich.«

»Ich finde auch«, stimmte Florence zu. »Diese Frau hat genau den Geist, den wir bei Rolex verkörpern wollen.«

»Also dann.« Hans zog entschlossen seine Schreibtischschublade auf und nahm einen Bogen edles Büttenpapier heraus. Dann griff er nach seinem Federhalter und begann zu schreiben.

* * *

Es war ein langer Tag gewesen. Mercedes hatte schon früh ihr morgendliches Schwimmtraining absolviert, war danach zur Arbeit und anschließend mit Violet und Richard noch etwas trinken gegangen. Erst am frühen Abend kehrte sie in ihre Wohnung in Pimlico, einem Teil des Londoner Stadtbezirks Westminster, zurück. Sie holte die Post aus dem Briefkasten und lächelte. Da war wieder ein ganzer Stapel angekommen, darunter auch zwei Briefe von William. Sie schrieben einander mittlerweile täglich; es war für Mercedes zum lieb gewonnenen Abendritual geworden. Sie hatte sich auch angewöhnt, seine Briefe erst als Letzte zu öffnen. Erst die Arbeit, dann das Vergnügen. Das stärkte die Disziplin. Der erste Brief im Stapel kam dieses Mal von einem gewissen Hans Wilsdorf. Der Umschlag sah teuer aus, die Schrift war schwungvoll und akkurat. Ab und zu machte sie sich einen Spaß daraus, aus dem Schriftbild eines Briefes auf den Verfasser zu schließen. Oft hatte sie damit richtiggelegen. Mercedes dachte, dass der Schreiber dieser Zeilen vermutlich sowohl zielstrebig als auch erfolgreich und vielleicht sogar sympathisch war. Sie schlitzte den Brief auf, zog einen edlen Bogen hervor und las:

Sehr geehrte Miss Gleitze,
ich hoffe, Sie erlauben mir die Kühnheit, Ihnen zu schreiben, nachdem ich von Ihrer außergewöhnlichen Leistung beim Ärmelkanalschwimmen gehört habe.
Ihr Mut und Ihre Entschlossenheit haben mich zutiefst beeindruckt. Es ist bewundernswert, wie Sie Hindernisse überwinden, die für viele unüberwindbar scheinen.
Ich bin Hans Wilsdorf, Gründer und Geschäftsinhaber der 1920 in Genf eingetragenen Firma Montres Rolex S. A. Ihre sportlichen Leistungen sind ein Symbol für Durchhaltevermögen und Exzellenz, Werte, die ich auch mit meinen Uhren verbinde.
Unsere beste, ganz außergewöhnliche Uhr ist keine Taschen-, sondern eine höchst präzise und verlässlich funktionierende, sogar wasserdichte Armbanduhr.
Es wäre mir eine Ehre, Sie persönlich kennenzulernen. Ich möchte Ihnen für Ihre nächste Kanaldurchquerung eine unserer wasserdichten Armbanduhren Rolex Oyster anvertrauen, um zu zeigen, dass dieser Chronometer den härtesten Bedingungen widersteht – genau wie Sie es tun. Im Gegenzug wäre es mir eine Ehre, mich durch eine großzügige Spende an eine wohltätige Organisation Ihrer Wahl erkenntlich zu zeigen.
Mit Bewunderung und Hochachtung verbleibe ich
Ihr Hans Wilsdorf

Mercedes legte den Brief zur Seite und blickte eine Weile aus dem Fenster. Die eben gelesenen Worte hallten in ihrem

Kopf wider. *Mut und Entschlossenheit,* hatte er geschrieben. Sie war Anerkennung gewohnt – aber diese hier rührte sie besonders. Und sie amüsierte sie auch ein wenig. Mit einer Uhr hatte man sie noch nie verglichen. Wenn man gründlich nachdachte, spielte die Zeit für sie ja eine große Rolle. Sie war immer im Wettlauf mit der Zeit. Es ging immer darum, wer der oder die Schnellste im Wasser war. Die genaue Zeit während des Schwimmens im Blick zu behalten, war schwierig bis unmöglich gewesen. Wenn sie ab und zu in einer Schwimmhalle trainierte, gab ihr eine große Wanduhr stets Auskunft über die Uhrzeit. Meist war es George, der ihr die Zeit zurief.

Sie griff nach der Uhr auf dem kleinen Regal neben sich, einer einfachen Taschenuhr, die sie im Alltag oft mit sich führte. »Eine wasserdichte Armbanduhr«, murmelte sie. Es klang fast zu gut, um wahr zu sein. Eine solche Uhr könnte ein sehr hilfreiches Werkzeug sein. Außerdem war das Angebot der großzügigen Spende an eine Wohltätigkeitsorganisation natürlich auch nicht zu verachten. Mercedes hatte in den vergangenen Jahren schon recht viel Geld gespendet, auch wenn es ihrer Meinung nach stets viel zu wenig gewesen war.

Sie las den Brief ein zweites Mal, diesmal langsamer.

Dann griff sie nach ihrem Füllfederhalter und einem Blatt Papier, um diesem Hans Wilsdorf zu antworten. Sie ertappte sich dabei, dass sie sich Mühe gab, möglichst akkurat und schön zu schreiben. Die Handschrift des Uhrenhändlers hatte sie sehr beeindruckt.

Lieber Herr Wilsdorf,

ich fühle mich geehrt von Ihren Worten und Ihrer Anerkennung. Ihr Brief hat mich tief berührt, und ich bin

beeindruckt von Ihrer Vision, Präzision und Zuverlässigkeit mit Stärke und Ausdauer zu verbinden.
Es wäre mir eine Freude, Ihre Armbanduhr bei meinem nächsten großen Versuch zu tragen und deren Robustheit zu testen. Gemeinsam könnten wir zeigen, dass nichts unmöglich ist, wenn man mit Mut und Hingabe arbeitet.
Mit größtem Respekt,
Mercedes Gleitze

Sie faltete das Papier sorgfältig und schob es in einen Umschlag. Sie würde den Brief gleich zur Post bringen – doch vorher wollte sie noch all die anderen Schreiben öffnen. Insbesondere natürlich die beiden von William.

Die anderen Briefe waren alle nicht sonderlich interessant, und Mercedes ging sie nur flüchtig durch, bis sie endlich den ersten Brief ihres Verehrers in den Händen hielt. Wie vertraut ihr seine Handschrift mittlerweile war. Und wie merkwürdig, dass der Anblick einer Handschrift einem Herzklopfen verursachen kann. Nein, eigentlich ganz und gar nicht merkwürdig, korrigierte sie sich. Das Herzklopfen hatte sie ja, weil sie wusste, dass in dem Brief wunderschöne Sätze stehen würden.

Meine liebste, tapfere, unvergleichliche Mercedes,
ich kann es gar nicht oft genug schreiben: Obgleich wir uns nie begegnet sind und obgleich wir auf unterschiedlichen Kontinenten und in unterschiedlichen Welten leben, fühle ich mich Dir auf eine Weise verbunden, die ich nie, wirklich gar nie, für möglich gehalten hätte.

Mercedes hielt inne. Sie lächelte und drückte den Brief für einen Moment an sich. Genauso ging es ihr auch. Es war kaum zu fassen, was für eine Nähe allein durch Worte entstehen kann. Sie las weiter:

Hier, in den weiten Ländern Indiens, wo ich als Soldat im Regiment stationiert bin, ist das Leben von einer fremdartigen Schönheit geprägt. Die Landschaft ist üppig, die Farben lebendig, und doch ist es, vor allem, wenn ich keinen Dienst habe, furchtbar einsam. Es sind diese stillen Stunden, in denen mein Geist zu dir wandert. Ich habe von deinen Heldentaten gelesen, deiner unermüdlichen Entschlossenheit und der Anmut, mit der du die eisigen Wellen durchquert hast. Diese Eigenschaften sprechen von einer Seele, die so stark ist wie das Meer selbst. Deine Kampfeslust beeindruckt mich. Und Deine Worte, die ich jeden Tag ungeduldig erwarte, machen mich zum glücklichsten Mann der Welt. Ich kann es nicht glauben, dass Du unter all jenen, die Dir täglich schreiben, ausgerechnet mich auserkoren hast. Was bin ich doch für ein unglaublicher und unverschämter Glückspilz!

Wieder hielt Mercedes inne. Seine Worte berührten sie, aber sie riefen auch den Hauch eines Widerwillens in ihr hervor. Es war ein wenig des Guten zu viel. Ein wenig zu überschwänglich. Oder nicht? Vielleicht war sie zu streng. Sie las weiter.

Ich bin nur ein einfacher Mann, einer, dessen Tage voller Pflichten sind. Doch in meinen Träumen bin ich kühn genug, dich zu bitten, meine Frau zu werden. Ich weiß, es ist gewagt, ja gar unverfroren, von einer Frau wie Dir, die Freiheit atmet und die Welt umarmt, die mich obendrein noch nie gesehen hat, solch ein Versprechen zu erbitten. Aber ich kann nicht anders. Mercedes, ich bitte Dich, vergib mir diese ungewöhnliche Dreistigkeit. Doch ich wage zu glauben, dass es Dinge gibt, die nicht mit den Augen, sondern mit den Herzen gesehen werden können. Vielleicht bist Du diese Wahrheit für mich.

Mercedes schnappte nach Luft. Dann griff sie nach ihrem Mantel und stürzte nach draußen.

* * *

Sie war vollkommen außer Atem, als sie bei Violet ankam, mehr als nach dem anstrengendsten Schwimmtraining! Sie stürmte durch das schmale Treppenhaus nach oben und pochte dann aufgebracht an die Tür.

»Ich komme ja schon!«, war Violets Stimme von drinnen vernehmbar. Gleich darauf wurde die Tür aufgerissen. »Du bist aber früh dran, ich bin noch gar nicht fe…«, setzte die Kollegin an, verstummte aber, als sie ihre Freundin erblickte. »Du?«

»Ich«, bestätigte Mercedes aufgeregt und drängte sich an ihrer Freundin vorbei in deren Wohnzimmer.

Violet wohnte in einer charmanten kleinen Wohnung im Herzen von London. Die Räume waren warm und einladend, eingerichtet mit einer Mischung aus antiken Möbeln und modernen Akzenten. Große Fenster ließen viel Licht herein, und überall standen Blumenarrangements, die den Raum mit einem dezenten Wohlgeruch erfüllten. Ein Bücherregal, vollgestopft mit Romanen und Reiseberichten, füllte eine ganze

Wand im Wohnzimmer, und eine bequeme Couch mit bunten Kissen lud zum Verweilen ein. Keuchend ließ sich Mercedes darauf nieder, während Violet, die, wie Mercedes erst jetzt bemerkte, nur einen Morgenmantel trug und eine Haarbürste in der Hand hielt, stirnrunzelnd auf einem Sessel Platz nahm.

»Was in aller Welt ist denn geschehen, Mercedes? Du bist ja ganz außer dir.«

»Ich habe einen Heiratsantrag erhalten«, stieß Mercedes hervor.

»Was?«, rief Violet und schob hinterher: »Von wem?«

»Von William, meinem Brieffreund.«

In diesem Moment klopfte es wieder, und Violet sprang auf. »Das ist Richard. Er wollte mich abholen.« In der Tür wandte sie sich zu ihrer Freundin um. »Darf er es wissen?«

Mercedes nickte. »Natürlich.« Immerhin war sie mit dem Bürokollegen fast ebenso gut befreundet wie mit Violet.

Sie hörte die beiden murmeln, gleich darauf stand Richard im Zimmer, groß und gut aussehend trotz seines ungebändigten Haares. Er blinzelte Mercedes an. »Du hast einen Heiratsantrag bekommen?«, fragte er und ließ sich neben ihr aufs Sofa fallen. »Von wem?«

»Von William.«

»Sie hat ihn noch nie gesehen«, warf Violet ein. »Ist das nicht romantisch?«

»Das ist nicht romantisch, das ist vollkommen absurd«, widersprach Richard. »Du kannst doch nicht ernsthaft in Betracht ziehen, jemanden zu heiraten, den du noch nie gesehen hast, Mercedes. Was ist, wenn er nicht der ist, für den er sich ausgibt?« Er beugte sich vor und sah sie eindringlich an. »Denk nach, Mädchen. Du bist doch ansonsten auch so klug und vernünftig.«

»Das stimmt«, räumte Mercedes ein. »Aber, Richard, es mag eigenartig klingen, aber … es gibt da eine starke Verbindung zwischen uns. Seine Worte …«

»Worte sind schnell geschrieben«, unterbrach er sie. »Du solltest ihn erst treffen, bevor du irgendwelche Entscheidungen fällst. Und nicht nur treffen, sondern besser kennenlernen.«

»Aber sie werden sich ja kennenlernen«, wandte Violet ein. »Sie werden sich doch treffen, bevor sie einander heiraten. Hochzeiten per procurationem gibt es nicht mehr, allenfalls im Krieg oder vielleicht in Adelskreisen.«

Richard hob eine Augenbraue und sah seine Freundin fragend an. »Per procurationem?«

»In Abwesenheit eines der Brautleute«, erklärte Violet. »Es passiert doch nichts, wenn sie sich miteinander verloben. Verlobungen kann man jederzeit wieder lösen.«

»Das ergibt überhaupt keinen Sinn«, beharrte Richard. »Das Einzige, was Sinn hat, ist, sich zu verloben, wenn man sich kennt.«

»Ich bleibe dabei, ich finde das romantisch«, beharrte Violet, und Mercedes dachte bei sich, dass von dem schüchternen Mädchen, das sie einst kennengelernt hatte, rein gar nichts übrig geblieben war. Violet hatte sich zu einer selbstbewussten Frau entwickelt, die für ihre Meinung einstand.

Richard schnaubte. »Romantik hin oder her, sei vorsichtig, Mercedes. Es gibt genug Leute, die Geschichten erfinden.«

Mercedes lächelte. »Ich verspreche, vorsichtig zu sein. Aber ich werde es wagen.«

Violet klatschte in die Hände. »Und wir werden an deiner Seite sein. Ach, übrigens – ich wollte dich fragen: Willst du meine Trauzeugin sein?«

Mercedes riss die Augen auf. »Dann habt ihr endlich einen Hochzeitstermin?«, fragte sie und umarmte erst ihre Freundin und dann ihren Freund. »Wie schön! Ich freue mich für euch. Und natürlich will ich deine Trauzeugin sein.«

Violet grinste schelmisch. »Vielleicht machen wir ja eine Doppelhochzeit.«

Richard brummte. »Mit einem, den ich nicht kenne, ganz bestimmt nicht.« Dann sah er auf die Uhr. »Es tut mir leid, wenn ich drängeln muss. Aber Violet und ich haben einen Tisch reserviert, und wenn wir uns nicht beeilen, ist der weg.« Fragend sah er Mercedes an. »Möchtest du mitkommen?«

Doch sie schüttelte den Kopf. »Geht ihr beiden Turteltäubchen mal allein. Ich muss noch wichtige Briefe beantworten.«

»Gleich mehrere?«, fragte Violet, doch Mercedes winkte ab. »Erzähle ich dir ein anderes Mal.«

Als Richard auf die Uhr gesehen hatte, war ihr siedend heiß eingefallen, dass sie den Brief an Hans Wilsdorf vollkommen vergessen hatte.

Was für ein Tag, dachte Mercedes. Die Schreiben mit den so unterschiedlichen Anträgen hatten beide das Zeug dazu, ihr Leben zu verändern.

25

Was denkst du, wie lange Fräulein Gleitze brauchen wird, um zu antworten?«, fragte Hans zwei Tage, nachdem er den Brief abgeschickt hatte. »Und glaubst du, sie tut es überhaupt?«

»Ich glaube schon«, meinte Florence, die gerade die Post sortierte, mit einem Schmunzeln. »Und ich glaube auch, dass sie erstaunlich schnell antworten wird.« Mit diesen Worten schob sie einen Umschlag über den Tisch. »Zumindest steht auf diesem Kuvert der Absender Mercedes Gleitze.«

»Was?«, fragte Hans begeistert. »Jetzt schon? Damit hätte ich nicht gerechnet.« Ängstlich sah er seine Frau an. »Ist das eher ein gutes oder eher ein schlechtes Zeichen?«

»Das kann ich dir nicht sagen.« Florence zog die Schultern hoch. »Aber wenn du den Brief öffnest, wirst du es wissen.«

Hans griff nach dem silbernen Brieföffner, der vor ihm auf dem Tisch lag, und schlitzte den Umschlag auf. »Sie hat eine beachtliche Handschrift. Kraftvoll, klar und akkurat.«

»Sie ist deiner recht ähnlich. Ihr scheint gut zueinander zu passen.«

»Hoffentlich sieht sie das auch so.«

Hans entfaltete den Bogen und überflog die Zeilen.

»Und?«, drängte Florence. »Was schreibt sie? Spann mich doch nicht so auf die Folter!«

Hans begann vorzulesen: »Lieber Herr Wilsdorf, ich fühle mich geehrt von Ihren Worten und Ihrer Anerkennung. Ihr Brief hat mich tief berührt, und ich bin beeindruckt von Ihrer Vision, Präzision und Zuverlässigkeit mit Stärke und Ausdauer zu verbinden.« Er hob den Kopf und lächelte seiner Frau zu, die ihn freudestrahlend ansah. Dann fuhr er fort: »Es wäre mir eine Freude, Ihre Armbanduhr bei meinem nächsten großen Vorhaben zu tragen und ihre Fähigkeiten zu testen. Gemeinsam können wir zeigen, dass nichts unmöglich ist, wenn man mit Mut und Hingabe arbeitet. Mit größtem Respekt, Mercedes Gleitze.«

»Hans, das ist ja wundervoll!« Florence ging um den Tisch herum, setzte sich auf seinen Schoß und schlang die Arme um seinen Hals. »Ich gratuliere dir.«

»Und ich gratuliere dir«, schnurrte er. »Ohne dich wäre ich doch gar nicht auf die Idee gekommen, an Miss Gleitze zu schreiben.«

»Und wie geht es jetzt weiter?«, wollte Florence wissen.

»Ich werde ihr umgehend ein Treffen vorschlagen«, antwortete Hans.

* * *

Mercedes hatte auf die nächste Anfrage Wilsdorfs postwendend geantwortet. Sie sei gern zu einem Treffen bereit, allerdings reise sie noch am selben Tag nach Dover, um für ihren erneuten Kanalschwimmversuch zu üben, hatte sie ihr zweites Schreiben eingeleitet.

Ich bringe den Brief schon auf dem Weg zum Zug zur Post, schrieb sie. *Wenn es Ihnen nicht zu beschwerlich ist, können Sie gern nach Dover kommen und mir beim Schwimmen zusehen. Wir könnten alles Weitere bei einem Essen besprechen. In der kommenden Woche werde ich wieder zurück in London sein.*

Sie hatte auch die Adresse in Dover genannt, unter der er sie erreichen könnte.

Hans hatte eigentlich keine Zeit gehabt, an die Küste zu fahren. Der Verkauf der Rolex-Oyster-Uhren war noch schwächer geworden. Inzwischen galt es als sicher, dass ein Konkurrent kurz vor dem Durchbruch für eine wasserdichte Uhr stand. Doch genau deshalb musste er Mercedes so schnell wie möglich treffen. Allein schon die Ankündigung, dass sie bei einer weiteren Kanalüberquerung die Rolex Oyster tragen würde, könnte seine Uhr in die Schlagzeilen bringen.

Als Hans in Dover eintraf, war es regnerisch und grau. Der Ärmelkanal wirkte an diesem frühen Nachmittag beinahe bedrohlich. Heftige Wellen klatschten in der Ferne an die Klippen, ein schneidender Wind zerrte an allem. Hans schauderte, als er auf das Nordseewasser blickte. Er würde hier für kein Geld der Welt hindurchschwimmen wollen und begriff sofort, warum dieses Meer so berüchtigt war.

Mercedes hingegen schienen Wind und Wetter nichts auszumachen. Wilsdorf entdeckte sie sofort, als er am Shakespeare Cliff ankam. Ein schmaler Körper bewegte sich im Wasser, daneben fuhr ein Boot, das auf den Wellen schaukelte. Immer wieder reichte einer der Passagiere der Schwimmerin etwas an einer Angel. Hans war fasziniert und konnte seinen Blick kaum von dem Schauspiel auf dem Meer abwenden. Gleichzeitig stellte er fest, dass es immer ungemütlicher wurde, je länger er ausharrte. Er hatte das Gefühl, dass der Wind regelrecht durch ihn hindurchpfiff. Er begann, schrecklich zu frieren, und bereute es, keinen wärmeren Mantel mitgenommen zu haben. Das Wetter an der Küste hatte er schlichtweg unterschätzt. Ob er es wagen konnte, schon einmal ins Hotel zu gehen und dort bei einer schönen heißen Tasse Tee auf Mercedes zu warten? Doch sogleich schämte er sich für diese Überlegung. Die junge Frau dort drüben befand sich im eisigen Wasser, und er jammerte hier am Ufer herum. Allzu lange würde ihr Training ja wohl nicht mehr dauern.

Über eine Stunde später stand Hans immer noch am Wasser und wartete. Zwischendurch hatte er immer wieder gedacht, dass es nun genug sei und ja niemandem damit geholfen wäre, wenn er krank nach London zurückkehrte. Einmal hatte er die Küste sogar schon in Richtung Innenstadt verlassen – um dann doch wieder umzukehren und zurückzugehen.

Endlich, endlich näherte sich das Boot der Küste – und mit ihm auch die Schwimmerin. Mercedes Gleitze stieg bibbernd aus dem Meer, drückte sich das Wasser aus den langen Zöpfen und wurde von einer vom Boot eilenden Frau sofort mit einem Handtuch und einer Decke versorgt.

Er wagte es noch nicht, zu ihr zu gehen, sondern wartete ab, bis sie etwas Dampfendes zu sich genommen hatte. Doch als er bemerkte, dass Mercedes im Begriff war, in das Boot zu steigen, fasste er sich ein Herz und eilte auf sie zu. Wusste der Himmel, wann sie das Boot wieder verlassen würde.

»Miss Gleitze?«, rief er laut.

Die Schwimmerin wandte sich zu ihm um. Auch die Frau, die neben ihr gestanden hatte, und ein Mann, der gerade aus dem Steuerhäuschen des Fischerbootes trat, blickten aufmerksam zu ihm herüber.

»Miss Gleitze«, wiederholte er und streckte ihr, nun vor

ihr stehend, die Hand entgegen. »Ich bin Hans Wilsdorf. Wir sind miteinander verabredet. Ich … ich habe Ihnen seit Stunden beim Schwimmen zugesehen und bin wirklich beeindruckt.«

»Herr Wilsdorf!« Sie ergriff seine Rechte und schüttelte sie, wobei er bemerkte, wie fest ihr Händedruck war. »Es freut mich wirklich sehr.«

Sie lächelte ihn an. »Sie sehen mir seit Stunden beim Schwimmen zu? Dann muss Ihnen ja schrecklich kalt sein.«

»In der Tat«, gestand Wilsdorf. »Aber ich dachte mir: Wenn Sie es bei diesen Temperaturen im Wasser aushalten, dann muss es mir an Land doch erst recht gelingen durchzuhalten.«

»Oh, das können Sie nicht vergleichen«, erläuterte Mercedes. »Erstens bewege ich mich, und zweitens bin ich trainiert. Meine Begleiter auf dem Boot frieren immer schrecklich. Möchten Sie eine Tasse Tee? Es gibt wohl kaum etwas Wohltuenderes in einer solchen Situation.«

»Da sage ich nicht Nein«, freute sich Wilsdorf und griff nach dem Becher, den die andere Frau ihm fürsorglich eingeschenkt hatte.

»Darf ich vorstellen?«, fragte Mercedes. »Das ist Dr. Evelyn Carrington, meine Ärztin. Und dort hinten«, sie zeigte auf zwei Männer, die auf dem Fischerboot standen, »sind Henry Sharp, der Bootsführer, und George Henry Allan, mein Trainer.«

Hans nickte. »Ich freue mich darauf, sie kennenzulernen.«

»Und ich freue mich auf unser Gespräch, Mr Wilsdorf«, sagte Mercedes. »Um Sie nicht länger warten zu lassen – ich werde mich gleich im Boot umziehen und mit Mister Allan das weitere Training besprechen. Danach könnten wir beide uns zusammensetzen. Passt es Ihnen, sagen wir, in zwei Stunden im Café des Hotels?«

»Sehr gerne«, sagte Hans, dankbar, dass er nicht noch länger in der Kälte ausharren musste. »Ich freue mich.«

* * *

Zwei Stunden später saß der Uhrenhersteller wie vereinbart im Café des Küstenhotels und sah gespannt in Richtung Eingang. Wann sie wohl kommen würde? Allein oder mit ihrem Trainer? Die Antwort ließ nicht lange auf sich warten. Die Tür öffnete sich, und Mercedes trat ein.

Das ist eine ganz andere Frau als vorher, fuhr es Hans durch den Kopf. Das war wenig erstaunlich. Mercedes hatte vorhin ja einen Schwimmanzug und eine Kappe getragen, unter der ihre Haare zu zwei festen Zöpfen geflochten gewesen waren. Jetzt fielen ihre dunklen Locken über die Schultern, sie trug ein schlichtes Kleid, ihre Wangen waren gerötet – vermutlich noch von der Kälte und dem intensiven Training.

»Mr Wilsdorf.« Sie lächelte ihm zu und nahm dann an dem kleinen runden Tisch Platz. »Ich hoffe, Sie konnten sich inzwischen etwas aufwärmen?«

»Ja«, beruhigte Hans sie und fand, dass sie erfrischend unkompliziert wirkte. »Und Sie?«

»Ich auch. Für mich gehört das ja zum Alltag. Ich liebe dieses Gefühl; eine wunderbare Belohnung nach dem Training.«

In diesem Moment trat der Kellner an den Tisch und fragte nach ihren Wünschen, wobei er Mercedes mit ihrem Nachnamen ansprach.

»Ich würde einen Tee nehmen, Earl Grey mit Zucker und

Sahne. Und …«, schelmisch zwinkerte sie mit den Augen, »bitte ein großes Stück Sponge Cake.«

»Ich schließe mich an«, erklärte Wilsdorf. »Den Earl Grey für mich bitte mit Zitrone.«

»Sehr wohl.«

Mercedes beugte sich vertrauensvoll vor. »Ich liebe Süßes«, erzählte sie Wilsdorf. »Als Sportlerin muss ich natürlich auf meine Ernährung achten und kann mir das nicht jeden Tag erlauben, aber heute darf es sein.«

»Ich hätte gedacht, dass Fett und Zucker sogar gut für Sie sind«, sagte Hans. »Weil Sie ja Energie brauchen.«

»Das stimmt schon«, bestätigte Mercedes. »Aber die Energie aus Zucker ist nicht anhaltend, das ist auf dem Meer eher schlecht.«

»Klingt eigentlich logisch«, räumte er ein. »Ich kenne mich nicht allzu gut mit Ernährungstheorie aus.«

»Na ja«, kommentierte Mercedes, »dafür umso besser mit Uhren. Ich habe mich sehr über Ihre Anfrage gefreut.«

Wie elegant sie die Unterhaltung zum eigentlichen Thema führte, beeindruckte Hans.

Er nickte, zog aus seiner Jackentasche eine Uhrenschachtel heraus und stellte sie vor Mercedes auf den Tisch. »Das ist sie«, sagte er, während er den Deckel aufklappte. »Unsere Rolex Oyster.«

»Sie sieht sehr elegant aus«, stellte Mercedes fest.

»Meine Frau ist ganz Ihrer Meinung, und diesen Aspekt erachtet sie auch als wichtig für den Verkauf«, verriet Hans. »Ich bin eher stolz darauf, was diese Uhr kann.«

Mercedes nickte. »Wasserdicht sein.« Fragend sah sie ihn an. »Darf ich …?«

»Aber bitte doch, gern.«

Sie nahm das wertvolle Stück heraus, betrachtete es aufmerksam von allen Seiten. Das Metall glänzte im fahlen Tageslicht, der fest eingeschraubte Gehäuseboden wirkte sehr solide.

»Das ist die neuste Version«, erklärte Hans und zeigte auf die Krone. »Wir haben alles darangesetzt, dass weder Wasser noch Staub eindringen können.«

Mercedes legte sich die Uhr vorsichtig ans Handgelenk. »Ziemlich leicht, obwohl sie so robust aussieht«, murmelte sie.

Hans beobachtete sie aufmerksam. »Ich habe darauf geachtet, dass man trotz der Stabilität keine übermäßige Schwere am Handgelenk spürt. Eine Schwimmerin braucht schließlich jede Bewegungsfreiheit.«

Sie drehte ihr Handgelenk. Die Uhr aus einem edlen Metall mit dem Lederarmband war zwar elegant, sah aber dennoch etwas zu groß an ihr aus. Dabei hatte Hans das kleinste Modell für sie ausgewählt. Hoffentlich würde sie nun nicht sagen, die Uhr werde sie vermutlich beim Schwimmen stören, dachte Hans besorgt.

»Es fühlt sich ungewohnt an, aber es wäre schon sehr beruhigend, wenn ich die Zeit ab jetzt immer so schnell ablesen könnte.« Mit einem Lächeln sah sie ihn an. »Was ich aber noch nicht verstehe: Wie kann die Uhr wasserdicht sein? Wie ist Ihnen das gelungen?«

Hans freute sich über ihr Interesse. »Sie müssen sich das vorstellen wie bei dem Fischerboot, das Sie begleitet. Es ist wasserdicht, weil alle empfindlichen Stellen mit besonderen Materialien abgedichtet worden sind. So ist das auch mit der Uhr. Sie ist sozusagen hermetisch abgeriegelt.«

Mercedes nickte und blickte auf den Schriftzug. »Rolex«, sagte sie. »Was bedeutet das?«

»Es hat keine besondere Bedeutung«, sagte er. »Es ist ein

Name. Wie Mercedes oder Hans. Er ist mir einfach eingefallen.«

Wieder nickte sie. »Und warum die Oyster Oyster heißt, müssen Sie nicht erklären. Ein besserer Name hätte Ihnen nicht einfallen können.«

Hans strahlte und beugte sich etwas vor: »Jetzt will ich allen zeigen, dass unsere Uhr nicht nur ein Gebrauchsgegenstand, sondern eine Revolution ist. Wir könnten beide beweisen, dass wir es mit unseren Zielen sehr ernst meinen, wenn Sie die Oyster während Ihrer nächsten Überquerung tragen würden.«

Sie schwiegen beide einen Moment lang. Vom Meer drückte eine besonders starke Böe gegen die Fensterscheibe.

Mercedes nickte. »Die Sache gefällt mir. Wir haben tatsächlich ganz ähnliche Ziele und scheinen uns auch ähnlich zu sein in unserem Ehrgeiz. Wir hätten tatsächlich beide einen Vorteil davon. Ich glaube nämlich, dass es mir Ruhe geben würde, wenn ich immer wüsste, wie spät es ist.«

»Dann sagen Sie also Ja?«, stieß Hans hervor, bereute seine Worte aber im nächsten Moment wieder. War er zu voreilig gewesen?

Mercedes lächelte ihn beruhigend an. »Sie müssten zu Ihrem Wort stehen, eine Spende in erheblicher Höhe an eine wohltätige Organisation zu leisten.«

»Selbstverständlich!«, sicherte er sofort zu.

»Und ich würde gern das Schwimmen mit der Uhr vorher trainieren, am besten gleich morgen. Sie müssten sie mir also überlassen.«

Hans hätte am liebsten gejubelt. Mercedes würde gewissermaßen die Wasserdichtigkeit durch ihr Training bereits vorab testen. Sicherlich war die Belastungsprobe bei einem Training nicht so groß wie bei einer Kanaldurchquerung – aber einen Hinweis würde es auf jeden Fall geben.

Er nickte Mercedes zu. »Natürlich, diese Uhr gehört Ihnen, Fräulein Gleitze. Ich freue mich.«

Wie aufs Stichwort trat in diesem Moment der Kellner an sie heran und servierte Tee und Sponge Cake.

»Das kommt wie gerufen«, freute sich Mercedes. »Lassen Sie uns feiern!«

26

Als Mercedes sich früh am nächsten Morgen für ihr Schwimmtraining bereitmachte, legte sie die Rolex an. Ein gutes Gefühl, irgendwie Halt gebend. In der Lobby traf sie auf ihren Trainer George Henry Allan und auf Mr Wilsdorf, die sich am Vorabend beim gemeinsamen Abendessen kennengelernt hatten und die nun in ein Gespräch vertieft waren. Freundlich lächelnd blickten die Männer ihr entgegen.

George deutete nach draußen. »Und? Bereit? Das Wetter ist jedenfalls scheußlich.«

Mercedes nickte. Sie hatte schon gesehen, dass Nieselregen auf Dover und den Ärmelkanal niederging. »Also, mich kann das nicht schrecken. Im Wasser werde ich ohnehin nass.«

Die Männer lachten; beide hatten bereits lange, wetterfeste Wachstuchjacken an. Mercedes wandte sich an Hans Wilsdorf: »Aber Sie müssen am Strand stehen, werden frieren und nass werden.«

»Um zu sehen, ob meine Oyster dem Härtetest standhält, tue ich das gern«, versicherte Hans. »Außerdem bin ich besser ausgestattet als gestern.«

»Ich habe ihm eine Windjacke vom Schiff geliehen, damit der arme Mann nicht so nass wird«, sagte George.

»Eine gute Tat«, lobte Mercedes.

Gut gelaunt machten sie sich Seite an Seite auf den Weg zum Shakespeare Bay, wo das Fischerboot vor Anker lag.

Mercedes zog sich in der Führerkabine um, während sich Hans suchend umsah. »Kommen die anderen heute nicht? Henry und die Ärztin?«

George schüttelte den Kopf. »Wir trainieren nicht jeden Tag mit der kompletten Mannschaft. Heute schwimmt Mercedes vom Ufer aus. Hin und zurück. Aber für den Test Ihrer Uhr ist das sicherlich unbedeutend – und sie wird sie ab jetzt ja immer tragen.«

Hans nickte und räusperte sich: »Was ich schon gestern fragen wollte: Was haben Sie Fräulein Gleitze eigentlich gestern immer vom Boot aus gegeben? Das habe ich mehrfach beobachtet.«

»Essen«, antwortete der Trainer. »Wenn Mercedes so lange Zeit unterwegs ist wie bei der Kanaldurchquerung, ist es wichtig, dass sie ausreichend Kalorien und vor allem auch Flüssigkeit zu sich nimmt. Das Salzwasser wirkt stark austrocknend.«

»Ich verstehe. Aber so lange war sie doch gestern gar nicht im Wasser?«

»Vier Stunden. In dieser Zeit im Salzwasser muss sie auf jeden Fall trinken. Vor allem aber geht es darum, dass sie das Essen und Trinken im Meer übt. Das ist nämlich gar nicht so einfach. Gestern war es also schlicht Training.«

Ehe Hans etwas erwidern konnte, stieg Mercedes auch schon in Schwimmanzug und Badekappe aus dem Fischerboot – und um ihren Hals hing die Rolex Oyster. Sie hatte sich entschieden, sie für die Kanaldurchquerung nicht am Handgelenk zu tragen. »Ich bin so weit.«

»Ich bin richtig aufgeregt«, gestand Hans.

Mercedes warf einen Blick auf das Zifferblatt. »Also, noch geht sie«, scherzte sie. Dann ging sie Schritt für Schritt ins Wasser.

»Unglaublich mutig, sich bei diesem Wetter ins Meer zu wagen«, fand Hans. »Ich könnte das nicht.«

»Mercedes ist zäh«, sagte Allan. Die beiden Männer beobachteten die sportliche Frau, die sich den Wellen entgegenwarf. »Zäh und stark. Sie ist wirklich außergewöhnlich.«

Ihr Körper verschwand kurz unter den grauen Wogen, tauchte dann wieder auf. Auch auf die Entfernung hin konnte Hans erkennen, wie beständig und gleichmäßig ihre Schwimmbewegungen waren. Von der Seite blinzelte er zu Allan und bemerkte, dass dieser konzentriert aufs Wasser starrte. Er wollte nicht stören, indem er dem Trainer nun ein Gespräch aufdrängte, und hielt daher den Mund, doch das Schweigen war auch nicht im Mindesten unangenehm, sondern einfach nur einvernehmlich. Sie waren beide ausgesprochen konzentriert. Hans dachte über die Zeit nach. Die Minuten zogen sich wie endlose Stränge aus Gummi, ganz, ganz dünn, bis sie fast zu zerreißen drohten. Zeit war messbar, das war sein täglich Brot, oder besser: seine Passion, seine Leidenschaft. Sekunden, Minuten, Stunden waren ein gleichbleibender Rhythmus, erkennbar am Lauf der Zahnräder seiner Uhren. Und doch schien Zeit fähig zu sein, sich all dem zu entziehen. Sein Gespräch mit Albert Einstein fiel ihm wieder ein, das er seinerzeit im Garten seines Freundes Aegler in Genf geführt hatte. Auch dabei war es um die Zeit gegangen. Zeit sei relativ, hatte der Wissenschaftler damals gesagt. Sie sei kein starres Maß, sondern etwas Veränderliches, etwas, das von den Umständen abhing. Je schneller man sich bewege, je stärker die Erdanziehungskraft werde, desto mehr verändere sich die Zeit. Jetzt gerade bewegte er sich ja gar nicht, stand einfach nur starr und steif da. Was hatte Einstein damals noch ergänzt? Die Zeit sei Diener der Umstände, kein unerschütterlicher Herrscher. Hans hatte das sehr bemerkenswert gefunden. Irgendwie passt es gerade zu dieser Situation hier, dachte er, während er Mercedes im Wasser zusah.

Die Zeit war nicht mehr das geordnete Maß, das seine Uhren nachbildeten. Sie war viel eher eine Flutwelle, ein Strom, der ihn davontrug. Jede Minute, in der er auf das Ergebnis dieses Versuchs wartete, fühlte sich wie eine kleine Ewigkeit an. Die Zeit selbst schien sich zu widersetzen, sich zu strecken und zu biegen, als ob sie ihm zeigen wolle, dass sie nicht ganz gezähmt werden konnte. Was, fragte er sich, wenn man mit dem Messen der Zeit lediglich glaubte, Kontrolle zu haben? Hatte Mercedes nicht genau das gesagt? Die Uhr gäbe ihr das Gefühl, Kontrolle über die Zeit zu gewinnen, und das wiederum verschaffe ihr Sicherheit.

Er blickte auf die graugrünen Wellen, die sich endlos in die Ferne erstreckten. Mercedes kämpfte dort draußen, Sekunde um Sekunde, Schlag um Schlag, und trotzdem schien alles stillzustehen. Wie merkwürdig sich das anfühlte!

Was, wenn der Wert der Zeit nicht in ihrer Messbarkeit liegt, sondern in der Art und Weise, wie sie erlebt wird?

Ihm fiel ein alter Scherz seines wortgewandten seligen Vaters ein: »Zeit ist nicht gleich Zeit«, hatte er gesagt. »Fünf Minuten ein schönes Mädchen im Arm zu halten, ist eine ziemlich kurze Zeit. Fünf Minuten mit dem nackten Popo auf einer heißen Ofenplatte zu sitzen, ist eine ziemlich lange Zeit.«

Wie lange war eine Minute für Mercedes, da draußen im eiskalten Wasser? Und wie lange war dieselbe Minute für ihn, der hier zwischen Hoffen und Bangen am Ufer wartete?

Er ballte die Hände in den Taschen seines Mantels. »Die

Oyster wird halten«, flüsterte er sich selbst zu. »Sie muss den Test bestehen. Wenn wir die Zeit auch nicht kontrollieren können, können wir sie zumindest würdigen. Und was ist eine Uhr anderes als ein Denkmal für die Zeit?«

In diesem Moment durchbrach George Henry Allans Stimme seine Gedanken. »Mercedes ist gut in Form heute, trotz des furchtbaren Wetters.« Er lächelte Hans von der Seite an. »Ihre Uhr scheint ihr Sicherheit zu geben.«

Hans nickte, unfähig, etwas zu antworten; zu gefangen war er noch in seinen eigenen Gedanken und Gefühlen. Vor seinem inneren Auge tauchte wieder Einsteins Gesicht auf. Er erinnerte sich an dessen Augen, die ihn hinter den Brillengläsern eindringlich musterten.

Die Zeit schien dehnbar, relativ, unbezwingbar zu sein. Hans Wilsdorf stellte sich an der Küste von Dover die Frage, ob eine Uhr die Zeit jemals ganz begreifbar machen könnte.

Nach knapp fünfzig Minuten kehrte Mercedes zurück. Ihre Haut war rot vor Kälte, Wassertropfen rannen ihr vom Haaransatz übers Gesicht. Sie stapfte durch den nassen Sand und atmete schwer.

Hans spürte sein Herz rasen. Er wollte eigentlich nichts fragen, sondern warten, bis sie von sich aus etwas sagte. Doch er hielt es einfach nicht aus. »Und?«, platzte er heraus.

Mercedes blickte erst aufs Meer, dann auf die Uhr. »Ich kann nur sagen, sie hat kein einziges Mal ausgesetzt. Sie läuft. Ich merke keinen Unterschied. Es ist, als wäre sie nie im Wasser gewesen.«

Hans hätte vor Erleichterung am liebsten einen lauten Jubelschrei ausgestoßen. Aber das entsprach nicht seinem stets zurückhaltenden Wesen. Also beschränkte er sich auf ein Lächeln und sagte: »Das ist fein, Miss Gleitze.«

»Das finde ich auch, Mr Wilsdorf.« Dann gab sie zu bedenken: »Aber das war ja nur ein Bruchteil dessen, was während einer ganzen Kanaldurchquerung auf sie zukommt. Salzwasser, Strömungen, stundenlange Belastung … Das hier ist nur ein kleiner Vorgeschmack.«

Doch Hans schüttelte den Kopf. »Ich habe nicht mehr den geringsten Zweifel daran, dass Sie beide das schaffen werden – Sie und meine Rolex Oyster.«

* * *

Zurück im Hotel setzte sich Hans an seinen kleinen Schreibtisch und schrieb an seinen treuen Freund und Wegbegleiter Jean Aegler in Genf.

Lieber Jean,
ich kann kaum in Worte fassen, was für einen Eindruck Miss Gleitze auf mich gemacht hat. Ich bin sicher, dass unser Treffen für die Zukunft von großer Bedeutung sein wird. Sie ist zäh, mutig und bereit, unsere Armbanduhr auf eine Probe zu stellen, die noch niemand zuvor gewagt hat. Stell dich darauf ein, dass wir bald eine offizielle Vereinbarung treffen. Die Reklameagentur Messrs S. T. Garland, Advertising Service, Brook Street in London, wird uns dabei behilflich sein.
Herzlich,
Dein treuer Freund
Hans

* * *

Mercedes und Hans hatten sich angefreundet. Sie trafen sich auch in London regelmäßig, und Mercedes lernte Florence kennen und schätzen. Stella und ihr inzwischen aus Schottland zurückgekehrter Verlobter waren ebenfalls häufiger mit von der Partie, sie hatten die Wilsdorfs sogar zu ihrer Heirat eingeladen, die im Sommer stattfinden sollte.

»Im Sommer die Hochzeit und im Herbst dann deine Kanaldurchquerung, Mercedes. Das wird ein gutes Jahr«, sagte Stella eines Abends, als sie bei den Wilsdorfs zum Diner eingeladen waren.

Hoffentlich, dachte Mercedes bei sich. Hoffentlich würde sie die Kanaldurchquerung schaffen. Und hoffentlich würde die Hochzeit unbeschwert verlaufen. Dann würden sie Doloranda wiedersehen und sich mit eigenen Augen davon überzeugen können, ob es der Schwester wirklich so gut ging, wie diese in ihren Briefen stets behauptete. Mercedes hatte jedes Mal ein ganz merkwürdiges Gefühl und war beunruhigt, wenn sie an Randa dachte.

»Was ist denn mit dem Hochzeitskleid?«, wandte sich nun Florence an Stella. »Wissen Sie schon, was Sie tragen werden?«

»Wenn ich es wüsste, müsste ich jetzt schweigen«, gab sie mit Blick auf ihren Bräutigam zu bedenken. »Aber tatsächlich weiß ich es noch nicht. Ich hatte vor, morgen gemeinsam mit Mercedes auf die Suche zu gehen«, sagte Stella und ergänzte dann: »Möchten Sie nicht mitkommen?«

Mercedes sah, dass Florence' Wangen vor Freude erröteten. »Wenn ihr mich dabeihaben wollt, gern!«, sagte sie und fügte hinzu: »Ich will aber nicht stören.«

»Das tun Sie ganz und gar nicht«, beruhigte Mercedes sie. »Ich genieße es immer sehr, mit Ihnen und Hans zusammen zu sein.«

Mercedes meinte, was sie sagte. Zwar war sie selbst ja erst sechsundzwanzig, Florence aber zehn und Hans sogar zwanzig Jahre älter als sie, doch der Altersunterschied zwischen ihr und den agilen Wilsdorfs störte niemanden. Ihre Freundschaft war besonders. Dann und wann philosophierte sie gern mit Hans über das Phänomen »Zeit«. Seit er ihr von seinen Gedanken am Tag des ersten Schwimmversuchs mit der Rolex am Arm an der Küste vor Dover erzählt hatte, faszinierte sie dieses Thema. Es ist so schwer greifbar wie das Meer, dachte sie oft. Und sie empfand auch, was Stella und Florence immer wieder betonten: Hans und sie waren einander sehr ähnlich, in ihrem Wesen, ihren Gedanken, ihrer Zielstrebigkeit, ihrem übermäßigen Ehrgeiz.

»Das kann ich nur zurückgeben«, kam es just in diesem Moment von Hans. »Sie sind für uns ebenfalls ein sehr wichtiger Mensch und eine wirklich treue Freundin. Allein schon deshalb war es eine gute Idee, Sie anzuschreiben.«

»Na, also«, sagte Florence, »dann bin ich morgen gern, sehr gern, mit dabei.«

* * *

Am nächsten Tag strahlte die Sonne über einem eleganten, pulsierenden London, als Mercedes, Stella und Florence die Regent Street entlangschlenderten. Stella wusste genau, wo sie ihr Brautkleid kaufen wollte: »Lasst uns zu *Liberty* gehen.«

Mercedes pfiff leise durch die Zähne. »Nobel, nobel«, sagte sie. *Liberty* war eines der angesehensten Kaufhäuser der Stadt und bekannt für seine exquisite Auswahl an Stoffen aus nah und fern.

»Man heiratet nur einmal«, machte Stella den anderen beinahe trotzig klar und bog in die Great Marlborough Street ein, um sogleich auf das prachtvolle Fachwerkgebäude zuzusteuern. Die drei Frauen traten ein, und Mercedes, die das Geschäft tatsächlich noch nie besucht hatte, sah sich staunend um. Mahagoniholz, schimmernde Messingdetails und das Licht, das durch kunstvoll gefertigte Fenster fiel, sorgten für eine Atmosphäre von Luxus und Ruhe. Eine freundliche Verkäuferin in einem eleganten schwarzen Kleid begrüßte sie und führte sie, nachdem sie ihr Anliegen erklärt hatten, sehr freundlich in den Bereich für Brautmode. Die Abteilung strotzte geradezu von luxuriösen Stoffen und Materialien wie Seide, Chiffon und Spitze, Perlen und Pailletten.

»Bitte nehmen Sie Platz«, lud die Verkäuferin sie ein. »Ich werde Ihnen einige unserer besonders schönen Modelle heraussuchen.«

Aufgeregt setzten sich die drei Frauen nebeneinander, doch mit jedem Kleid, das die Verkäuferin ihnen präsentierte, wurden ihren Gesichter länger. Die Kleider waren allesamt knie- oder wadenlang und mit einer niedrigen Taille geschnitten, die mit einem Gürtel oder einer Stickerei betont werden sollte. »Der Schnitt dieses Modells hier ist anders. Er ist gerade, um Bewegungsfreiheit zu bewahren«, sagte die Verkäuferin eifrig.

Doch Stella schüttelte den Kopf. »Das mag ja alles gut und schön sein, aber ich will kein modernes Brautkleid, sondern ein schönes. Es soll ein romantisches sein, bodenlang, mit Spitze und über und über mit Perlen und Pailletten bestickt.«

Die Verkäuferin ließ sich nicht aus der Ruhe bringen und blieb freundlich: »Eine klassische Braut also«, strahlte sie. »Natürlich haben wir auch etwas für diesen Geschmack. Warten Sie bitte einen Moment.«

Wenig später kam sie zurück und schob einen großen

Ständer mit ausladenden Kleidern vor sich her. Gleich das erste zog Mercedes in ihren Bann. »Stella«, hauchte sie. »Das ist wunderschön.«

Ihre Schwester nickte. »Allerdings«, sagte sie und wandte sich dann an die Verkäuferin. »Ich würde es gern anprobieren.«

»Sehr gern.«

Die Frau nahm das Kleid vom Ständer und verschwand mit Stella hinter einem dicken dunkelroten Samtvorhang. Wenig später trat die werdende Braut vor deren Schwester und Florence Wilsdorf. Die beiden waren gleichermaßen begeistert. »Stella, du siehst aus wie eine Prinzessin!«, fand Mercedes.

Das Kleid war schmal geschnitten und betonte die Figur. Der Rock aus glänzender Seide fiel schlicht und glatt, was den perlenbestickten Saum umso mehr auffallen ließ. Das Mieder war über und über mit Perlen, Pailletten und kleinen Blüten bestickt. Die Ärmel waren aus zarter, durchscheinender Spitze genäht.

»Es ist perfekt«, stellte Florence schließlich fest und lächelte Stella an.

»Das finde ich auch, wie für dich gemacht.«

»Ja.« Stella drehte sich um und betrachtete sich im Spiegel. »Ich habe mein Brautkleid gefunden.«

»Ein paar Änderungen sollten wir vielleicht noch vornehmen«, empfahl die Verkäuferin. »Der Saum ist etwas zu tief, und in der Taille ist das Kleid etwas zu weit. Wenn Sie möchten, kann ich Ihnen gleich die Schneiderin schicken, damit sie das Kleid absteckt. Dann könnten Sie es übermorgen abholen.«

»Ja«, stimmte Stella zu. »Ja, das wäre perfekt.«

27

Die letzten Tage vor der Hochzeit waren erfüllt von Hektik und Freude. Die Schwester der angehenden Braut und Florence Wilsdorf wichen nicht von Stellas Seite. Mercedes hatte sich Urlaub genommen, um ihrer Schwester – zumindest nach dem obligatorischen morgendlichen Schwimmtraining – rund um die Uhr zur Seite stehen zu können. Die drei Frauen gingen gemeinsam zum Blumenmarkt, wo Stella sorgfältig die weißen Rosen und den Efeu zum Schmücken der Kirche auswählte. Der Blumenhändler war glücklicherweise ein glühender Verehrer von Mercedes, weshalb deren Schwester einen schönen Preisnachlass erhielt.

Danach sahen die drei Frauen die Sitzordnung durch und besprachen alle Details der Hochzeitsfeier. Stellas Vater Heinrich war ja nur Bäckermeister, und ihr Bräutigam Cecil Seaton als Chemiker sowie dessen Vater James verdienten als Marineingenieur ihrerseits keine Unsummen – deshalb sollte die Kaffeetafel nach dem Traugottesdienst im bescheidenen, aber geräumigen Veranstaltungsraum der anglikanischen Gemeinde im Stadtbezirk Westminster stattfinden.

Mercedes wollte ihren Eltern ihre eigene Wohnung überlassen – selbstverständlich mit Genehmigung der gestrengen Vermieterin Mrs Brown. Sie selbst würde bei Violet und Richie übernachten.

Als sie nachmittags mit Stella die Eltern und Doloranda vom Bahnhof abholte, erschrak Mercedes ein wenig darüber, wie alt ihre Mutter geworden war. Die Zeit war nicht ihr Freund, fuhr es ihr durch den Kopf, und sie musste wieder an ihre zahlreichen Gespräche mit Hans zu diesem Thema denken.

Dann wandte sie sich ihrem Vater zu – und sein Anblick schnitt ihr ins Herz. In ihren Erinnerungen war Heinrich Gleitze noch immer der liebevolle und strahlende Mann ihrer Kindheit, doch die Wirklichkeit sah anders aus. Der Krieg hatte den Bäckermeister vollkommen verändert. Er schien in seiner eigenen inneren Welt gefangen, zu der niemand anders Zugang hatte. Kein Wunder, dass die Mutter so einsam wirkte.

Als sie den Vater umarmte, spürte Mercedes, wie mager und knochig er geworden war. Dann jedoch gab es zumindest einen Grund zur Erleichterung: Hinter den Eltern war Doloranda aus dem Zugabteil gestiegen. Mercedes hatte große Angst vor der Begegnung gehabt, da sie beim Gedanken an ihre älteste Schwester in letzter Zeit stets das Gefühl eines drohenden Unheils beschlichen hatte. Randa schien in ihren Briefen jedoch die Wahrheit gesagt zu haben. Ihre Augen strahlten, sie wirkte frisch und ausgeruht, als sie Mercedes in ihre Arme schloss. »Ist es zu glauben? Unsere Stella heiratet. Ich werde die ganze Zeit heulen.«

* * *

Doloranda hatte Wort gehalten und zahlreiche Tränchen verdrückt. Kein Wunder – die Hochzeitszeremonie in der St Mark's Parish Church im Stadtbezirk Westminster war ergreifend gewesen. Nach dem Gottesdienst war die Hochzeitsgesellschaft ins benachbarte Gemeindezentrum gegangen und hatte dort an den etwas wackligen, aber hübsch weiß eingedeckten Tischen mit Kerzenständern und Blumenvasen Platz genommen.

Als das Brautpaar die Hochzeitstorte anschnitt, ließ Doloranda sich ein besonders großes Stück geben und setzte sich wieder zu den Eltern. Stella hatte dafür gesorgt, dass ihr Vater dem mit ihr befreundeten Konditor bei der Herstellung der Torte hatte helfen dürfen. Er hatte das Handwerk ja damals noch in Göttingen gelernt. Ihre Rechnung war aufgegangen: Heinrich Gleitze schien äußerst stolz darauf zu sein, bei der mehrstöckigen Leckerei beteiligt gewesen zu sein.

»Ich fürchte, mein Kleid wird reißen«, seufzte die Braut nach dem zweiten Stück Torte.

»Und ich kann meine Kanaldurchquerung vergessen«, stöhnte Mercedes. »Ich werde auf den Meeresgrund sinken wie ein Stein.«

»Na, hoffentlich übersteht das unsere Rolex Oyster«, scherzte nun auch Florence, und Stella fragte: »Ob dein Verlobter dann zur Stelle ist, um dich vom Grund des Meeres zu retten?«

»Welcher Verlobte?«, fragte Florence erstaunt. »Habe ich etwas verpasst?«

»Ich bin tatsächlich verlobt, habe meinen Zukünftigen aber noch nie gesehen«, erzählte Mercedes und weihte ihre erfahrene Freundin in die ganze Geschichte ein.

»Völlig verrückt, oder?«, fragte Stella Florence mit hochgezogenen Augenbrauen. »Wie kann man sich in jemanden verlieben, den man noch nie zuvor gesehen hat?«

Florence wiegte den Kopf. »Ich glaube schon, dass das geht. In Worten offenbart man ja sein Innerstes. Die Art und Weise, wie sich jemand auszudrücken vermag, sagt viel über seinen Charakter aus. Und sein Schriftbild tut das übrigens auch.«

»Ich fand die Schrift deines Mannes von vornherein sehr angenehm«, sagte Mercedes.

Florence lachte. »Das ging ihm umgekehrt genauso. Gibt es schon Erkenntnisse darüber, wann dein Briefverlobter aus Indien zurückkehren soll und wie und wo du ihn leibhaftig kennenlernen wirst?«

Mercedes schüttelte den Kopf. »Nein, aber es muss unbedingt nach der Kanaldurchquerung sein. Vorher habe ich dafür keine Nerven.«

Sie ließ ihren Blick zu Doloranda hinüberschweifen und bemerkte mit Erleichterung, dass deren Zustand sich nicht im Mindesten verschlechterte, im Gegenteil.

Ich habe wohl wirklich Gespenster gesehen, schalt sich Mercedes selbst.

Hans, ebenfalls mit einem zweiten großen Stück Torte auf seinem Teller, steuerte auf Heinrich Gleitze zu, den Brautvater.

»Herr Gleitze?« Freundlich sprach Hans den grauhaarigen, schmalen Mann an, der mit seinem Stück Torte saß und vor sich hin starrte.

Der Brautvater aus Deutschland fuhr erschrocken auf. »Ja?«

»Bitte entschuldigen Sie, ich wollte mich Ihnen gerne vorstellen. Ich bin ein Freund und Geschäftspartner Ihrer Tochter Mercedes und wollte Ihnen gern zu der großartigen Torte gratulieren.«

»Ach, ich habe doch nur dem Konditor ein bisschen geholfen«, winkte Heinrich Gleitze bescheiden ab.

»Dann gratuliere ich Ihnen eben zu Ihren großartigen Töchtern«, meinte Hans und fügte ironisch hinzu: »Ich nehme mal an, bei deren Entstehung war der Herr Konditor nicht beteiligt.«

Über diesen frechen Humor musste Herr Gleitze spontan auflachen.

»Was Mercedes erreicht hat, ist außergewöhnlich. Sie können unglaublich stolz auf sie sein«, fuhr Hans ermutigend fort.

Ein Lächeln glitt über Heinrichs eingefallenes Gesicht. Die Aussage schien den ganzen Mann zum Leuchten zu bringen. Von einem Moment zum anderen wirkte er ganz anders.

»Meine Jüngste hat diese Willenskraft von ihrer Mutter«, raunte er dem Uhrenfabrikanten verschwörerisch zu und deutete mit dem Kopf zu seiner Frau, die sich gerade mit der Mutter des Bräutigams unterhielt. Hans hatte den Eindruck, dass er seine Frau anerkennend im Auge behielt. Jetzt fragte er: »Wie heißen Sie denn, mein Herr?«

»Oh, bitte verzeihen Sie«, sagte Hans, dem erst jetzt auffiel, dass er seinen Namen gar nicht genannt hatte. »Mein Name ist Hans Wilsdorf.«

Sie schüttelten einander die Hand. »Guten Tag! Sie sprechen so gutes Deutsch? Wo wohnen Sie denn?«

»Ich wohne in Genf, in der Schweiz, und auch hier in London. Eigentlich bin ich Deutscher, so wie Sie. Ich stelle Uhren mit Schweizer Laufwerk her«, erzählte Hans und schob den Ärmel seines Jacketts zurück. »Armbanduhren, um genauer zu sein.«

»Donnerwetter!«, staunte Heinrich Gleitze. »Das ist ja

was ganz Neues. Das hätten wir im Krieg mal haben sollen. Da mussten wir uns Taschenuhren an die Handgelenke binden, um die Uhrzeit zu wissen – wenn wir überhaupt Uhren hatten.«

Die Erwähnung des Krieges schien Heinrich zurück in eine andere Welt zu katapultieren. Er saß wieder schweigend da und starrte vor sich hin. Hans war unsicher, ob er den Mann, der noch gar nicht so alt war und dennoch gebrochen schien, in seinen Gedanken stören sollte. Vielleicht wäre es besser, ihm etwas Zeit zu geben und einfach schweigend neben ihm zu sitzen? In diesem Augenblick begann das Brautpaar den Hochzeitstanz zu einem Walzer, der von einem Grammofon abgespielt wurde. Nach dem Applaus forderte Bräutigam Cecil auf heimliche Ansage Stellas hin deren ältere Schwester zum Tanzen auf. Die errötete zunächst, fand dann aber offensichtlich Freude daran, mit dem schmucken Chemiker übers Parkett zu schweben. Weitere Paare gesellten sich zu ihnen. Hans erinnerte sich, dass Mercedes ihm vor einiger Zeit anvertraut hatte, sie mache sich große Sorgen um die Schwester. Im Moment schien es ihr allerdings bestens zu gehen. Kaum hatte Hans dies gedacht, sackte Doloranda jedoch unvermittelt in sich zusammen. Sie entglitt dem erschrockenen Cecil – und schlug mit dem Kopf auf dem gebohnerten Parkettboden auf.

Erschrocken sprang Hans auf und wollte zu Hilfe eilen, aber seine Aufmerksamkeit wurde auf etwas anderes gelenkt: Neben ihm schrie Heinrich Gleitze plötzlich wie am Spieß.

Mercedes kniete außer sich neben Doloranda, ihr Herz klopfte bis zum Hals. Stellas Bräutigam war schon bei der Gestürzten und hatte deren Kopf in seinen Schoß gebettet. Auch die anderen Gäste scharten sich bis aufs Blut erschrocken zusammen. Mercedes hörte ihren Vater schreien. Sie sah, dass sich ihre Mutter und Stella zu Randa vordrängten. Gleich darauf knieten sie sich ebenfalls neben ihr nieder und wurden bleich vor Schreck. Dolorandas Gesicht war kreideweiß, aber ihre Wangen glühten. Ihr Atem war flach, ihre geschlossenen Augenlider flatterten leicht.

Erneut drückte sich jemand durch die Menge. Es war Mercedes' Ärztin Dr. Carrington. Diese warf nur einen flüchtigen Blick auf die zusammengesackte Frau am Boden, fühlte deren Puls, horchte an ihrer Brust nach ihrem Atem und meinte dann: »Plötzliche Ohnmacht, flacher Puls, blasse Haut, heiße Wangen. Wir müssen vorsichtig sein. Es könnte ansteckend sein. Vielleicht hat sie sogar Tuberkulose.«

Durch die Schar der Hochzeitsgäste ging ein Raunen. Einige wichen erschrocken ein paar Schritte zurück, doch Anna Gleitze schüttelte den Kopf. »Meine Tochter hat keine Tuberkulose«, sagte sie bestimmt. »Sie leidet unter einer Krankheit, die mir bekannt ist, aber die ist nicht ansteckend.«

»Welche Krankheit denn, um Himmels willen?«, presste Mercedes hervor.

Bräutigam Cecil bemerkte, dass seine Schwiegermutter darauf keinesfalls antworten wollte, und wandte sich an die verschreckten Eingeladenen: »Liebe Gäste, meine Schwägerin wird sofort versorgt. Wir kümmern uns natürlich um sie. Es wird alles gleich wieder gut sein! Bitte, genießen Sie den Abend weiter, essen Sie, tanzen Sie. Es sind genug Schallplatten da.«

Murmelnd verteilten sich die Hochzeitsgäste wieder im Raum, die Musik wurde fortgesetzt.

Dr. Carrington, Mercedes und deren Eltern brachten Doloranda in die Wohnung ihrer jüngsten Schwester.

Auch Braut Stella war dabei, ihr Mann war im Gemeindehaus geblieben, um sich dort den Gästen zu widmen. In

Mercedes' Bett brach Randa in Tränen aus und zitterte am ganzen Körper. Sie sah Stella an und nahm deren Hand. »Es tut mir so leid, dass ich dir die Hochzeit verdorben habe, Liebes, aber ich wollte unbedingt dabei sein.«

»Und damit hast du mir das größte Geschenk gemacht«, schluchzte Stella. »Mercedes und ich wissen schon lange, dass etwas mit dir nicht stimmt. Aber was ist es denn nun?«

»Es ist keine Tuberkulose«, sagte Doloranda und drehte den Kopf zur Wand.

Mercedes' Herz raste. Ihr Magen schmerzte. Ihr Kopf brummte.

»Was, verflixt noch mal, ist es dann, Randa?«, fragte Stella eindringlich. »Bitte, diese Ungewissheit macht mich ganz verrückt.«

»Ich will dir die Hochzeit nicht verderben. Es tut mir so leid«, schluchzte Doloranda.

»Liebes.« Stella strich ihr über das Haar. »Die Hochzeit ist jetzt gar nicht wichtig. Wichtig bist nur du.«

»Es sollte der schönste Tag in deinem Leben werden«, beharrte Doloranda.

»Bitte, Randa, Liebling, sag es ihnen«, flehte nun ihre Mutter Anna, die die ganze Zeit über schweigend dabeigesessen hatte, das Gesicht erstarrt vor Sorge und Kummer.

»Ich …«, setzte Doloranda an und verstummte. Sie versuchte es noch einmal. »Ich …« Dann wandte sie sich an ihre Mutter, der die Tränen über das Gesicht liefen.

»Sag du es ihnen«, bat sie.

Anna Gleitze nickte. »Gut, wie du möchtest«, stieß sie hervor, während sie zärtlich das Gesicht ihrer Ältesten streichelte. »Unsere Randa hat einen schweren Herzfehler.«

Herzfehler. Das Wort stand groß und schrecklich im Raum. Mercedes saß wie erstarrt.

»Und wie behandelt man das?«, fragte Stella mit zitternder Stimme.

»Das ist nicht wirklich behandelbar«, sagte Doloranda merkwürdig gefasst.

Mercedes zitterte, sie sah, wie Stella aufschluchzte und Doloranda umarmte. Ihre Mutter regte sich nicht, konnte nichts sagen. Sie hörte aus dem benachbarten Gemeindehaus die Tanzmusik, die auf Cecils Signal wieder eingesetzt hatte. Sah im Geist die Paare, die sich dort wieder auf der Tanzfläche drehten.

Das konnte doch alles nicht wahr sein!

»Wie lange hast du noch?«, fragte Mercedes schließlich mit belegter Stimme.

Doloranda zuckte mit einem freudlosen Lächeln mit den Schultern. »Versuch du mal, von einem deutschen Arzt eine eindeutige Aussage zu bekommen. Auf jeden Fall wird das Herz immer schwächer. Die nächste Ohnmacht kann die letzte sein. Ob das morgen passiert oder in einem Jahr – das weiß keiner.«

Doloranda würde sterben, es war unfassbar. Einem Impuls folgend, blickte Mercedes auf ihre Rolex Oyster, die sie auch an diesem Abend trug.

Es war neun Minuten vor halb sieben. In dieser Stunde des 6. Juli 1927 hatte sich eine einschneidende, schreckliche Veränderung in das Leben der Langstreckenschwimmerin geschlichen.

28

Heinrich Gleitze hatte lange Zeit nicht aufhören wollen zu schreien. Dann hatte er sich die Hände auf die Ohren gepresst und war zu Hans' Entsetzen unter den Tisch gekrochen. Der Uhrenfabrikant hatte nicht gewusst, was er tun sollte, und sich Hilfe suchend nach Florence umgeblickt, doch die war zu Mercedes aufgebrochen, um nach Doloranda zu sehen. Er zögerte noch einen Moment, dann ging er in die Knie, hob das Tischtuch an und fragte: »Darf ich?«

Mit weit aufgerissenen Augen starrte Heinrich ihn an. »Machen Sie schnell!«, flüsterte er dann. »Wir sind in Gefahr.«

»Ja.« Hans kroch ebenfalls unter den Tisch, setzte sich neben Heinrich und wartete. Er wusste noch immer nicht, was er tun sollte, aber so langsam dämmerte ihm, was mit Heinrich Gleitze los war. Dessen folgende Worte bestätigten seine Vermutung. Mercedes' Vater war Kriegszitterer. »Ich hätte nicht schreien dürfen«, flüsterte er. »Das hat den Feind auf uns aufmerksam gemacht.«

»Er wird uns hier nicht finden«, sagte Hans aufs Geratewohl. Er hatte keine Ahnung, ob er das Richtige tat und sagte. »Der Feind vermutet uns in Schützengräben und nicht unter einem Tisch im Gemeindehaus.«

Verblüfft sah Heinrich ihn an. »Das stimmt. Und es wird auch gar nicht geschossen, hören Sie?«, fragte er Hans.

»Im Gegenteil. Sie feiern, tanzen und lachen. Es ist Frieden, Heinrich. Sie haben nichts mehr zu befürchten.«

Mercedes' Vater starrte ihn immer noch an. Sein Blick wurde klarer. Es war, dachte Hans, der ihn genau beobachtete, als zöge jemand einen Schleier von seinem Gesicht fort.

»O Gott«, sagte er leise. »Bitte entschuldigen Sie. Sie müssen mich für vollkommen verrückt halten.«

Hans schüttelte den Kopf. »Ich halte Sie für einen Mann, der im Krieg das Schlimmste erlebt hat. Und der jetzt wieder daran erinnert wurde.«

Heinrich nickte. »Waren Sie auch im Krieg?«

Hans schüttelte den Kopf. »Zum Glück nicht, weil ich in der Schweiz und in England lebte. Ich weiß aber, dass es vielen so ergeht wie Ihnen – und dass Schreckmomente Erinnerungen wachrufen können.«

Am liebsten hätte er sich gleich darauf auf die Zunge gebissen. Es wäre sicherlich besser gewesen, das Wort »Schreckmoment« nicht zu erwähnen.

»O nein«, schoss es Heinrich durch den Kopf. Er bemühte sich, wieder unter dem Tisch hervorzukommen. »Jetzt weiß ich, was mich so erschreckt hat. Doloranda ist zusammengebrochen. Ich muss sofort zu ihr.«

Einem Reflex folgend, sah Hans auf die Uhr. Es war neun Minuten vor halb sieben.

* * *

Am Morgen nach der Hochzeit saßen die Familien der Brautleute noch in Mercedes' kleiner Wohnung beisammen. Anna Gleitze hatte Häppchen vorbereitet, doch keiner hatte wirklich Appetit. Zu schrecklich war das, was sie am Abend zuvor erfahren hatten, zu schwer lagen ihnen die Ereignisse des letzten Tages noch im Magen.

»Ich werde mir das nie verzeihen«, sagte Doloranda, der es wieder gut genug ging, um am Frühstück teilnehmen zu können. Sie sah erst Stella und dann ihren frischgebackenen Schwager an. »Ich werde mir nie verzeihen, euch die Hochzeit verdorben zu haben.«

»Und ich werde dir nie verzeihen, wenn du *dir* das nicht verzeihst.« Stellas Stimme wankte, Cecil griff rasch nach ihrer Hand. Sie atmete einmal tief durch, dann sagte sie: »Es ist mein größtes Geschenk, dass du trotz deines Gesundheitszustandes gekommen bist. Familie bedeutet nicht, immer nur zu feiern und zu lachen. Familie heißt auch, für die anderen da zu sein, wenn es ihnen schlecht geht.«

»Na ja«, seufzte Doloranda und sah die Mutter des Bräutigams entschuldigend an. »Kaum haben Sie diese Familie bekommen, schon gibt es ein Drama.«

»Meine Liebe …«, hub Mrs Seaton an, eine gütige rothaarige Frau mit blitzenden grünen Augen, die, wie Mercedes schon gestern bemerkt hatte, ein wenig aussah wie Stella. »Meine Liebe, ein Hochzeitsfest ist doch nur eine äußere Form. Viel wichtiger ist, dass Cecil eine so bezaubernde Ehefrau bekommen hat – mitsamt einer liebenswerten Familie.«

»Darauf sollten wir das Glas heben«, ergriff nun James Seaton, der Vater des Bräutigams, das Wort. Der attraktive Marineingenieur mit den grauen Schläfen brachte einen Toast aus: »Auf die Familie! Und darauf, dass wir noch viele Feste miteinander feiern können!«

Das herzliche Verhalten der Familie des Bräutigams half, die Stimmung etwas zu lockern. Zögernd griffen alle doch bei Mutter Annas Häppchen zu und ließen sie sich schmecken. Doloranda gab zu Mercedes' Erstaunen sogar relativ bereitwillig Auskunft über ihre Krankheit. »Es ist eine Erleichterung, dass ihr es nun endlich wisst«, sagte sie. »Es war so furchtbar, es vor euch geheim zu halten. Ich dachte eben, jeder Tag, den ihr ohne Sorgen um mich verbringen könnt, ist ein gewonnener Tag.«

»Wir haben doch gespürt, dass etwas mit dir nicht stimmt«, sagte Mercedes. »Wenigstens hast du deine Sorgen mit Mama geteilt.«

»Hat sie nicht«, protestierte Anna, lächelte ihre Tochter dabei aber liebevoll an. »Ich musste es förmlich aus ihr herausquetschen.«

Mercedes bemerkte Dolorandas zurückhaltenden Blick und wusste, was die Schwester nun sagen würde: »Du hast genug mit Vater zu tun. Ich will dich nicht zusätzlich belasten.«

Auch in diesem Punkt konnte Mercedes ihre Schwester wirklich verstehen. Hans hatte ihr gestern Abend noch vollkommen erschüttert vom Zusammenbruch ihres Vaters erzählt.

»Wie gut, dass du da warst, Hans«, hatte sie gesagt. Hans hatte väterlich reagiert, sie kurz in die Arme genommen und ihr noch einmal versichert, dass Florence und er immer für sie da sein würden. Wie gut es war, solche Freunde zu haben. Wie gut es war, Menschen zu haben, die einem beistanden. Ihre Aufgabe würde es nun sein, Doloranda beizustehen.

Offenherzig wandte sie sich ihrer Schwester zu. »Es gibt noch andere Ärzte, Randa. Gute Ärzte. Jetzt, da du uns endlich von deiner Krankheit erzählt hast, können wir dir vielleicht doch helfen.«

»Vielleicht«, antwortete Doloranda vage. »Wenn meine

Schwester es schafft, den Ärmelkanal zu durchqueren, werde ich es auch schaffen, mit diesem schwachen Herzen zurechtzukommen.«

»Das ist ein Wort«, freute sich Mercedes etwas erleichtert. Ein anderer schwerer Gedanke schoss ihr jedoch schnell durch den Kopf: »Noch habe ich den Ärmelkanal nicht bezwungen!«

* * *

»Das Wasser ist kalt«, sagte Trainer George Henry Allan stirnrunzelnd, als er das Thermometer herauszog. »Sechzehn Komma zwei Grad. Hältst du das durch?«

»Natürlich«, sagte Mercedes. »Im Übrigen ist es die letzte Gelegenheit für dieses Jahr. Wärmer wird es schließlich nicht mehr.«

»Sind Sie sicher?« Auch Henry Sharp sah sie zweifelnd an.

»Ganz sicher«, bekräftigte Mercedes. »Außerdem sind Sie ja da, um mich zu begleiten. Wenn ich die Kälte wirklich nicht mehr ertrage, steige ich zu Ihnen ins Boot, so wie im September letztes Jahr, erinnern Sie sich? Und Dr. Carrington wird auch wieder an Bord sein.«

Sie nickte der Ärztin zu, die inzwischen schon fast eine Freundin geworden war. Die lächelte. »Ich werde Sie noch mal dick mit Öl und Schmalz einreiben«, sagte sie. »Das hat Ihnen beim letzten Mal ja auch etwas geholfen.«

Beim letzten Mal, dachte Mercedes wehmütig. Beim letzten Mal waren ihre Schwester und ihre Eltern mit auf dem Begleitboot gewesen, und sie hatte noch nichts von Dolorandas Zustand geahnt. Erst unmittelbar nach dem Schwimmversuch war ihr aufgefallen, dass mit ihr etwas ganz und gar nicht stimmte. Auch Stella war dieses Mal nicht dabei.

Sie erwartete ihr erstes Kind und litt unter schrecklicher Schwangerschaftsübelkeit.

Arthur Sharps Frau sollte mit an Bord sein und mehrere Brieftauben, die sie an zuvor vereinbarten Punkten freilassen sollte, um die am Ufer Zurückgebliebenen über Mercedes' Fortschritt zu unterrichten. Dort standen der aufgeregte Hans Wilsdorf und seine Florence, die ihn stets zu beruhigen vermochte.

»Kann ich helfen?«, fragte Florence, als Evelyn begann, Mercedes mit dem Fett einzureiben.

»Gern.« Die Ärztin lächelte ihr zu. »Sie die linke Hälfte, ich die rechte?«

»Einverstanden.«

Es war halb drei Uhr morgens, und sie lagen in Cap Gris-Nez vor Anker. Wegen der Strömungen hatten sie sich dieses Mal entschieden, vom französischen Ufer aus zu starten. Mercedes blickte auf den Kanal hinaus. Ganz friedlich und still lag er da, aber über der Wasseroberfläche waberte Nebel, so dicht, dass sie kaum etwas sehen konnte. Ein leiser Zweifel stieg in Mercedes auf, doch sie gab ihm nicht allzu viel Raum. Schließlich war das Boot mit einem Kompass ausgerüstet, Henry Sharp würde sie sicher lotsen. Anders als damals, als sie mitten in der Nacht bei Gewitter versucht hatte, von Wangerooge nach Helgoland zu schwimmen, würde sie von Menschen in einem Ruderboot und in einem Fischerboot begleitet sein. George kam zu ihr, Evelyn und Florence hatten sie gerade fertig eingecremt. »Ich gebe zu, die Kälte hat mich verunsichert, ich habe aber trotzdem ein gutes Gefühl. Diesmal kannst du es schaffen.«

»Denke ich auch«, pflichtete Mercedes ihm bei. Sie glaubte es wirklich. Dieses Mal ging es nicht nur um sie, sondern um zwei Menschen, die ihr viel bedeuteten. Doloranda hatte gesagt, wenn Mercedes den Kanal durchqueren könne, könne sie es auch mit dem schwachen, kranken Herzen aufnehmen. Mercedes wusste, dass es ein unsinniger Gedanke war, aber irgendwie hatte sie das Gefühl, Dolorandas Leben hinge an ihrer Kanaldurchquerung.

Und dann war da, natürlich lang nicht so wichtig wie Doloranda, Hans mit seiner Uhr. Er würde viel mehr Aufmerksamkeit bekommen, wenn sie den Ärmelkanal erfolgreich durchquerte, als wenn sie wieder abbrechen musste.

»Denk daran, dich nicht zu verausgaben. Du hast eine lange Strecke vor dir«, hörte sie Allan trotz ihrer Gedanken mahnen.

»Ja, ich weiß.«

»Und wechsle ab, um nicht zu verkrampfen: Brustschwimmen, Kraulen und auch mal Rückenschwimmen.«

»Ja«, wieder nickte sie.

»Schön.« Er klopfte ihr noch einmal auf die Schulter. Dann kehrte er ihr den Rücken zu und ging zum Fischerboot, das inzwischen bereit zum Ablegen war.

Mercedes drehte sich zu Hans und Florence um, die nebeneinander in der kleinen Kajüte standen.

»Jetzt geht es also los«, murmelte sie und hob die Rolex Oyster an. »Sie wird mir Glück bringen.«

»Ja, meine Liebe, das wird sie«, sagte Florence gerührt. »Diesmal wirst du es schaffen.«

Hans drückte sie wortlos und sehr fest an sich, dann ging Mercedes nach draußen, wo die Menge der Schaulustigen sofort zu jubeln begann. Ein Mann löste sich aus ihren Reihen und trat auf sie zu.

Mercedes erkannte ihn. Es war der Leuchtfeuerwärter Lucien Popieul, der in den letzten Tagen regen Anteil an den Vorbereitungen genommen hatte. Jetzt sollte er offiziell den

Start der Aktion bezeugen. »Sie werden das heute schaffen, Miss Gleitze«, war auch er überzeugt. »Ich habe ein gutes Gefühl. Und ich werde Sie mit meinem Teleskop von der Leuchtfeuerstation aus beobachten, bis ich Sie nicht mehr sehen kann.«

Mercedes lächelte ihm zu. »Danke, das beruhigt mich.« Und das tat es wirklich. Sie fühlte sich umsorgt und geborgen. Jetzt war sie bereit.

Sie nickte zu dem Fischerboot hinüber. Die komplette Mannschaft bestand aus George Henry Allan, Henry Sharp, Harry Sharp, Arthur Sharp, dessen Frau und, vor der Öffentlichkeit verheimlicht, Hans Wilsdorf mit Florence. Auch Dr. Carrington befand sich auf dem Boot, das Ruderboot wurde vorerst noch vom Fischerboot gezogen.

»Ich bin bereit«, ließ sie alle wissen.

Da trat auch George nach draußen und zog, ebenso wie Arthur und Harry Sharp, einen Zeitmesser heraus.

»Auf geht's!« Mercedes stürzte sich in die Fluten.

Die drei Männer setzten ihre Zeitmesser in Gang – und dann das Fischerboot, das das Ruderboot hinter sich herzog.

Die ersten beiden Stunden verliefen problemlos, doch dann begann Mercedes zu frieren. Tief, ganz tief kroch die Kälte in sie hinein, drohte sie zu lähmen und ließ zugleich ihre Glieder schmerzen. Ihr war vollkommen bewusst, dass sie erst einen ganz kleinen Teil der Gesamtstrecke geschafft hatte. Hatte George doch recht gehabt mit seiner Warnung? War es zu kalt? Sie musste diesen Moment und dieses Gefühl überwinden, wenn sie nicht schon ganz am Anfang scheitern wollte. »Tu es für Doloranda!«, sagte sie sich leise. »Und für Hans.«

Sie blickte zu den Booten hinüber, die sie wegen des dichten Nebels nur schemenhaft erkennen konnte. Sie würde es sie nicht wissen lassen. Am Ende bestanden sie wieder darauf, sie herauszuholen. Mercedes wollte ihre Kraft auch auf keinen Fall mit Diskussionen verschwenden. Sie schwamm weiter und schwamm und schwamm.

Der Morgen graute allmählich. Es wurde heller über dem Horizont, aber der Nebel ließ ebenso wenig nach wie die Kälte. Mittlerweile schmerzte ihr Körper überall, starker Durst plagte sie. Sie schwamm näher an das Ruderboot heran, das längst vom Fischerboot gelöst worden war. George Henry Allan und Dr. Carrington hatten sie in den letzten Stunden immer wieder mit Tee und Trauben versorgt. Auch jetzt reichte George ihr unaufgefordert einen Becher. Wie gut ihr das heiße Getränk tat! Sie fand aber, dass es zu wenig, viel zu wenig war.

»Essen Sie auch noch mal ein paar Trauben«, forderte Evelyn Mercedes auf, und sie bemerkte die Sorge in der Stimme der Ärztin. »Sie wissen, dass wir Sie jederzeit herausholen können.«

Mercedes schüttelte den Kopf. Sie musste ja weiterschwimmen. Für Doloranda. Für Hans.

»Es geht noch«, sagte sie und angelte nach den Trauben, die George mit einer Schnur an einen Stock gebunden hatte. Es war nicht so einfach, sie zu erwischen, doch es war eine willkommene Ablenkung von der Kälte und von ihren Schmerzen.

In diesem Moment zerriss ein lauter, dumpfer Knall die Luft. Mercedes zuckte kurz zusammen, beruhigte sich aber gleich darauf wieder. Sie wusste: Das waren die Nebelkanonen, die von Dover aus abgefeuert wurden. Es bedeutete, dass sie der englischen Küste näher kamen. Sie würden dieses Geräusch nun noch häufiger vernehmen. Was für eine unglaubliche Erleichterung! Wenig später folgte gleich die nächste Überraschung. Ein kleiner Vogel kam auf sie zugeflogen und setzte sich auf den Bootsrand. Es war ein Landvogel – sie hatte es also bald geschafft. Der kleine Vogel war ihr Willkommensgruß.

29

Hans Wilsdorf hatte das Gefühl, verrückt zu werden. Die Spannung war nicht mehr auszuhalten. Der Tag der Entscheidung – seit Stunden starrte er wie gebannt auf die junge Frau, die im Wasser darum kämpfte, den Ärmelkanal zu durchqueren. »Die Sorge um die Uhr hätte gereicht«, hatte er anfangs gemurmelt. »Aber um Mercedes mache ich mir natürlich noch mehr Sorgen.« Die junge Frau hatte inzwischen neun Durchquerungsversuche unternommen.

Harry, der seine Worte vernommen hatte, hatte ihm aufmunternd zugelächelt: »Beten Sie für Ihre Uhr«, empfahl er. »Um Mercedes müssen Sie keine Angst haben. Die schafft das heute. Notfalls können wir sie ja rausholen.«

Hans war trotzdem auch wegen Mercedes beunruhigt.

»Da!«, rief der Bootsführer plötzlich aufgeregt. »Die Küste.«

»Halleluja«, sprach Hans leise zu sich selbst. »Gleich ist es geschafft.«

Doch dann hörte er Harry Sharp, den Sohn des bisherigen Kapitäns Henry, leise fluchen; das beunruhigte ihn.

»Was ist?«, fragte Hans alarmiert. »Sie hat es doch gleich geschafft.«

»Aber der Schluss wird noch mal schlimm«, brummte

Harry angespannt. »Die Strömung ist unerwartet stark. Ich hoffe, dass wir nicht abgetrieben werden.«

»Wenn sie so kurz vor dem Ende scheitern würde, wäre das wirklich zu bitter«, meinte Hans resigniert.

Sharp schüttelte den Kopf. »Nein. Dann probiert sie es noch mal. Wir kennen das schon. Heute ist ihr zehnter Versuch. Mercedes ist unermüdlich.«

Angespannt beobachtete die Mannschaft die Schwimmerin, Mercedes hielt einen bemerkenswert geraden Kurs.

Hans hörte den Schiffsführer murmeln: »Gleich bist du da. Halt durch ...«

Er wagte kaum zu atmen. Das Ufer kam näher und näher.

Florence wandte sich zu ihm um, Tränen und Unglauben im Blick. »Sie schafft es, Hans, sie schafft es«, flüsterte sie. »Die Uhr hat ihr Glück gebracht.«

Mit ebenfalls feuchten Augen dachte Hans, dass dieser Augenblick, den sie gerade erlebten, unbeschreiblich war. Da gab es tatsächlich eine kräftige junge Frau, allein stundenlang im kalten Wasser mit dem Meer kämpfend, bei ihr *seine* Uhr, die jede Bewegung, gegen jede Welle mitgeschwommen war. »... hoffentlich unversehrt, alle beide«, betete er.

Mercedes erreichte die englische Küste tatsächlich. Sie schleppte sich mit allerletzter Kraft aus dem Wasser an den Strand. Auch das Ruderboot war ohne Schaden angekommen. Dr. Evelyn Carrington und George Henry Allan stürzten auf Mercedes zu.

Hans und Schiffsführer Harry Sharp strahlten gleichermaßen vor Glück. Sie alle konnten es noch gar nicht richtig begreifen. Dieser unglaubliche Langstreckenschwimmversuch war beim zehnten Mal endlich geglückt. Mit knapp siebenundzwanzig Jahren hatte Mercedes Gleitze als erste Engländerin und als dritte Frau auf der Welt überhaupt am 7. Oktober

1927 in fünfzehn Stunden und fünfzehn Minuten den Ärmelkanal bei durchschnittlich sechzehn Grad Wassertemperatur von Calais nach Dover durchschwommen. Das war eine Sensation! Alle waren fassungslos, sprachlos, glücklich.

»Ich lasse die letzte Brieftaube frei«, sagte Mrs Arthur Sharp mit belegter Stimme, ganz ergriffen.

* * *

Mercedes war völlig erschöpft. Sofort waren da Arme, die sie stützten, die sie hielten, die nach ihr griffen. Ihr versagten die Beine. Hätten ihre Begleiter sie nicht so festgehalten, wäre sie mit voller Wucht auf die Kreidefelsen geschlagen.

»Gott sei Dank bin ich bei Bewusstsein!«, hauchte sie.

»Ja, Mercedes ist bei Bewusstsein«, flüsterte George Henry Allan, der neben ihr niedergekniet war. »Du bist wirklich bei Bewusstsein, dein Ziel ist erreicht. Du bist eine Heldin.«

»Eine Heldin, die jetzt dringend Ruhe braucht«, ordnete Evelyn Carrington streng an. »Wir müssen sie sofort ins Hotel bringen.«

»Ich trage sie zum Ruderboot und fahre sie hin«, erklärte sich Harry, der inzwischen ebenfalls an Land war, bereit.

»Sie müssen mich nicht tragen«, protestierte Mercedes. »Ich habe den Ärmelkanal durchquert, da werde ich es doch schaffen, in ein Ruderboot zu steigen.«

Sie versuchte, sich aufrecht zu halten. Es gelang ihr nicht. Ihre Beine versagten noch immer.

»Wir heben Sie da jetzt ins kleine Boot.«

Harry hob Mercedes auf seine Arme. Im nächsten Moment wurde es schwarz vor ihren Augen.

* * *

Mit einem Schrei fuhr Mercedes empor. Ihr ganzer Körper tat so entsetzlich weh, dass sie das Gefühl hatte, zu verbrennen, zu verglühen. Ursache für diese extremen Schmerzen war die nagende Kälte der See.

»Haben Sie Schmerzen?«, hörte Mercedes Dr. Evelyn Carrington wie durch eine Nebelwand fragen.

Sie konnte nur nicken.

»Das ist in diesem Fall normal«, beruhigte die Ärztin. »Ihr Körper ist vollkommen überanstrengt – und dann auch noch die furchtbare Kälte.«

Mercedes war inzwischen etwas ruhiger geworden, doch die Tränen rannen ihr unaufhörlich über die Wangen.

»Ich gebe Ihnen ein Schmerz- und ein Beruhigungsmittel«, kündigte Evelyn an. »Anschließend können Sie schlafen und sich erholen.«

Tatsächlich fiel Mercedes in einen tiefen Schlaf. Als sie nach vielen Stunden wieder erwachte, fühlte sie sich etwas besser. Sie blinzelte um sich herum und sah in die besorgten Gesichter von Hans und Stella.

»Mercedes«, sprach sie der Uhrenfabrikant ganz leise und sanft an, »geht es dir besser?«

»Hans!«, ächzte sie. »Die Uhr .... Hast du schon nachgesehen, ob sie noch läuft?«

Hans schüttelte den Kopf und sah sie liebevoll an. »Ich wollte diesen Moment mit dir teilen.«

»Danke«, flüsterte sie. »Danke. Ich kann mich nicht gut bewegen. Bitte sieh nach.«

Unsicher sah sich Hans nach Evelyn um, die auf einem Sessel etwas abseits gesessen hatte und aufgestanden war, als Mercedes aufgewacht war. »Darf ich mich zu ihr auf die Bettkante setzen?«

Evelyn nickte. »Wenn Sie vorsichtig sind.«

Ganz behutsam ließ Hans sich neben Mercedes nieder. Er streckte seinen Arm aus und griff nach der Uhr, die an dem Lederband auf dem Tischchen nebendran lag. Sein Herz raste. Das war die Stunde der Wahrheit. Auch Florence neben ihm atmete ein.

Hans hielt Mercedes die Uhr ans Ohr. Sie tickte gleichmäßig, die Zeiger standen korrekt. Die Rolex Oyster hatte die Kanaldurchquerung heil überstanden.

»Sie hat es geschafft, Mercedes, so wie du«, sagte Hans mit vor Rührung feuchten Augen. »Ich bin so unendlich stolz auf euch. Beide.«

»Ich auch«, sagte Mercedes bewegt. »Wie wirst du das jetzt als Reklame verwenden?«

»Ich habe schon mit Florence telefoniert. Sie lässt dich herzlich grüßen. Und natürlich hat sie schon wieder eine Idee. Eine ganzseitige Anzeige in der *Daily Mail* – über die Uhr, die mit Mercedes Gleitze den Elementen getrotzt hat. Aber alles zu seiner Zeit. Jetzt musst du erst mal wieder auf die Füße kommen.«

Dr. Carrington nickte ihm dankbar zu und wandte sich dann an Mercedes: »Ich würde Sie jetzt gern noch untersuchen.«

Mercedes nickte und sah sich um. »Wie bin ich denn hier ins Hotel gekommen? Ich kann mich an nichts erinnern.«

»Wir sind sozusagen im Niemandsland angekommen, an einem einsamen Strand, und dann nach Folkstone übergesetzt. Harry Sharp hat Sie im kleinen Boot ein Stück weitergerudert.«

»Dann hat er dich in meinen Ford T getragen«, ergänzte Hans, »der stand startbereit so nah wie möglich am Wasser – und mit dem sind wir hier ins Hotel gekommen.«

»Ihre erfolgreiche Ärmelkanalüberquerung dürfte sich

inzwischen herumgesprochen haben. Mrs Sharp hat wie vereinbart die letzte Brieftaube mit der frohen Kunde fliegen lassen. Ich nehme mal an, dass da draußen großer Trubel herrschen wird. Vielleicht sollten wir besser sagen, dass Sie noch zu erschöpft sind und sich ausruhen müssen, was denken Sie?«

Mercedes überlegte einen Moment. Das war ein verlockender Gedanke. Sie könnte einfach in ihren kuscheligen Decken liegen bleiben und ihren Erfolg genießen. Die Begeisterung der Menge bedeutete ihr nichts, sie war ihr eher unangenehm und peinlich. Andererseits hatten all diese Menschen mit ihr gefiebert, manche hatten über Jahre hinweg zu ihr gehalten. Die durfte sie jetzt nicht enttäuschen.

Mercedes schaute ihren treuen Begleitern nacheinander ins Gesicht. »Es wäre natürlich das Einfachste, jetzt liegen zu bleiben«, sagte sie, »aber all diese Menschen erwarten mich. Ich schaffe das.«

* * *

Mit zitternden Händen zog Hans ein kleines Büchlein aus seiner Manteltasche. Dort hatte er sich im Verlauf des Tages immer wieder Notizen gemacht: Startzeit, Zwischenzeiten, ungefähre Entfernung, Angaben zur Uhr. Jetzt schrieb er:

> *Ankunft. 7. Oktober 1927, kurz nach sechs Uhr abends. Ärmelkanal vollständig durchschwommen. Rolex Oyster intakt. Zeitmessung exakt. Erfolg.*

Als Mercedes vor das Hotel trat, um sich der dort versammelten Menschenmenge zu stellen, klatschte diese frenetisch Beifall. Jubelnd, schreiend und euphorisch begrüßten sie die

Schwimmerin. Zahlreiche Reporter und Fotografen hatten sich versammelt. Fragen prasselten auf sie ein, ein regelrechtes Blitzlichtgewitter ging auf sie nieder.

Natürlich stand die ebenso erschöpfte wie glückliche Mercedes völlig zu Recht im Mittelpunkt, fand Hans Wilsdorf. Der lebenserfahrene Freund der erfolgreichen Schwimmerin stützte sie links, rechts hatte sie ihr Trainer George Henry Allan untergehakt. Etwa zwei Stunden hielt der Trubel an. Irgendwann ließ Mercedes wissen, dass sie unter schlimmen Kopfschmerzen leide und zurück auf ihr Zimmer wolle.

Die anderen taten es ihr gleich, doch Hans war noch viel zu aufgeregt, um schlafen zu können. Er wollte noch einen Spaziergang machen.

Wenig später ging er durch das Hafenviertel, vorbei an einigen Lagerhäusern, die in der Dunkelheit ganz verlassen schienen, kam schließlich zum Wasser. Die silbrigen Schaumkronen der aufschlagenden Wellen glitzerten im Schein einzelner Hafenlaternen. Er fühlte sich so, als hätte er dem Ozean ein Versprechen abgerungen – einen Pakt zwischen Erfindergeist und Natur. Mercedes hatte für ihren Teil das unmöglich Scheinende wahr gemacht, seine »metallische Auster der Zeit« schien ihm ebenso unangreifbar zu sein wie der menschliche Wille.

Den Genfer Uhrenfabrikanten überflutete ein Glücksgefühl, das so enorm war, dass er nach Luft schnappen musste. Er schloss die Augen, atmete die würzige Meeresluft ganz tief ein, lauschte der Melodie der See. Hans Wilsdorf war an seinem großen Ziel angekommen und spürte den Zauber eines neuen Anfangs auf seinem Weg.

30

Die Kopfschmerzen waren stechend, lähmend und hämmernd. »Das kommt von der Kälte«, erklärte Evelyn. »Davon, dass Sie stundenlang das Peitschen der Wellen direkt an Ihren Ohren hatten.«

»Es ist kaum auszuhalten«, stöhnte Mercedes.

»Ich gebe Ihnen etwas gegen die Schmerzen. Außerdem sollten Sie heißen, süßen Tee trinken und einen langen Spaziergang machen. Danach wird es Ihnen besser gehen. Sie werden sehen. Soll ich Sie begleiten? Oder die Wilsdorfs bitten?«, fragte Evelyn, doch Mercedes schüttelte den Kopf.

»Nein«, sagte sie. »Ich brauche jetzt ein wenig Stille und Einsamkeit.«

Evelyn hatte recht behalten. Am späten Vormittag war Mercedes stark genug, der Einladung des Bürgermeisters von Folkestone, Alderman Reginald G. Wood, ins Rathaus zu folgen. Am Nachmittag fuhr sie gemeinsam mit ihrem Trainer George Henry Allan nach London zurück. Der Herausgeber der Zeitung *News of the World,* Lord Riddell, hatte einen Preis von tausend Pfund für die erste Frau britischer Herkunft versprochen, die den Ärmelkanal schneller als Gertrude Ederle durchqueren würde, die amerikanischen Rekordhalterin.

»Ich weiß gar nicht, was Riddell noch von mir will«, sagte Mercedes zu ihrem Trainer, als sie nebeneinander in dem Wagen saßen, der sie vom Bahnhof abgeholt hatte, um sie zum Verlagsgebäude zu bringen. »Ich war ja gar nicht schneller als Gertrude. Sie war fünfundvierzig Minuten schneller.«

»Wir werden es sehen«, sagte George und lächelte ihr zu. »Du hast deine Sache wirklich gut gemacht.«

»Es ist ein Erfolg unserer ganzen Mannschaft. Besonders dir als meinem Trainer kommt ein großer Anteil zu«, sagte sie und dann: »Eins muss ich dich noch mal fragen.«

»Bitte.«

»Warum hast du in den letzten drei Stunden ununterbrochen auf mich eingeredet und auch noch Antworten von mir gefordert?«

Allan lachte. »Nun, ich hatte wirklich Sorge, dass du mir einschlafen könntest. Du warst völlig erschöpft, und dann noch die Kälte …«

Der Wagen kam am Straßenrand zum Stehen. »Da sind wir auch schon!«, stellte der Trainer fest.

Mercedes sah an dem hohen, ehrwürdigen Gebäude empor, und zum ersten Mal seit ihrer Überquerung fühlte sie sich nicht erschöpft, sondern war sogar ein wenig aufgeregt.

Ehrerbietig traten sie ein. Gleich kam ihnen ein Pförtner entgegen. »Miss Gleitze«, sagte er. »Es ist uns wirklich eine Ehre, dass Sie uns besuchen. Sie werden bereits erwartet.«

Mercedes bedankte sich freundlich.

Der Mann wandte sich um. »Bitte folgen Sie mir. Ich begleite Sie nach oben.«

Er führte sie in den ersten Stock, öffnete eine Tür, und dann brach frenetischer Beifall aus. Die ganze Belegschaft der Zeitung war offenbar zusammengekommen und wollte sie gebührend feiern.

»Danke«, sagte sie. »Das rührt mich wirklich sehr.«

»Miss Gleitze.« Aus dem hinteren Ende der Reihe löste sich ein sehr distinguiert wirkender Herr und trat auf sie zu. »Miss Gleitze. Gestatten Sie, dass ich mich vorstelle? Ich bin ein großer Verehrer von Ihnen und bewundere Ihren sportlichen Eifer. Selbst wenn Sie unsere Bedingung für den Preis nicht erfüllt haben, wollen wir Ihre enorme sportliche Leistung doch anerkennen.«

Er winkte einen weiteren Herrn herbei, der sich als Mr Emslie vorstellte. In seiner Hand hielt er einen Scheck. »Wir erlauben uns, Ihnen diesen Scheck in Höhe von fünfhundert Pfund zu überreichen.«

Mercedes war überwältigt. »Ich danke Ihnen von ganzem Herzen. Das weiß ich wirklich sehr zu schätzen.« Ihren Worten folgte donnernder Applaus. Die ganze Belegschaft spendete Beifall.

Mercedes verneigte sich ein wenig verlegen nach allen Richtungen, dann sagte der Mann, der ihr den Scheck überreicht hatte: »Würden Sie uns die große Freude machen, ein Interview zu geben? Unsere Leser interessieren sich sehr für Ihre herausragende sportliche Leistung.«

»Ja, natürlich! Ich stehe sehr gerne zu Ihrer Verfügung.«

Nachdem alle Platz genommen und eine Redaktionssekretärin Getränke angeboten hatte, begann der Redakteur das Gespräch. »Sie haben sich gestern einen schwierigen Tag für die Kanaldurchquerung ausgesucht«, stellte er fest. »Wenn ich richtig informiert bin, konnten Sie vor lauter Nebel kaum etwas sehen?«

»Das ist richtig«, bestätigte Mercedes. »Es hätte sehr geholfen, wenn ich Land in der Ferne hätte sehen können, aber obwohl die See so ruhig war wie ein Mühlenteich, war der Nebel so dicht, dass man manchmal gar nichts mehr sehen konnte. Ich war froh, dass ich einen Glücksbringer bei mir hatte.«

»Die Rolex Oyster«, begriff der Journalist sofort.

Mercedes nickte. »Sie ist wirklich außergewöhnlich.«

Der Journalist machte sich Notizen und fragte dann: »Und was war es für ein Gefühl, endlich angekommen zu sein?«

»Nun, als ich schließlich einen lauten Ruf vom Boot hörte, durchströmte mich große Hoffnung. Ich ließ meine Füße allmählich nach unten sinken, und es war Land. Wäre ich nicht so schwach gewesen, hätte ich vor Freude geweint.«

»Das kann ich mir vorstellen.« Der Reporter wirkte ergriffen. Dann wandte er sich an George Henry Allan. »Sie als Miss Gleitzes Trainer müssen ebenfalls sehr stolz sein.«

»O ja, das bin ich«, bestätigte Allan. »Ich habe in meinem ganzen Leben noch nie jemanden – Mann oder Frau – mit so viel Mut und Entschlossenheit getroffen.«

Der Reporter schrieb das auf, dann fragte er: »Wie haben Sie die Kanalüberquerung denn erlebt, Mr Allan?«

»Als wir in der Nähe des Festlands waren, obwohl wir es zu diesem Zeitpunkt noch nicht wussten, fragte sie mich, ob sie in weiteren drei Stunden das Ufer erreichen würde – nach zwölf Stunden in eisig kaltem Wasser!«, begann er zu erzählen. »Es gab Momente, in denen wir im Ruderboot keine Ahnung hatten, wo wir waren, aber die Besatzung des Fischerbootes hatte natürlich eine Seekarte und einen Kompass.«

»So konnten Sie sich dann während des Nebels am großen Schiff orientieren?«

»Ja. In Küstennähe, einige Seemeilen vor dem Ziel, hörten wir außerdem schon die Nebelhörner von Dover.«

»Konnten Sie die ganzen fünfzehn Stunden nichts sehen?«, wollte der Journalist wissen.

»Tatsächlich war es die meiste Zeit wirklich sehr schwierig«, gab Allan zu. »Wie sagt man landläufig? Man konnte die Hand vor Augen nicht sehen.«

»Abschließend noch eine Frage. Was wollen Sie mit dem Geld anfangen, Miss Gleitze?«

Mercedes hatte sofort eine Antwort: »Ich werde zunächst meine Mannschaft, vor allem die Familie Sharp, bezahlen. Dann werde ich zweihundertfünfzig Pfund einem Fonds für die Errichtung eines Heims für Bedürftige in London widmen – und die verbleibenden hundert für mich selbst ausgeben.«

* * *

Am folgenden Tag, dem 9. Oktober 1927, war Mercedes mit ihrem ehemaligen Trainer George Henry Allan zum Frühstück verabredet. Er hatte angekündigt, eine Überraschung für sie zu haben.

Während sie auf George wartete, las sie einen Zeitungsartikel über sich.

> Ihr wunderbarer Mut und ihre Beharrlichkeit bei dem Versuch, unseren Preis von tausend Pfund zu gewinnen, wurde von den Eigentümern der *News of the World*, obwohl sie den Rekord von Frau Ederle nicht schlagen konnte, mit einem Trostpreis belohnt, und ein Scheck über diesen Betrag wurde ihr gestern überreicht.

»Trostpreis«, wiederholte Mercedes trocken. »Na, dann ...«

Da betrat George das Café; er begrüßte sie allerdings nicht so strahlend, wie sie es erwartet hatte, sondern eher verhalten. Er hatte einen Bastkorb dabei, auf dem ein Tuch lag.

Sie sah genauer hin und stellte erstaunt fest, dass es sich bewegte.

»Was hast du da? Warum bewegt sich der Stoff?«

Als wäre er in Gedanken ganz woanders gewesen, starrte George nun auf den Korb, als sehe auch er ihn das erste Mal.

»Ach so, ja, ähm«, begann er umständlich. »Also, du hast mir ja bei unserem ersten Treffen erzählt, dass deine Mutter deinen Schäferhundwelpen weggegeben hat.«

»Stimmt«, bestätigte Mercedes lächelnd. »Dass du dich daran noch erinnerst.«

In diesem Augenblick fiel das Tuch vollends zur Seite, weil ein Tier auf den Rand des Korbes geklettert war. Ein ganz kleiner, junger Schäferhund! Mercedes stieß vor Begeisterung einen kleinen Freudenschrei aus. Sie nahm das fiepsende Hundebaby gleich auf den Arm. »Gott, bist du süß. Wie heißt du denn?«

»Also, den Namen musst du ihm geben, er gehört dir«, sagte George verlegen.

»Was?« Mercedes war außer sich vor Begeisterung.

»Mein Geschenk für dich, weil du es geschafft hast.«

Sie umarmte den Trainer so überschwänglich, wie es mit dem Hund auf dem Arm ging. »Tausend Dank, George. Das ist kein Trostpreis, das ist ein Hauptgewinn.«

Da fiel ihr auf, dass sein Gesichtsausdruck immer noch düster war. Stirnrunzelnd fragte sie: »Was ist los, alter Freund?«

Er seufzte. »Du kennst mich einfach zu gut. Ich wollte es dir eigentlich erst nach unserem Frühstück sagen.«

»Was denn?«

»Erinnerst du dich noch an diese Dr. Dorothy Cochrane Logan?«

»Na klar, das war die Schwimmpartnerin von Horace

Carey. Nach meinem misslungenen dritten Versuch hat er doch behauptet, sie könne viel besser schwimmen als ich.«

Mercedes wusste, dass jene Dame Ärztin in der Harley Street und sogar am Kings-College-Krankenhaus war. Mercedes hatte sie extrem unsympathisch gefunden, da sie beim fünften Versuch einfach vom Begleitboot ins Wasser gesprungen war, um ungefragt ein Stück neben ihr herzuschwimmen und »ein Weilchen zu plaudern«. Mercedes hatte das damals wahnsinnig respektlos gefunden.

»Genau«, sagte George bitter. »Und diese Frau Doktor behauptet jetzt, sie habe die Durchquerung in vierzehn Stunden und zehn Minuten geschafft. Ihr Trainer Horace, dieser Mistkerl, bestätigt das.«

»Was?«, fragte Mercedes erschüttert. »Dann wäre sie ja schneller als ich und sogar schneller als Gertrude Ederle vorangekommen. Wann genau soll das denn gewesen sein? Und wie kommt es, dass bisher niemand etwas davon mitbekommen hat?«

»Das geht schon«, meinte George. »Obwohl es gefährlich und nicht ganz legal ist. Denk an deine eigenen Erfahrungen.«

»Du meinst damals, 1922 bei Goodwin Sands? Das ist fünf Jahre her. Wie soll Dorothy das ohne Crew und nur mit einem Trainer gelungen sein?«, fragte Mercedes. Der Hund schien ihre Nervosität zu spüren, er winselte beunruhigt auf ihrem Schoß.

»Ich glaube auch, dass da was faul ist«, bekannte George. »Es interessiert mich, was dahintersteckt. Ich glaube, ich gehe dem mal nach.«

George Henry Allan hatte mit seiner Vermutung recht behalten. Drei Tage später stand er atemlos vor Mercedes' Tür.

»Es stimmt!«, rief er ihr entgegen. »Es war alles ein Schwindel.«

»Was?« Mercedes war entsetzt. »Und das ist sicher?«

»Ja«, bestätigte der Trainer und drängte sich an ihr vorbei. »Journalisten haben sie ins Kreuzverhör genommen. Sie konnte den Fragen nicht standhalten und musste zugeben, dass sie gelogen hat.«

»Aber warum denn nur?«, fragte Mercedes und streichelte ihren Welpen, dem sie den Namen Max gegeben hatte.

»Sie erklärt, sie haben das Gerücht nur in die Welt gesetzt, um darauf aufmerksam zu machen, dass jeder einfach behaupten kann, den Kanal durchschwommen zu haben.«

Mercedes war empört. »Will sie mir etwa unterstellen, betrogen zu haben?«

»Ich fürchte, ja«, stellte George finster fest. »Aber damit wird sie nicht durchkommen. Es gibt ja genügend Zeugen.«

»Warum tut diese Frau das?«

»Vermutlich Neid. Einfach nur Neid.«

Da fiel Mercedes siedend heiß etwas ein. »O Gott, ich muss Hans warnen!«

»Wovor?«

»Er will eine ganzseitige Anzeige in der *Daily Mail* schalten, in der steht, dass seine Rolex Oyster genauso gut durchhält wie Mercedes Gleitze. Wenn jetzt alle denken, dass ich eine Betrügerin bin, könnte das den Ruin für sein Armbanduhrengeschäft bedeuten.«

Es klopfte erneut an der Tür. Mercedes stand auf, öffnete und sah den Pförtner vor sich stehen. Mittlerweile war sie aus dem Haus von Mrs Brown aus- und gegenüber in eine schicke Stadtwohnung gezogen.

»Unten wartet ein Journalist auf Sie«, sagte er. »Soll ich ihn fortschicken?«

Mercedes wechselte einen Blick mit ihrem Trainer, dann schüttelte sie den Kopf. Das war eine wunderbare Gelegenheit, mögliche Spekulationen aus dem Weg zu räumen. »Nein, auf gar keinen Fall. Ich bin gleich da.«

Es war, wie sie es vermutet hatte. Der Journalist wollte von Mercedes eine Stellungnahme zu dem Schwindel der schwimmenden Medizinerin. Er erkundigte sich, wie sie damit umgehe, dass nun auch ihre eigene Glaubwürdigkeit angezweifelt worden war: »Unsere Leser fragen sich nun natürlich schon, wie sie sicher sein können, dass Sie, Miss Gleitze, den Kanal tatsächlich durchquert haben.« Der Journalist wirkte ein wenig verlegen.

Mercedes sah ihm gerade in die Augen: »Soweit es mein halbbewusster Zustand am Ende des Schwimmens zuließ, hätte ich jederzeit eine eidesstattliche Erklärung mit reinem Gewissen abgegeben, dass mein Schwimmen ehrlich war. Aber eine solche Erklärung würde Zweifel möglicherweise nicht ausräumen.«

»Das steht zu befürchten, ja«, bestätigte der Reporter.

Mercedes hörte sich die folgenden Worte sagen, bevor sie näher darüber nachdenken konnte: »Deshalb wäre der beste Weg, das Ansehen britischer Kanalschwimmerinnen in den Augen der Welt wiederherzustellen, dass ich ein zweites Mal den Ärmelkanal durchschwimme. Das würde ich sehr gerne und mit Freude bei der nächsten Nippflut tun.«

Sie hörte, dass George Henry Allan scharf die Luft ausstieß, als der Journalist ungläubig fragte: »Sie wollen den Kanal noch einmal durchqueren?«

Sie nickte entschlossen. »Ja, das will ich. Nach allem, was gesagt wurde, bin ich entschlossen, noch in diesem Jahr zu versuchen, den Kanal erneut zu durchschwimmen, und wenn ich auch meinen letzten Penny dafür ausgeben muss.

Mein Gewissen ist rein, aber ich möchte meine Leistung wiederholen – vor so vielen Zeugen wie möglich.«

Nachdem der Journalist sich verabschiedet hatte, fiel Allan regelrecht über Mercedes her. »Bist du wahnsinnig? Das kannst du nicht schaffen, dazu bist du viel zu geschwächt. Und vor allem ist es inzwischen zu kalt.«

»Aber jetzt bin ich noch in Form«, entgegnete Mercedes. »Und wenn ich es einmal geschafft habe, bin ich sicher, dass ich es ein zweites Mal schaffen kann.«

»Du wirst jetzt keine andere Wahl mehr haben«, knurrte der Trainer. »Ich halte das für den reinsten Wahnsinn.«

31

Mercedes' Entschluss, erneut den Kanal zu durchqueren, sorgte nicht nur bei ihrem Mentor für Aufruhr. Die ganze Stadt war aus dem Häuschen. Mercedes' Mannschaft jedoch stand geschlossen hinter ihr.

Und natürlich war nach angemessener Zeit des Brummens auch George Henry Allan wieder bereit, sie zu begleiten.

Sie alle trafen sich im ihnen schon bekannten Hotel in Dover zu einer Besprechung.

Harry Sharp erzählte, was man an der Küste so überlegte: »Gestern stand im *Kent Evening Echo,* dass die Fischer hier lautstark diskutieren, ob Mercedes im jetzt schon kalten Wasser überhaupt genug Kraft hätte durchzukommen und dass ja noch kälteres Wasser mitfließen würde, wenn erst die Heringsschwärme in Deal ankommen. Sie lassen allerdings auch durchblicken, dass sie das ganze Vorhaben für sehr mutig halten«, lächelte er Mercedes zu. »Aber dennoch befürchten sie, dass selbst eine herausragende Schwimmerin wie Sie mit dieser Situation überfordert sein könnte.«

»Als würde ich mich von Heringen abhalten lassen!« Sie wandte sich an George. »Wie siehst du das?«

»Genauso. Sie haben schon recht mit ihren Bedenken,

aber sie verfügen ja auch nicht über so eine Ausdauer wie du. Selbst bei den stärksten Männern habe ich so etwas noch nicht gesehen. Schau dir doch nur mal die Bilder von Jabez Wolffe an. Der ist ein Berg von einem Kerl – und bis jetzt hat er es x-mal versucht und nie geschafft.«

»Also traust du es mir zu?«

George nickte. »Ja, das tue ich.«

In diesem Moment trat ein Hotelbediensteter an sie heran. »Fräulein Gleitze«, sagte er. »Telefon. Es sei dringend.«

Mercedes erhob sich mit gerunzelter Stirn, um das Gespräch entgegenzunehmen. »Hallo?«

»Mercedes«, klang eine Stimme durch den Hörer. »Mercedes, hier spricht Dorothy. Doktor Dorothy Logan.«

»Oh«, kam es knapp von Mercedes: »Dorothy.«

»Ich habe von deinem Entschluss gelesen, den Ärmelkanal erneut zu durchschwimmen. Das finde ich bei diesen Temperaturen sehr wagemutig.«

Mercedes antwortete nicht, und Dorothy schien auf eine Erwiderung zu warten, sodass ein kurzes Schweigen entstand. Schließlich fuhr Dorothy, offensichtlich leicht verunsichert, fort: »Ich hoffe, es waren nicht die Entwicklungen am Wochenende, die dich zu dieser Überlegung gebracht haben. Es ist gefährlich, und daher möchte ich dich – von Schwimmerin zu Schwimmerin – bitten, deine Pläne aufzugeben.«

Von Schwimmerin zu Schwimmerin, dachte Mercedes bitter. Das machst du doch nur, damit du nachher triumphieren kannst. Kühl sagte sie: »Ich danke dir für deine Sorge, Dorothy. Und ich teile dir mit, dass meine Pläne feststehen. Guten Tag.«

* * *

Die Crew begann umgehend mit ihren Vorbereitungen. Es wurde von Tag zu Tag kälter, sie hatten keine Zeit zu verlieren. Mercedes wurde von einem heftigen Husten geplagt, was vor allem Dr. Carrington beunruhigte. Sie machte deutlich, dass sie eine erneute Kanaldurchquerung für völlig verantwortungslos hielt.

Doch Mercedes war wild entschlossen, sich davon nicht aufhalten zu lassen. »Das Wichtigste ist, dass mein Herz gesund ist. Und das ist es.«

»Ich habe Sie bisher für vernünftig gehalten«, sagte Evelyn. Zum ersten Mal, seit Mercedes sie kannte, erschien sie richtig verärgert. »Ich möchte keine Verantwortung übernehmen.«

»Das müssen Sie nicht«, beruhigte sie Mercedes. »Ich bin für mich selbst verantwortlich. Und wenn Sie mich nicht begleiten, schwimme ich ohne Arzt.«

Sie sah das Zögern in den Augen der Medizinerin, nahm wahr, dass deren Widerstand langsam, ganz langsam, schwächelte. Evelyns Blick wurde weicher: »Also gut! Ich will ja auch nicht, dass diese Dorothy damit durchkommt. Und allein lasse ich Sie schon gar nicht.«

»Danke«, flüsterte Mercedes.

* * *

Gleich am Morgen des 14. Oktober 1927 begab sich die Langstreckenschwimmerin auf die Reise nach Cap Gris-Nez. An der Victoria Station herrschte ein wildes Gedränge. Die Nachricht, dass die mutige Mercedes Gleitze erneut einen Rekord aufstellen wollte, hatte schnell wie ein Lauffeuer die Runde gemacht. Londoner, Reisende, Bewunderer und Presseleute belagerten den Bahnhof.

»Sind Sie sicher, dass Sie das schaffen werden, Miss Gleitze?«, fragte ein Journalist. Und ein anderer: »Man sagt, Sie seien viel zu erschöpft, um eine derartige Strapaze aushalten zu können. Wie äußern Sie sich dazu?«

»Ich bin ausreichend durchtrainiert, die paar Stunden im Wasser bleiben zu können. Zwar habe ich etwas Husten, aber es ist das Herz, das die Geschichte erzählt, und mein Herz ist kerngesund«, erwiderte Mercedes, die erst jetzt begriff, dass die erneute Kanalüberquerung für noch viel mehr Aufregung sorgte als die am 7. Oktober. Journalisten waren von überall her angereist, um aller Welt davon zu berichten.

Auf dem Dampfschiff *Riviera* setzte Mercedes nach Boulogne-sur-Mer in Frankreich über, um von dort wieder weiter nach Gris-Nez zu gelangen.

* * *

Dieser Schwimmstart war wirklich nicht mit dem Abenteuer eine Woche zuvor zu vergleichen.

Das große Boot sollte von Harry Sharp gesteuert werden, nicht von seinem Vater Henry. Das kleine Ruderboot übernahm ein Freund der Familie, ein gewisser Arthur Saunders. Außer Trainer George Henry Allan und Dr. Carrington war ein weiterer Arzt dabei. Mr Thomas Dott, ein Mitarbeiter der Firma in London, die Mercedes Geld für diesen neuerlichen Versuch angeboten hatte, kam an Bord, um zu bezeugen, dass Mercedes es schaffen würde. Ihre Freundin Violet aus der Firma hatte unbedingt mitkommen wollen – und natürlich viele Reporter. Sogar eine Gruppe Jazzmusiker war diesmal angeheuert worden.

Und selbstverständlich trug Mercedes erneut ihre Rolex

Oyster um den Hals, nach dem Erfolg am Siebten des Monats betrachtete sie die Uhr als Glücksbringer.

»Dieses Mal wirst du nicht die ganze Zeit über auf mich einreden müssen!«, rief Mercedes ihrem Trainer scherzhaft zu. »Das ist hier ja der reinste Jahrmarkt.«

In der Tat! Die Band hatte begonnen zu spielen, die Journalisten raunten begeistert und fotografierten, außerdem passierten auffallend viele Dampfschiffe, die ihr Horn bliesen, um sie anzufeuern. »Ich glaube, die haben extra ihre Route geändert, um uns zu begleiten«, freute sich Mercedes.

»Haben sie«, war auch der Trainer überzeugt. »Und wahrscheinlich noch teure Mercedes-Gleitze-Sehen-Tickets verkauft.«

Eine Weile setzte die schwimmende Vereinigung ruhig ihren Weg auf dem Wasser fort, bis Mercedes plötzlich bemerkte, dass die Jazzmusiker aufgehört hatten zu spielen.

»Was ist denn?«, rief sie zum Trainer rüber. »Warum hört man gar nichts mehr von ihnen?«

»Ich frage sie mal!« Allan ließ Saunders, den Rudermann, die Frage weitergeben. Schnell kam die Antwort. »Ihnen ist schlecht. Sie sind wohl seekrank und wollen zum Schlepper gebracht werden, weil der stabiler im Wasser liegt. Und die drei Journalisten, die unbedingt mit uns im Ruderboot sein wollten, möchten ebenfalls auf den Schlepper. Ihnen ist zu kalt.«

»So was«, murmelte Mercedes. »Die halten einfach nichts aus.«

»Ganz deiner Meinung«, lachte Allan. »Leider müssen wir die kurz rüberschippern und dich etwas allein lassen. Schaffst du es eine Weile ohne uns?«

»Bestimmt«, sagte Mercedes und schwamm weiter. Die Kälte war intensiver als bei ihrer letzten Durchquerung, viel intensiver. Sie begann auch viel früher schon an ihr zu beißen, sie zu schmerzen. Die zusätzlichen Hustenanfälle raubten ihr manchmal fast den Atem. Zeitweise musste sie so heftig husten, dass sie sich kaum noch über Wasser halten konnte. Fast dankbar empfand sie daher, dass ihr Trainer und die Ärzte der Journalisten und Musiker wegen für eine Weile nicht direkt an ihrer Seite sein konnten. Es kostete sie Kraft, vor ihnen so zu tun, als sei alles gut.

Mercedes schwamm wie in Trance. Nach zehn Stunden im Wasser hatte sie kaum noch Kraft. Die Wassertemperatur war nur noch elf Komma sieben Grad Celsius. Drei Stunden hatte sie nun gegen die einsetzende Ebbe gekämpft, die Strömung wurde immer stärker. Mercedes nahm kaum noch wahr, wie sie sich bewegte. Die schreckliche Kälte benebelte ihre Sinne.

Längst war das Ruderboot wieder neben ihr, Mercedes achtete gar nicht darauf. Ihr Bewusstsein schwand ihr für einen Moment, sie tauchte unter Wasser, verschluckte sich und kam prustend und keuchend wieder an die Oberfläche. Sie durfte jetzt nicht aufgeben!

»Mercedes!«, ertönte die Stimme ihres Trainers vom Ruderboot her. »Mercedes!« schrie er. »Du musst aufhören.«

»Nein!«, wehrte sie sich. »Nein!«

Wieder kam ein schrecklicher, stechender Hustenreiz. Aus den Augenwinkeln bekam sie mit, dass vom Ruderboot eine kleine Leiter heruntergelassen wurde.

»Mercedes!«, drang erneut die Stimme des Trainers an ihr Ohr. »Stopp.«

»Nein!« Sie wechselte die Richtung, um dem Ruderboot zu entkommen, doch sie folgten ihr. Sie waren schneller als sie, natürlich waren sie das.

»Mercedes!«

»Nein!«

Im nächsten Moment spürte sie, dass etwas über ihren Kopf flog, sich unter ihre Arme schlang, sie nach hinten zog. Die Männer hatten ein großes Handtuch ineinander gedreht und gezielt ausgeworfen! Damit zogen sie sie zum Ruderboot, hievten sie hinein. »Nein!«, wimmerte Mercedes. »Warum hast du das getan? Jetzt haben wir verloren. Ich war doch fast am Ziel.«

»Sie waren noch längst nicht fast am Ziel«, widersprach Evelyn, die sich sofort über sie beugte und mit einer Decke ihren Körper frottierte. Harry stoppte das Fischerboot, um Mercedes an Bord bringen zu lassen. »Sie sind erst seit zehn Stunden und dreißig Minuten unterwegs. Sie waren fast bewusstlos. Wir beobachten Sie schon seit geraumer Zeit sehr kritisch. Jetzt war es überlebensnotwendig einzugreifen.« Das kleine Ruderboot hatte das große Fischerboot erreicht. »Sie müssen sofort aufgewärmt werden.«

* * *

Die Enttäuschung war für Mercedes entsetzlich. All ihre Hoffnungen waren zerbrochen, all ihre Träume geplatzt. Als der kleine Schiffskonvoi später den Kai von Folkestone erreichte, hätte sie sich am liebsten sofort wieder unter ihre Decke verkrochen. Wie sehr sie sich schämte! Statt unter Beweis zu stellen, dass sie in der Lage war, den Kanal zu durchqueren, und dass sie keine Betrügerin war, hatte sie nun das Gegenteil erreicht: Sie war gescheitert. Womöglich hatte sie damit sogar in den Augen der Öffentlichkeit unter Beweis gestellt, dass sie eine Betrügerin war und beim ersten Mal geschummelt hatte.

Auch für ihren Freund Hans Wilsdorf war das eine Katastrophe. All seine Investitionen waren vergeblich gewesen, er würde seine Annonce über den Erfolg seiner wasserdichten Rolex-Oyster-Präzisionsuhr niemals schalten können!

»Es hilft alles nichts«, meinte Harry Sharp und blickte ihr fest in die Augen. »Sie müssen da jetzt durch.«

Mercedes nickte, räusperte sich und verließ das Fischerboot. Völlig perplex nahm sie wahr, dass wieder eine Horde von Menschen am Kai auf sie wartete. Zu ihrer Überraschung jubelten diese trotz ihres Scheiterns.

»Gut gemacht, Mercedes!«, wurde gerufen, und: »Kopf hoch, Miss Gleitze, machen Sie sich nichts daraus. Beim nächsten Mal klappt es!«

Eine Stunde Ruhe war ihr vergönnt, dann stellte sie sich den fragenden Reportern.

»Es ist eine ganz furchtbare Enttäuschung, einfach schrecklich. Aber ich glaube, das wäre unsportlich, jetzt hysterisch zu werden oder herumzuheulen, weil mein Schwimmversuch gescheitert ist. Ich werde es einfach ertragen und der Welt ein Lächeln schenken.«

»Denken Sie, dass Ihr Versuch Sie nun trotz des Scheiterns rehabilitiert hat?«, wollte ein Reporter aus Schottland wissen.

»Ich denke, diejenigen, die bei mir waren und jede Phase des Versuchs gesehen haben, können darauf antworten. Ich wollte wirklich hinüberkommen, aber ich bin überhaupt nicht entmutigt. Ich denke nicht, dass es klug wäre, noch in diesem Jahr einen weiteren Versuch zu starten. Schon als ich diesmal meine Füße ins Wasser getaucht habe, hat mich seine Kälte erschreckt. Es wurde mit der Zeit sogar noch viel schlimmer.«

Mercedes sah sich bewegt unter den Journalisten um, und ihr wurde klar: Sie glaubten ihr!

* * *

Wann lassen wir die beauftragte Agentur die einseitige Annonce in der *Daily Mail* schalten – wenn überhaupt?

Diese Frage trieb Hans Wilsdorf um. Und wie immer, wenn er ratlos war, zog er seine Frau zurate.

»Mercedes hat mich gewarnt, ich solle unser Rolex Oyster auf keinen Fall mit ihrem Namen in Verbindung bringen. Ihr Ruf sei für immer ruiniert, aber mein Gefühl sagt mir etwas anderes.«

Florence strahlte ihn an. »Das finde ich gut. Dann will ich dein Gefühl mit etwas Recherche unterfüttern«, kündigte sie an. Und dann legte sie ihm Belege dafür vor, wie sehr Öffentlichkeit und Presse auf Mercedes' Seite waren.

Im *Guardian* las Hans: »Ein tapferer Misserfolg.«

Im *Daily Express* stand geschrieben: »... das mutigste Langstreckenschwimmen, das je ausgeführt wurde.«

Ähnlich lobend waren die Sätze in der *Western Daily Press:* Es sei »ein Schwimmen der Ehre«.

In der *United Press Association* hatte man gedruckt: »Es wurde ihr universelle Sympathie entgegengebracht, weil sie versucht hatte, ihre Ehre zu retten«, und »nie zuvor hat Schwimmen so viel Aufmerksamkeit erregt«.

Im *Daily Herald* wurde ein Kommentar veröffentlicht: »Wir glauben, dass die Öffentlichkeit genauso damit zufrieden ist, dass Miss Gleitze durch den Kanal geschwommen ist, wie sie anerkennt, dass sich Bewunderung für ihren Mut und ihre Ausdauer vereint.«

»Wunderbar«, resümierte Hans bewegt.

»Es kommt noch besser«, verriet seine Frau. »Auf Vorschlag der Reporter vom *Daily Mirror* haben sowohl Mercedes als auch ihr Trainer George Henry Allan eidesstattliche Erklärungen unterzeichnet, dass sie bei ihrer Kanaldurchquerung am 7. Oktober 1927 nicht geschummelt haben. Nur Harry Sharp, der Kapitän des Fischerboots, wollte so etwas nicht unterschreiben. Er hat wohl ziemlich sauer auf den Vorschlag reagiert. Erstens sei er durch den öffentlichen Zweifel an der Überquerung am 7. Oktober schon ausreichend beleidigt worden. Zweitens wolle er keine Fragen zum Kurs beantworten, den er an jenem Tag genommen hat. Diese Route ist mein Geheimnis, hat er gesagt, das Ergebnis jahrelanger Erfahrung. Ich werde sie ganz sicher niemandem je verraten.«

Hans lachte auf. »Typisch Harry!«

»Die Aussagen von Mercedes und Allan wurden anerkannt«, verriet Florence nun. »Mercedes gilt jetzt für viele als die erste Britin, die den Ärmelkanal durchschwommen hat.«

»Ich werde diese Anzeige schalten«, verkündete Hans nun zur sichtlichen Freude seiner Frau. »Auch als Zeichen an Mercedes, dass ich nie aufgehört habe, ihr zu vertrauen.«

32

Nervös zupfte Mercedes an ihren Haaren herum. Beim Schwimmen trug sie ihr Haar ja immer in zwei langen Zöpfen, die ihr über den Rücken fielen – und da sie eigentlich ständig Schwimmen ging, waren die Zöpfe zu ihrer Alltagsfrisur geworden. Am heutigen 23. Juni 1928 jedoch hing ihr Haar offen und lockig über ihre Schultern. Irgendwie kam sie sich fremd vor. Es fühlte sich auch fremd an, so zum ersten Treffen mit William zu gehen, ihrer Briefromanze, die sie immer noch nicht leibhaftig gesehen hatte. Fremd und falsch und seltsam.

»Das ist nur deine Angst«, erklärte sie ihrem Spiegelbild. »Du fürchtest dich vor dem Fremden und dem Neuen. Du kannst den Ärmelkanal mit der Kraft deiner Arme und Beine durchqueren, dann kannst du auch ein banales Treffen hinter dich bringen. So!«

Tief atmete Mercedes einmal ein und wieder aus, griff nach ihrem Mantel und verließ das Haus. Sie war erst am Morgen aus Irland zurückgekehrt, wo sie einen Schwimmversuch auf dem sogenannten Nordkanal zwischen der Britischen Insel und Irland durchgeführt hatte. Bei ihrer Rückkehr lag die Nachricht in ihrem Briefkasten, dass Williams Regiment bereits einige Tage früher zurückgekehrt war. Er war wohl sofort nach Westminster geeilt, um seine Briefverlobte kennenzulernen – und enttäuscht worden. Er hatte sie nicht angetroffen. Umso weniger wollte und konnte sie ihn jetzt noch länger warten lassen.

Mercedes ging schnellen Schrittes, schaute kaum nach rechts oder links, atmete die kühle Morgenluft tief ein. Sie sah die Westminster Cathedral schon von Weitem; ein Mann stand auf der kleinen Stufe vor dem Portal. Das musste wohl ihr Verlobter sein. Schmuck sah er aus in seiner Uniform, stattlich und groß. Mercedes' Herz pochte, alles in ihr zog sich bei seinem Anblick zusammen. Sie bekam kaum noch Luft, wollte kehrtmachen, davonrennen. Leider hatte er sie da schon erkannt. Mit ausgebreiteten Armen eilte er ihr entgegen. »Mercedes!«, rief er. »Darling!«

Er zog sie in seine Arme – und das fühlte sich für sie ganz anders an als ihre Freiheit im Wasser. Sie hatte das Gefühl, nicht einmal mehr Luft zu bekommen, riss sich los, atmete tief durch. Irritiert sah er sie an. »Liebes, was …«

»Wir haben uns noch nie gesehen«, stieß sie hervor. »Ich bin einfach so … so … es geht mir zu schnell.«

»Oh!« Auf der Stelle ließ er sie los. Fast wäre sie ins Wanken gekommen. »Verzeihung.«

»Schon gut«, wehrte Mercedes ab. Langsam schlenderten sie die Victoria Street entlang, immer mit einem gewissen Abstand zueinander. Der Green Park wäre ein schönes Ziel für einen längeren Spaziergang.

»Hattest du … eine gute Anreise?«

»Anreise?« Er starrte sie an.

Seltsam, dachte sie. »Du bist doch angereist? Mit deinem Regiment? Aus Indien?«

»Ach so, das meinst du!«, erkannte William. »Das ist ja schon ein paar Tage her. Seitdem warte ich auf dich.«

Es klang vorwurfsvoll. Mercedes verspürte erneut dieses Gefühl der Enge. Wie hätte sie denn ahnen sollen, dass er kommen würde? Erwartete er jetzt, dass sie verfügbar wäre, wann immer er das wünschte?

»Es tut mir leid, dass du warten musstest«, sagte sie und hatte nur noch den dringenden Wunsch, sofort woanders zu sein, möglichst schnell möglichst viel Abstand zwischen sich und diesen uniformierten Mann zu bringen. »Und ich habe jetzt auch nicht sonderlich viel Zeit«, stieß sie hervor.

»Nicht?«, fragte er. »Ich dachte, wir gehen nachher gemeinsam zu Abend essen.«

»Ich muss zum Schwimmtraining«, sagte sie.

Warum war sie nur so abweisend und gemein zu ihm?

»Das Schwimmen ist dir also wichtiger als die Ankunft deines Verlobten, den du seit zwei Jahren nicht gesehen hast?«

»Den ich noch nie gesehen habe«, präzisierte Mercedes. »William, es tut mir leid, ich wusste ja nicht, dass du hier in London sein würdest. Es sind Termine vereinbart. Ich … ich muss jetzt leider wirklich wieder aufbrechen.«

Sie drehte sich langsam um und wollte zurück Richtung Themse gehen, aber er rief ihr zu: »Warte! Wann sehen wir uns? Nach deinem Training?«

Sie schüttelte den Kopf. »Auf keinen Fall!«, entfuhr es ihr, und als sie seine verletzte Miene sah, versuchte sie, ihre Worte doch noch etwas abzumildern. »Ich meine, nach dem Schwimmen bin ich immer sehr erschöpft, da bin ich keine gute Gesellschaft. Wir treffen uns morgen zum Frühstück.«

Er nickte, etwas widerwillig.

»Und wo?«

Sie überlegte kurz. »Im *Brown's Hotel* in Mayfair«, sagte sie dann. »Um zehn Uhr.« Sie schaffte noch ein Lächeln, dann verschwand sie.

Mercedes ging nicht nach Hause, sondern eilte zu Hans und Florence, weil sie erst einmal loswerden musste, was sie da gerade erlebt hatte.

Seit dem unglaublichen Vertrauensbeweis mit der ganzseitigen Annonce in der *Daily Mail* war ihre Freundschaft noch enger geworden. Am 24. November 1927 war sie veröffentlicht worden. Die Reklame hatte sich für Wilsdorfs Firma als enormer Erfolg entpuppt. Die Rolex Oyster erlangte dadurch große Bekanntheit und galt seitdem als Symbol für Robustheit und Wasserdichtigkeit. Die Firma Rolex genoss nun Weltruhm als Pionier in der Herstellung von Uhren, die extremen Bedingungen standhalten konnten. Rolex Oyster war auf dem besten Wege, eine Ikone zu werden, und die Werbeaktion mit Mercedes' Ärmelkanalüberquerung galt vielen Reklamespezialisten als Vorbild.

Ein Dienstmädchen öffnete und begrüßte Mercedes freundlich. »Guten Tag, Miss Gleitze! Wie geht es Ihnen?« Obwohl sie den Weg zum Salon ja längst kannte, wurde sie bis dorthin begleitet. Hans und Florence blickten erfreut von ihrer Lektüre auf.

»Und?«, fragte Hans. »Wie war das Treffen?«

»Furchtbar!«, jammerte Mercedes. »Ganz, ganz furchtbar.«

»Furchtbar?« Florence war erstaunt; sie hatte ja die Korrespondenz mitbekommen und sogar einige Briefe Williams lesen dürfen. »Man sieht es dir ein bisschen an. Ich habe eigentlich gedacht, dass du überglücklich bist, endlich deinen Briefverlobten kennenzulernen.«

»Man sollte sich nicht mit einem Mann verloben, den man noch nie gesehen hat«, stellte Mercedes entschieden fest. »Es fühlt sich einfach nicht gut an. So … eng.«

»Eng?«

»Ja, und er ist vorwurfsvoll. Ich habe den Eindruck, dass er denkt, mein Schwimmen sei weniger wichtig als er.«

»Na ja«, murmelte Hans und warf Florence einen liebevollen Blick zu. »Ist es denn eine so ungewöhnliche Erwartung, dass die Ehefrau oder der Ehemann an erster Stelle steht?«

»Das nicht«, bestätigte Mercedes. »Ich habe das ja auch gedacht, aber bei mir funktioniert das nicht. Bei mir steht das Schwimmen an erster Stelle. Immer.«

Hans nickte langsam. »Wahrscheinlich muss es das auch, wenn jemand derart engagiert ist und so leidenschaftlich gern schwimmt wie du.«

»Ich habe Angst, dass er mir einen Strich durch die Rechnung machen würde.«

»Das kann er doch gar nicht.«

»Und wenn er es trotzdem versucht? Wenn ich mir vorstelle, mit ihm verheiratet zu sein, wäre das die Hölle.«

»Oha!« Ernst sah Hans sie an. »Dann musst du das mit ihm klären und ganz offen mit ihm darüber sprechen.«

»Die Vorstellung ängstigt mich.« Mercedes tappte mit ihrem rechten Fuß, senkte den Kopf.

»Dann ist es umso dringender, es zu tun.«

* * *

Am kommenden Morgen steuerte Mercedes auf das Hotel zu. Ihre Beine waren weich wie Butter, fast so ähnlich wie nach einem extrem harten und anstrengenden Schwimmtraining. Anders als nach solchen Trainingseinheiten fühlte sie sich heute aber nicht angenehm erschöpft, sondern einfach nur furchtbar.

William wartete bereits am Eingang des Hotels auf sie. Er ging ihr mit unsicherer Miene zwei Schritte entgegen.

»Mercedes«, begrüßte er sie in gebührendem Abstand. »Wie schön, dass du wirklich gekommen bist. Ich freue mich! Gehen wir hinein?«

Das klang besser als gestern. Sie nickte und ging hinter ihm her, als ihnen der Portier die Tür aufhielt. »Gern.«

Am Tisch ließ er sie wissen: »Ich habe den Eindruck, du bist entspannter als gestern.«

Sie lächelte. »Du auch.«

»Gestern war ich wirklich sehr aufgeregt. Und etwas … enttäuscht«, sagte er.

»Inwiefern?«

»Nun, ich hatte mich zwei Jahre so sehr nach dir gesehnt«, erzählte er. »Und ich hatte gehofft, dir müsste es ebenso ergehen. Dann aber habe ich gestern diese große Zurückhaltung gespürt. Vielleicht gefalle ich dir gar nicht.«

Mercedes schüttelte den Kopf. »Nein. Das hat damit nichts zu tun. Ich bin nur sehr, sehr empfindlich, wenn es um mein Schwimmen geht; es steht in meinem Leben an allererster Stelle, weißt du? Irgendwie habe ich sofort den Eindruck gehabt, du könntest mir das streitig machen wollen.«

Erstaunt ließ er den Buttertoast, den er gerade in der Hand gehalten hatte, wieder sinken. »Wie? Wenn wir verheiratet sind, wirst du das Schwimmen ja ohnehin aufgeben, das versteht sich doch von selbst. Weshalb sollte es mir dann etwas ausmachen, wenn du vor unserer Hochzeit noch ein paar Bahnen drehst?«

Ein paar Bahnen drehst? Das Schwimmen aufgeben? Mercedes starrte ihn an, ihr wurde ganz mulmig. »Wie kommst du auf so eine Idee?« Sie war entsetzt. »Das Schwimmen ist mein Leben, verstehst du das nicht? Ich werde es nie, niemals aufgeben.«

»Du musst doch nicht mehr schwimmen, wenn du meine

Frau bist!«, konstatierte er. »Derartige Strapazen auf dich zu nehmen, um deinen Lebensunterhalt zu bestreiten, ist dann nicht mehr nötig. Als dein Ehemann werde ich natürlich für dich sorgen; so, wie es sich gehört.«

Mercedes schüttelte heftig den Kopf. Dieses Gespräch entgleiste vollkommen. »Nein«, betonte sie. »Nein, nein und nochmals nein! Hör bitte ganz genau zu: Ich schwimme nicht, um meinen Lebensunterhalt zu verdienen. Das meiste Geld, das ich damit verdiene, spende ich sowieso an wohltätige Organisationen. Ich schwimme, weil ich schwimmen *muss.* Weil es meine Leidenschaft ist. Es ist mir wichtig, armen Menschen zu helfen.«

»Nun, ein wenig Geld könnte ich schon auch für die Armen entbehren, wenn es dir so wichtig ist«, bemerkte William.

»Du verstehst es einfach nicht«, gab Mercedes zurück. »Und ich verstehe nicht, wie du mich nicht verstehen kannst, nachdem wir uns so viel geschrieben haben! Du hast ja nicht einmal ein bisschen verstanden, was mir das Schwimmen bedeutet. Du willst es mir einfach verbieten? Dann bitte ich dich hier und jetzt sofort, mir mein Verlobungsversprechen zurückzugeben.«

»Wie bitte?«, entsetzte er sich. »Du möchtest unsere Verlobung lösen? Weil ich für dich sorgen will?«

»Weil du mir das Schwimmen verbieten willst.«

»Ich will dir das Schwimmen doch gar nicht verbieten.«

»Das klang aber eben ganz anders.«

»Hör zu, das ist alles ein Missverständnis«, flehte er. »Ich möchte nur einfach für dich sorgen, wie es hier im Land Sitte und Gebrauch ist. Wenn dir so viel daran liegt, darfst du auch weiterhin schwimmen gehen.«

Resigniert schüttelte sie langsam den Kopf, kniff ihre

Lippen zusammen und sah ihn beinahe verachtend an. »Ich kann keinen Mann heiraten, der mein Schwimmen im besten Fall duldet. Wenn überhaupt, heirate ich einen Mann, der mein Schwimmen fördert.«

Verzweiflung beherrschte sein Gesicht. »Mercedes, ich will dich nicht verlieren. Dein Schwimmen fördern kann ich auch nicht, schon gar nicht als Militärangehöriger.«

Er hatte über den Tisch gegriffen und seine Hand auf ihre gelegt. Mit einer heftigen Bewegung zog sie ihre Hand zurück. Es war ihr wie eine Fessel vorgekommen. Gekränkt sah er sie an.

»Ich kann dich nicht heiraten«, bekräftigte sie. »Es tut mir sehr leid, William. Diese Briefverlobung war ein entsetzlicher Irrtum. Ich wünsche dir alles Gute!«

* * *

Bald war in London durchgesickert, dass der geheimnisvolle Verlobte der berühmten Kanalschwimmerin in der Stadt sei. Die Reporter wollten Einzelheiten erfahren, wie immer. Mercedes überlegte gründlich, wie sie sich am besten verhalten sollte. Sie entschied sich, auch dieses Mal offen mit den Zeitungsleuten zu reden.

»Er ist ein überaus netter Mann«, erzählte sie ihnen. »Die Verlobung ist trotzdem gelöst worden. Es liegt nicht an ihm, es liegt an mir. Wegen meiner leidenschaftlichen Liebe zum Meer halte ich mich nicht für geeignet, Ehefrau zu sein.«

»Man erzählt sich, Sie seien schon seit zwei Jahren mit ihm verlobt gewesen?«, fragte einer der Reporter nach.

Sie nickte. »Als ich per Brief einwilligte, ihn zu heiraten, tat ich das, weil ich glaubte, ich hätte die gleiche Aufgabe wie jedes andere Mädchen: Ehefrau und Mutter werden.«

»Und jetzt denken Sie das nicht mehr?«, wurde sie gefragt.

Sie schüttelte den Kopf. »Nein, das denke ich jetzt nicht mehr«, stellte sie klar. »Jetzt weiß ich, dass der Ruf des Meeres für mich lauter ist als alles andere. Ich werde mich nie als Ehefrau zurückziehen können, bevor ich nicht den Irischen Kanal, die große Flussmündungsbucht The Wash bei Norfolk und die Dardanellen erfolgreich durchschwommen habe. Das ist mein nächstes großes Ziel. Ich sehe keinen Sinn darin, dass ein Mann mir ein Zuhause baut, wenn in meinen Gedanken doch längst das Meer mein Zuhause ist.«

Nach dem Interview war Mercedes überzeugter denn je, dass sie niemals heiraten würde. Sie war wohl ein Topf, für den es keinen Deckel gab.

Teil 4

1930-1931

33

»Da ist dein Verehrer wieder«, sagte Hans, der bei Mercedes am Schwimmbecken saß, um ihr beim Training zuzusehen – sie trug jetzt immer ihre Rolex Oyster um den Hals –, und deutete auf einen großen, sportlichen Mann mit lockigem, dunklem Haar. Er saß auf einer Bank am Beckenrand und beobachtete sie.

»Wieder?«, fragte Mercedes, die gerade im Begriff war, ins Becken zu steigen. »Ich habe den Mann noch nie gesehen. Aber er sieht wirklich gut aus.«

»Selbst wenn du ihn noch nie gesehen hast – er hat *dich* sehr wohl bereits gesehen«, erzählte Hans. »Als du im Februar in den Tara Street Baths in Dublin geschwommen bist, hat er dir die ganze Zeit über zugesehen.«

»Die ganze Zeit über?«, vergewisserte sich Mercedes überrascht. »Ich bin achtundzwanzig Stunden geschwommen.«

Hans zuckte die Achseln. »Frag ihn!«

Sie schüttelte den Kopf. »So wichtig ist das auch wieder nicht. Du weißt doch, es gibt in meinem Leben für Männer keinen Platz. Außer für dich natürlich.« Sie zwinkerte ihm zu und begann zu schwimmen. Von Zeit zu Zeit flog ihr Blick wieder zu dem Fremden. Er lächelte ihr von seiner Bank aus zu.

»Miss Gleitze«, rief er ihr zu, als sie etwa zum zehnten Mal an ihm vorüberkam. »Ich bin ein großer Bewunderer von Ihnen.«

Sie antwortete nicht. Obwohl sie sich während des Schwimmens manchmal ganz gerne unterhielt, reagierte sie eigentlich nie auf Zwischenrufe ihrer Bewunderer. Das war ihr einfach zu anstrengend.

Der Mann am Beckenrand blieb aufmerksam. Als sie wieder an ihm vorbeikam, erzählte er: »Ich habe Sie im Kino gesehen. Von Ihnen wurde ein Bericht in Coventry in den *Pathé Pictorial News* gezeigt.«

Mercedes schwamm weiter. »Und dann bin ich nach Dublin gereist, um Ihnen bei Ihrem achtundzwanzigstündigen Ausdauerschwimmen zuzusehen. In den Tara Street Baths!«, rief der Mann ihr nach.

Sie nahm auch diese Information auf, ohne etwas zu erwidern. Hans, der in einiger Entfernung zu dem Fremden saß, schlug ihr vor: »Antworte ihm doch!«

Mercedes murmelte unverständlich vor sich hin. Als sie dann das nächste Mal an ihm vorbeischwamm, zeigte ihr ein Blick auf die Oyster am Halsband, dass es mittlerweile etwa sieben Uhr morgens war.

»Waren Sie etwa die ganzen achtundzwanzig Stunden dabei?«, hakte sie nach und sah freudige Überraschung in seinem Gesicht aufblitzen.

Mit einer Antwort hatte er wohl nicht gerechnet. Er fasste sich sofort wieder und bekräftigte: »Natürlich.«

»Wie halten Sie das aus?«, fragte sie weiter.

Der ihr fremde Mann war aufgesprungen und ging am Beckenrand parallel zu ihrer Schwimmbahn mit ihr mit. »Sie meinen, wie ich es aushalte, Ihnen achtundzwanzig Stunden zuzusehen? Nun, es gibt nichts Besseres.«

Mercedes bekam öfter Komplimente, dieses war jedoch besonders. Es berührte sie irgendwie.

»Aber achtundzwanzig Stunden. Das muss ja furchtbar ermüdend sein.«

Sie war in die Nähe des Beckenrandes gekommen und kehrte um, denn es gab besondere Regeln für Hallenbad-Schwimmen. Man durfte beispielsweise weder den Beckenrand noch den Beckenboden berühren.

Der ihr unbekannte Mann ging mit ihr nach der Kehre den Weg wieder zurück. Hans war dicht dabei – und schmunzelte.

»Na, hören Sie mal. Wenn es Sie nicht ermüdet, achtundzwanzig Stunden zu schwimmen, wie soll es mich dann ermüden, Ihnen achtundzwanzig Stunden dabei zuzusehen?«

»Ich glaube, zuzusehen ist ermüdender als zu schwimmen«, scherzte sie. »Ich bin ja immerhin ständig in Bewegung.«

»Keine Ahnung.« Er zuckte mit den Schultern. »Ich bin noch nie achtundzwanzig Stunden geschwommen.«

»Und ich habe noch nie achtundzwanzig Stunden jemandem beim Schwimmen zugesehen«, zwinkerte sie ihm zu. Dann wollte sie wissen: »Wie heißen Sie eigentlich?«

»Patrick«, sagte er. »Patrick Carey. Meine Freunde nennen mich Pat. Übrigens habe ich einen Wunsch.«

»Und der wäre?«

Er deutete auf den ausladenden Tisch, der mit Blumensträußen übersät war. Fans von Mercedes hatten sie ihr geschickt, um ihre Wertschätzung auszudrücken.

»Dürfte ich mir eine Rose aus einem dieser Blumensträuße stibitzen? Als Erinnerung an diesen wundervollen Tag?«

»Ja«, lächelte sie. »Sie dürfen.«

* * *

Mercedes war unkonzentriert. Sie sah sich immer wieder nach Pat Carey um, konnte ihn jedoch zu ihrer großen Enttäuschung nicht entdecken. Auch von Hans keine Spur – wobei damit ohnehin nicht zu rechnen gewesen war. Ihr väterlicher Freund sah ihr, sofern er in London und nicht in Genf oder Biel weilte, gerne bei ihren morgendlichen Trainings zu, um dann mit frischem Gebäck nach Hause zu gehen, wo Florence mit dem Frühstück auf ihn wartete. Manchmal kam Mercedes nach, und sie frühstückten gemeinsam. Ihre Freundschaft war in den letzten Jahren noch tiefer geworden. Besonders nach Dolorandas Herztod ein Jahr nach der erfolgreichen Kanaldurchquerung waren Florence und Hans unerschütterlich an ihrer Seite gewesen.

»Mercedes?«, fragte George Henry Allan. »Wo bist du nur mit deinen Gedanken?«

»Entschuldige. Ich bin ein wenig müde.«

Besorgt sah er sie an. »Du weißt, dass wir morgen früh um fünf Uhr den Zug nach Liverpool nehmen müssen?«

»Natürlich, deshalb gehe ich jetzt auch nach Hause und ruhe mich aus.«

»Ja, mach das. Und melde dich, wenn du etwas brauchst.«

* * *

Mercedes hatte immer noch an Pat denken müssen, als sie am nächsten Tag im Zug gesessen und wegen eines fünfstündigen Schauschwimmens in Richtung Liverpool gefahren war. Dieser Mann hatte etwas in ihr bewegt, aber ob sie ihn jemals wiedersehen würde? Die Antwort darauf kam schneller als erwartet. Als sie am Abend in Liverpool ins Becken stieg, war er wieder da. Er stand am Rand und lächelte.

»Da sind Sie ja wieder, Pat«, grüßte sie, als sie an ihm vorbeischwamm.

»Ich bin Ihnen nachgereist«, gab er mit einem nonchalanten Grinsen zu.

»Das freut mich«, ließ sie ihn ehrlich wissen. Auch jetzt wieder ging er am Beckenrand auf und ab, um mit ihr zu sprechen. »Sind Sie aus Irland?«

»Hört man das so deutlich?«

»Schon«, lachte sie. »Aber ich mag die Iren.« Und Sie ganz besonders, fügte sie in Gedanken hinzu.

»Schön zu hören.«

Zu ihrem Bedauern mussten sie das Gespräch kurz darauf unterbrechen: Die Zuschauermenge war so groß geworden, dass er den Unwillen der anderen erregt hätte, wenn er die ganze Zeit über am Beckenrand herumspaziert wäre. Immer wieder suchten ihre Augen ihn, manchmal sah sie ihn, manchmal nicht, und irgendwann zwang sie sich, ihre Aufmerksamkeit vollkommen auf das Wasser zu richten. Sie ließ sich viel zu sehr vom Schwimmen ablenken!

Es war wie beim letzten Mal. Als sie das Schauschwimmen beendet hatte, war von Pat nichts mehr zu sehen. Mercedes wehrte sich innerlich gegen eine Gefühlsmischung aus Enttäuschung und Ärger. Erst plauderte er so angeregt mit ihr, und dann verschwand er einfach? Fast noch mehr ärgerte sie sich über ihre eigene Reaktion. Warum zog dieser Mann sie so in seinen Bann?

Es gab noch anderes zu überdenken. Mercedes hatte sich in den Kopf gesetzt, als eines ihrer nächsten Ziele den Hellespont zu durchqueren, die lange, enge Meeresstraße zwischen der Ägäis und dem Marmarameer. Völlig fasziniert davon, dass auch der berühmte Dichter Lord Byron eine Leidenschaft fürs Schwimmen im offenen Meer hatte und diese Strecke – hundertzwanzig Jahre vor ihrer Zeit – am 3. Mai 1810 geschwommen war, wollte sie es ihm unbedingt nachtun.

Am 9. Juli 1930 nahm Mercedes Kontakt mit ihrem Freund Gilbert Flamant auf, der einige Zeit dort gelebt hatte.

Ich kenne mich auf der türkischen Halbinsel Gallipoli bestens aus und bin gut bekannt mit den dort lebenden Engländern. Das könnte für dich wichtig sein. Wenn du möchtest, kann ich dir eine Adresse geben, über die du mit der englischen Community in Kontakt treten kannst, hatte er ihr zurückgeschrieben.

»Das wäre großartig«, freute sie sich.

Als kleinen Glücksbringer lege ich dir eine Gürtelschnalle mit bei. Sie sieht auf den ersten Blick ganz wertvoll aus, ist es aber nicht. Ich habe sie von einem Türken, der während des Gallipoli-Feldzugs 1915 verwundet worden ist. Schwer verletzt lag er da, als ich dazukam. Ich hab mich etwas um ihn gekümmert, gab ihm eine Zigarette und Wasser. Er war mir dafür so dankbar, dass er mir das einzig Wertvolle gegeben hat, das er bei sich trug – zumindest glaubte er, dass es wertvoll war. Später habe ich das Ding schätzen lassen. Sie ist tatsächlich nicht teuer, nur im ideellen Sinne vielleicht. Dir soll sie nun Glück bringen. Außerdem finde ich den Gedanken schön, dass sie mit dir irgendwie in ihre Heimat zurückkehrt.

Ja, ging es Mercedes beim Lesen seiner Zeilen durch den Kopf, das ist wirklich ein schöner Gedanke. Ich freue mich über Gilberts Geste.

* * *

Mercedes kam in ihrem Hotelzimmer an und entschied sich, ihre Reisepläne für die Türkei noch weiter auszuarbeiten. Ganz nebenbei wollte sie sich damit auch von den Gedanken ablenken, die sie immer wieder zu dem charmanten Patrick führten. Die erfolgreiche Sportlerin setzte sich an den kleinen Schreibtisch, zog ein Blatt Papier aus der Schublade, nahm ihren Füllfederhalter in die Hand und schrieb:

An den Sekretär
St.-Barnabas-Pilgerfahrten
7 Hobart Place, London SW 1
Gentlemen,
am 8. August dieses Jahres werde ich über Konstantinopel nach Gallipoli reisen. Der Zweck meines Besuches ist mein Versuch, den Hellespont zu durchschwimmen. Einige meiner Freunde sind besorgt. Sie möchten nicht, dass ich in ein fremdes Land reise, ohne mir vorher Auskünfte zu holen. Vorausgesetzt, Briten sind an diesem Fleck der Erde stationiert – können Sie mir Namen und Adresse britischer Autoritäten entlang der Küste geben, an die ich mich notfalls wenden könnte? Dafür wäre ich Ihnen sehr dankbar!
Sincerely yours,
Mercedes Gleitze

Sie setzte den Füllfederhalter ab und lächelte.

Die Freunde, die sie erwähnt hatte, waren Hans und Florence Wilsdorf. Sie wollten sogar mitkommen.

Es waren auch Richard und Violet, die glücklich verheiratet auf dem Land lebten und inzwischen zwei Kinder hatten. Violet war zwar wesentlich lebendiger und selbstsicherer als früher, aber seit sie Mutter geworden war, machte sie sich ständig Sorgen. Es ging ihr vor allem um die Kleinen, um ihren Mann – und um Mercedes, wenn diese wieder einmal ein Abenteuer wagte. Richard hatte Mercedes geschrieben und erzählt, dass Violet unter regelrechten Albträumen wegen Mercedes' bevorstehender Reise litt.

Diese hatte ihren Freunden daraufhin versprochen, sich gewissenhaft vorzubereiten. Und genau das tat sie nun. Sie beugte sich wieder über das Schreiben.

Mit einem erleichterten Seufzen faltete sie das Papier, steckte es in den Umschlag und legte es zur übrigen Post, die der Page am nächsten Morgen mitnehmen würde.

Es war ihr gelungen, zwanzig Minuten lang nicht an Patrick zu denken!

* * *

Nachdem er Mercedes bei ihrem morgendlichen Schwimmtraining zugesehen hatte, war Hans nach Hause geeilt, um Koffer zu packen. Es war wieder einmal Zeit, in Genf nach dem Rechten zu sehen. Mit der Firma war alles in bester Ordnung, die Rolex Oyster war mittlerweile zum Verkaufsschlager geworden. Deutlich zu spüren bekam Hans allerdings noch die Auswirkungen des Zusammenbruchs der New Yorker Börse im letzten Jahr. 1929 waren Banken zusammengebrochen und massenhaft Arbeitsplätze verloren gegangen. Die Leute hatten schlicht kein Geld mehr für Luxusgüter. Und luxuriös waren sie nun mal, die hochwertigen Uhren aus der Schweiz, auch und besonders die Rolex-Armbanduhren.

»Du wirst dich doch jetzt nicht entmutigen lassen«, hatte Mercedes kürzlich kritisch angemerkt, als er der Freundin wieder einmal die wirtschaftlichen Zusammenhänge erklärt hatte. Hans' Gesicht verzog sich zu einer bittersüßen Miene: »Du hast recht. Jetzt geht es erst richtig los.«

Nach wie vor pendelte er zwischen Genf und London, immer begleitet von Florence; auch dieses Mal würde sie mit ihm mitreisen.

Ein größerer Stapel Wäsche und Kleidung lag vor ihr auf dem Bett. Das Dienstmädchen hatte alles für den Aufenthalt in der Schweiz vorbereitet.

»Hans, ich habe mir etwas überlegt.«

Er wurde aufmerksam, denn er kannte diesen Tonfall. Florence offenbarte ihm dann meist eine neue, hervorragende Idee. Die Einfälle seiner Frau hatten Rolex bekannt gemacht und dazu beigetragen, dass die Marke mit Werten wie Beständigkeit und Eleganz verbunden wurde. Nicht zuletzt war es Florence sogar zu verdanken, dass es Mercedes in ihrer beider Leben gab.

»Ich höre?« Er spitzte die Ohren.

»Wie wäre es, wenn wir den Kunden anbieten würden, den Preis für eine Uhr, von der sie träumen, nicht auf einmal, sondern in kleineren Beträgen nacheinander zu zahlen? Viele hätten doch gern eine Rolex, können sie sich aber nicht leisten.«

Hans pfiff erstaunt. »Eine gute Idee. Aber was, wenn die Käufer diese kleineren Beträge auch nicht mehr zahlen können?«

»Hm, da sehe ich kein Problem. Bis die vollständig bezahlt worden sind, bleiben die Uhren ja unser Eigentum.«

»Ja, das stimmt wohl. Muss man vom Notar mal genau prüfen lassen.« Verschmitzt schaute Hans seine Frau an. »Ich muss dir übrigens noch etwas erzählen.«

»Jetzt bin ich gespannt.«

»Mercedes hat einen Verehrer.«

»Oh?« Florence zog eine Augenbraue hoch. »Einen, den sie schon mal gesehen hat?«

»Diesmal ja. Vor allem hat er sie gesehen. Er hat ihr beim Achtundzwanzig-Stunden-Schwimmen zugesehen. Und jetzt war er auch wieder da, hat sie angesprochen. Ich glaube …«

»Ja?«

»Frag mich nicht, warum, aber ich habe das Gefühl, dass es mit dem jetzt ernster werden könnte.«

Florence lachte. »Jetzt fantasierst du aber, mein Lieber. Das kannst du doch noch gar nicht wissen.«

Hans zuckte nur mit den Achseln. »Du wirst noch an meine Worte denken.«

34

Als Mercedes am 10. Juli in South Wales ankam, wo sie sich auf einen Versuch im Bristolkanal vorbereiten wollte, erlebte sie eine Überraschung. Kaum war sie aus dem Zug gestiegen, stand vor ihr ein strahlender Pat Carey mit einem großen Blumenstrauß.

»Weil ich Ihnen doch eine Blume stibitzt habe«, sagte er, »sollen Sie jetzt viele zurückbekommen.«

Mercedes spürte Flattern im Bauch. »Das… ist wundervoll von Ihnen. Woher wussten Sie, mit welchem Zug ich komme?«

»Das wusste ich nicht«, bekannte er.

»Ja, aber…« sagte sie verdutzt, »Sie sind doch hier.«

»Seit heute Morgen«, bekräftigte er.

»Sie haben den ganzen Tag gewartet?«

»Seit dem ersten Zug, ja. Und Sie kamen mit dem letzten. Mercedes, ich hätte aber auch einen Monat auf Sie gewartet.«

»Ich…«, setzte sie an.

»Mercedes!«, mahnte nun ihr Mentor George Henry Allan, der mit ihr gemeinsam angereist war, »wir müssen uns beeilen. Der Zug hatte Verspätung.«

»Bitte entschuldigen Sie«, bat sie Pat, während sie den Blumenstrauß entgegennahm. »Wir müssen uns beeilen, wie Sie hören. Werden Sie bei meinem Schwimmversuch dabei sein?«

»Na, auf keinen Fall werde ich mir das entgehen lassen«, versicherte er. »Wenn ich mir diese Bemerkung erlauben darf: Es ist das erste Mal, dass ich Sie sozusagen in Zivil und nicht in Schwimmkleidung sehe.«

»Und?«, hakte Mercedes auf eine für sie ungewohnt kokette Art nach: »Was gefällt Ihnen besser?«

Er hob kurz die Schultern: »Beides, Miss Gleitze. Ganz eindeutig beides.«

* * *

Mercedes traf Pat gleich am nächsten Morgen beim Frühstück wieder. Er hatte sich im selben Hotel einquartiert, in dem auch Mercedes und ihre Entourage wohnten.

»Guten Morgen«, winkte sie ihm zu, als er den Raum betrat. »Möchten Sie sich nicht zu uns setzen?«

»Gern.« Er nickte Mercedes und George zu. »Wenn ich nicht störe.«

»Im Gegenteil«, sagte Mercedes und rückte etwas zur Seite. »Wir haben gerade überlegt, ob ich den Versuch heute wagen soll.«

»Und?«, fragte er, während er neben ihr Platz nahm.

Sie schüttelte den Kopf. »Wir müssen warten. Es ist bislang noch alles andere als optimal.«

Patrick nickte. »Die See ist sehr unruhig, das bemerkt selbst jemand, der sich ganz und gar nicht auskennt.«

»Nun, so oft, wie Sie uns inzwischen begleitet haben, sollte man meinen, dass Sie zum Experten geworden sind«, scherzte George und zwinkerte ihm zu.

Mercedes sah ihn erstaunt an. Ihr Trainer hatte Patrick

bislang mit keinem Wort erwähnt; nie hätte sie gedacht, dass er ihn bemerkt hatte. Andererseits war es auch nicht weiter erstaunlich: George Henry Allan bemerkte alles.

Sie aßen einige Minuten schweigend. Einen kurzen Moment der Abwesenheit des Trainers nutzte Patrick, um leise zu fragen: »Wenn Sie heute ohnehin noch nicht schwimmen können, Miss Gleitze, darf ich dann hoffen, dass Sie etwas Zeit mit mir verbringen?«

»Das läge im Bereich des Möglichen«, antwortete sie.

George, der zum Tisch zurückgekommen war, kommentierte: »Nur nicht allzu lange. Du musst heute noch trainieren.«

Mercedes schmollte ihn empört an: »Als müsstest du mich daran erinnern.«

* * *

Sie machten sich gleich nach dem Frühstück auf den Weg zum Strand. Mercedes bemerkte, dass sie sich – im Vergleich zu ihrem Treffen mit ihrer Briefromanze – nicht im Geringsten eingeengt fühlte, sondern regelrecht beflügelt. Angeregt unterhielten sie sich, im Nu waren zwei Stunden verflogen. Zum Abschluss des Treffens gönnten sie sich eine Limonade auf der Terrasse des Hotels.

Patrick schaute Mercedes offen ins Gesicht: »Sie sind eine ganz besondere Frau, Mercedes Gleitze. Das wissen Sie ja. Man sagt es Ihnen gewiss oft genug.«

»Es hat mir nie so viel bedeutet wie aus Ihrem Mund«, verriet sie.

Er strahlte. »Wirklich?«

Sie schaute verlegen nach unten und nickte fast unmerklich.

»Das ist das Schönste, was Sie mir sagen können.« Zaghaft schob er seine Hand über den Tisch, ohne ihre zu berühren.

»Sie engen mich nicht ein«, sagte Mercedes. »Anders als mein ehemaliger Verlobter …«

Er bekannte: »Ich habe in der Zeitung darüber gelesen. Sie hatten einander nie gesehen, nicht wahr?«

»Richtig«, bestätigte Mercedes. »Vollkommen verrückt, wenn man darüber nachdenkt, sich mit jemandem zu verloben, den man noch nie gesehen hat.«

»Und dann haben Sie die Verlobung gelöst, schon kurz nach dem ersten Treffen.«

»Ja, das stimmt«, bestätigte sie. »Ich habe mich nur … Er ist davon ausgegangen, dass ich das Schwimmen aufgebe.«

Patrick sah sie so verblüfft an, dass sie lachen musste. »Fehlt nur noch, dass Ihnen die Kinnlade herunterfällt«, scherzte sie.

»Entschuldigung«, murmelte er. »Nichts läge mir ferner, als über Ihren einstigen Verlobten zu urteilen. Aber das ist einfach so … so … so …« Er rang um Worte. »So … widersinnig«, vollendete er schließlich seinen Satz. »Man kann Sie und das Schwimmen doch nicht trennen! Sie sind doch ohne Schwimmen gar nicht zu denken!«

Mercedes schob ihre Hand auf dem Tisch ein Stückchen nach vorne, bis sich schließlich ihre Fingerspitzen berührten. Beide genossen den prickelnden Augenblick der Zuneigung gleichermaßen.

* * *

Normalerweise hätte die Tatsache, dass die idealen Bedingungen für das Schwimmen auf sich warten ließen, Mercedes sehr ungeduldig werden lassen. In diesem Fall war sie froh darüber.

Nun waren sie und Pat erneut verabredet. Hand in Hand schlenderten sie am Strand entlang. Als sie die Stelle erreichten, an der sie sich tags zuvor das erste Mal geküsst hatten, hielt er an und nahm auch noch ihre andere Hand. Ganz ernst war er plötzlich geworden. »Mercedes. Wir kennen uns erst seit wenigen Tagen, aber manchmal genügt das wohl, um ganz große Gefühle auszulösen.«

Sie schluckte. »Ja. Das ist wohl so.«

»In der kurzen Zeit, die wir hier miteinander verbringen konnten, haben sich meine Gefühle für dich vertausendfacht. Es ist ganz schwer zu beschreiben. Und deshalb …«

Mercedes starrte ihn an. Er würde ihr doch nun keinen Heiratsantrag machen? Das war viel zu früh, das war …

Bevor sie den Gedanken zu Ende gedacht hatte, sprach er es auch schon aus: »Mercedes, ich kann mir ein Leben ohne dich nicht vorstellen. Ich möchte den Rest meiner Tage mit dir verbringen. Ich weiß, es ist früh, aber … Mercedes … möchtest du mich heiraten?«

Sie starrte ihn an.

Verunsicherung machte sich auf seinem Gesicht breit. »Mercedes?«

»Ich …«, setzte sie an, »… ich … weiß nicht, was ich sagen soll. Ich spüre diese starke Zuneigung auch, aber wir kennen uns ja wirklich erst so kurz.«

»Ja, du hast recht. Es war übereilt von mir. Nimm dir so viel Zeit, wie du brauchst.«

Und plötzlich hatte es Mercedes selbst ganz eilig. »So sehr viel Zeit werde ich gar nicht brauchen; ein paar Stunden, um über alles nachzudenken. Heute Abend um sieben Uhr treffen wir uns wieder hier. Dann habe ich eine Antwort für dich.«

Wie gut es wäre, wenn Hans jetzt hier wäre, dachte sie,

wenn sie sich mit ihm austauschen, ihn um seinen Rat fragen könnte. Ihr Uhrmacherfreund war weit fort, mit Florence nach Genf gereist. Immerhin blieb ihr das Schwimmen. Während dieser vertrauten Tätigkeit, die ihr Körper brauchte, konnten die Gedanken fließen. Patrick hatte recht mit allem, was er sagte. Es war nicht viel Zeit vergangen seit ihrem Kennenlernen, aber es war ungeheuer intensiv. Wir gehören zusammen wie das Wasser und ich, fuhr es Mercedes durch den Kopf. Es ist richtig. Er gibt mir Flügel, er verleiht mir Kraft.

Und dann dachte sie: Ich kann das nicht ohne Hans entscheiden. Und schließlich: Ich kann Hans anrufen. Gleich nachher, aus der Hotellobby.

Mercedes erinnerte sich nicht daran, wann sie das letzte Mal mit so viel Ungeduld auf das Ende eines Schwimmtrainings gewartet hatte. Als George sie noch und noch eine Runde schwimmen ließ, war sie kurz davor, etwas zu sagen. Sie wollte, sie *musste* Hans anrufen, doch sie riss sich zusammen. Endlich ließ der Trainer Gnade walten, und sie durfte aus dem Becken steigen. Von der Umkleidekabine eilte sie in die Lobby, um sich mit Hans verbinden zu lassen. Seine Sekretärin, Frau Obermatt, hob gleich nach dem ersten Klingeln ab.

»Hallo, Miss Gleitze«, sagte sie. »Der Herr Direktor wird sich freuen. Ich stelle Sie gleich durch.«

»Tun Sie das.« Mercedes ertappte sich dabei, dass ihre Finger ungeduldig auf der Tischplatte trommelten. Was dauerte denn da so lange?

»Mercedes!«, klang die wohlbekannte Stimme durch den Hörer. »Was für eine schöne Überraschung. Bist du etwa doch heute schon geschwommen? Falls du wegen der Spende anrufst, die ist längst angewiesen.«

»Nein. Ich rufe nicht wegen der Spende an. Diesmal geht es um etwas anderes«, erklärte sie.

Am anderen Ende der Leitung herrschte verdutztes Schweigen.

»Hallo?«, fragte Mercedes. »Bist du noch da?«

»Ja.« Hans wunderte sich. »Ja, ich bin noch da. Es ist nur ... ich hätte nie gedacht, einmal von dir zu hören, dass etwas wichtiger sein kann als das Schwimmen. Geht es womöglich um Patrick?«

»Ja, genau«, platzte sie heraus. »Stell dir bloß mal vor! Er hat mich gefragt, ob ich ihn heiraten will.«

Lachen klang durch den Hörer.

»Was ist daran so lustig?«, fragte sie verdutzt.

»Weil ich erst kürzlich zu Florence gesagt habe, dass das der Mann ist, den du mal heiraten wirst.«

Nun war sie es, die verblüfft schwieg. »Wie konntest du das denn wissen?«

»Nur so ein Gefühl«, sagte er.

»Und kaum jemand kennt mich so gut wie du, aber ich, ich kenne ihn kaum.«

»Warum hat er es denn so eilig?«

»Weil er mich liebt, sagt er. Weil er alles weiß, was er wissen muss.«

»Und du?«, hakte der Uhrenfabrikant nach. »Weißt du es auch?«

»Ich glaube, ja, Hans«, antwortete sie. »Es fühlt sich so gut an und richtig, ganz anders als mit William. Als ich ihm erzählt habe, dass William wollte, dass ich mit dem Schwimmen aufhörte, war er vollkommen verblüfft und meinte, das Schwimmen und mich, das könne man doch nicht trennen.«

»Das kann auch Kalkül gewesen sein, um sich gegenüber seinem Konkurrenten hervorzutun«, wandte Hans ein.

»Das muss er gar nicht.« Mercedes stellte klar: »William ist ja längst keine Konkurrenz mehr, mit ihm habe ich schon lange klar Schiff gemacht.«

»Na, dann.« Wieder klang es fröhlich durch den Hörer.

»Ich soll also Ja sagen?«

»Das musst du dir ganz allein beantworten«, stellte Hans klar.

»Im Grunde kenne ich die Antwort ja schon.«

* * *

Punkt sieben Uhr abends war Mercedes am vereinbarten Treffpunkt. Patrick war noch nicht da, das machte sie etwas nervös. Insgeheim hatte sie damit gerechnet, dass er bereits auf sie warten würde. War sie zu harsch gewesen vorhin? Hatte sie ihn zu deutlich abgewiesen? Im Grunde hatte sie ihn ja einfach stehen lassen! Beunruhigt sah sie sich um, doch von Pat war, so weit sie auch blicken konnte, nichts zu sehen. Sie hatte ein flaues Gefühl im Bauch. Wieder blickte sie sich um – und da sah sie ihn zu ihrer großen Erleichterung auf sich zukommen. Er ging zügig, rannte fast. »Entschuldige!« Er war etwas außer Atem, als er bei ihr angekommen war. »Ich wollte unbedingt vor dir da sein.«

»Das macht doch nichts«, ließ Mercedes, deren Herz immer schneller schlug, ihn wissen. »Ich habe nicht lange gewartet.«

Flehend sah er sie an. »Deine Antwort. Ich habe schreckliche Angst vor deiner Antwort, dass du Nein sagen könntest.«

Mercedes stellte sich auf die Zehenspitzen, um ihn zu umarmen. »Das musst du nicht. Ich kann mir nichts Schöneres vorstellen, als mein Leben mit dir zu teilen.«

35

Sie verloren keine Zeit. Nachdem Mercedes sich entschieden hatte, Patrick zu heiraten, konnte es ihr nicht schnell genug gehen. Am 2. August 1930 lud sie das zweite Mal in ihrem Leben zu einer Pressekonferenz bezüglich ihres Privatlebens.

»Als Sie Ihre letzte Verlobung gelöst haben, haben Sie gesagt, dass es für Sie keine Ehe geben kann, bevor Sie nicht den Hellespont geschwommen sind.«

»Erstens werde ich den Hellespont in Kürze durchschwimmen, und zweitens hat mir mein künftiger Ehemann versichert, dass er sich in keiner Weise gegen meine Schwimmkarriere stellen wird.«

»Dann wird aus Miss Gleitze nun Mrs Carey«, stellte ein anderer Reporter fest.

»Nein.« Mercedes schüttelte den Kopf. »Nein. Ich werde meinen Namen weiter behalten.«

»Und damit ist Ihr künftiger Ehemann einverstanden?«

»Er ist damit nicht nur einverstanden, er befürwortet es sogar. Schließlich bin ich unter diesem Namen bekannt geworden. Es wäre unvernünftig, ihn abzugeben.«

* * *

Nach der Pressekonferenz sah Mercedes betrübt vor sich hin.

»Was, mein Augenstern?«, fragte Pat. »Warum bist du so nachdenklich?«

»Ach, es ist wegen des Hellesponts«, sagte sie. »Der eine Reporter hat mich daran erinnert, dass ich öffentlich gesagt habe, ich wolle erst heiraten, wenn ich den Hellespont geschwommen sei.«

»Den schwimmst du ja bald. Es gibt doch schon gezielte Vorbereitungen«, erinnerte sie Patrick liebevoll. »Und dann können wir heiraten.«

»Das ist es ja eben«, gab Mercedes zu. »*Dich* würde ich auch vor der Durchquerung des Hellesponts heiraten.«

»Das ist die schönste Liebeserklärung, die du mir machen kannst!« Pat schien aufrichtig gerührt.

»Stimmt.« Sie war mit einem Mal ganz aufgeregt. »Und es fühlt sich vollkommen richtig an. Lass uns so schnell wie möglich heiraten – noch bevor ich den Hellespont durchquert habe.«

* * *

Mercedes und Patrick heirateten genau einen Monat, nachdem sich ihr erstes Gespräch entwickelt hatte. Ihre Ehe wurde in der römisch-katholischen Kirche St Paul's in der Maison Dieu Road, Dover, geschlossen. Das öffentliche Interesse an ihrer Eheschließung war enorm. Eine riesige Schar von Bewunderern war in die Kirche gekommen, außerdem standen sehr viele Reporter so dicht gedrängt, dass Mercedes – die von Hans zum Altar geführt werden sollte – kaum durchkam. Dem Rolex-Gründer platzte der Kragen.

»Wenn Sie die Braut jetzt nicht durchlassen, kommt sie zu spät zu ihrer eigenen Trauung, worüber Sie dann folgerichtigerweise auch nicht berichten dürfen«, polterte er. »Nun bilden Sie gefälligst einen Gang und stehen Sie für unsere Braut Spalier!«

Wie von Zauberhand teilte sich nun die Menge. Mercedes schritt am Arm ihres treuen Freundes zum Altar, vor dem Patrick und die Zukunft auf sie warteten.

»Danke«, flüsterte sie ihrem Begleiter zu. »Danke, dass du immer an meiner Seite bist und mich nun sogar zum Traualtar führst.«

»Ich wüsste nicht, was ich lieber täte. Es ist mir eine große Ehre«, sagte er gerührt. »Und wenn ich das sagen darf: Du bist eine wunderschöne Braut.«

»Am liebsten hätte ich ja im Schwimmanzug geheiratet«, gestand sie. »Es fühlt sich ein wenig fremd an in diesem Kleid.«

Er lachte. »Das hätte gut zu dir gepasst.« Dann neigte er fragend den Kopf zu ihr. »Und an meinem Arm zu gehen, das fühlt sich nicht fremd an? Eigentlich gebührt dieser Platz doch deinem Vater.«

Sie schüttelte den Kopf. »Natürlich bedauere ich es, dass weder Pats noch meine Familie wegen der kurzen Vorlaufzeit bei unserer Hochzeit dabei sein können«, setzte sie an. »Aber so oder so lasse ich mich viel lieber von dir als von meinem Vater zum Altar führen. Du bist mir längst viel mehr ein Vater als mein eigener.«

»Das ehrt mich, und gleichzeitig tut es mir ein wenig leid für deinen alten Herrn.«

»Das muss es nicht. Er hat sich nach dem Krieg nicht groß um mich gekümmert. Und um meine Mutter ebenfalls nicht.«

»Er ist ein feiner Mann, der es nicht leicht hatte in seinem Leben«, verteidigte ihn Hans.

Mercedes lächelte ihm nochmals zu. »Ich weiß. Und dass du seinerzeit auf Stellas Hochzeit bei ihm unter dem Tisch gesessen hast, ist noch so etwas, das ich dir nie vergessen werde.«

Inzwischen hatten sie den Eingang erreicht, wo schon die beiden Brautjungfern Bernice und Phyllis Zeitenfeld auf sie warteten, besser bekannt als die Channel Twins. Die beiden Schwestern stammten eigentlich aus New York, trainierten aber derzeit in Dover für einen Versuch auf dem Ärmelkanal.

»Du siehst hinreißend aus«, schmeichelte Bernice, und Phyllis ergänzte: »Es ist ja nicht so, als hätten wir dich nicht vorhin schon gesehen, als wir uns um deine Frisur gekümmert haben, aber mir scheint, du bist seither noch schöner geworden.«

»Ihr seht auch ganz bezaubernd aus«, freute sich Mercedes und bückte sich dann zu dem kleinen Mädchen mit dem Blumenstrauß, das bei den Zwillingen stand und schüchtern zu ihr aufblickte.

»Du bist sicherlich die kleine Patricia, mein Blumenmädchen«, sagte sie.

»Ja«, nickte die Kleine und piepste: »Sie sind wirklich wunderschön. Mit dem schönen langen, weißen Kleid sehen Sie aus wie eine Prinzessin.«

»Wie sich das für eine Braut zu ihrer Hochzeit gehört. Bitte sag Mercedes zu mir.«

Die Kleine nickte strahlend.

Dann sah Mercedes Hans an. »Bereit?«, fragte er.

Sie nickte. »Bereit«, sagte sie.

Ihr väterlicher Freund führte sie durch den Mittelgang der voll besetzten Kirche zu dem Mann vor dem Altar, der ihr voller Liebe entgegensah: Patrick Carey.

Nach dem Gottesdienst juchzte die Menge noch mehr als zuvor. Nun ließen sich die Journalisten nicht mehr abwimmeln. Kameras klickten, und eine wahre Wand von Mikrofonen bildete sich vor Mercedes und ihrem frischgebackenen Ehemann. Diesmal antwortete Mercedes lachend und freudig.

»Wo feiern Sie denn?«, fragte ein vorwitziger Reporter. »Darf man dazukommen?«

»Wir haben keine Zeit zu feiern«, machte Mercedes klar. »Wir müssen uns sofort auf den Weg machen.«

»Wohin geht es denn?«

»Zum Admiralty Pier«, antwortete Mercedes. »Wir wollen die Fähre um Viertel nach drei nach Calais erreichen.«

Die Hochzeitsgesellschaft begleitete das Brautpaar zur Marinestation. Mercedes legte ihren Hochzeitsstrauß noch am Denkmal für die Männer der South Eastern and Chatham Railway nieder, die im Ersten Weltkrieg gefallen waren, dann verabschiedete sie sich mit innigen Umarmungen von jenen Freunden und Familienmitgliedern, die nicht mit übersetzen würden. Besonders Stella und Violet drückte sie fest an sich.

»Pass auf dich auf, meine Süße«, brachte Violet unter Tränen hervor. »Du weißt, ich habe Angst um dich in der Fremde.«

»Ich werde sie beschützen«, versprach Pat und legte den Arm um seine Frau.

Auch Stella umarmte sie fest. »Randa wäre stolz auf dich«, murmelte sie. »Und so glücklich, dass du die Liebe deines Lebens gefunden hast.«

»O ja«, gab Mercedes gerührt zu. »Das habe ich.«

Von Calais aus stachen Mercedes, Patrick, George und Hans mit der *Maid of Kent* in See. Das Schiff sollte sie nach Konstantinopel bringen, wo Mercedes den Hellespont durchqueren wollte. Wenn sie dieses Ziel erreicht hatte, wollte sie das Wasser für Patrick verlassen. Vorübergehend! Die Flitterwochen des frisch vermählten Paares sollten ausgerechnet in die Sahara führen.

* * *

Der Hellespont ist eine lange und schmale Meeresenge, die die Ägäis mit dem Marmarameer verbindet. Sie ist achtunddreißig Meilen lang und an ihrer breitesten Stelle etwas über dreieinhalb Meilen breit.

»Sie sieht aus wie ein Fluss«, stellte Patrick fest, als Mercedes ihm während der langen Überfahrt ihr Kartenmaterial zeigte.

»Ja, das liegt an der schmalen und gewundenen Form. Die Strömung ist auch nicht zu unterschätzen. Genauer gesagt ist sie die ganz große Herausforderung. Sie ist so stark, dass die Schiffe an ihrem Ankerplatz so lange warten müssen, bis die Strömung schwächer ist, bevor sie in die Dardanellen einlaufen.«

Er runzelte die Stirn. »Und da willst du durchschwimmen? Wenn es sogar für die Schiffe gefährlich ist?«

»Sag mal«, foppte sie ihn. »Kaum sind wir verheiratet, schon sagst du dem Schwimmen den Kampf an.«

Lachend nahm er sie in die Arme. »Nein, mein Liebling. Das wirst du mit mir nie erleben«, widersprach er. »Aber ein liebender Ehemann macht sich nun mal Sorgen um seine Frau. Das hat nichts mit Einschränken zu tun.«

Er gab ihr einen Kuss.

»Der liebende Ehemann macht sich zu Recht Sorgen«, sagte Mercedes. »Es ist nämlich wirklich herausfordernd. Genau darum will ich es ja wagen. Ich schwimme aber nicht allein. Wenn es gefährlich wird, breche ich sofort ab.«

»Wofür ich persönlich sorgen werde«, versicherte Pat. »Wahrscheinlich werde ich in meinem Beiboot tausend Tode sterben«, sagte er und wollte wissen: »Warum ist die Strömung hier eigentlich so gefährlich?«

»Weil das Wasser von Marmara in beide Richtungen fließt«, erklärte Mercedes. »Über eine Oberflächenströmung in die Ägäis und über eine Unterströmung genau in die entgegengesetzte Richtung.«

»Sehr beunruhigend«, murmelte er.

»Vielleicht kann ich dich ein wenig mit Byron ablenken«, schlug sie vor.

»Byron?«, fragte er überrascht. »Wie kommst du denn jetzt auf Byron? Übrigens: Ich liebe Byron.«

»Wirklich? Das wusste ich ja noch gar nicht.«

»Du weißt noch vieles von mir nicht. Wie sollte das denn auch gehen, wo wir uns erst seit vier Wochen kennen.« Er ließ nicht locker: »Also, was ist jetzt mit Lord Byron?«

»Er war ein leidenschaftlicher Freiwasserschwimmer. Und ein hervorragender dazu: Er durchschwamm den Hellespont am 3. Mai 1810.«

»Nein!« Pat war ganz erstaunt. »Lord Byron hat den Hellespont durchschwommen?«

»Allerdings. Und darauf war er stolzer als auf seine gesamte Dichtung.«

»Es sei ihm vergönnt«, meinte Pat. »Mich hat immer seine Erzählung ›Der Korsar‹ begeistert. Da geht es um Piraterie und Moral.«

»Die kenne ich noch gar nicht«, sagte Mercedes. »Wir

können uns ja mal ein paar Bücher besorgen und uns gegenseitig daraus vorlesen.«

* * *

Als sie im Nordwesten der Türkei an Land gingen, wurden sie mit großem Beifall empfangen.

»Auch in diesem Teil der Welt scheint man sportliche Leistungen zu schätzen«, raunte Mercedes ihrem Pat zu.

Der legte den Arm um sie und zog sie an sich, was die anwesende Presse in Entzücken versetzte. Ein wahres Blitzlichtgewitter ging auf sie hernieder.

»Ich glaube eher, sie wissen *dich* zu schätzen, mein Liebling«, stellte Patrick klar.

Zwei gewichtig aussehende Herren traten ihnen entgegen. »Herzlich willkommen, Mrs Gleitze, Miss Gleitze«, sagte einer und fügte, an Pat gewandt, hinzu: »Und natürlich auch Ihnen ein herzliches Willkommen, Mr Carey.«

Anschließend begrüßte er Florence und Hans, die hinter dem frischgebackenen Ehepaar von Bord gegangen waren.

»Ich danke Ihnen!« Mercedes nahm den Blumenstrauß entgegen, den einer der Herren ihr überreichte.

»Ich bin der Bürgermeister von Chanak, und das ist der Herr Gouverneur. Wir fühlen uns geehrt, dass wir zu Ihren Unterstützern gehören dürfen.«

»Ich danke Ihnen, meine Herren. Ich freue mich darauf, nun endlich den Hellespont zu schwimmen.«

EPILOG

Mercedes blickte hinauf in den türkischen Morgenhimmel. Eine kühle Brise jagte die Wolken über das Blau. Es war der 16. August 1930, und sie stand am Zollpier von Chanak, bereit, in fünfzehn Komma sechs Grad Celsius kaltes Wasser zu steigen. Sie wollte von Tenker nach Kumkale schwimmen. Für einen Moment schloss sie ihre Augen.

»Bist du bereit?«, fragte die Stimme, die es noch gar nicht so lange in ihrem Leben gab, die ihr aber schon jetzt unendlich vertraut war. Es war die Stimme des Mannes, mit dem sie ihr Leben verbringen wollte.

Sie öffnete die Augen wieder, sah ihn an und lächelte. »Ja, ich bin bereit. Genau genommen, kann ich es gar nicht erwarten.«

Er nahm ihre Hand und drückte sie. »Na dann, mein Schatz, sollten wir als Erste das Motorboot besteigen, das uns von Tenker nach Kumakle bringen wird. Ich denke, sie warten alle darauf.«

Mit dem Kinn deutete er auf die kleine Menschenmenge, die sich auf dem Zollpier versammelt hatte. Manche von ihnen unterhielten sich leise, andere sahen zu ihnen herüber und schienen auf etwas zu warten.

Mercedes nickte. »Ja«, sagte sie. »Ja, lass uns einsteigen.«

Kaum hatten Mercedes und Patrick Platz genommen, folgten ihnen auch schon alle anderen: Trainer George, Hans und Florence und auch all jene, die sozusagen als offizielle Zeugen dabei sein würden. Nach dem Skandal mit dem Ärmelkanal legten Mercedes und ihre Leute darauf großen Wert. Außer dem Bürgermeister von Chanak waren die Tochter des Gouverneurs, zwei Mitglieder der Stadtpolizei und mehrere Mitglieder der deutschen Gemeinde in der Türkei gewählt worden, insgesamt fünfzehn Personen.

Die Überfahrt zum auf der Halbinsel gelegenen Tenker dauerte eine Stunde. Mercedes stieg als Erste aus und trat ans Ufer. Die Wellen waren stark an diesem Morgen, stark und schaumbedeckt. Ein merkwürdiges Gefühl überkam die Langstreckenschwimmerin. Ein Gefühl, das sie so noch nie verspürt hatte. Sie stutzte. Es war ein Gefühl des Zögerns, des Unbehagens, der leisen Furcht. War es, weil sie nun nicht mehr nur für ihr eigenes Leben verantwortlich war, sondern auch für das ihres Mannes? Natürlich würde sie Pat nicht in Gefahr bringen durch ihr Schwimmen, aber sie wusste: Wenn ihr etwas zustieße, wäre auch sein Leben ruiniert.

Sie blickte sich nach Pat um, der in einiger Entfernung zu ihr stand und sich leise mit dem Bürgermeister unterhielt. Beide Männer blickten zu ihr herüber. In diesem Moment trat George neben sie.

»Was ist mit dir?«, fragte er leise. »So habe ich dich noch nie gesehen. Zweifelst du?«

»Nein«, sagte Mercedes entschlossen und fegte ihre Bedenken fort. »Ich habe keine Zweifel. Ich habe mich nur gefragt, wie stark die Strömung ist.«

»Das habe ich gerade in Erfahrung gebracht«, berichtete er. »Es sind vier Knoten. Das schaffst du.«

»Ja. Ja, das schaffe ich.«

»Möchtest du starten? Bist du bereit?«

Mercedes sah wieder auf die Wasseroberfläche; sie bemerkte, wie sich ihr innerer Blick veränderte, schärfte – wie sehr das Wasser sie anzog.

»Ja«, wiederholte sie. »Ja, ich bin bereit.«

Um 9:10 Uhr ging Mercedes ins Wasser, gefolgt von inzwischen zwei Motorbooten. Im ersten saßen all jene, die sie auf die Halbinsel begleitet hatten, im zweiten der Gouverneur von Chanak, dessen Frau und einige weniger wichtige Beamte.

Die Strömung war heftig, sehr heftig, und Mercedes hatte anfangs das Gefühl, kein Stück vom Fleck zu kommen.

»Denk daran!«, erinnerte George sie aufmunternd vom Boot her. »Die Strömung ist nur hier am Rand so stark. Je weiter du in die Mitte der Meeresenge kommst, desto besser wird es. Dann kannst du dich ein bisschen erholen.«

»Gut«, antwortete Mercedes. »Dann bitte ich um etwas Musik. Das wird mich beflügeln.«

Sofort drangen fröhliche Klänge über das Wasser. Pat sang lauthals mit und klatschte im Takt. Wie wunderbar er war!

Alles ging gut, bis das Ufer noch etwa eine halbe Meile weit entfernt war. Hier wurde die Strömung derart stark, dass sie mit dem Brustschwimmen nicht weiterkam und stattdessen in die Trudgens-Technik wechselte, die sie allerdings enorm viel Kraft kostete. Die Sonne brannte nun unbarmherzig auf sie nieder, und das Meer war wild und aufgewühlt. Einen Moment lang hatte Mercedes das Gefühl, dass ihr Körper zum willenlosen Spielball der Wellen wurde, doch schnell hatte sie das wieder im Griff und gab all ihre Kraft und all ihr Können in ihr Spiel mit den Wellen. Von den

Booten, die sie begleiteten, wurde sie begeistert angefeuert, doch auch sie wurden zum Spielball der Wellen. Mercedes sah aus dem Augenwinkel, dass eines der Motorboote plötzlich einen enormen Satz vollführte und den Insassen Wasser ins Gesicht geschleudert wurde. Kreischen ertönte und gleich darauf lautes Lachen. Die kleine Erfrischung schien der Begeisterung der Crew keinen Abbruch zu tun. Trotz ihres eigenen Kampfs mit den Wellen lachte Mercedes laut und fröhlich auf. Irgendwie hatte ihr das Ereignis neue Kraft verliehen, und sie nahm den Kampf gegen Strömung und Wellen noch ein wenig engagierter auf.

Und dann hatte sie es geschafft! Sie hatte das Ufer erreicht. Frenetischer Applaus klang aus den Motorbooten, sie stieg aus dem Wasser, riss die Arme in die Luft und stieß einen lauten Siegesschrei aus. Ihre Begleiter jubelten aus den beiden Motorbooten zurück, und George verkündete: »Zwei Stunden und fünfundfünfzig Minuten.«

Die Motorboote legten an, Pat sprang als Erster heraus und nahm seine Frau in die Arme.

»Du wirst ganz nass«, protestierte sie. »Ich muss mich erst einmal abtrocknen.«

Doch er zog sie nur noch enger an sich. »Das ist mir vollkommen egal. Schließlich bin ich mit einer Schwimmerin verheiratet. Und außerdem sind wir im Boot ohnehin alle nass geworden.«

Im hinteren Bereich des Strandes wurden die Ankommenden noch einmal enthusiastisch und mit Freuden willkommen geheißen. Eine große Menschenmenge und zahlreiche Reporter empfingen die Schwimmerin und ihre Begleiter begeistert. Es wurden Erfrischungen gereicht und Bilder gemacht. Und zum Abschied wurde gesungen: Erst die türkische und dann die englische Nationalhymne. Mercedes und ihre Crew sangen eifrig mit – selbst Pat, der Ire. Da sie beide keine allzu politischen Menschen waren, spielte die Situation zwischen England und Irland in ihren Gesprächen kaum eine Rolle. Das Wichtigste war in diesem Moment ohnehin, dass sie den Hellespont überquert hatte und von Europa nach Kleinasien geschwommen war. Sie war dank all der Zeugen nun hochoffiziell die erste Frau, die den Hellespont durchschwommen hatte.

Einmal mehr hatte Mercedes Gleitze die Elemente besiegt, und viele nannten sie deshalb »Heldin der Gezeiten«.

ENDE

SPUREN DER REALITÄT

Mercedes **Gleitze** und Patrick Carey bekamen drei Kinder.

Nach dem Zweiten Weltkrieg (1939–1945) zog sich die Schwimmerin völlig aus der Öffentlichkeit zurück. 1939 verlor sie den Kontakt zu ihren Eltern, die immer noch in Frankfurt am Main in Deutschland gelebt hatten und später durch Bombenangriffe umgekommen waren. Ihre wohltätigen Einrichtungen in Leicester, die sie in den Dreißigerjahren gegründet hatte, wurden von deutschen Bomben zerstört.

Ihre älteste Tochter Doloranda Pember, gewiss nach Gleitzes bereits 1928 verstorbener Schwester Doloranda benannt, beschreibt in ihrem Buch (2019), wie scheu Mercedes im Grunde gewesen sei. »Die Zeit meiner Mutter als Sportlerin und Berühmtheit in den 1920er- und frühen 1930er-Jahren, von der wir erst viel später erfuhren, war ein völliger Kontrast zu dem Leben, das wir mit ihr in einem kleinen Reihenhaus mit drei Schlafzimmern in einem Vorort im Nordwesten Londons teilten«, schreibt sie. Mercedes Gleitze lebte seinerzeit zurückgezogen und widmete sich ganz ihren Kindern und dem Haushalt. Ihre Tochter erinnert sich daran, dass sie sich »mütterlich« und »liebevoll« um ihre Familie gekümmert habe. In ihren späteren Jahren war Mercedes Gleitze gesundheitlich sehr angeschlagen. Sie litt ab der Mitte ihres Lebens unter einer geerbten Kreislaufstörung und chronischer Arthritis in den Knien, die eventuell durch das Schwimmen im kalten Wasser verstärkt worden war. »Ende der 1940er-Jahre wurde sie vollständig ans Haus gebunden. Es hatte sich bei ihr Diabetes mellitus Typ 2, die sogenannte Zuckerkrankheit, mit allen dazugehörenden Symptomen entwickelt. Später kamen erste Anzeichen von Demenz und gynäkologischem Krebs dazu«, ist in der Reminiszenz ihrer Tochter nachzulesen. Die ehemals hochaktive Schwimmerin füllte ihre Tage mit Lesen, interessierte sich leidenschaftlich für die Raumfahrt und liebte klassische Musik. Mit großem Interesse verfolgte sie ebenso die Ereignisse in der Sportwelt.

Mercedes Gleitze verstarb am 9. Februar 1981 achtzigjährig in Hendon, Middlesex, Vereinigtes Königreich.

Fünfzehn Mal hatte Mercedes Gleitze zwischen 1922 und 1933 vergeblich versucht, den Ärmelkanal zu durchschwimmen, neun Mal von England nach Frankreich, sechs Mal von Frankreich nach England. Ihre Schwimmzeiten lagen zwischen nur einer Stunde und vierzehn Stunden und neunundfünfzig Minuten.

Am 7. Oktober 1927 gelang es ihr, von Frankreich aus in fünfzehn Stunden und fünfzehn Minuten bis zur englischen Küste zu schwimmen.

Im Roman ist zu lesen, dass Gleitze ihre ersten Schwimmtrainingsstunden 1922 im Serpentine Lake im Londoner Hyde Park absolvierte. Dort durften eigentlich nur Mitglieder des Serpentine Swimming Club schwimmen: Männer am östlichen Ufer und Frauen am westlichen Ufer in einem abgegrenzten Bereich. Der Club war ausschließlich für Mitglieder oberer Gesellschaftsschichten zugänglich, die sich dann lediglich morgens zwischen fünf Uhr dreißig und neun Uhr dreißig im Wasser bewegen durften. Den 1864 gegründeten Schwimmclub gibt es bis heute.

Gleitzes Trainer in den Jahren 1923 bis 1925 sind namentlich nicht bekannt. Ein Horace Carey und ein Sydney T. Hirst begleiteten Mercedes im Jahr 1926. Im Oktober 1927 ist Thomas W. Burgess (15. Juni 1872–5. Juli 1950) als Trainer im Museumsarchiv eingetragen, der zweite Mensch überhaupt, der nach dreizehn vergeblichen Versuchen im Jahr 1911 durch den Ärmelkanal geschwommen war. Das ganze Jahr 1927 über trainierte die Schwimmerin mit dem im Roman erwähnten George Henry Allan, einem ehemaligen Ingenieur, der sich als ihr persönlicher Berater einsetzte. Nach ihm übernahm Gleitzes späterer Ehemann Patrick J. Carey diese Aufgabe.

Über eine Verbindung Gleitzes mit dem bekannten Schwimmer Jabez »Jappy« Wolffe (19. November 1876–22. Oktober 1943) wurde spekuliert – es gibt dafür jedoch keinen Beleg. Dieser Sportler hatte es nie geschafft, den Ärmelkanal zu durchschwimmen, aber er trainierte drei erfolgreiche Kanalschwimmerinnen: Hilda Sharp (August 1928), Peggy Duncan (September 1930) und Sunny Lowry (August 1933). Auch Gertrud Ederle hatte er 1925 bei deren Versuch zur Seite gestanden. Die Amerikanerin überquerte den Ärmelkanal dann erfolgreich als erste Frau am 6. August 1926.

Am 24. Juli 1926 wurde Mercedes bei dem Versuch, von England nach Frankreich zu schwimmen, von einer »Woman

Doctor« im Beiboot begleitet, so belegt es eine Eintragung der Kanalschwimmer-Gesellschaft des Dover Museums. Der Name jener Ärztin ist allerdings nicht dokumentiert, wir haben sie im Roman öfter auftauchen lassen und uns für sie den Namen Dr. Evelyn Carrington ausgedacht. Gut dokumentiert ist hingegen der Name Mrs Sharp. Von 1922 bis 1933 war sie bei mehr als zehn Schwimmversuchen mit von der Partie. Ihr Schwiegervater Henry, ihr Schwager Harry und ihr Ehemann Arthur bildeten das Bootsführer-Team der Begleitboote der Schwimmerin Gleitze. Sie waren neben ihrer Arbeit als Fischerbootsführer auch darauf spezialisiert, Kanalschwimmer zu begleiten, denn aus der Herausforderung, zwischen England und Frankreich von Küste zu Küste zu schwimmen, war eine »sportliche Mode« geworden.

Die erfolgreiche sportliche Leistung der Mercedes Gleitze am 7. Oktober 1927 machte sie sehr bekannt. Doch war das auch jener Tag, an dem sie mit der wasserdichten goldenen Rolex-Uhr, am Lederband um ihren Hals gebunden, im kalten Nordseewasser schwamm?

Hans Wilsdorf, der Gründer des Unternehmens Rolex, schrieb in seinem Vademecum von 1946: »Bei ihrer Landung an der englischen Küste mussten die anwesenden Reporter feststellen, dass diese Uhr so regelmäßig lief, als sei sie nie im Wasser gewesen. Das bedeutete für die damalige Zeit, da die wasserdichte Uhr noch nicht bekannt war, eine Sensation! Am 27. November 1927 ließ ich auf der Titelseite der *Daily Mail* – für den Betrag von vierzigtausend Schweizer Franken – ein ganzseitiges Inserat erscheinen, in dem über diesen Erfolg berichtet wurde. Mit diesem Tag begann der Siegeszug der Rolex Oyster durch die ganze Welt.«

Auf der Internetseite des historischen und fotografischen

Archivs der Kanalschwimmer-Gesellschaft, die von Mitarbeitern des Dover Museum gepflegt wird, kann man nachlesen, dass die Gleitze-Oyster später für siebzehntausend Pfund verkauft wurde.

Mercedes Gleitze kennzeichnete durch ihre Einwilligung, Wilsdorfs »mechanische Auster« beim Langstreckenschwimmen im offenen Meer am Körper zu tragen, den Beginn des Konzepts der Markenbotschafter.

Die Vereinbarung zwischen Gleitze und Wilsdorf um das Tragen der Uhr ist realhistorisch und fand wohl vor dem sogenannten Vindication Swim am 14. Oktober 1927 statt. Das geht aus der akribisch geführten Tabelle der Kanalschwimmversuche hervor, die die Kanalschwimmer-Gesellschaft Dover listet. Hans Wilsdorf, der Erfinder der Oyster, nennt in seinem Vademecum von 1946 den 7. Oktober 1927 als *den* Tag. 1946 war er bereits fünfundsechzig Jahre alt, hatte zwei Weltkriege überstanden und war als äußerst erfolgreicher Unternehmer mehrfach um die ganze Welt gereist. Sein Credo war: »Only great marketing is needed to make a company successful.« Kein Wunder, dass er das Tragen seiner Uhr auf den Tag von Mercedes' größtem Erfolg und nicht auf das gescheiterte Rechtfertigungsschwimmen legt. Aber was stimmt? Auf den beiden Internetseiten der Firma Rolex S. A. wird das Mercedes-Gleitze-Schwimmen natürlich erwähnt. Unter der URL *www.rolex.com* findet man jedoch weder ein konkretes Datum noch eine Schwimmzeit. Man belässt es kurz und vage bei dem Jahr 1927. Auf der anderen, zweiten Firmenseite – *www.rolex.org* – kann man nachlesen, dass Mercedes über zehn Stunden im kalten Wasser war. Schaut man auf die bis heute vorliegende Zeitungsseite der *Daily Mail* vom 22. November 1927, ist der genaue Tag des Rolex-Versuchs ebenfalls nicht zu sehen, allerdings wird auch dort Gleitzes Schwimmzeit mit etwas mehr als zehn Stunden erwähnt. Das spricht für den Tag des Rechtfertigungsschwimmens, den 14. Oktober 1927, ihren elften Versuch, den Ärmelkanal zu durchschwimmen. Er musste nach zehn Stunden und vierundzwanzig Minuten vorzeitig abgebrochen werden, weil sie völlig erschöpft war.

Hans Eberhard Wilhelm Wilsdorf (22. März 1881 in Kulmbach – 6. Juli 1960 in Genf) stammte aus einer geschäftstüchtigen Familie. Nachdem seine Eltern früh gestorben waren, kümmerten sich die Brüder seiner Mutter Anna, geb. Maisel, um ihn. Hans und Eberhardt Maisel, Gründer der Maisel Brauerei in Kulmbach im Jahr 1887, achteten darauf, dass ihr Neffe eine gute, solide Ausbildung erhielt. Aus diesem Grund verkauften sie die Eisenwarenhandlung des Vaters/Großvaters Wilsdorf. Mit neunzehn Jahren zog er in die Schweiz und lernte in La Chaux-de-Fonds die boomende Uhrenindustrie kennen. 30.000 Reichsmark aus dem Erbe sollen Hans Wilsdorf Anfang 1900, während seiner Überfahrt nach London, gestohlen worden sein. Nach seinem Aufenthalt in der Schweiz hatte er den Plan gehabt, einen Uhrenhandel in London aufzubauen – und nun nicht mehr ausreichend Kapital dafür. Sein Schwager Alfred Davis, der Gatte von Hans' Schwester Anna, stieg, wie im Roman erwähnt, 1905 als Kompagnon bei ihm ein. Wilsdorfs Frau Florence Francis May Crotty (3. Mai 1879 in Prescot – 27. April 1944 in Genf) ist mitsamt der im Roman erwähnten Familie ebenfalls realhistorisch, die beiden heirateten am 13. April 1911.

Florence und Hans Wilsdorf pendelten jahrelang zwischen der Schweiz und London hin und her, bis sie sich dauerhaft in Genf niederließen. Die Ehe blieb auch in der Realität kinderlos. Nachdem Florence noch während des Zweiten Weltkriegs verstorben war, heiratete Wilsdorf ein zweites Mal; seine zweite Ehefrau Bertha »Betty« Wilsdorf-Mettler (1902–26. November 1989) war deutlich jünger als er. Das gesamte millionenschwere Erbe des Rolex-Gründers ging nach seinem Ableben in die Hans Wilsdorf Stiftung über, zu der bis heute die Firma Rolex S. A. gehört.

Hans Wilsdorf, der auch in der zweiten Ehe kinderlos gebliebene Uhrenpionier aus Oberfranken, war ein Marketinggenie. Er führte bereits in den Neunzehnhundertzwanzigerjahren »Gebietsschutz« seiner Produkte ein: Verkaufslizenzen vergab er an gezielt ausgewählte Händler, meist nur einer in jeder Stadt. Dieses Vertriebsprinzip gilt bis heute.

Nach seinem Coup mit der Markenbotschafterin Mercedes Gleitze schloss er einen weiteren publikumswirksamen Vertrag mit der berühmten Londoner Schauspielerin Evelyn Laye (10. Juli 1900–17. Februar 1996) ab. Sie war Mitte der Zwanzigerjahre die höchstbezahlte Schauspielerin Londons. Der Unternehmer engagierte sie für Werbezwecke und ließ sie fotografieren, wie sie lässig ihr Handgelenk mit einer Oyster in ein Goldfischglas tauchte.

Oyster war der Chronometer genannt worden, weil das Uhrwerk so hermetisch und wasserdicht abgeschirmt worden war, wie eine Auster ihr Inneres schützt.

Dieser Produktname war der erste Markenname eines Fabrikats, denn bis dahin wurden die Namen der Hersteller der Uhren – zu dem Zeitpunkt fast ausschließlich Taschenuhren – auf dem Zifferblatt angebracht.

Der Rolex-Gründer blieb erfolgreich. Im Jahr 1931 entwickelte er in seiner Firma den weltweit ersten Selbstaufzugsmechanismus mit einem Perpetual-Rotor und ließ ihn patentieren. Genau dieses System bildet bis heute das Herzstück jeder modernen mechanischen Uhr mit automatischem Aufzug. Als Weiterentwicklung der Oyster wurde auch die Rolex Perpetual weltweit bekannt und ebenfalls mit aufsehenerregenden Aktionen beworben. Die automatische Rolex war die erste Armbanduhr, die das Markenzeichen der Krone auf dem Zifferblatt trug. Es sollte symbolisch für »Krone jeden Erfolgs« stehen. Der nächste Erfolg der Wilsdorf'schen Uhrenmechaniker stellte sich 1945 mit der wiederum einzigartigen innovativen Technik der Datumsanzeige auf dem Zifferblatt ein. In die Rolex Datejust war der erste »Handkalender« eingebaut worden.

Hans Wilsdorf, der Brauerneffe aus Kulmbach, revolutionierte die Uhrenindustrie durch Präzision, Innovation und Markenaufbau. Er wusste die Präzisionswerke stets erfolgreich zu präsentieren und baute Rolex weltweit als Luxusmarke auf. In der Öffentlichkeit sah man ihn so gut wie nie persönlich. Die von ihm begründete Spitzenreiter-Position in der Welt der Uhren ist bis heute unangetastet geblieben und sogar erweitert worden. Am 25. August 2023 übernahm die Wilsdorf Stiftung als Eigner der Rolex S. A. Genf die Bucherer AG, einen Schweizer Konzern der Uhren- und Schmuckbranche mit Sitz in Luzern. Bucherer ist der größte Uhren- und Schmuckhändler weltweit. Wilsdorf hatte bereits den Gründer Carl Friedrich Bucherer persönlich gekannt; der letzte Sohn der Züricher Unternehmer-Familie hatte sogar ein Praktikum bei Rolex absolviert. Wilsdorf hätte sich bestimmt sehr über dieses geschäftliche Übereinkommen gefreut. Was Mercedes Gleitze allerdings dazu gesagt hätte, bleibt der Fantasie der Leserinnen und Leser überlassen.

DANKSAGUNG

Wir danken auch bei diesem Roman wieder von ganzem Herzen unserer Agentin Anna Mechler sowie Greta Frank und Andrea Müller vom Piper Verlag. Nicht zu vergessen: unsere langjährige inspirierende Redakteurin Kerstin von Dobschütz sowie Korrekturleserin Amelie Soyka!

Einmal mehr stand uns in verblüffender Geschwindigkeit und Präzision Ahnenforscher Daniel Riecke bei der Recherche der historischen Personendaten zur Seite. Daniel, du bist ein »Miracle Worker«.

Außerdem geht unser tausendfacher Dank auch wieder an Dr. Dorit Kupka, die uns erneut mit historischen Rechercheergebnissen, dramaturgischem Rat und direktem Feedback intensiv zur Seite stand.

Ein solches Buch ließe sich nicht ohne den Rückhalt der Freunde und Familien schreiben.

Für Eva-Maria Bast waren die größte Hilfe und Freude auch diesmal wieder ihre fünf wunderbaren Kinder sowie ihr Mann Thomas.

Jørn Precht konnte sich auf Erika Precht, Elias und Marlis Konradi, Karin Friesch, die Precht-Aicheles, Jasmin Gurewitz, Martina Resch, Familie Karpe sowie Andreas Bühler verlassen.

Liebe Leserin, lieber Leser, wir hoffen, Sie hatten so viel Vergnügen mit Mercedes und Hans wie wir beim Schreiben.

Herzlichst,

Charlotte Jacobi
alias Eva-Maria Bast und Jørn Precht

QUELLEN UND LITERATUREMPFEHLUNGEN

About Switzerland: *Die Geschichte des Genfer Jet d'eau.* URL: https://www.eda.admin.ch/aboutswitzerland/de/home/swiss-stories/swiss-stories-jet-eau.html, abgerufen am 01.02.2025

Boettcher, David: *Hans Wilsdorf und Rolex.* URL: https://www.vintagewatchstraps.com/myrolexpage.php, abgerufen am 11.02.2025

Boettcher, David: *The Evolution of the Waterproof Watch.* URL: https://www.vintagewatchstraps.com/waterproof.php#Hermetic, abgerufen am 10.11.2025

Busse in London um 1900 URL: https://www.rolexmagazine.com/2010/07/we-want-to-be-first-in-field-and-rolex.html#/page/1&gsc.tab=0
URL: https://www.ltmuseum.co.uk/collections/stories/transport/motor-bus-revolution-1900-1914, abgerufen am 31.01.2025

Cartwright, Amanda, et al.: *Mercedes Gleitze.* Video [15 min.] Herzo TV international. Herzogenaurach, August 2024. URL: https://www.herzo.tv/de/mediathek/herzo-international/mercedes-gleitze-10/

Channel Swimming Dover: *Burgess, Thomas William.* URL: https://www.channelswimmingdover.org.uk/content/swimmer/burgess-thomas-william, abgerufen am 16.02.2025

Channel Swimming Dover: *Carey, Horace.* URL: https://www.channelswimmingdover.org.uk/content/swimmer/carey-horace, abgerufen am 05.02.2025

Channel Swimming Dover: *Gleitze, Miss Mercedes.* URL: https://www.channelswimmingdover.org.uk/content/swimmer/gleitze-miss-mercedes, abgerufen am 03.02.2025

Channel Swimming Dover: *Logan, Dr. Dorothy Cochrane.* URL: https://www.channelswimmingdover.org.uk/content/swimmer/logan-dr-dorothy-cochrane, abgerufen am 23.03.2025

Channel Swimming Dover: *Wolffe, Jabez.* URL: https://www.channelswimmingdover.org.uk/content/swimmer/wolffe-jabez, abgerufen am 06.02.2025

Delargy, Claire: *Mercedes: THE SPIRIT OF A NEW AGE.* documentary [40 min]. Delargy Productions LTD., Belfast 2013

Deutsche Physikalische Gesellschaft e. V.: *Albert Einstein und die Relativitätstheorie.* URL: https://www.weltderphysik.de/thema/albert-einstein-und-die-relativitaetstheorie/, abgerufen am 02.02.2025

Dubois, Nicolas: *En mémoire de Hans Wilsdorf. L'homme Derrière la Couronne.* Geneva, Switzerland: 1962, Seite 58

Ehrlich, Jake: *The Hans Wilsdorf Story.* URL: https://www.rolexmagazine.com/2010/07/we-want-to-be-first-in-field-and-rolex.html#/page/1, abgerufen am 31.01.2025

Ehrlich, Jake: *Hans Wilsdorf, Founder Of Rolex. Interview 1959.* URL: https://www.youtube.com/watch?v=HnZSZxyCoZQ, abgerufen am 17.01.2025

Ehrlich, Jake: *The Oyster And The Mermaid.* URL: https://www.rolexmagazine.com/2008/12/history-of-rolex-oyster-perpetual.html#gsc.tab=0, abgerufen am 11.02.2025

Ehrlich, Jake: *The Evolution Of The Revolution.* URL: https://www.rolexmagazine.com/2010/07/we-want-to-be-first-in-field-and-rolex.html#/page/1, abgerufen am 11.02.2025

Fumagalli, Antonio: *Rolex: Dahin fliessen die Milliarden des verschwiegenen Uhrenkonzerns.*
URL: https://www.nzz.ch/wirtschaft/hans-wilsdorf-so-viel-macht-hat-die-rolex-stiftung-ld.1753588, abgerufen am 03.04.2025

Garland, Sidney T.: *How Rolex Watches Won National Distribution in England.* in: Bill, Raymond: Sales Management. The Weekly Magazine for Marketing Executives. Vol. XIX. No. 9. August 31, 1929, pp 396; 412.
URL: https://archive.org/details/sim_sales-management_1929-08-31_19_9/page/395/mode/1up, abgerufen am 10.02.2025

Handelszeitung/Bilanz: *Die Rolex-Story: Die Legende Rolex.* 27. Oktober 2004.
URL: https://www.handelszeitung.ch/unternehmen/die-rolex-story-die-legende-rolex, abgerufen am 03.01.2025

Indianapolis Motor Speedway Museum: *Louis Chevrolet.*
URL: https://imsmuseum.org/fame_inductee/louis-chevrolet/, abgerufen am 02.02.2025

Leonard, Tom: *The typist who became the first British woman to swim the Channel.* Published: 00:29 GMT, 5 March 2024|updated: 02:08 GMT, 5 March 2024.
URL: https://www.dailymail.co.uk/news/article-13156917/British-woman-swim-Channel-two-weeks-later-cruel-new-film-brings-story-life.html, abgerufen am 08.02.2025

MONTRES ROLEX S.A. (Hr.): *DAS ROLEX JUBILÄUMS VADEMECUM.* ZWEITE AUFLAGE. Mitarbeit: Alfred Chapuis und Eugène Jaquet; Übersetzung: Willy Bosshard; Illustrationen: Hans Tomamichel. Genf 1945, Exemplar Nr. 990, I. Von Stufe zu Stufe, S. 21ff

o. A. [the Pember Family]: *Gleitze, Mercedes. Open Water and Endurance Swimmer. Philanthropist.*
URL: https://www.mercedesgleitze.uk/personal-details-and-summary-of-career, abgerufen am 30.01.2025

Pasquier, Hélène: *Rolex.* in: *Historisches Lexikon der Schweiz,* Version vom: 23.05.2012
URL: https://hls-dhs-dss.ch/articles/041994/2012-05-23/, abgerufen am 05.01.2025

Pember, Doloranda: *In the wake of Mercedes Gleitze. Open-Water Swimming Pioneer.* Cheltenham/Gloucestershire, Vereinigtes Königreich: The History Press, 2019

Rolex: *Der Mann hinter der Krone***.** Video [5 min.]
URL: https://www.rolex.org/de/perpetual/video/the-man-behind-the-crown, abgerufen am 04.04.2025

Serpentine Swimming Club: *History.*
URL: https://serpentineswimmingclub.com/history, abgerufen am 04.04.2025

Sillito, David: *Mercedes Gleitze – the untold story of a pioneering swimmer.* publ. 23.01.2022.
URL: https://www.bbc.co.uk/sounds/play/pobjwjbk, abgerufen am 03.02.2025

Stadt Kulmbach: *Hans Wilsdorf. Begründer der »Rolex-Uhren AG«.*
URL: https://www.kulmbach.de/xist4c/web/Hans-Wilsdorf---Kulmbach_id_802_.htm, abgerufen am 11.02.2025

Tyburski, Silvia: *Mit den Wellen raufen.*
URL: https://www.mare.de/mit-den-wellen-raufen-content-3681?srsltid=AfmBOopVRwb4nBLAf5JiMOItrzpSm71ISRxjxZAe8liWu-TkZDlEFoEx, abgerufen am 04.02.2025

Woodland, Rosee: *The first British woman to swim the Channel has inspired a film.* Published: March 8, 2024 at 11:40 am,
URL: https://www.countryfile.com/people/historical-figures/wild-people-swimming-legend-mercedes-gleitze, abgerufen am 08.02.2025

Zürcher, Christoph: *Jean Aegler.* in: Historisches Lexikon der Schweiz, Version vom: 09.03.2001,
URL: https://hls-dhs-dss.ch/articles/029786/2001-03-09/, abgerufen am 03.01.2025.

Von Charlotte Jacobi liegen im Piper Verlag vor:
Elbstrand-Saga:
Band 1: Die Villa am Elbstrand
Band 2: Sehnsucht nach der Villa am Elbstrand
Band 3: Sturm über der Villa am Elbstrand
Band 4: Weihnachten in der Villa am Elbstrand

Die Kuchenkönigin von Straßburg:
Band 1: Die Patisserie am Münsterplatz – Zeitenwandel
Band 2: Die Patisserie am Münsterplatz – Schicksalsjahre
Band 3: Die Patisserie am Münsterplatz – Neuanfang

Die Parfümerie:
Band 1: Die Douglas-Schwestern
Band 2: Die Douglas-Schwestern – Das Paradies der Düfte
Band 3: Die Douglas-Schwestern – Die Parfümerie der Träume

Perlen-Saga:
Band 1: Das Haus der Perlen – Schimmern der Hoffnung
Band 2: Das Haus der Perlen – Glanz des Glücks
Band 3: Das Haus der Perlen – Strahlen der Liebe

Blütenweiße Träume. Die Persil-Saga

Heldin der Gezeiten – Eine Schwimmerin. Ein Ziel. Ein weltweiter Erfolg.

Mehr Mut wagen!

Coverabbildungen vorbehalten

Patricia Eckermann/
James A. Sullivan

Die mutige Rebellin

Rosa Parks – Ihr unnachgiebiger Kampf gegen die Unterdrückung wurde zur weltverändernden Bewegung

Piper Taschenbuch, 400 Seiten
ISBN 978-3-492-06624-2

Montgomery in den 1950ern: Seit Jahrzehnten kämpft Rosa Parks für die Bürgerrechte Schwarzer Menschen und scheitert an dem brutalen rassistischen System der USA. Doch ihr Widerstand ist ungebrochen. Als sie am 1. Dezember 1955 in einen Bus steigt, ahnt sie nicht, dass sie damit die Welt verändern wird. Rosas Weigerung, ihren Platz für einen Weißen zu räumen, wird endlich die Bewegung auslösen, für die sie und ihre Verbündeten all die Jahre gekämpft haben. Es ist der Beginn einer Revolution.

Leseproben, E-Books und mehr unter www.piper.de